“广西一流学科·广西师范大学中国语言文学”经费资助成果
“广西高校人文社科重点研究基地·桂学研究院”经费资助成果

本书为2016年国家重大招标项目
“当代中国文化国际影响力的生成研究”阶段性成果（批准号：16ZDA218）；
2018年国家重大招标项目
“中国诗歌的语言艺术原理及其历史生成规律”阶段性成果（批准号：18ZDA279）。

# 新诗海外传播的当代性反思

冯强 著

中国社会科学出版社

**图书在版编目（CIP）数据**

新诗海外传播的当代性反思/冯强著.—北京：中国社会科学出版社，2019.10

ISBN 978－7－5203－4732－7

Ⅰ.①新…　Ⅱ.①冯…　Ⅲ.①新诗—中外关系—文化交流—研究　Ⅳ.①I207.25

中国版本图书馆 CIP 数据核字(2019)第 149576 号

---

出 版 人　赵剑英
责任编辑　郭晓鸿
特约编辑　李坤阳
责任校对　王　龙
责任印制　戴　宽

---

出　　版　中国社会科学出版社
社　　址　北京鼓楼西大街甲 158 号
邮　　编　100720
网　　址　http://www.csspw.cn
发 行 部　010－84083685
门 市 部　010－84029450
经　　销　新华书店及其他书店

---

印　　刷　北京明恒达印务有限公司
装　　订　廊坊市广阳区广增装订厂
版　　次　2019 年 10 月第 1 版
印　　次　2019 年 10 月第 1 次印刷

---

开　　本　710×1000　1/16
印　　张　20.25
插　　页　2
字　　数　268 千字
定　　价　108.00 元

---

凡购买中国社会科学出版社图书，如有质量问题请与本社营销中心联系调换
电话：010－84083683

# 目　录

# 绪论　向“道”与取“势”：新诗海外传播的立场与视域

史家司马迁在《报任少卿书》中有言：“仆诚以著此书，藏诸名山，传之其人，通邑大都，则仆偿前辱之责，虽万被戮，岂有悔哉。”关于“传播”，这可能是中国历史上最经典的言论之一。“著”“藏”“传”三步乃成中国古代士人的名山事业，“知音”的悠久传统回荡其间。这也是一个被羞辱被去势的士人的向道之心。名山渺莽千秋业，大地苍茫七尺身（康有为《苏村卧病写怀》三），斗酒纵横天下事，名山风雨百年心（谭嗣同《夜成》），这样一个歌哭传统绵延至今，让人浩叹。黄宗羲曾言“史亡而后诗作”，意谓诗歌对历史薪火的护航价值，而诗歌传播史上，中国人将最高的荣誉给了杜甫——“诗圣”或者“诗史”——乃是因为历史在中国的地位恰似宗教在西方的地位，洞若观火，一字褒贬，杜诗正是这一传统的最高代表。

杜诗在历史中的传播流变可以为我们今天谈论中国当代在海外的传播提供某种参照。杜诗韩集愁来读，似倩麻姑痒处抓。天外凤凰谁得髓，无人解合续弦胶（杜牧《读韩杜集》）。诗歌传播涉及至少两个主体，即诗人和读者，能挠到读者的痒处，说明诗歌的真魅力。韩愈在《调张籍》中为当时的贬杜之风所激愤，为老杜正名：蚍蜉撼大树，可笑不自量。贬杜和护杜都是杜诗传播过程中的重要环节，而从杜甫在中国人心目中的地位看，他的诗歌无疑是成功的、具有影响力的。历史演变到今天，老杜的诗不仅是历时的传播，它早已传播到海外，获得了世界人民的高度评价。如今，信息以光速传播，我们要研究“新诗的海外传播”，又会面临很多新的问题，但无论问题如何繁复，都需要了解何谓“传播”、传播何以可能、传播什么、如何传播、传播的效果几个问题。

“传播”在古代汉语属于同义连言，意谓广泛散布。比如《北史·突厥传》：“宜传播天下，咸使知闻。”再如《唐才子传·高适》：“每一篇已，好事者辄为传播吟玩。”请注意，前面的例子是传播者占据主位，后面的例子则是传播的受众占主位。同时，“传”是纵向，面向时间，“播”是横向，面向空间，“传播”即是联通时空，无远弗届。英语中“communication”起源于拉丁文名词“communis”和拉丁文动词“communicare”，后者带有“建立共同看法”（to make common）的意思。和“传播”紧密相关、有相似语源学出身的词语还包括“社区”“宗教教派”“共同性质”“地方自治主义”以及“共产主义”①。从词源上看，“传播”在欧美文明中有更强的宗教文化和政治制度属性，“在犹太基督教传统中，传播意味着‘分享’‘相通’”②，美国一些传播学者比如詹姆斯·凯瑞、斯科特·莫罗径直将传播等同于文化③，另外，法国的传播学者比如阿芒·马特拉和多米尼克·吴尔敦更多将传播和启蒙运动联系起来，后者宣称，言及传播必然言及民主，传播与“自由和平等的双

① 陈力丹、易正林：《人文社会科学关键词·传播学关键词》，北京师范大学出版社2009年版，第10页。

② ［法］多米尼克·吴尔敦：《拯救传播》，刘昶、盖莲香译，中国传媒大学出版社2012年版，第6页。

③ 陈力丹、易正林：《人文社会科学关键词·传播学关键词》，北京师范大学出版社2009年版，第7、285页。

重意愿”分不开。[①] 吴尔敦将规范性和功能性视为传播的两大向度，前者重理想，分享和彼此理解是其最大理念，后者重事实，与技术进步相关，有实用主义倾向，二者是传播活动的双螺旋。他的这一双螺旋是一个悖论：针对欧美社会过于强调传播技术的倾向，吴尔敦直截了当地提出“信息不等于传播”，因为“信息传递只涉及讯息（message），而传播活动则涉及关系”[②]，传播总是朝向一个他者，总是涉及如何处理与他者的关系。就是说，传播（communication）和信息（information）具有本体论上的差异，后者可以独立存在，而前者必须有他者的存在和双方的相互认可才会有意义。欧洲历史上存在信息和传播上的两次革命，前者发生在19、20世纪，其中心问题是建构信息自由，后者发生在21世纪，其目的已经不是“自由平等的个人之见分享共同的观点，而在于让通常相左的世界观和平共处”[③]。前者以流通的自由度和速度为准则，后者则是迟缓的，其准则是学会共处。在今天的欧美，吴尔敦说信息是文化共处中最直接也是最危险的阵地之一，需要“外交、文化和无形知识等的共同努力，以避免无处不在的信息及其交换的速度最终成为战争和误解的加速器”[④]。因为欧美人目前迫切需要做的是将信息的流通速度和传播的迟缓结合起来。技术创新所带来的信息传递的速度和广度，相比现实的厚度与深度以及由此带来的我们认知上的费解和行动上的迟缓，的确是个很大的问题。从技术和经济角度看，世界无疑已经成为“地球村”，但对人、文化和世界观来说，我们无疑停留在“巴别塔”的状态。吴尔敦认为当今之世，传播必须通过弱化传播的技术和工具来进行，即我们必须通过去技术化和去工具化来重新回到现实生活的经验，要重新引入文化、政治和历史内容，

---

① ［法］多米尼克·吴尔敦：《拯救传播》，刘昶、盖莲香译，中国传媒大学出版社2012年版，第17—19页。

② ［法］多米尼克·吴尔敦：《信息不等于传播》，刘昶、宋嘉宁译，中国传媒大学出版社2012年版，第4页。

③ 同上书，第85页。

④ 同上书，第51页。

重新找回技术系统后面的社会意义，这是传播革命（不是信息革命）的首要条件①，也是他的双螺旋悖论。技术在他看来是最明显也是迄今最让人满意的传播层面，最有前途的则是传播的经济层面，它随着贸易和技术同步增长，最复杂、最难破译和驾驭的则是文化层面②，也就是不同主体的经验和价值观层面，本论文所要处理的，恰好集中在文化层面。当然，作为不同于欧美的社会环境，在讨论新诗的海外传播时，我会将制度层面作为重要的背景，但不打算对其进行较为深入的探讨。吴尔敦也未将制度问题作为重点来研究，原因不同：从 17 世纪到 20 世纪的几百年间，欧美社会最重要的任务都是争取“我”的权利③，而到了 21 世纪，最重要的问题则是“他人”，是如何处理好“我”与“他人”的关系，处理好“我”与“他人”之间是否可以进行传播，如果无法传播，“我”与“他人”又该如何实现共存。“只有自由和平等这两个最重要的理想获胜之后，传播才成为可能”。21 世纪传播革命的任务之一则是认识到“无法传播”也是“传播”的一部分，甚至是将无法传播现象作为传播现象的前提来思考，“拯救传播”即意味着反思传播、无法传播以及无法传播之后如何共处。

在讨论“诗歌的传播”问题时，韩东就说，“它在最根本的地方，是不可能的，确实是不可能。你没有必要让一个人，非得把你觉得好的东西奉为至宝，这十分有问题。让他能像你一样去了解，我觉得除非他有主动性，他没有主动性你也达不到这样的效果，确实存在这样的问题。”④ 除去被传播的内容（指涉物，本论文中指新诗），传播涉及至少两个主体，即传播是一种关

---

① ［法］多米尼克・吴尔敦：《信息不等于传播》，刘昶、宋嘉宁译，中国传媒大学出版社 2012 年版，第 87 页。

② 同上书，第 17 页。

③ “在今天看来，这些都再自然不过了，以至于我们已经将其遗忘。只有当我们游历于专制政体的地盘时，才会意识到这些东西是多么难能可贵。”［法］多米尼克・吴尔敦：《拯救传播》，刘昶、盖莲香译，中国传媒大学出版社 2012 年版，第 203 页。

④ 姜涛、韩东等：《当代诗歌写作的现状与传播的可能》，《飞地》2012 年第 1 辑。

系。当这种关系不平等时，一方可以强迫另一方接受所传播的内容，也许这种传播更恰当的说法是“宣传”或“灌输”；当双方处于一种平等关系时，传播又面临着另一个悖论，即传播受众成为潜在的，可能接受也可能不接受。传播的不可能在于我们无法了解一条水中的鱼是否快乐，而在传播可能的地方，我们可以通过提升鱼儿生存所倚赖的环境吸引鱼儿自己游过来。最关键的一点是他者的主动性，我们能做的，也唯有耐心培养一个促进他者主动性的环境。因为被指涉的内容归根到底是一种价值，它可以参与建构传播双方的自我意识。传播的两个矛盾向度，即“一个是自由的向度，另一个是与他者建立真正关系之困难的向度”①。说到底，我们可以将传播的可能区分为制度和文化两个层面，前者指向自由，即“能否选择”，后者指向文化，即“选择什么”，也就是历史学家秦晖所说的“‘选择什么’是文化，‘能否选择’是制度”②。举个简单的例子，1954 年，有中国人询问黑塞是否允许翻译他的作品，黑塞回绝了，“我回信告诉他，当今的中国禁止了孔夫子和老子的书，或者不希望他们存在。我不愿意见到我的书在一个现在不愿意承认自己民族经典的国家被翻译”。③ 中国禁止孔子和老子的书传播是制度，黑塞拒绝自己的书在中国出版则是文化，因为这是他基于自己的选择权作出的决定。具体到新诗的海外传播，涉及的中国当代诗人和海外读者自然是关系平等的两方，中国当代诗人基本有权决定写什么，海外读者则有权决定接受与否。

出现上面这种状况的原因是传播的内容——包含了传播者的经验以及经验所承载的价值观——会影响到潜在的接受者接受与否。张清华认为新诗的海外传播涉及两个基本前提，即代表着人文主义精神的普世价值和“传播的

① ［法］多米尼克·吴尔敦：《拯救传播》，刘昶、盖莲香译，中国传媒大学出版社 2012 年版，第 23 页。

② 根据这个思路，“中国传统”也被秦晖区分为“传统文化”还是“传统制度”。秦晖：《文化无高下　制度有优劣》，《凤凰周刊》2006 年第 8 期。

③ ［德］孚克·米谢尔斯编选，赫尔曼·黑塞著：《黑塞之中国·序》，谢莹莹译，人民文学出版社 2011 年版。

根本内容”即本土经验：“西方人并不需要‘用外语书写的他们的本国文学’，中国人民也同样不需要‘用汉语书写的外国文学’”①。而不同制度和文化下的确可以产生出精神气质相似的诗歌作品。试举岳重 1971 年的《三月与末日》为例，其首句“三月是末日”与艾略特“四月是最残忍的月份”岂止是神似，“而当时的岳重绝无可能知道世上有艾略特其人及其作”②。再比如柏桦曾经发现韩东 80 年代初《向鞋子致敬》等诗与英国诗人拉金的相通之处，他借用陈思和的“世界性因素”思想，以《同写平凡的“世界性因素”——韩东和拉金诗歌的比较》一文来解释这一现象。③ 总结起来，具有普世价值的中国经验是新诗海外传播的重中之重。孔子、老子的书自然能代表中国经验，但它们同样具有普世价值，否则不会对世界其他国家和地区产生深远的冲击和影响。但是传播——尤其是马克思主义和后殖民主义这些被美国文学批评家布鲁姆称为“憎恨学派”的学说出现之后——越来越被怀疑和殖民主义是一丘之貉。在各种持“西方中心论”的学者看来，即使新诗的传播者是中国当代诗人，在一个西方评价标准占主导的世界文学格局中，传播的主体仍然是被西方的凝视所控制和决定的。这又显示出新诗海外传播中的某种“宿命意味”，即传播者是根据隐含传播受众的目光和取向来完成自身的传播定位的。传播受众的趣味先验地决定了传播的内容。这种情况笔者并不反对，在第二章第三节就是通过对欧阳江河的《凤凰》来分析这一先验传播类型。但是需要提醒读者，情况可能要复杂许多。在《凤凰》中，我们不仅能看到用以向西方读者示好的“一神”，也能看到这些年占尽报纸版面的中美合作（所谓“G2”或者“中美国”）或者中美对抗，而这些可能就是为国内读者准备的消费符号。而对“西方中心论”的批判最有力的恐怕还是西方

① 刘莉娜：《当代文学如何让海外读者摘下“眼镜”》，《上海采风》2011 年第 7 期。

② 多多：《雪不是白色的》（http：//www. douban. com/group/topic/6926549/）。

③ 柏桦、余夏云：《同写平凡的“世界性因素”——韩东和拉金诗歌的比较》，《文艺研究》2007 年第 9 期 。

内部，比如就列奥塔就曾指出所有“西方语言游戏”里给出的命题“都包含了一组张力，每个张力都影响到它所涉及的语用学位置，即发话者、受话者和指谓”①，而每个游戏特有的规则必然会造成游戏内部的不平等关系，“它构成了自西方起源开始的整个文化帝国主义史”②。警惕“西方中心论”固然不错，但应该避免它对其他话题的符号化、空洞化，这方面，我们可以参考《西方主义：敌人眼中的西方》③，其中反对“西方中心论”的“西方主义者”比亨廷顿更加信奉“文明的冲突”（参第二章第一节），甚至以毁灭整个西方文明为目标，这是不是可以视为过分夸张“西方中心论”的恶果呢？欧洲的汉学家比如德国的顾彬或者荷兰的柯雷，都会强调“西方”内部的巨大差异，尤其是顾彬（参第三章第一节），德国观念主义和德国精英立场在他身上非常明显，他视神学和哲学为他真正的故乡，实际上这是“文化德国”（“文化”和“文明”的争执在德国有很长的历史）的另一种表述，他用来衡量中国当代文学的“世界文学”标准也有大日耳曼或者泛欧洲论的倾向，他一贯的反美，是他这一德国精英立场的注脚。黑塞说：“我们对东亚，应该至少像我们长期以来对待近东一样，将他当作我们的老师（只要想想歌德是怎样做的！）……我们无需拿《老子》代替《圣经》，但《老子》让我们明白，在另一苍穹下，比我们更早的时候，类似的思想出现了，这能够更加坚定我们的信念，使我们相信，不管民族与文化差异多么大、多么敌对，人类仍然是个大统一体，可以共享相同的机会、理想和目标”。④ 人类，尤其是西方文明和非西方文明之间的冲突是不可避免的吗？文明之间的差异意味着你死我活的零和博弈吗？仍然以黑塞为例：“我们不能也不可能成为中国人，而在内心当

---

① ［法］利奥塔尔：《后现代状态》，车槿山译，南京大学出版社 2011 年版，第 89 页。

② 同上书，第 97、98 页。

③ ［荷］布鲁玛、［以］玛格里特：《西方主义：敌人眼中的西方》，张鹏译，金城出版社 2010 年版。

④ ［德］乎克·米谢尔斯编选，赫尔曼·黑塞著：《黑塞之中国》，谢莹莹译，人民文学出版社 2011 年版，第 108 页，在另外的地方，黑塞将其称为“文化的国际性能力”。

中，我们也根本不想这样做。我们不能在中国和在任何一种往昔中寻找生活的理想和最完美的形象，否则我们就会迷失方向，并将自己禁锢在一种模式之中。我们必须在自身当中发现中国，或者说发现中国对我们的意义，并将它们保持下去。”① 无论是黑塞的德国经验还是我们的中国经验，如果二者之间没有某种普世价值的桥梁，那么传播就没有意义，连传播的可能都没有。

“如何传播”的问题更复杂，我会在论文第二章第四节进行具体的讨论。“酒香不怕巷子深”的古谚固然不错，但在信息以光速传播的今天，海量的信息铺天盖地，稍一偏差就可以使有可能惺惺相惜的中国当代诗人和海外读者擦肩而过。他们持有类似的价值观甚至表达习惯，但是生活在物理距离遥远的不同地方。民国时期吴经熊和美国大法官霍姆斯通信中的一句话可以启发我们：“我对第一次世界大战记忆犹新，心如火烧，渴望着国际和平。我宁愿碎尸万段，也不愿意看到人类在下一场战争中毁灭。在巴黎，我常常看到可爱的法国孩子在广场上抽陀螺，我想，可爱的德国孩子也一定在广场上抽陀螺。有朝一日，这些孩子长大了可能成为好朋友，但也可能相互射杀，想到这些，一种悲哀的感觉就会笼罩我的内心。”② 这句话把不同制度和文化下成长起来的不同主体之间交流的困境凸显出来。新诗的海外传播虽然还没有上升到“成为好朋友”或者“相互射杀”的程度，但是诗人和读者之间一段美好机缘的造就本身就是一桩善事。善事无小事。在资料的搜集和论文的写作过程中，我处处感受到这种机缘的存在。以当今的网络为例：澳大利亚汉学家西敏（Simon Patton）将伊沙送给他的《伊沙诗选》中部分诗歌译成英语，并发布在他编辑的“国际诗歌网”上，促成了伊沙接到参加第 38 届鹿特丹国

① 转引自马剑《黑塞与中国文化》序，首都师范大学出版社 2010 年版。

② 吴经熊：《超越东西方：吴经熊自传》，周伟驰译，雷立柏注，社会科学文献出版社 2013 年版，第 68 页。

际诗歌节的邀请，这一机缘被他归因为“网络时代的特点”①，另外西敏还根据自己的趣味把浙江诗人方闲海（1978—　）、“下半身”写作诗人盛兴（1978—　）以及网络诗人水晶珠琏（1981—　）等人的诗歌翻译为英文放到国际诗歌网上，让我们意识到新诗是如此丰富。另外汉学家戴迈河也有浏览中国诗歌网页的习惯，从中决定翻译哪些诗人的哪些作品，新诗通过这样的方式从网络传播到海外去。值得一提的是，戴迈河还把他的博士论文发布到莱顿大学汉学系的官方网站，他希望此举可以吸引中国本土的学者也能参与进他的讨论当中，我本人就是从网络获取了他的论文，我借此学习了法国社会学家布尔迪厄的场域理论，并且在与戴迈河的多次互动中得到了关于国内诗坛和国际诗坛的诸多启发。

“传播的效果”可以从两方面去了解。首先是从传播者的影响力或者所谓“文化软实力”的角度，也或者按照布尔迪厄，从“象征资本”（symbolic capital）的角度，这些角度都是从隐含的权力（power）出发，要求他人的尊敬和欣赏，其目的是为了获取象征资本。这一点程光炜在《当代文学海外传播的几个问题》中有集中阐释。他主要考虑了翻译介绍中国当代文学的汉学家在西方主流学术界的权威性问题，他担心中国当代作家在创作上会过于期待和依赖在西方处于边缘位置的汉学家们的评价；另外他关心中国当代作家在海外演讲中的听众层次和范围，海外报道这种消息的媒体到底是小报小刊，例如华人报刊，还是主流媒体。“如果听众层次和范围只限于汉学家、东亚系学生、来自中国的访问学者，那么这种传播的受众面和影响力就会大打折扣。这事实上是一种‘小圈子’里的传播，或叫‘内部传播’”②。另一个角度是从传播受众的意愿出发，由他们自己“拿去”，这其实是文化上的“馈赠”。

① 伊沙：《鹿特丹日志——第38届鹿特丹国际诗歌节侧记》（http://www.shigebao.com/html/articles/22/2385.html）。

② 程光炜：《当代文学海外传播的几个问题》，《文艺争鸣》2012年8期。

说到底，“传播”一事，最根本的动力是对方自身的需求，比如来到中国的美国诗人欧康奈尔，学习中文、翻译新诗、和中国当代诗人交往、为国外杂志编选新诗，还“自己也打算编辑一本诗集，专门介绍80年代以后的中国诗歌。希望这两项工作对中国诗歌在美国的传播有所帮助”。其实他的目的很简单，就是“回报中国古代诗人曾经对我的馈赠”。我想，这样的传播才是理想的、真正意义上的传播。真正了解、尊重中国文化的海外读者会真心实意回报中国，所谓桃李不言，下自成蹊。1960年诺贝尔文学奖获得者、时任驻中国外交官的法国诗人圣琼·佩斯于1920年写往巴黎的信中谴责巴黎和会对中国权利的无视，[①] 1946年诺贝尔文学奖获得者黑塞也于1921在《关于中国的思考》一文中对延续巴黎和会精神的华盛顿会议表示谴责。[②] 佩斯和黑塞肯在中国处在危难的时候为中国伸张正义，而且表现出先知般的洞察力，虽然那时他们人微言轻，毕竟难得，再一次证明了一个健康的（国际）政治秩序需要将诗歌容纳进去。这是不是应该视为对中国古代文化海外传播的一次馈赠呢？

围绕“传播”诸问题的核心在我看来就是前面提到的秦晖对“制度”和“文化”的区别，即“‘选择什么’是文化，‘能否选择’是制度”。再以玄奘西行取经为例，《西游记》第十二回载唐僧得到皇帝批准，出征前还从唐太宗手里接过袈裟和禅杖两件宝物。而“据史料记载，唐贞观元年玄奘就陈表唐太宗请求允许西行取经，但当时却未获太宗批准。然而此时玄奘决心已定，于是‘冒越宪章，私往天竺’。最终长途跋涉五万余里，完成了历史壮举”。[③]

① “我为可怜、不快乐的中国所担心的一切终于发生了。巴黎和会对中国的侮辱无以复加：……山东一向被视为中国文化的摇篮，也一直是中国人民的圣地。全中国的眼睛都关注着这个省份。完全无法想象的是和会竟然没有一个体会到，山东问题这种不公正的处理会带来的无可避免的后果。不出十年，我们就会感受到这些后果的冲击……”（1920年4月21日），转引自凌沧洲：《检讨五四——西化的歧途》（http：//blog. renren. com/share/325675731/4158614085）。

② ［德］孚克·米谢尔斯编选，赫尔曼·黑塞著：《黑塞之中国》，谢莹莹译，人民文学出版社2011年版，第101页。

③ 阿拉门1：《唐僧取经要皇帝御批吗?》（http：//blog. sina. com. cn/s/blog_ 49cbee47010006qm. html）。

皇帝不允玄奘出关是制度上不能选择，玄奘偷渡西行则是真正的选择，是佛教文化的魅力召唤他这样做。一部《西游记》，可以说是佛教海外读者从自身需求出发面向佛经的求索史，它和一千多年后在中国土地上刮起的欧风美雨、东学西渐构成了历史上两次外来文明对中国的冲击。研究新诗的海外传播，是反其道而行，逆向观察新诗对海外地区可能产生的影响。

1942 年延安文艺座谈会以后，文化基本为权力所宰制。相反的情况出现在德国的魏玛共和国时期，那时的人们普遍鄙视制度而重视文化，甚至将文化视为政治的替代物（现在中国的某些新儒家也是如此）。其实从法国、爱尔兰和西班牙的历史看，这样做反而是政治尚不成熟的国家的普遍状况。“二战之后，让文化凌驾于政治之上的那种高度兴奋感在德国已成明日黄花。当阿多诺把任何在经历奥斯维辛集中营的惨痛之后还想写诗的企图称为残忍时，他表达的正是这种观点。然而经历过奥斯维辛的保罗·策兰所写的诗歌却无论如何不能称为残忍——因为他的诗歌反映了文化的无助，而非权力的无助。”[①] 权力的本质不是罪恶。如果没有权力来进行制度性的配置和安排，整个社会就会陷入弱肉强食的丛林状态，这本身即是更大的恶；权力也并非天生善良。如果没有分权、没有监督，权力堕落为极权，多数人的基本权利同样会遭到侵犯。传播是关系，更是价值的表达与选择，这样必然要求制度对传播行为的主体进行法律内的权利保障。用秦晖的话来说，就是“自由优先于文化”[②]。当然，正如我们在第二章第三节借助中国当代诗人萧开愚所说明的，西方的民主自由有一个非常大的悖论，就是它未仅仅停留在制度层面，而是跃出制度，翻转到文化层面，而在文化层面鼓吹自由民主很容易堕落为“怎样都行”的虚无主义，成为放纵欲望的口实。萧开愚指出伯林“消极自

① ［德］沃尔夫·勒佩尼斯：《德国历史中的文化诱惑》，刘春芳、高新华译，译林出版社 2010 年版，第 50 页。

② 秦晖：《关于“全球化和文化多元化”的网上讨论》（http：//view. news. qq. com/a/20070505/000003_ 4. htm）。

由”和“积极自由”两个概念对个人责任的回避，他在甘阳之前提出的“儒家社会主义”是他结合传统对这个问题的一次回应。他希望获得一个建设性而又能与权力保持距离的地基，他不同于新自由主义知识分子的地方就在于此。

德国社会学家乌尔里希·贝克区分了两种现代性，第一现代性主要是制度的逐渐完善，能够保障公民个体的基本权利，“欧洲人在第一现代性下已经通过政治斗争赢得了这些权利”①，在完成第一现代性的欧洲，在他们的第二现代性时代，“打开（open up）和创造语言是第一要务，语言能够摆脱第一现代性下的国家限制和必然进步论，能通过文化的对话，提出并讨论第二全球现代性诸问题。民主的进一步发展，离不开全世界各种民主语言的彼此开放”。与第一现代性注重匀质、平等的公民权不同，“风格问题是第二现代性的关键问题。要创造新的行动立场，就必须打破处于支配地位的范畴的桎梏，开创词语的新意义，从而使语言在新的处境下发挥启发性作用。民主语言的改革是民主改革的前提”。对当今的欧洲人来说，“无论从哪个角度看，语言问题都是未来的首要问题”。② 贝克的这一理论可以为我们提供很大的启示。正如孙文波在《辛卯年三月断章·反客观诗》中所写，“世界是制度，是一个又一个组织，以及它们带来的，人与人的关系”。在当代诗歌的海外传播中，“人与人的关系”主要是语言关系，即海外传播主要依赖语言，但同时，我们无法在语言本身中找到语言效力的原则和机制，因为语言的权威来自外部的制度授权。③ 因此制度和语言的确可以进入彼此互生的良性循环境地。相反的

---

① ［德］乌尔里希·贝克、［德］伊丽莎白·贝克－格恩斯海姆：《个体化》中文版导言，李荣山、范谭、张惠强译，北京大学出版社2011年版。

② 同上书，第230页。一个对比是孔子在回答子路如何为政的问题时，回答说“必也正乎名”，即“名不正，则言不顺；言不顺，则事不成；事不成，则礼乐不兴；礼乐不兴，则刑罚不中；刑罚不中，则民无所措手足”。

③ ［法］皮埃乐·布迪厄、［美］华康德：《实践与反思：反思社会学导引》，李猛、李康译，邓正来校，中央编译出版社1998年版，第195页。

例子见于《1984》，奥威尔向我们展示了“新话”如何通过减少语言来控制经验和价值的表达：“你难道不明白，新话的全部目的就是要缩小思想的范围？最后我们要使得大家在实际上不可能犯任何思想罪，因为将来没有词汇可以表达……词汇逐年减少，意识的范围也就越来越小……语言完善之时，即革命完成之日。”①

据此，我们可以尝试为新诗的海外传播建立一个模型：

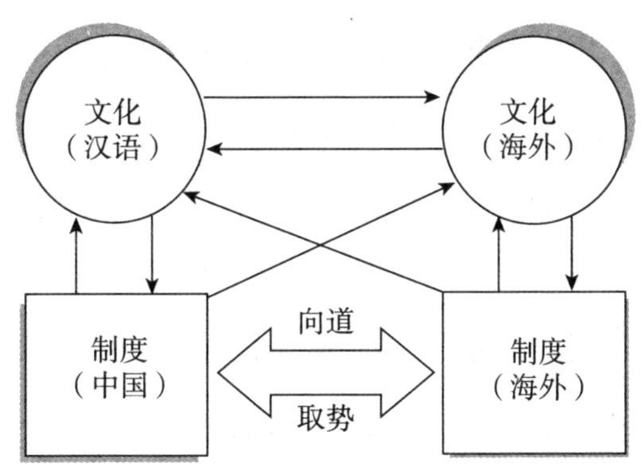


假设传播主体和接受主体在这个模型里完成新诗的海外传播与接受。很明显至少有两种制度、两种文化。中国制度和中国文化会构成相对独立的中国环境，同理，海外制度和海外文化会构成相对独立的海外环境。在中国和海外环境内部，制度和文化可以相互影响，同样，中国文化和海外文化、中国文化和海外制度以及海外文化和中国制度之间都会构成一定的传播和接受关系。一旦传播主体和接受主体在这个模型内发生关系，一般而论，会出现两种情况：从比较理想的层面看，是中国当代诗人以存道、向道之心书写自身经验，即前面所说的具有普世精神的中国经验，而这种传递又得到了海外读者的认同和肯定；从比较低的层面看，无论是中国当代诗人还是包括汉学

① ［英］奥威尔：《1984》，董乐山译，上海译文出版社2009年版，第29页。

家、政治家在内的海外读者，完全从他们自己的制度和文化出发、从比较势力的角度看待新诗的海外传播，比如第二章第一节、第二节中对以西方宗教和政治意识形态角度看待新诗的分析。这和歌德着眼于各民族之间的融合提出“世界文学”概念的同时坚持以古希腊文学作为判断文学的价值标尺一样，因为“世界文学”更是一种胸襟，而古希腊文学却为他提供了价值判断的标准。就是说，歌德提出“世界文学”的初衷是为各民族之间平等交流、相互纠正提供平台，而在实际的操作中，在一个由西方人建构起来的世界文学体系里，“世界文学”往往会像艾田伯警惕的那样成为决定、贬低或系统破坏欧美文学以外的其他文学的理由，使文学分割成主子文学和奴隶文学。[①] 20 世纪 80 年代，一位汉学家就曾亲口告诉诗人孙文波，“世界文学没有中国照样完整”。2010 年孙文波专门撰文《徒劳的努力》[②]，分别从中国当代诗人和西方读者两个层面讨论这种现象。“近年来还是有一些中国当代诗人特别热衷于进入国际诗歌圈进行交流活动，而且这种进入并不是为了真正的在与国外诗人的交流中打开自己的视野，长出一些见识，以便对写作本身有所帮助，而是希望不断地出现在国际诗歌交流的现场，让那些外国诗歌同行知道自己”，而“除了极少数人在国外还有一点点影响外，大多数人别人根本不知道，就是那些所谓的有点点影响的极少数人，也不是国内的人想象的那样风光，基本也就是处在二三流的影响范围内，而且有些人的影响还是靠着在国外混人缘来建立的”。这样，新诗的写作状况在某种程度上就会被前面那些热衷于功名的“国际诗人”所代表、所遮蔽。另一方面，西方的主流文化圈仍然会对新诗指手画脚，以高傲的姿态来要求新诗：“既然你们是生活在一个极权环境中，每天面对着制度性的邪恶，那么不反对极权，不在平日的言论与作

---

① 艾田伯：《比较文学之道：艾田伯文论选集》，生活 · 读书 · 新知三联书店 2006 年版，第 91 页。

② 孙文波：《徒劳的努力》（http：//blog. sina. com. cn/s/blog_ 7f083ea80100wrp4. html）。

品中表现出对它的反抗，就等于没有尽到一个写作者的责任，没有体现写作者基本的良知和正义感。他们才根本不管你从艺术的角度所做的那些对民族语言有益的探索，以及其他方面的发展呢。但是现在大多数中国当代诗人由于每个人的具体情况不同，几乎没有谁把自己的写作建立在直接对政治制度的批判与对抗之上。尽管中国当代诗人可以陈述一万条理由来告诉西方人，我们的写作其实是在保有尊严和对自由的追求，至少也是在拒绝合作的前提下开展的，其中仍然体现了最基本的正义、良知和善。但西方人并不领会这样的辩解。”1998 年孙文波参加完“鹿特丹国际诗歌节”后，就有某位以流亡身份在西方到处走动的前诗人劝他干脆不要回国，就在国外待下去。

关于“向道”和“取势”，在唐晓渡《当代诗歌生态的“场”和“场子”》[①] 一文中得到非常深入的阐释。唐晓渡区分了诗歌的“大生态”和“小生态”，前者主要是一些硬性的制度因素，诗人和评论家在它们面前会有一种无助感：“它们自行其是，不会在乎我们的讨论。”“小生态”实际上是布尔迪厄所说的相对独立的文学子场：“抗衡、影响、改变大环境、大气候必须依靠历史的合力，但作为一个内部的生态空间却有相对的自足性。”唐晓渡进一步将诗歌小生态区分为“知音传统”和“诗歌江湖”，他认为前者的原型是“高山流水”：一个人在荒野中独自弹琴“关涉到个人和最高存在，即‘道’的关系，所谓‘独与天地精神往来’……不说‘知我’而说‘知音’，是不是在说，‘音’喻示了一种高于奏者和听者之上的存在，据此才能在同属偶然的二者之间建立某种必然的关系呢？……知音传统更多强调共享，有一个假定的所谓最高存在或最高价值，落实到情谊的层面上则可以说是分享，共同体认后的分享。这被共同体认的东西并不抽象，它渗透在日常生活和写作中，

① 唐晓渡：《与沉默对刺：当代诗歌对话访谈录》，北京大学出版社 2012 年版，代后记。

能在精神上把我们凝聚在一起并有所激励”。[①] 唐晓渡重视的是求道、证道的精神，以此为界，他区分了“场”和“场子”，前者靠更高的道义维系，“不仅是一种自我加持的力量，还是一种互相加持的力量”，是一种可以共享的更高存在，比如竹林七贤，政见、身份和年龄不同，当时的社会处境也异常凶险，但他们之间却应了“道”的维系和共享而令人神往。而后者则是唯我的、唯利的。多多说，“我们现在的诗歌，当然我首先要这样说，任何人在任何程度上投入诗歌写作，在今天这个时代都是我们的朋友，都是我们的兄弟姐妹，都有诗心。可我还是要说，诗歌没有对错，可是它有高低。它的等级序列是很严格的。”当代诗歌和大的社会、文化生态一样，其势态是民主化，人人可以写诗，诗歌的题材和主题也基本没有什么限制，但这样也只是简化了诗歌写作的程序，其真正的难度仍然实实在在地摆在那里。多多还说，“灵魂最终是一个诗人最终的归宿、诗歌最后的目的。比写作更重要的是塑造自我……诗人社会中有闹剧，但还有人在安安静静写作，有很多向道之人。更广义上讲，有些人可能没有用笔去书写形式上的诗歌，但它是诗。我凭什么说他是诗人？因为他有那颗心，还有他有自己的话语。实际上，向道的境界，是语言无法呈现的。诗人的作用是什么？他就是要通过语言，通过建立语言的存在，接近这个境界，难处就在这里”[②]。

窃以为，如果能处理好制度和文化之间的关系，中国当代诗人和海外读

---

① 多多也说“‘艰难使命’，我是说，我们文学的一个高峰，这不是一个人两个人的事儿。尽管很可能一些高峰是为数不多的诗人在那里象征着，但是如果我们看到我们盛唐的诗歌，你看看从初唐，盛唐，中唐，一直到晚唐，多少个时期？出了多少个诗人？几百个都不止啊，都很好啊。然后呢？我们现在记住的是李杜吧？王维吧？白居易吧？这是不够的”。参 2007 年 7 月万松浦书院网站海林对多多的专访（http：//www. douban. com/group/topic/34635591/）西川则说：“我现在仍然对朦胧诗有感情。它的优点谈不上是技巧的。徐敬亚说的好，朦胧诗是一代人之间兄弟般的呼唤。一个时代在文化史意义上说就是这个时代的创造者彼此间的相互寻找，相互呼应。”西川：《大河拐大弯：一种探求可能性的诗歌思想》，北京大学出版社 2012 年版，第 161 页。

② 2007 年 7 月万松浦书院网站海林对多多的专访（http：//www. douban. com/group/topic/34635591）。

者要“向道”还是“取势”就完全出于他们自己的选择了。张东荪曾言，“民主主义是西方道统中最可宝贵的东西。我们接受西方文化亦只需换来这一点即足了。我主张将儒家的精神只限于内心修养……儒之道是最好的心理卫生方法，最新的心理学未必能超过”。[①] 我们上面已经提到，西方自由民主的悖论在于它一旦从制度翻转到文化，就会暴露在虚无主义价值沦丧的深渊当中。这也是台湾政治学者钱永祥在《纵欲与虚无之上：现代情境里的政治伦理》一书里所要讨论的问题。张东荪所要接纳的自然是作为一种制度的民主，这种接纳不是照抄照搬西方，实际上西方内部的民主，比如说美国的民主和瑞典的民主也是非常不一样的。每个民族都有权选择自己的民主道路。而作为制度的民主与作为个人修养的儒家文化并不冲突（虽然也不能紧密结合），两者完全可以相互补充，相互助益，而且儒家对个人修为、对慎独的重视可以很大程度上纠正自由民主可能带来的文化上的虚无主义。从历史来看，文化的生命力往往要旺盛于制度，“如果拿 17 世纪的英国、法国来与之比较，就可以看出，几百年的过程中，一个国家在政治方面会有极为重大的改变，然而这并不意味着其民族性的核心会有相应的改变。我们愿望，中国人民越过这段混乱困惑的时期，保持住他们美好的特质和天赋”。[②] 一旦我们有了相对完善的制度底座，相信我们的文化会发挥出更大的优势，这也是当下中国当代诗人“向道”的两个层次。余英时在接受克鲁格人文与社会科学终身成就奖的演说中讲道，“如果历史可为指引，则中国文化与西方文化之间对基本价值似乎存在很多重叠的共识，毕竟中国的‘道’讲的就是承认人类共通的价值和人类尊严。如今我更坚信，一旦中国文化回归到主流之‘道’，中国对

---

① 转引自单世联《辽远的迷魅：关于中德文化交流的读书笔记》，上海外语教育出版社 2008 年版，第 216 页。

② ［德］孚克·米谢尔斯编选，赫尔曼·黑塞著：《黑塞之中国·序》，谢莹莹译，人民文学出版社 2011 年版，第 112 页。

抗西方的大问题也将终结”。[①] 法国诗人伊夫·博纳富瓦有诗：“愿有一席之地，留给远方来客。”夫子也教育学生说，“人不知而不愠，不亦君子乎。”相信不远的将来，新诗的海外传播作为中西方文化之间的一种双向的价值选择，一定会迎来一个了不起的崭新时代。

论文第一章主要是描述性的，主要集中在新诗海外传播的现状。其中第一节简单描述了新诗在德语、法语和英语这些世界主流语言中的传播情况，指出自朦胧诗以来的当代诗歌已经得到了广泛的译介；第二节对新诗海外传播的媒介、渠道与方式进行了简单探讨，指出从国家到文学组织再到个人的不同层次，并以荷兰的鹿特丹国际诗歌节为例进行了说明；第三节则以诗人王清平编选、众多英语诗人和学者参与翻译，并由美国国家艺术基金会资助出版、铜谷出版社 2011 年出版发行的《推开窗——新诗》为例简单为新诗的海外传播做一个个案研究。从诗集出版引起的反响看，《推开窗——新诗》是新诗对世界文学的一次成功参与，以至作为《推开窗——新诗》译者的美国著名诗人欧康奈尔相信歌德所预见的“世界文学”“业已降临我们的四周”。

第二章主要讨论新诗海外传播的情境与问题，总体上，中外诗歌的交流并不平等，中国和欧美对彼此的译介并不对称。20 世纪 80 年代就有汉学家告诉孙文波，“世界文学没有中国照样完整”。在一个由西方人建构起来的世界文学体系里，这往往是新诗流播到海外时的处境。但文化和政治的偏离与错位造成了海外读者对新诗的某些偏见，而中国当代诗人对这些偏见就存在大体两种不同的态度，我以“变异”和“正名”来分别加以描述。前者利用或激化这些偏见，后者主要对这些偏见进行正名工作，使名实相符。其中欧阳

① 余英时：“克鲁格人文与社会科学终身成就奖”受奖演说《我对中国文化与历史的追索》（2006 年）https：//www. douban. com/group/topic/29521120/？type = like。

江河的《凤凰》顺应了某种"国际化写作风格"，他以中国的现实和中美之间可能的对抗与合作为点缀，实际上却脱离了名实关系，其具体做法是搜集各种中西文化、政治符号，并将这些符号拼贴在一起构成诗歌，伴随这些拼贴的是价值立场的悬置，读者始终不能在其中读到诗人的价值判断。说到底，欧阳江河这种国际化的诗歌写作是利用宗教和政治意识形态因素作为"国际化写作风格"来提高自身的影响力和传播度。在《凤凰》中，我们不仅能看到用以向西方读者示好的"一神"，也能看到这些年占尽报纸版面的中美合作（所谓"G2"或者"中美国"）或者中美对抗，而这些可能就是为国内读者准备的消费符号。笔者想指出，从长远看来，这样一种"国际化写作风格"并不足取，它可能提高诗人在海外的影响力，但最终我们会发现，它缺少诗的说服力。而萧开愚的"儒家社会主义"则结合中西方文化、制度的不同传统，设想了一种适应当代中国的诗歌政治学，他所做的，更多的是"正名"工作。如果说政治意识形态和文明背景的差异是目前当代诗歌海外传播所面临的"宿命"，那么本节就在承认这种劣势的前提下，从制度和文化建设的角度提出一些应对方法。总体的思路，是制度的归制度，文化的归文化，各司其职，职守分明。

第三章则分别对顾彬、柯雷和戴迈河三位从事新诗译介和研究工作的汉学家的工作进行介绍和评价，其中对顾彬是整体研究，对柯雷和戴迈河则是具体的文本分析。

顾彬高度评价了新诗，但他所持的德国精英立场局限了他的视野。柯雷也高度评价了多多的诗歌，他试图从世界诗歌的视野——"去中国化"和"去政治化"两个层面——来理解多多的诗歌，但他以新批评的方法对多多诗歌的文本细读却忽视了中国传统和中国现实政治对多多诗歌的影响。戴迈河对新诗的理解更深入，尤其是他对法国社会学家布尔迪厄场域理论的精妙运用，可以启发我们对新诗的更深入把握。戴迈河不太认为中国当代诗人可以形成布尔迪厄提出的“一种普遍的法团主义”①，相比于此，我更愿意强调布尔迪厄理论中这一难得的理想情怀。这一理想情怀也是我上面反复提及的“道”。虽然每个诗人对“道”的理解不同，但向道之心总是让我生出感佩之情。说到底，诗歌如果不能改善诗人和读者的认知和行动，不就是枉为“诗歌”这一高贵的称号吗？

第四章主要在前面新诗海外传播的基础上研究中国当代诗人对海外传播的反应。新诗已经取得了很大的成绩，但诗歌成绩和海外影响力或所谓“文化软实力”确乎是两个层面上的问题。当我们提及“新诗的海外传播”这个话题时，更多想起的自然是当代诗歌在海外的影响力，这更多是一个“取势”的问题。但是话说回来，新诗的海外传播即使较以往有了增多，能否构成真正意义上的交流仍然是个很大的疑问。陈东东认为“诗人和诗人、诗人和读者之间的本质交流其实只能在诗歌作品的层面上展开”②，没有作品的阅读，再大的影响力也是虚名。况且海外的影响力并不是对所有当代诗人都有诱惑力，自信一些的诗人完全可以看淡这些名利，即便出国参与其中，也可以仅仅将其视为打工或者放松的机会，而不是借此自我吹擂。长远看，这样的交流会越来越多，但对诗人来说最重要的永远是写出好的诗歌。本章运用了布尔迪厄的场域理论，重点选取杨炼、西川、多多、张枣、孙文波和臧棣六位诗人。通过西川和杨炼来考察中国当代诗人在国际诗坛如何塑造自身形象，他们都强调对中国古代传统的继承和诗人作为知识分子的一面；在多多和张枣写于欧洲的诗歌里看到他们是如何重新“发明”中国，惜乎他们不约而同对中国传统做了本质化的处理；臧棣和孙文波的诗歌则是对 19 世纪欧洲浪漫主义诗歌传统的深刻改写，我们可以就此窥见 20 世纪的语言学转向如何深刻

---

① “可我想诗人和诗歌这东西也永远不能和和平平地过日子……日子太好过，那儿来诗吧。”参戴迈河、冯强：《更重要的是要容有“百家”——戴迈河先生访谈录》，《长城》2012 年第 6 期。

② 陈东东语，载《诗人探讨中国诗歌走出去：诗品高下影响对外译介》，《深圳特区报》2011 年 11 月 17 日。

影响了包括新诗在内的世界诗歌。这一章实际上考察了当代诗人能否越过对“世界文学”的低层次理解。尼采洞悉“存在总是也必然是对存在的解释”，而解释总是解释者自己塞进去的，所以无论是西方对新诗的影响还是新诗反过来对西方的影响，实际上都是接受者自身在制造着西方或者东方影响。如果说欧美现代诗歌曾经深刻影响了新诗，那只能说明新诗人有着惊人的好胃口，而当中国当代诗人普遍意识到他们自身同中国古代诗歌传统之间始终有一层不仅是美学上的、也是伦理上的甚至虚无意义上的关联时，对欧美现代诗歌传统的需求自然会压缩，并同前者形成一个适当的比例。我认为现在完全可以从中国当代诗人自身的需求出发来考察这一问题，第四章应该说就是这样一次尝试。

以“新诗海外传播的当代性反思”来命名我的论文自然脱不了以偏概全的指责，对于这一指责我必须接受，因为我涉及的当代诗人比如清平、于坚、伊沙、蒋浩以及上面提到的几位只占了当代诗人很小的比例，而且我根本未把当代的少数民族诗歌和港澳台诗歌涵盖进去，支撑不起“新诗”的架子。同样，所谓“海外传播”研究也只是侧重在欧洲，侧重在英语界，这样“新诗的海外传播”就不可能落在实处。而我依然使用这个题目，在于我认为无论哪些诗歌，无论在哪些国家传播，新诗总会涉及不同制度和文化问题，也必然会涉及占位取势和道义取向问题，我的目标是将二者呈现或者暴露出来。

# 第一章　新诗海外传播的状况

2010 年前后，中国文化的海外传播逐渐成为各所高校硕士生、博士生申请毕业论文的热门选题[①]，伴随这一现象的，是中国成为仅次于美国的世界第二大经济体。“一个长期供人窥视的对象反过来对窥视目光的好奇，表现了它在这个充满意外不测的世界中的敏感。而作为对象本身，它会更加清醒地意识到攸关于己之处，何种交流方式于自身更有利。”[②] 本论文参与到当下这股潮流中，亦是出于对新诗海外传播情况的关心。

新诗一旦翻译为外文、在海外的文化市场上流通并被海外读者阅读，就事实上进入了歌德所说的“世界文学”范畴。本章梳理了歌德提出“世界文学”的背景和初衷，最终将“世界文学”区分为两个层次。第一个层次可以为各民族之间平等交流、相互纠正提供平台；第二个层次更多体现在实际的操作中。在一个由西方人建构起来的世界文学体系里，“世界文学”往往会像艾田伯警惕的那样成为决定、贬低或系统破坏欧美文学以外的其他文学的理

---

① 参绪论部分。

② 范劲：《卫礼贤之名：对一个边际文化符码的考察》，华东师范大学出版社 2011 年版，第 18 页。

由，使文学分割成主子文学和奴隶文学。①

论文第一节简单描述了新诗在德语、法语和英语这些世界主流语言中的传播情况，指出自朦胧诗以来的当代诗歌已经得到了广泛的译介；第二节对新诗海外传播的方式进行了简单探讨，指出从国家到文学机构再到个人的不同层次，并以荷兰的鹿特丹国际诗歌节为例进行了说明；第三节则以诗人王清平编选、众多英语诗人和学者参与翻译，并由美国国家艺术基金会资助出版、铜谷出版社出版发行的《推开窗——新诗》（*Push Open the Window - Contemporary Poetry from China*，Copper Canyon Press，2011）为例简单为新诗的海外传播做一个个案研究。从诗集出版引起的反响看，《推开窗——新诗》无疑是新诗对世界文学的一次成功参与，以至作为《推开窗——新诗》译者的美国著名诗人欧康奈尔相信歌德所预见的"世界文学""业已降临我们的四周"。

## 第一节　新诗海外传播基本状况

中国古代诗歌在海外尤其是欧美经济发达地区的传播已经进行了几个世纪，相比之下，朦胧诗以来新诗的海外传播显得没有那样广泛和深入。而相比朦胧诗，朦胧诗之后尤其是20世纪90年代之后新诗的译介情况也要逊色一些。比如1990年夏威夷大学出版、爱德华·摩林（Edward Morin）选译的《红杜鹃：文革以来的中国诗歌》（*The Red Azalea*: *Chinese Poetry Since the Cultural Revolution*）和1993年新英格兰大学出版的托尼·巴恩斯通（Tony Barnstone）编译的《走出风暴：中国新诗》（*Out of the Howling Storm*: *The New Chinese Poetry*）主

① ［法］艾田伯：《比较文学之道：艾田伯文论选集》，生活·读书·新知三联书店2006年版，第91页。

要集中了朦胧派诗人的作品[①]。用奚密（Michelle Yeh）的话来概括，“将近二十年，对西方而言，所谓当代中国诗歌几乎都是以朦胧诗为唯一代表。在国内，它在知识分子和学生群中极受欢迎，却一再遭到官方批判。在国外，朦胧诗成为一个焦点有几个原因。第一，作为官方诗歌的另类，和充满争议性的新诗潮，它具有象征意义。第二，它对晚近历史的批判性反思和对回归人道主义的呼唤。第三，同样重要的是，接触和互动的机会。如果说前两个原因点出朦胧诗精神和主题的特色，最后一个因素造成的影响是长远的。接触和互动是双向的”。[②] 奚密本人编译、耶鲁大学出版的《中国现代诗选》（*Anthology of Modern Chinese Poetry*，1992）也主要集中了朦胧派诗人的作品，至于个人诗集的英译，情况亦是如此。

20 世纪 80 年代，顾彬编译了收入郭沫若等 16 位中国现当代诗人的诗集《太阳城消息》。在序中，他写道：“中国文学以诗歌闻名于世。上千年间，诗一直是中国文人表达思想的手段。若不是本世纪以来对文学种类有了新的发现与新的认识，我们真的可以称中国文学史是一部诗歌史——一部从《诗经》开始，并由《楚辞》继承、延续的历史。《诗经》与《楚辞》这两部诗集不仅是中国早期文学的巅峰之作，且在今日仍然是世界文学的著名篇章。”[③] 和欧洲其他国家一样，相对于新诗，德国汉学界更加重视中国古典诗歌。中国古典诗歌在欧洲有着漫长的传播史。顾彬曾经无奈地说过他现在是德国唯一译介中国当代文学的汉学家。这个说法当然有些夸张，但是毕竟道出了部分实情：汉学家对中国古典诗歌的热情远远大于对新诗的热情。

---

① 刘江凯：《巴别塔上补天——中国当代诗歌的翻译与研究》，《南方文坛》2012 年第 4 期。

② 奚密：《现代汉诗：翻译与可译性》，参 2011 年 4 月北京师范大学文学院“中国文学海外传播”国际学术研讨会会议论文汇编。

③ 张晓晖：《德国的中国诗歌翻译与研究》，《重庆科技学院学报》（社会科学版）2011 年第 17 期。

究其原因，我想大致有以下几点。一是诗歌自身的边缘处境。在市场经济主导的国家，诗歌的地位相对来说都处于边缘，顾彬和瑞士汉学家开勒都对我讲过这样的话，欧洲诗人尤其是年轻诗人要想通过正规出版社出版他们的诗集，也是比较困难的。① 二是欧洲人对当代中国的文化偏见，即他们认为新诗无非是学习欧美诗歌的产物，这种诗歌对他们来说并不新鲜，他们如果想了解当代中国，没有必要通过当代诗歌，通过新闻媒体就足够了。三是欧洲人对中国诗人的政治偏见，很多欧洲人为大陆当代诗人预设了一个政治正确的位置，比如西川就曾被问到为何不流亡海外，这就局限了他们选择和接受当代诗歌的视角。四是中国当代诗人对自身思想和感受的展示仍然相对被动，虽然当代中国已经有萧开愚、西川那样可以融入欧美环境中、与来自欧美的诗人进行对话的诗人，但是大部分诗人受制于语言能力和交流机会的匮乏，不能在欧美产生自己的影响。

先以德国为例，简单介绍一下新诗的海外传播。20 世纪 90 年代朦胧诗人作为一个群体在德国受到了汉学家的青睐。90 年代初，顾彬翻译了北岛的《白日梦》和《太阳城札记》，图宾根大学的保罗·霍夫曼（Paul Hoffmann，他也是诗人张枣的老师）于 1993 年翻译了顾城的《朦胧诗解构学研究》，孔策等人翻译了杨炼的《诗》《鬼话》《面具与鳄鱼》等也相继出版②。杨炼在德国很有名气，他的作品一般由德国著名的苏尔坎普（Suhrkamp）出版社出版，而且点名要顾彬来翻译，比如最近刚刚出版的《同心圆》。1995 年，由

① 多多还说“尽管诗歌有作为媒体已经死亡、作为濒临灭绝的野生动物依旧存在之说，但在一种全景的凄凉中，中国当代诗歌在西方的处境也并非格外凄凉。拿德国来说，尽管中国诗人出版难，但还是有可能。至少有十五个大学的汉语系有学生读者。而一般德国青年诗人想出版则需自费（五千马克）。诗歌是喂给出版商的毒药，并非自今日始。据云，歌德的诗作（而非小说）从上世纪初到本世纪一百年来仅卖掉一千册。一般地来说，写诗之人才读诗，但这也并不比只读诗不写诗为坏。去年德国南部某杂志社公开征求诗稿，竟有一万五千份来稿，这没什么让人吃惊的，既然已经吃够了樱桃，就该往网外边飞了。”多多：《雪不是白色的》（http：//www. douban. com/group/topic/6926549/）。

② 张晓晖：《德国的中国诗歌翻译与研究》，《重庆科技学院学报》（社会科学版）2011 年 17 期。

保罗·霍夫曼和朋友苏姗娜·格丝（Susanne Gösse）撰写前言、苏姗娜·格丝（Susanne Gösse）编译、何多苓参与插图的《中国杂技——硬椅子》由konkursbuch出版，收入“四川五君”柏桦、张枣、欧阳江河、钟鸣和翟永明的诗歌。1996年，波尔克翻译的舒婷《会唱歌的鸢尾花》和《双桅船》相继出版。次年，亨耶斯翻译了多多的《回家》。进入新世纪，朦胧诗人势头不减，第三代诗人西川、王家新、欧阳江河、王小妮、翟永明等中国当代诗人在德国的影响力也与日俱增。比如Rupprecht Mayer翻译的舒婷的《墙间》(Zwischen Wänden)。1998年拉斐尔·开勒（Raffael Keller）的硕士毕业论文《南方诗：新诗比较研究》，“从地域角度提出了一种南北二分法：70年代以来南方的黄翔、萧开愚等人对北方的北岛、舒婷，以及后来的西川等先锋诗人。他认为这种分野可以一直追溯到《楚辞》与《诗经》的两大传统”。[①] 2001年和2003年他又分别翻译了萧开愚的两本诗集，即《雨中作：诗集》(Im Regen geschrieben：Gedichte，Sprache）和《安静，安静》（Stille Stille，Wortraum - Edition)。2009年，开勒和另一位青年汉学家马海默（Marc Hermann）合作翻译出版了德语有声读物《挡风玻璃上的蝴蝶：中国当代诗选》(Schmetterlinge auf der Windschutzscheibe：Moderne chinesische Lyrik，FlyfastRecords，2009)，收录了西川编选的昌耀、翟永明、于坚、韩东等十位诗人的作品，并随书赠送两张由德国一线演员配音的诗歌朗诵录像带。同年，顾彬和高红合作翻译了由批评家唐晓渡编选的《不言而喻的真相》(Alles versteht sich auf Verrat，Weidle Verlag GmbH)，选入了海子、西川、于坚、欧阳江河、王家新、王小妮、翟永明和陈东东八位诗人的作品。2010年，马海默翻译的于坚的《零档案》（Akte 0，Verlag Horlemann Verlag）出版。2011年，disserta出版了由青年翻译家Alexandra Leipold翻译的《四川五君》(Die Fünf

① 傅正明：《七色斑斓的中国当代诗歌》(http：//www. studa. net/dangdai/060119/17214374. html)。

Meister aus Sichuan (Sichuan wu junzi): Die Posthermetischen Lyriker Bai Hua, Zhang Zao, Zhong Ming, Ouyang Jianghe und Zhai Yongming),收录了柏桦、张枣、钟鸣、欧阳江河和翟永明的诗歌。同年,王家新的德文诗集《哥特兰的黄昏》(Daemmerung auf Gotland)由顾彬译为德文(唐豪瑟尔编辑,A-奥腾斯海姆出版社出版)。

法国的情况与德国类似,主要集中在朦胧诗和第三代。"最早对朦胧诗一代进行介绍的杂志是《码头》,其1981—1982年冬季号为中国专号,译介了北岛、顾城、江河、芒克、食指、舒婷、杨炼和严力的诗歌。文学杂志《欧洲》《诗歌》也分别在1985年和1993年推出了中国诗歌专号,除上述诗人外,还介绍了多多、车前子、宋琳的诗歌。1997年,《诗歌行动》杂志介绍了柏桦、陈东东、陆伊敏、吕德安、莫非、树才、西川、翟永明和朱朱等12位中国诗人。2000年以来,《新文集》《诗歌2001》等文学杂志还介绍过于坚。从20世纪90年代到21世纪初,法国一些小型诗歌出版社推出了北岛、杨炼、顾城、芒克和宋琳等的诗集"。[①] 比如尤利西斯出版社1991年推出的北岛、顾城、芒克和杨炼的诗合集 Quatre poetes chinois。2004年,希尔塞出版社推出多达390页、收录了40余位中国当代诗人(33位大陆当代诗人和13位台湾当代诗人)的大型新诗选集《天空飞逝——中国新诗选》。"2005年,于坚的《零档案》法文版在中国蓝出版社出版。2010年,被并入伽利玛出版社的中国蓝出版社又出版了于坚的《飞行》"[②]。2012年的由罗曼·罗兰创办于1923年的《欧洲》(Europe,11—12月号合刊)杂志又发表尚德兰[③]译介的1960年以后出生的14位中国当代诗人的诗歌,另附尚德兰专文《中国新

① 徐爽:《传播与想象:中国当代诗歌在法国》,《中国社会科学报》第262期。

② 同上。

③ 尚德兰在中国当代文学领域译著甚丰,除了老舍、王蒙、陆文夫、北岛和莫言的小说,还翻译收录了顾城、芒克、杨炼、北岛等人诗作的《中国四诗人诗选》,另外她还翻译了杨炼的《大海停止之处》和北岛的《零度以上的风景》。

诗歌：寻找现实的诗歌》。

相比之下，英语世界对大陆当代诗歌的译介成果最为丰硕。[①] 1988 年，纽约的 Stephen Lane 和 Ginny MacKenzie 合编了《北京 - 纽约：中国的艺术家和诗人》（Beijing - New York：Chinese Artists，Chinese Poets. Sister City Program of the City of New York and Coyote Press）；1992 年，多伦多的 Mangajin Books 出版 Chao Tang and Lee Robinson 编译的《新潮：新诗》（New Tide：Contemporary Chinese Poetry）；1999 年，王屏编译了《新一代：中国当代诗选》（New Generation：Poems from China Today. Brooklyn：Hanging Loose Press），重点关注朦胧诗之后新一代诗人的作品；2006 年 Wild Peony 出版了 Naikan Tao 和 Tony Prince 编选的《中国当代八诗人》（Eight Contemporary Chinese Poets），杨炼、江河、韩东、于坚、翟永明、张真、西川、海子入选；2007 年诗天空出版社出版 Yidan Han 编选的《双语诗天空新诗选，2005—2006》（The PoetrySky Anthology of Contemporary Chinese Poetry，2005—2006：A Bilingual Edition），同年，张耳和陈东东合编《另一国度：中国当代诗选》（Another kind of nation：an anthology of contemporary Chinese poetry，Talisman House Publishers），选入 24 位 1960 年之后出生、在中国大陆已经成名然而很多是第一次在英语世界露面的诗人；次年，海岸与比利时诗人杰曼·卓根布鲁特合作翻译的《新诗前浪》（The Frontier Tide：Contemporary Poetry From China）则将目光转向，聚焦于 90 年代以来的作品；2010 年，于坚的《内存条：于坚便条集诗选》（*Flash Cards*：*Selected Poems from Yu Jian's Anthology of Notes*，Zephyr Press）出版；2011 年，在人民文学出版社任职的王清平编选的《推开窗——新诗》（*Push Open the Window——Contemporary Poetry from China*，Copper Canyon Press），收入当代 49 位著名诗人的诗歌，我们将会在第三节的诗歌选本和读者接受中作

① 相关资料参考北京师范大学刘江凯 2011 年博士论文《认同与“延异”——中国当代文学的海外接受》，北京大学出版社 2012 年版。

为样本来分析；2012年，“今日中国文学”书系出版食指《冬日的阳光》，由石江山（Jonathan Stalling）翻译、张清华撰写导言。同年，纽约西风出版社（Zephyr Press）出版了“今天”书系（双语版），首批推出欧阳江河《重影》（Doubled Shadows，Austin Woerner 译）、翟永明《更衣室》（The Changing Room，Andrea Lingenfelter 译）和韩东《来自大连的电话》（A Phone Call from Dalian，Nicky Harman 译）。同年，由杨炼选编、秦晓宇撰写分诗体序言，威廉·赫伯特（William Herbert）、霍布恩（Brian Holton）等英译的中国当代新诗选《玉梯——当代中文诗选》由英国血斧（Bloodaxe）出版社出版，主要介绍当代中国诗歌的演变，并介绍说“为异化、创伤和流亡所驱动的中国诗歌已经在世界诗歌中做出了最彻底、最让人兴奋的诗歌实验”，“《玉梯》在英语世界中首次权威性地展示了重新确立其与西方现代和后现代诗歌的关系、重新参与到它自身的伟大传统之后的中国诗歌”。[①] 同年，Rui Kunze 研究海子和中国当代文化的专著《竞争与共生：诗人海子的经典化和当代中国文化话语》（Struggle and Symbiosis：The Canonization of the Poet Haizi and Cultural Discourses in Contemporary China）也在德国的 Projekt Verlag 出版；2013年，蓝蓝的《身体里的峡谷》（Canyon in the Body，双语）由 Fiona Sze – Lorrain 翻译，Zephyr Press 出版；2月（2016年将增补再版）由美国芝加哥哈瑞特·梦若诗歌研究所赞助、美国 Tupelo Press 出版的《新华夏集：当代中国诗选 1990—2012》，该诗选经过编辑和主编层层严格筛选，最后收录25位诗人的作品（16位译者/合译者）。值得一提的是，DJS 艺术基金会设立的 DJS 诗歌翻译奖，旨在促进中外诗歌交流，鼓励高质量的诗歌翻译，以奖励翻译出版项目为主。自2011年起，该诗歌翻译奖每年颁发一次，奖金为一千美元。头三年

---

① 杨炼选编《玉梯》（http：//mclc. osu. edu/rc/col. htm），命名为《玉梯》，显然与 Witter Bynner 所译《唐诗三百首》的英译经典《玉山》（The Jade Mountain）有关，后者已经成为美国本土化的中国诗歌传统，对美国诗歌和文化产生了巨大影响，是中国文化被欧美吸纳并成为主流的一个典范。

主要鼓励将中文当代诗译介到英语国家和其他地区[①]，2011 年度 DJS 诗歌翻译奖的获奖者为尼尔·艾特肯（Neil Aitken），他于 2010 年至 2011 年参与合译了吕德安、孙文波、姜涛、蒋浩、吕约、江离等 12 位中国诗人的 120 首诗[②]。

除了合集，更多诗人零散出现在各类诗选、杂志及网络中，比如 1983 年 19、20 期的《译丛》刊发了 John Minford 翻译的《朦胧诗：中国新诗》（Mists：New Poets from China）。1998 年 Gordon T. Osing 和 De – An Wu Swihart 合译的《朦胧诗》（Menglong Shi）发表在《盐山》（Salt Hill）5 月号的专辑上。《醉舟》（The Drunken Boat）2006、2007 春夏卷“新诗”发表了中国当代诗人专辑，除多多、翟永明、李森、王家新、西川、于坚、孙文波、欧阳江河、王小妮、陈东东、韩东以及海外的北岛、哈金和雪迪外，还编选了西藏等少数民族地区诗人的作品。《亚特兰大评论》（Atlanta Review）2008 年 14 卷 2 期“中国”专栏介绍了当代许多著名诗人，包括孙文波、萧开愚、王小妮、多多、蓝蓝、于坚、鲁西西、王家新、胡旭东、臧棣、韩东、树才、翟永明、杨健、西川等。2012 年美国青年诗人卡明斯基主编的《诗国际》或译《国际诗歌》（Poetry International）是一份很有影响的国际诗歌年刊，2012 年第 18 期《诗国际》刊出“当代汉语诗小辑（1）”[③]，收入臧棣、吕德安、多多、哑石、明迪、琳子、邱启轩、蒋浩、李少君、吕约、孙文波的诗歌。“与纸质媒体相比，近年兴起的网络媒体在译介新诗时呈现出一些新特点。一是译介者的身份更加丰富。网上活跃的参与者有记者，如网络杂志《诗歌报》的主持人弗洛伦斯·特洛克梅；有曾长期在中国工作生活的企业家，如贝尔特朗·米阿拉雷；有驻中国的商界人士，如新中华网当代诗歌论坛的参与者、

---

① 其英文链接为（http：//poetryeastwest. com/djs – translation – award/）。

② 其英文链接为（http：//www. poemlife. com/forum. php？ mod = viewthread&tid = 651930）。

③ 其英文链接为（http：//poetryinternational. sdsu. edu/）。

经典中文——现场博客网的博主弗朗索瓦·夏东。他们都非诗界人士，但有极高的文化修养并热爱诗歌或中国文化”。①

总体来说，英语诗人尤其是美国诗人因为有从庞德到施耐德这一现代诗歌传统的影响，对新诗的译介相对比较充分。

除了北岛、杨炼、多多等几位海外诗人外，大陆当代诗人译作较多的还包括舒婷、顾城、海子、西川、翟永明等，还有一些诗人则正在不断地受到关注，如王小妮、蓝蓝等。可以看出，这些诗人以早期的“朦胧诗”派为主。就国际影响力而言，北岛、杨炼等居住在海外的诗人更大一些，无论是诗歌译介还是个案研究都占优势。② 同时，也有明显的不均衡，比如说昌耀明显被忽略。2007年西川在纽约大学东亚系教授“翻译中的20世纪中国文学”，发现此前昌耀只有一首诗被翻成了俄文，据他推测，可能是1998年俄国方面为迎接中国作家代表团而翻译的。③

因为不可能对每个诗人的海外翻译情况作细致的梳理，这里选取北岛和杨炼、西川等人，重点介绍他们的外文诗集和一些重要的研究成果。北岛在海外享有广泛声誉，是许多译者和学者的研究对象。杜博妮翻译了北岛三本诗集，分别是康奈尔大学出版的《太阳城札记》（Notes from the City of the Sun：Poems by Bei Dao，1983）、纽约新方向（New Directions）出版的《八月

---

① 徐爽：《传播与想象：中国当代诗歌在法国》，《中国社会科学报》2012年2月3日，第262期。

② 刘江凯：《巴别塔上补天——中国当代诗歌的翻译与研究》，《南方文坛》2012年第4期。

③ 据西川：《昌耀诗的相反相成和两个偏离》。在2009年西川主持的诗歌展览中，广告上所用的昌耀诗句来自他写于1993年8月4日的《意义空白》（有一天你发现你的呐喊阒寂无声空做姿态）。《意义空白》整首诗的中文原文和德语译文印在海报的一角。这首诗和另外一些昌耀的诗被西川收入《挡风玻璃上的蝴蝶》。马海默以前从未听说过昌耀，但他却对西川说，即使他不了解昌耀的悲苦身世，仅凭阅读昌耀的诗歌，他也能判断出这是个大诗人。2009年9月西川去加拿大维多利亚大学写作系教了一学期的课。期间他从诗人海岸和比利时诗人杰曼·卓根布鲁特联合编辑的《中国当代诗歌前浪》中选用了昌耀两首诗的英译文：《斯人》和《一百头公牛》，当他把这两首诗拿给他的朋友、加拿大总督文学奖获得者蒂姆·柳本看时，他很惊讶。他说，就凭这两首诗，也能猜到昌耀是一位大诗人。参《答马铃薯兄弟问：学会欣赏思想之美》，载《大河拐大弯》。

的梦游者》（The August Sleepwalkers，1990）和《旧雪》（Old Snow：Poems，1991），这些译集受到汉学家宇文所安的高度肯定；[①] David Hinton 也翻译了北岛的三部诗集，分别是《距离的形式》（Forms of Distance，1994）、《零度以上的风景》（Landscapes Over Zero，1996）和《在天涯》（At the sky's edge：poems 1991—1996，2001），都由新方向出版。此外，新方向还出版了一本由 Eliot Wienberger 和 Iona Man - Cheong 共同翻译的《开锁》（Unlock，2000），2010 年，又出版了由 Eliot Wienberger 单独翻译的《时间的玫瑰（双语版）》（The Rose of Time：New and Selected Poems）。关于他的研究文章，我们只列举 2006 年 Edwin Mellen 研究北岛的专著《抵抗与流亡：北岛的诗，1978—2000》（The Chinese Poetry of Bei Dao，1978—2000：Resistance and Exile），另外单篇的研究论文比如荷兰汉学家柯雷的《流放：杨炼、王家新和北岛》（Exile：Yang Lian，Wang Jiaxin and Bei Dao）收入他 2008 年厚达 500 页的著作《精神、混乱和金钱时代的中国诗歌》（Chinese Poetry in Times of Mind，Mayhem and Money，Leiden：Brill，2008，137—186）。也有汉学系学生以北岛作为博士论文选题，如剑桥大学 2007 年 Tan，Chee - Lay 的《构建一个不规则的体系：北岛、多多、杨炼的诗歌》（Constructing a System of Irregularities：The Poetry of Bei Dao，Duoduo and Yang Lian）。

有关杨炼的外文出版物也有很多，其个人网站提供了许多翔实资料。[②] 具体地说，1989 年奥地利 Hande 出版德译诗选《朝圣》（Pilgerfahrt），同年澳大利亚国立大学出版附作者朗诵录像带的中英文对照诗选《与死亡对称》（In Symmetry with Death）。1990 年澳大利亚 Wild Peony 出版《面具与鳄鱼》（Masks and Crocodile，此书在 1994 年、2004 年分别推出德译本和法译本），

---

① ［美］宇文所安：《什么是世界诗歌?》，洪越译，田晓菲校，《新诗评论》总第三辑，北京大学出版社 2006 年版。

② 杨炼网页（http：//www. yanglian. net/），另外杨炼在豆瓣网专门设立了豆瓣小站（http：//site. douban. com/108719/），网站经常更新，有许多杨炼诗歌的资料。

1990 年澳大利亚 Tiananmen 出版中英文对照诗选《流亡中的死者》（The Dead in Exile）。1991 年中荷文对照诗选 En De Rest Ven De Wereld 在荷兰鹿特丹国际诗歌节出版。1993 年德文诗选《诗》（Gedichte）在瑞士 Ammann 出版。1994 年中英文对照诗选《无人称》（Non－person Singula，1981—1991）在英国 Wellsweep 出版。1995 年中德文对照短诗与照片集《中国日记》（China Dairy）在德国著名的 Schwarzkoft 和 Schwarzkoft 出版，同年《鬼话》（Geisterreden）在德国 Ammann 出版德文翻译散文集，中英文对照组诗《大海停止之处》（Where the Sea Stansa Still，此书后来还有德文、法文、意大利、丹麦文译本）在英国 Wellsweep 出版。1999 年英国著名的血斧（Bloodaxe）出版《大海停止之处——新诗作品》（1991—1992）。2000 年德国 Cyperfiction 出版《死诗人的城》（City of Dead Poets），2001 年美国 Green Integer 出版中英文对照长诗《YI》（2005 年澳大利亚 Joyce 再版），同年中法文对照诗集《河口上的房间》（La Maison Sur L' Estuaire）在法国 M. E. E. T. 丛书出版。2002 年英译诗选《幸福鬼魂手记》（Notes of a Blissful Ghost，2005 年出日文本）在香港译丛出版，2005 年英译长诗《同心圆》（Concentric Circles）在英国血斧出版，同年《水手之家》（Sailor' s Home）在英国 Shearsman 出版。2006 年英文翻译诗歌、散文选《幻象之城》（Unreal City）在新西兰奥克兰大学出版，2012 年，顾彬翻译的《同心圆》（Konzentrische Kreise，Hanser Verlag）出版，2012 年杨炼获得意大利诺尼诺国际文学奖，2013 年杨炼更是登上意大利著名诗刊 Poesia 封面，其中有意大利诗人 Tomaso Kemeny 介绍杨炼的专文和意大利译文的杨炼新作。Poesia 是意大利最著名的诗歌杂志，这是第一次以华语诗人为封面和推介人物。杨炼与英国诗人 William N Herbert 合作编辑中英诗人互译诗选集《大海的第三岸：中英诗人互译诗选》在 2013 年由华东师范大学出版社和英国 Shaesnian 在两国同时出版，大概 2013 年年底由华东大学出版社和英国 Shaesman 在两国同时出版。

西川的个人诗集《蚊子痣》（Notes on the Mosquito：Selected Poems）于2012年由新方向出版社出版，译者为Lucas Klein。但之前收入他诗歌的期刊或杂志已经有很多。比如《译丛》曾于1992年37期和1999年51期、《热》（Heat）曾于1996年2期和1998年8期两次介绍西川，此外，著名的《泰晤士报》文学副刊（The Times Literary Supplement）于1996年10月25日、《塞内卡评论》（Seneca Review）于2003年第33卷2期、《醉舟》于2006春夏卷以及《亚特兰大评论》于2008春夏卷等也曾分别介绍。汉学家柯雷对西川的评价尤其高，认为他和于坚是中国当代最有代表性的诗人，其《精神、混乱和金钱时代的中国诗歌》共13章，其中第五章、第十章专论西川，第六章则是西川、于坚的合论。

推动新诗海外传播的既有著名大学的汉学系比如海德堡大学和莱顿大学合作经营的数据库工程（DACHS）①、俄克拉荷马大学《今日中国文学》②、俄亥俄州立大学东亚语言与文学系（Department of East Asian Languages and Literatures，The Ohio State University）与《中国现代文学与文化》（Modern Chinese Literature and Culture）合作的中国现代文学与文化资源中心（MCLC RESOURCE CENTER）③，以及伦敦大学亚非学院（SOAS）④，也有各种政府、企业甚至私人基金，比如美国国家艺术基金会、德国的亚非拉文学作品推广协会“Litprom”（Gesellschaft zur Förderung der Literatur aus Afrika，Asien und Lateinamerika e. v.）和博世基金会（Robert Bosch Stiftung），也有像本章第二节提到的美国诗人乔治·欧康奈尔（George O’Connell）怀着“回报中国古代诗人曾经对我的馈赠”想法的单个诗人对新诗的传播。这些努力使很多当代诗歌得到了及时的译介，包括民刊和一些新兴诗歌流派和草根诗人。可以

---

① 其英文链接为（http：//leiden. dachs－archive. org/）。

② 其英文链接为（http：//www. ou. edu/clt/）。

③ 其英文链接为（http：//mclc. osu. edu/）。

④ 其英文链接为（http：//www. soas. ac. uk/）。

说，海外对新诗的译介程度和范围都是前些年无法比拟的。这些当然有助于促进新诗走向成熟和进步。当然无论如何，这些环节的改善对任何一位中国当代诗人来说都是外部环境的变化，要真正起作用，还是必须落实到具体的诗人身上。

## 第二节　新诗海外传播的媒介、渠道与方式

传播之为可能，在于媒介的参与，诗歌传播之媒介就是将诗歌从某地译介、传递到另一地的行为过程。新诗的海外传播，除去单纯的市场行为（比如国外的出版社要在决定是否出版诗集之前做一些市场调查）外，大体上可以分为中国官方组织和他国官方与非官方组织几类，很多时候这几类组织之间会有合作，主要方式有设置诗歌节和诗歌奖项、诗集的翻译及朗诵、诗人的交游、当地报纸的介绍推广等。下面我们根据绪论中的思路，从制度和文化两个层面来考察新诗海外传播的媒介、渠道与方式，因为两个层面在传播过程中往往交织在一起，并行不悖，我们也就不对两个层面作明确的划分。

中国的有关部门对中国文化走向世界的问题一直高度重视：建立了专门出版中译外著作的出版社，推出了好多种外文版的画报、杂志，如英文版和法文版的《中国文学》期刊等，也投入了相当多的资金；1981 年开始，著名翻译家杨宪益先生又倡议并主持了旨在弥补西方对中国文学了解空白的“熊猫丛书”的编辑、翻译和出版工作；1995 年正式立项的《大中华文库》工程则积极组织国内各地的翻译专家，全面介绍中国文学和文化典籍，规模非常大，据说列入翻译计划的有两百种中国文学和文化的典籍，已经出版了一百种；从 2004 年年底开始在海外设立的汉语推广机构“孔子学院”则更是规模浩大，截至 2012 年 1 月，全球已有 358 所孔子学院，另有 500 个孔子课堂，

分布在105个国家和地区。各个地区的孔子学院会经常邀请国内的诗人、小说家进行讲座或宣传，比如德国北威州杜塞尔多夫孔子学院2010年就曾邀请诗人王家新、多多以及汉学家顾彬和马海默参加各类诗歌活动；再如2013年3月，白俄罗斯国立大学孔子学院和白俄罗斯新闻部、白俄罗斯星辰出版社共同资助出版了包括新诗的《龙翼之下——百首中国诗歌精选》（由白俄罗斯著名诗人梅特里茨基自俄文转译）[①]。

官方与非官方的合作，比如2010年于坚诗集《零档案》由马海默译为德语后广受好评，2011年德国龙桥协会、埃森大学孔子学院等多个德国机构就联合促成了于坚访德。另外于坚以诗集《零档案》获得德国第十届“感受世界”——亚非拉文学作品评选最佳名单的首奖。“感受世界”（Weltempfänger）——亚非拉优秀文学作品评选由德国亚非拉文学作品推广协会“Litprom”（Gesellschaft zur Förderung der Literatur aus Afrika, Asien und Lateinamerika e. v.）主办，以倾听世界之声，促进亚非拉文学作品在欧洲的推广为目的，有着典型的世界文学抱负。此次评奖，第一名是于坚，另有两名韩国人入选，说明越来越多的亚洲诗歌进入欧洲人的视野。评委安妮塔·达法丽（Anita Djafari）说，“相比其他类型的文学作品，诗歌或诗集通常比较容易受到冷落。但是这次评委们读过于坚的《零档案》后都很喜欢，一致给出好评，最终把它放到了第一名的位子”。另一评委卡特琳娜·波查特（Katharina Borchardt）首先将《零档案》推荐给其他评委。他们则回馈她说这是“好长时间以来他们读到的最好的亚洲诗歌了”[②]。《零档案》德文译者马海默被于坚质朴的语言打动，认为这是难得的倾心与读者进行交流的作品。2010年于坚另一部诗集《飞行》被傅杰翻译为法语，由伽里玛出版社旗下的专门出版中国相关书

---

① 《首部白俄罗斯文中国诗集问世》，《中国文化报》（http://www.cqn.com.cn/news/whpd/whyw/687564.html）。

② 参何小竹新浪博客（http://blog.sina.com.cn/s/blog_53f659870100ran5.html）。

籍的中国蓝出版社出版发行，次年法国国家图书馆就举办了于坚诗歌朗诵评介会，推广《飞行》。同时，法国《世界报》副刊登载了于坚的法国朋友克里斯朵夫·多奈生动有趣的介绍文字，多奈在文中称于坚是“第三代诗人大师中的一位”，“据说‘他已经将国家权力话语撕成万缕，吞嚼齿碎’”①。他引用了《飞行》中的如下诗句：

> 越过新中国的农场看到工业的胸毛
> 我可以更改一个宦官的性别　废除一个文人的名次
> 我可以在思维的沼泽陷下去　扒开烂泥巴一意孤行
> 但我不能左右一架飞机中的现实
> 我不能拒绝系好金属的安全带
> 它的冰凉烫伤了我的手　烫伤了天空的皮

其实《飞行》早在2001年已经被译成西班牙西北部使用的加利西亚语。在《对加利西亚语的读者谈谈我的〈飞行〉》一文中，于坚怀念了他小时候的昆明：“我童年时代的天堂城市昆明在建筑革命中消失了，这个城市如今充满着水泥、玻璃、钢筋和马赛克瓷砖。我童年时代的圣湖滇池变成了一潭污水。在青年时代，我曾经狂热地崇拜‘前进’，但后来我越来越迷惘，我发现那只是一次永远没有终点的飞行，其核心只是一种无法控制的欲望。我早就感觉到这首诗歌要传达的东西。但我只是缓慢地接近它，我不需要通过‘前进’去得到它，它就在这里，在我的时代的黑暗中。”《零档案》写于1994年，《飞行》写于1996年至2000年，前者“表达对专制主义的愤怒”，后者则是“对于‘现代化’的怀疑”，这里我们既可以看到于坚诗歌写作的一个明显转折，这也是于坚在国内遭受“退步”指责的一个原因。但是《零档

① 于坚新浪博客（http：//blog. sina. com. cn/s/blog_ 4889207c0100omp9. html）。

案》和《飞行》在将近二十年之后被译介为欧洲的主要语言德语和法语并被高度评价，又从另一个方面说明了欧洲人在诗歌语言和诗歌主题上的关注点：他们喜欢于坚质朴近人的语言风格，他们也同样关注生态、环保和对现代化的评判，这是新诗在欧洲传播的语境问题，同样不容忽视。

随着中国诗人游历欧洲、欧洲诗人游历中国的机会越来越多，① 不仅促进了相互之间的了解，更有甚者，中国诗人和欧洲的汉学家或者诗人之间成为很好的朋友，比如顾彬和王家新、翟永明等诗人之间的友谊。顾彬就说，“我不太同意一批无论是德国的还是中国学者的观点：最好不要和作家交往。我觉得如果能的话，应该和作家交往。因为这样作家可能开掘你的眼界和思路，通过和作家们的接触，我经常能了解到完全新的东西。比方说王家新，他的诗歌写得比较简单，通过对话，我才发现，看起来他写得很简单，实际上从

---

① 比如2008年9月底至10月上旬，诗人西川、欧阳江河和批评家唐晓渡共赴德国参加第八届柏林国际文学节。在顾彬教授的安排下，三人先后旅及哥廷根、柏林、波恩、慕尼黑，之后访问了奥地利维也纳。在慕尼黑的一个朗诵会后，该项目的负责人弗西娜·诺特（Verena Nolte）问西川愿不愿意策展中国当代诗歌海报展，西川同意了。他为这个项目选择了“朦胧诗”之外和以后11位国内诗人的作品———因为朦胧诗西方已经介绍很多了。这11个人是：昌耀、欧阳江河、翟永明、于坚、韩东、陈东东、萧开愚、海子、尹丽川、颜峻和西川本人。这次活动得到了博世基金会（Robert Bosch Stiftung）、Arte电视台，以及众多广告商的资助和支持，总耗资约300万欧元（包括被免掉的广告摊位费）。2009年6月底到7月中西川赴德国、奥地利为《诗意城市：中国当代诗歌海报展》项目巡回介绍和朗诵。7月中旬到9月中旬，主办方从这11个人里挑出了6位诗人的诗句制成巨幅海报张贴在柏林、法兰克福、科隆、莱比锡、罗斯托克、斯图加特、汉堡、慕尼黑、萨尔茨堡、格拉茨、苏黎世等十一座城市的市政厅和教堂门外、立交桥下、十字路口、公交车站、火车站、飞机场、公园、咖啡厅门口和附近的墙壁上。该活动在当地的冲击力很大。文学之家联盟请来朗诵中国诗人作品的人全是活跃在德语国家舞台上的演员。参与翻译的是两位青年汉学家马海默（Marc Hermann）和拉斐尔·凯勒（Raffael Keller）。我在诗人蒋浩的帮助下曾经去苏黎世拜访过拉斐尔，他将一套德语有声读物《挡风玻璃上的蝴蝶：中国当代诗选》（FlyfastRecords出版）赠送给我。这算得上是《诗意城市》展览的副产品。法兰克福书展的主宾国是中国，期间西川由于身在加拿大，没能参加。（主要依据郭小寒《诗人西川：站在法兰克福思考中》（载《北京青年周刊》）和西川《答马铃薯兄弟问：保持一个艺术家吸血鬼般的开放性》（载《大河拐大弯》）。另外，欧阳江河认为，“诗人在旅行和游历中建立起自己的身份，如中国古人所说的‘行万里路’，这很有见地……按照萨义德在《东方主义》里所说，东方主义是欧洲人对东方的想象；那么应该也存在一种西方主义，就是亚洲人对西方的想象……想象的西方不是真正的西方，而是头脑中的一个词。通过游历，这种想象消解了，变成了一个现实。美国的海明威等作家，他们对欧洲也有一个想象，去了之后，这个想象消解了，便产生了更加美国的文学、诗歌。”载《触摸·旁通·分享：中日当代诗歌对话》（当代国际诗坛特辑），作家出版社2010年版，第262页。

内容来看并不简单。如果我没有和他接触的话，可能我没办法写他。”在萧开愚新近的诗集《联动的风景》里，最后一首诗是献给开勒的，题目就是《留赠拉斐尔》，诗写得幽默、温情，显然两人之间有很深厚的友谊。甚至他的很多诗都是在开勒离苏黎世不远的温特图尔的家中写就的。再如2012年，《人民文学》英文版 *Pathlight*（《路灯》）正式出版，Pathlight参加了2012年伦敦书展，为英国读者了解中国文学提供指引。韩东的老朋友、英国《卫报》专栏作家林赛·欧文在Pathlight读到了韩东的诗歌并在《卫报》撰长文分享了她的阅读体验，注意，能在当地主流报纸发表关于中国诗歌的消息或评论可以极大提升诗歌的知名度，尤其因为很多报纸的读书版在读者当中拥有很大的权威性，读者会按照报纸的推荐去购买，比如法国的《世界报》，每周五就会推出读书版。这和国内大量的纯商业性书评形成对比。2011年，王家新的德文诗集 *Daemmerung auf Gotland*（哥特兰的黄昏）由顾彬译为德文，瑞士的《新苏黎世日报》在次年2月发表书评《在站台之间：王家新》，虽然不长，但可以帮助更多德语读者了解王家新的诗歌。

尤其值得一提的是国外成熟的诗歌节制度，目前波兰华沙之秋国际诗歌节、马其顿斯特鲁加国际诗歌节、荷兰阿姆斯特丹国际诗歌节、德国柏林诗歌节、意大利圣马力诺国际诗歌节、哥伦比亚麦德林国际诗歌节渐渐为中国当代诗人所耳闻，新诗也借助这些著名诗歌节亮相世界诗坛，可以说各种国际诗歌节是中国当代诗人和诗歌的福地。2013年5月，时任青海省省委宣传部部长及青海湖国际诗歌节主席的吉狄马加在西班牙与科尔瓦多国际诗歌节主席何塞·安东尼奥·涅托就促进西班牙语和汉语诗人之间的交流进行了富有成果的讨论，并签署《青海湖诗歌节和科尔多瓦诗歌节合作谅解备忘录》。此次双方签署的合作协议中包括通过互派诗人参与来增加这两个节日在对方国家的认可，如2013年第四届青海诗歌节将邀请西班牙诗人马努埃尔·卡赫特，而第十届科尔多瓦诗歌节将邀请中国诗人西川出席。此外，双方还约定致力于鼓励和推动两国诗歌作品的翻译出版、相关活动的组织和推广，以及汉语在西班牙和西班牙语在中国的教学推广①。

下面我们以在中国久负盛名的荷兰鹿特丹国际诗歌节（Poetry International Festival Rotterdam）为例②具体探讨诗歌节的运作。鹿特丹诗歌节1970年由马丁·莫伊创办，是世界上最大的诗歌节之一，③ 它主要邀请那些在荷兰尚不为人知的外国诗人。1984年，鹿特丹诗歌节向贺祥麟④发出邀请，这也是第一个参加此诗歌节的中国诗人。1985年，北岛来鹿特丹，其他参加过鹿特丹诗歌节的中国诗人还有郑敏、马高明、多多、舒婷、顾城、杨炼、芒克、王家新、西川、翟永明、于坚、张枣、孙文波、萧开愚等。鹿特丹诗歌节具有非凡的专业性，其经费2/3来自荷兰政府，1/3来自赞助。根据于坚的回忆，⑤ 他参加那届诗歌节的常设工作人员只有4人，主席泰加娜⑥女士本人并非诗人，之前是某文学组织的员工，通过报纸招聘广告应聘，有专业的文学活动组织经验。诗歌节聘请的20多个工作人员中很多都是志愿者。一些研究不同语言诗歌的专家会向泰加娜举荐好的诗歌，当然最终的决定权在泰加娜手中。

在诗歌节上，于坚和伊沙分别朗诵了《啤酒瓶盖》和《结结巴巴》，会

---

① 《青海湖诗歌节与西班牙科尔多瓦诗歌节签署合作协议》，人民网－国际频道2013年05月09日。（http：//world. people. com. cn/n/2013/0509/c1002－21427133. html）。

② 其英文链接为（http：//www. poetryinternationalweb. net/pi/site/home/index/en）。

③ 北岛：《马丁国王》，《天涯》杂志2000年第5期。

④ 河南博爱人，民进成员。1945年毕业于西南联合大学外文系，1949年又毕业于美国艾莫黎大学研究生院英语专业。历任广西大学外语系、广西师范学院中文系副教授，广西师范大学外文系主任、教授，广西壮族自治区第七届政协副主席、民进中央第七、八、九届常务委员、中国翻译工作者协会副会长、中国外国文学学会常务理事、全国第六届人大代表、全国高校外国文学教学研究会副会长、中国作协广西分会第一、二届副主席。1935年开始发表作品。1979年加入中国作家协会。著有长诗《再会了，美国!》、专著《莎士比亚》及《贺祥麟文集》（两卷）、主编《西方现实主义文学》等。《莎士比亚研究文集》（主编）获1985年广西社科联优秀著作二等奖，2001年获全国高校外国文学教学研究荣誉奖。

⑤ 据于坚新浪微博：《马斯河上的诗歌之船——记鹿特丹国际诗歌节》。（http：//blog. sina. com. cn/s/blog_ 4889207c01000bmb. html）

⑥ 泰加娜不是诗人，但国内有些策展人比如赵野、朱朱、胡赳赳同时也是诗人。

后立刻有出版社联系于坚要求出版他的诗集，而专程来鹿特丹诗歌节观摩的英国莱德伯瑞诗歌节主任告诉伊沙很喜欢他的朗诵，表示有意邀请伊沙出席1986年英国的诗歌活动，同时还有一位专程前来观摩诗歌节的印度文学杂志主编询问伊沙能否将诗选登在他主编的英文杂志上。就连书摊上卖书的胖大姐也叫住了伊沙并压低了声音问他："《三月的乳房劫》里的故事是真的吗?"另外，当地的报纸NRC（《鹿特丹新报》——荷兰发行量最大的报纸）对诗歌节进行了大量报道，上面刊登了由柯雷翻译的《结结巴巴》一诗的荷兰语译文。伊沙在鹿特丹至少在三次朗诵会上朗诵，而且最后一次是伊沙专场。主持人在专场会上对伊沙进行非常详尽的介绍，然后放映两个月前请伊沙本人拍摄的有关他的生活、工作、经历等各个方面的影像资料，展示给来参加朗诵会的观众。经济上，请诗人出席诗歌节朗诵不仅主办者需要支付出场费（800欧左右），来听诗人朗诵的听众也需要付费。比如2007年伊沙参加的诗歌节，在鹿特丹城市剧院听诗人朗诵的观众需要支付12.5欧，学生则需要支付10欧，要想参加诗歌节的所有公开活动，最好买通票，47.5欧，学生通票便宜10欧。[①] 中间诗歌节请伊沙录制诗歌彩铃——朗诵一首提前备好的短诗《手机》——伊沙也会得到50欧元和一件黑色纪念体恤的酬谢。同时鹿特丹的书摊上也会出售印制精良的当届诗歌节荷兰文专集《诗人酒店》（AP出版社出版），每个参与的诗人可以以作者身份领两本，24个诗人，每人4个页码，伊沙入选的两首诗是《三月的乳房劫》和《导弹与诗》。

另外，鹿特丹国际诗歌节官方网站登有29位中国诗人的287首汉语诗歌英译（截至2013年3月20日），少于英语（2688首）、西班牙语（727首）、葡萄牙语（349首）、希伯来语（319首）和日语（310首），多于克罗地亚语

---

① 拥有老书虫国际文学节（The Bookworm International Literary Festival）、被评为世界十佳书店的北京老书虫书店的老板曾经和西川商讨在中国举办诗歌节时收取费用的可行性，西川否认了这种可能，认为中国人倘能来已经很不错了。

(237首)、意大利语(202首)、德语(176首)、阿拉伯语(161首)、斯洛文尼亚语(159首)、乌克兰语(109首)、挪威语(99首)、俄语(46首)、波兰语(32首)、罗马尼亚语(28首)和韩语(11首)。除了台湾的商禽(1930—2010)、洛夫(1928—2018)、夏宇(黄庆绮,1956— )、陈克华(1961— )以及澳大利亚籍的欧阳昱,其余24位诗人均来自大陆(包括和中国内地诗歌联系比较紧密的瑞士籍诗人杨炼和澳门诗人姚风)。其中,颜峻最多,共21首,其次是伊沙20首,宋晓贤15首,君儿13首,北岛、韩东、杨黎、何小竹和吉木狼格各11首,于坚、王小妮、翟永明、朵渔、金海曙、方闲海、姚风、盛兴和水晶珠琏各10首,西川、柏桦、张枣和杨炼各7首,吕德安6首,萧开愚1首(《呵雾》)。

鹿特丹国际诗歌节的官方网站的中国部分[①]由1961年生于澳大利亚的西敏(Simon Patton)和于坚合作主持(2002年起),西敏目前在昆士兰大学教授汉语和翻译课程,是少有的专门从事新诗翻译的汉学家。[②]这样,汉学家本人和他的中国合作者的评价标准势必影响到所译介诗歌和诗人的选择,另外,由于网络等新兴媒体的发达——比如杨黎就被称为博客诗人(blogger poet)——年轻人比之前更容易进入翻译家的视野。

让人惊喜的是,有些我在国内没有听说过的诗人(恕我寡闻),倒是经过

---

① 其英文链接为(http://www.poetryinternationalweb.net/pi/site/country/item/14/China)。网络作为新的媒介手段最近得到了最广泛的应用,不仅如此,传统的传播媒介在互联网这一多媒体工具下得到新生。创办于1999年的德国“诗歌在线”其英文链接为(http://lyrikline.org),是多语种诗歌网站,目前有905位诗人的8119首诗的录音,包含60种语言,其中部分诗作有多语种翻译,翻译作品达11236首,在这个网站上既可以体验不同国家诗人的母语(甚至方言)朗诵,也可以阅读这些作品的翻译。柏林时间2013年9月1日晚上7点(北京时间凌晨1点),以包括中文在内的九种语言搜索中国诗人吕德安、萧开愚、胡续冬等人的视频和哑石的朗诵录音。虽然网站对中国当代诗歌的介绍相对较少,但网站合作伙伴DJS团队将会每月上传1—2位诗人,逐步将更多当代汉语诗人的作品展现给国外诗人同行。DJS创建于2008年,多方位推广汉语诗歌,2010年设立DJS诗歌翻译奖,2011年与包括德国诗歌在线的部分国外诗歌协会或组织建立合作关系,2012年设立诗歌奖和诗集奖,并创办DJS书社,与美国瑞德汉出版社Red Hen Press合作出版中国诗集,2012年获奖者徐钺等诗人的诗集已经出版。

② 其英文链接为(http://www.mptmagazine.com/author/simon-patton-3949/)。

鹿特丹国际诗歌节的官方网站才有了解，[①] 比如浙江诗人方闲海（1978—　）、“下半身”写作诗人盛兴（1978—　）、网络诗人水晶珠琏（1981—　）等，这并不奇怪，比如西敏将伊沙送给他的《伊沙诗选》中部分诗歌译成英语，并发布在他编辑的“国际诗歌网”上，这件事促成了伊沙接到参加第38届鹿特丹国际诗歌节的邀请，这一机缘被他归因为“网络时代的特点”；另外网站上还可以看到杨炼、北岛、车前子、颜峻和张枣在鹿特丹参加诗歌活动期间的部分视频，伊沙、北岛、杨炼和颜峻的诗歌朗诵音频也可以在这里找到。

在杨炼、William N. Herbert、秦晓宇和Brian Holton共同编辑《玉梯》的推动下，2013年第44届荷兰鹿特丹国际诗歌节决定以当代中文诗为诗歌节主题，以一系列活动，凸显当代中文诗的思想深度和创作活力，给全球化语境中诗歌的创作、批评、翻译和网络互动提供一个范本。特别是诗歌节闭幕前一天（6月14日），将有两场全力聚焦当代中文诗的主题活动，即通过网络互动实现“诗歌是我们唯一的母语”的“鹿特丹——北京文艺网国际同步诗歌节”和鹿特丹主会场的当代中文诗专题活动。参加本届诗歌节的中文诗人有杨炼、秦晓宇和廖伟棠，阿多尼斯、约翰·阿什伯利等国际知名诗人名列其间。荷兰鹿特丹国际诗歌节当代中文诗主题，是当代中文诗三十多年前问世以来，首次吸引国际诗歌的最高平台，全力关注中文诗创作。这是北京文艺网国际华文诗歌奖稳步推进的又一标志。[②]

---

① 其英文链接为（http：//www. poetryinternationalweb. net/pi/site/country/poet_ list/14），收入包括港澳台地区的中国当代诗人共30人。

② 其英文链接为（http：//www. poemlife. com/newshow－7767. htm）。

# 附：鹿特丹国际诗歌节官方网站中国当代诗人英译作品篇名

颜峻：《此刻（为中华人民共和国60周年而作）》《2月14日》《7月19日，我》《5月8日》《2月14日，和父亲去医院》《7月7日》《6月28日》《3月30日》《9月6日》《2月17日》《7月8日，大汗淋漓》《10月30日》《1月2日》《2月2日》《5月6日，在花园里》《8月19日》《12月10日》《1月13日》《宪章十四行》《2月19日》《4月1日，晴，有风。午饭吃了烧饼和沙拉》

伊沙：《生活的常识》《饺子》《交流》《自杀的小孩》《星期天》《浴室中的向日葵》《一年记住一张脸》《飞》《等待戈多》《也许是他生命中的》《雪天里的几种事物》《我是良民我怕谁》《春天的乳房劫》《导弹与诗》《一只小羊》《中国的质感来自虚构不出的强大现实》《一个北欧诗人的画像》《在美国使馆遭拒签》《越南的忧郁》《阿拉法特之死》

宋晓贤：《1958年》《一生》《闹钟》《盲姑娘》《沾光》《伤痕》《苦孩子》《胃功能强大》《上帝》《幸福》《上午大战爆发》《爱》《布告》《开口》《微风》

君儿：《百分之百》《拆》《相信》《独饮》《电场》《目睹》《减去一年》《搬坛》《参照》《记忆》《水宝石》《桌洞里的一分钱》《趿鞋者》

北岛：《完整》《过冬》《时间的玫瑰》《读史》《晴空》《同行》《那最初的》《旅行日记》《路歌》《黑色地图》《给父亲》

韩东：《雨》《结局》《霓虹》《圆玉》《我和你》《你没有名字》《日子》《自语》《冬至节》《一些人不愿说话》《六行》

杨黎：《性生活扰乱了……》《大声》《一路小跑》《萝卜》《心情》《这首诗，只写了两分钟》《阿尔巴尼亚》《为博客而写（5）》《为博客而写

(20)》《为博客而写（24）》《为博客而写（30）》

何小竹：《今晚有月光》《菖蒲》《去苏坡乡》《风儿》《背后站了一匹马》《西昌的星空》《这是谁家的牛》《梦见苹果和鱼的安》《剩下一些声音剩下一些果皮》《在塔公平原》

吉木狼格：《十月的抒情句子》《老虎来到我身边》《中国诗人》《大理有一个阳光酒吧》《达伙扎里》《谦虚》《我爱中国》《我想起一个错误》《九十九个球》《旧社会》《西昌的月亮》

于坚：《一只充满伤心之液的水果》《飞行（1—3）》《罗家生》《灰鼠》《作品 112 号》《河流》《速度》《卡塔出它的石头》《啤酒瓶盖》《对一只乌鸦的命名》

王小妮：《满月》《我感到了阳光》《我撞上了欺骗》《我的退却》《诗人》《风在向》《这世上没有光》《那是什么声音》《你的天堂》《你柔软，于是活着》

翟永明：《她的视点》《生命》《午夜的判断》《独白》《母亲》《照片》《黑房间》《戴安娜之死》《轻伤的人，重伤的城市》《渴望》

朵渔：《有一点薄薄的小雪……》《黑暗传》《暗街》《论伊拉斯谟》《天象》《耳轮——写给我的儿子》《妈妈，你来救救我》《前程也许是》《时间里没有玫瑰……》《雨前书》

金海曙：《给女友生日的 21 条箴言》《四点钟》《接近》《在黑暗中，在幻觉》《一个下午的零碎感受》《愤怒》《尖锐》《旧家具》《小玩意》《等人》

方闲海：《记于梧州龙骨路 84 号》《腐烂》《这一个作品》《某年某月某日》《遗址》《在下午等一个电话》《在校园厕所》《我是射手座》《困难》《鸟死了》

姚风：《南京》《在圣玛利亚医院》《阿姆斯特丹》《坏人》《狼来了》《植物人》《朝着光》《卡洛斯》《景山》《征服者》

盛兴：《一个莽撞的冒失鬼》《我会不会爱上一只老鼠》《鱼医生》《我已经没有耐心等到夏天了》《一天》《后悔与说服》《春天到来了，事情仍然没有任何好转》《在冬天建起的房子》《我们一刻也不能在天上停留》《铁轨铺到哪儿》

水晶珠琏：《一面很长的墙》《羡慕》《纪念那些树》《亲密》《一见钟情》《新欢》《床单上的秘密》《侍者甲》《这些天我干了些什么》《在消失结束的地方》

西川：《夕光中的蝙蝠》《永恒的柏树》《聂鲁达肖像》《在哈尔盖仰望星空》《方舟》《雪》《鸟》

柏桦：《奈何天》《恨》《鱼》《悬崖》《望气的人》《麦子：纪念海子》《现实》《广陵散》

张枣：《边缘》《哀歌》《木兰树》《夜半的面包》《地铁竖琴》《悠悠》《伞》

杨炼：《一九八九年》《黑暗们》《又十年了，哈德逊河》《伦敦》《龙华寺》《父亲的青花》《紫郁金宫：慢板的一夜》

吕德安：《转述的诗（1）》《转述的诗（4）》《漆树》《群山的欢乐》《精灵的湖》《河马》

萧开愚：《呵雾》

## 第三节　新诗海外传播个案研究

这一节我以 2012 年 3 月汉学家拉斐尔·凯勒（Raffael Keller）向我推荐、由诗人王清平编选的《推开窗——新诗》（*Push Open the Window—Contemporary*

Poetry from China，Copper Canyon Press，2011）[①] 为例简单为新诗的海外传播做一个个案研究。我将旅中诗人乔治·欧康奈尔（George O'Connell，他也是《推开窗——新诗》的译者之一）发表在《当代诗》[②] 的《新诗——彼岸之观》一文中的观点结合在一起来讨论。这样既可以分析这个选本，也可以避免单纯从汉学家（这一工作将在第三章进行）、从学术翻译的角度来探讨国外读者对当代诗歌的接受问题。

《推开窗——新诗》由美国国家艺术基金会资助，Copper Canyon 出版社出版，该出版社以汉字“诗”为社标，取“言辞”和“庙宇”两意，装帧素朴，拙雅庄重，诗选共307页，售价23美元。“推开窗”一名来自清平2009年2月可能是在人民文学出版社的办公楼写下的一首诗，《阴天写下的一首诗》：

我终于想到，我不是一个好人。
在道德里滚了几十年，原来只是道德的一个小化身。
我推开窗，看着飞驰而过的运钞车，

---

① 2012年3月，诗人蒋浩帮助我联系了在苏黎世中央图书馆工作的汉学家拉斐尔·凯勒（Raffael Keller），之后我拜访了他。开勒将一套德语有声读物《挡风玻璃上的蝴蝶：中国当代诗选》赠送给我，是他与另一位青年汉学家马海默（Marc Hermann）合译的。这本诗选是2009年诗人西川为慕尼黑一个诗歌项目编选的，他为这个项目选择了“朦胧诗”之外和以后11位国内诗人的作品，这11个人是：昌耀、欧阳江河、翟永明、于坚、韩东、陈东东、萧开愚、海子、尹丽川、颜峻和西川本人。这次活动得到了博世基金会（Robert Bosch Stiftung）、Arte电视台，以及众多广告商的资助和支持，总耗资约300万欧元（包括被免掉的广告摊位费）。当时开勒正在单独编选一本中国当代诗歌，他按照年份来考虑，每年选上一两首，兼顾诗歌质量和语境变化，以此来呈现中国当代诗歌的面目。后来我给他寄去了海岸与比利时诗人杰曼·卓根布鲁特合作翻译的《中国当代诗歌前浪》（*The Frontier Tide: Contemporary Poetry From China*），这个选本将目光聚焦于90年代以来的作品，所选大陆80位大多在20世纪50~60年代出生的诗人作品，也收录了代表更年轻一代审美取向与文化观念的“70后”“80后”的诗人作品。其英译大致可分为学术翻译和诗人翻译两类，约1/2的英译出自英语世界一流的学者、诗人、翻译家之手，如凌静怡、霍布恩、梅丹理、欧康奈尔、柯雷、戴迈河、西敏等，余下部分则由诗人翻译家海岸提供英译初稿，再分别与在华旅居的美国诗人徐载宇、梅丹理等合作完成。开勒回信说这个选本不错。他当时拿在手里的就是2011年由诗人王清平编选的《推开窗——中国当代诗歌》（*Push Open the Window - Contemporary Poetry from China*，Copper Canyon Press），开勒本人很喜欢这个选本。

② 孙文波编：《当代诗》第三辑，文化艺术出版社2012年版。

心想，管他呢。我的祖国不值得批评。

封底用了蓝蓝《未完成的途中》的结尾：

我总是这样。盯着屏幕，长久地
一行字跳出黑暗。黝黝的田野。矿灯飞快地向后
丘陵。水塘。夜晚从我的四肢碾过。
凄凉。单调。永不绝望
你知道，此时我低垂的额头亮起
一颗星：端着米钵。摇动铁轮的手臂
被活塞催起——火苗蹿上来。一扇窗口
飘着晾晒的婴儿尿布，慢慢升高了……

两首诗，两扇窗户，时代的阴霾和慢慢升高的婴儿尿布，失落和希望都为我们保留了下来，也很好地代表了编译者的匠心。

清平在编者导言里认为90年代中叶以来，大陆当代诗人写出了第一批杰作，随后的二十年，中国最好的诗歌已和世界最好的诗歌不相上下。“事实上，一些中国诗人近年已经写出了世界一流的作品。遗憾的是，诗歌界里很多人——读者、诗人和批评家——仍然固执在一些陈旧的观念里：包括他们诗歌理念仍然惯性而懒惰地停留在二十年前甚至更早。”① 很显然，清平编选此诗集的一个主要目的就是更新读者对当代中国诗歌的看法。他最初提供给外方合作者的诗选有150首，篇幅所限（双语），出版社的编辑最后将其压缩为107首，另外，每个译者实际所翻译的诗歌很可能比呈现在选集中的要多，因为欧康奈尔提及“Copper Canyon出版社的编辑最终选用的杨键的两首译诗

① Qingping Wang, Push Open the Window – Contemporary Poetry from China, *Editor's Introduction*, Copper Canyon Press，导言部分。

我们也很满意”，从这点上说，出版社为了这本书的出版确实花费了很大精力。

目前在英文世界地位很高的中国文学翻译家葛浩文（Howard Goldblatt）同其合作者林丽君（Sylvia Li－chun Lin）为《推开窗——新诗》作序。在序中他们谈到弗罗斯特一句耳熟能详的话，即诗歌乃翻译之所失。相比于此，他们更倾向于艾略特·温伯格的看法，“诗是译有所值，一首无处可去的诗是死诗”（Poetry is that which worth translating. The poem dies when it has no place to go）。①

选本向西方读者译介了49位中国当代诗人的107首诗歌，限于篇幅，没有长诗入选。所选诗人年龄跨度从1948年（食指）到1976年（王敖），其中除了依然在世的诸多较有影响力的诗人之外，也收入了已故的戈麦、顾城、海子、马骅和张枣的作品。收入的女诗人有王小妮、蓝蓝、翟永明、燕窝和沈金木（音译），后者除了诗人身份，也从事自由摄影工作，恕笔者寡闻，以前未听说过这位女诗人。让欧康奈尔“感到困惑的是书中没有收录的诗人，比如多多和欧阳江河”，其实可以列出的优秀诗人还有很多，比如被西川选进《挡风玻璃上的蝴蝶：中国当代诗选》的尹丽川、颜峻，同为“朦胧诗人”的北岛、江河、杨炼、梁小斌和林莽，与欧阳江河同为“四川五君”的钟鸣，四川其他有影响力的诗人胡冬、胡宽、李亚伟、廖亦武、万夏、哑石、杨黎、赵野、郑单衣、周伦佑，其他比如昌耀（当然他是1936年出生）、侯马、凌

① 温伯格曾与人翻译北岛的作品，也曾与墨西哥著名诗人帕斯合著《阅读王维的十九种方式》。书中汇集了1980年以前西方对于王维《鹿柴》一诗的十六种译文，其中包括十三种英译、两种法译、一种西班牙语译文，温伯格对之一一作出点评。与坚决否定翻译的意见不同的是，温伯格认为诗是值得翻译的：“伟大的诗作总是被不断变形，不断翻译，一首诗倘若只能原封不动，那它就无足观。”温伯格提出，翻译其实是一种阅读阐释行为，正如任何阅读阐释都因为要融入阐释者的智性与情感因而不可能产生完全相同的阐释一样，翻译也将因为翻译者本身条件的差别因而不可能产生完全相同的翻译。温伯格将翻译视为阐释与交流，而不是对原作的存真复原，重要的是译者与原作进行阐释与交流的能力，而单纯文化背景与语言习惯的熟稔，倘若不能融贯于生动的交流之中，就未必是可称道的优势。刘宁《翻译王维有几种方式?》，《读书》2004年第5期。

越、陆忆敏、骆一禾、吕德安、潘维、庞培、尚仲敏、沈苇、王小龙、王寅、小海、席亚兵、余祖政、张尔、周伟驰、周云蓬等都未有诗入选（更不用说80年代后出生的一批诗人），不能不说是个遗憾。尤其是多多，从总体成绩上来讲，可以排在当代诗人的前列，未收入他的诗歌，的确有点说不过去。欧康奈尔认为多多的“诗有一股摄人的魅力，仿佛在其中挂起一幅语言的织锦，极具乐感又意象丰盛，比起有条理的叙述或说教，它们更倾向于追求一种爵士乐般的表现主义，并在最佳状态下透过不同棱面释放出力量与情感。他那首著名的《阿姆斯特丹的河流》便跨越了横亘在不同语言乐音之间的樊篱，我曾目睹完全不懂普通话的听者被他口中那恍若催眠术的音符深深打动并醉心其中”。当然妄然要求编者一味求全未必合理，先不说很多优秀的年轻诗人比如蒋浩、朵渔、姜涛、冷霜、胡续冬等被选入，也许编者还考虑到诗人的知名度和传播度，而且我们也应该允许编选者以某种程度的个人趣味来筛选。

《推开窗——新诗》的组织者在翻译方面也是煞费苦心，来自四个大洲的44位译者参与了这本书的翻译工作，其中一些译者本人就是著名诗人，比如欧康奈尔。除了Christopher Lupke同时翻译了孙文波、萧开愚和臧棣的作品，John Balcom同时翻译了柏桦、王家新和黄梵的作品，其他译者至多翻译两位诗人的作品，有的作品甚至拥有两个译者，比如芒克、桑克、树才、杨键和秦晓宇，宋琳有两首诗，每首诗有一个译者。从所收诗歌看，蔡天新、马永波、姜涛、马骅和王敖各收一首，其他入选诗人至少收两首，至多三首。这是充分考虑到各自不同的文化背景和相关的诗歌敏感性，确保一个选本能够发出多种声音。即使这样大的翻译规模，在以英语为母语的欧康奈尔看来，“它所呈现的水平（也）是良莠不齐的”。

下面我们介绍一下美国诗人欧康奈尔，他既是新诗的读者，也比较深入地参与了对新诗的海外传播。从2003年开始，欧康奈尔基本待在中国。他来中国的一个重要原因是对中国古典诗歌的热爱。中国古诗曾对西方诗歌尤其是美国诗歌产生过巨大的影响，“可以毫不夸张地说，她曾促使 20 世纪英语诗歌重新焕发出了生机”[①]。这个过程中埃兹拉·庞德和他所借鉴的汉学家厄内斯特·费诺罗萨居功厥伟。“庞德向西方世界展示了中国诗歌中所蕴藏的惊人的优雅和那一直潜伏在我们身边的日常生活中近在咫尺的不可言说。庞德的翻译或许很自由，但他敏锐的感受力却出奇地与原作的精神相契合。他迫切地寻找一条通往现代性的清新的实验之路……（他）拒绝维多利亚式的陈腐和假模假式的伤感情绪，他更为关注那个 20 世纪的男人和女人生存其中的可触可知的人类维度。”[②] 这种现代性，在欧康奈尔看来，就是“无时间性”：“它们自身明澈的质地、对多余的果断拒绝、对普通事物的注视乃至充满张力的模棱两可全部成为了我实践中的典范，无论我距离那理想的高度还有多远。虽然这其中有译者的功劳，但这些品质显然早已存在于原诗之中。”[③] 欧康奈尔进一步将此追溯到费诺罗萨《作为诗意介质的中国文字》，其中描述了词与物之间的对应与调和。费诺罗萨认为，“被汉字捕获并持存其中的‘物性’使得用汉语说话和书写的人不至于迷失到抽象中去，离词语基本含义有形的现实渐行渐远。当然大家都清楚抽象与空洞的口号会把我们带向何处，甚至说误导向何处。政客、商贾与当权者们总是利用抽象来隐瞒或缩减我们全部的真实。抽象魅惑我们迷失自己。而费诺罗萨的看法是，无论哪个国家的诗人，他都可能顺着语源的藤蔓追随语意，直到抵达生命的主根，抵达‘初始’语言的具象呈现，从而最终够及那远古的原型隐喻，其中某种‘物’的力道、形态与样式将变身为一种几乎可以领会并传达相似性的模子或奠基石，好比一条大河的支流可能对我们建构出金融系统的流程有所助益。”[④]

2005 年，美国富布莱特基金会资助欧康奈尔到北京大学教书，也是从此

---

① ［美］乔治·欧康奈尔：《中国当代诗歌——彼岸之观》，载《当代诗》第 3 辑。
② 同上。
③ 同上。
④ 同上。

时，他和史春波开始合作翻译新诗。他的目的很简单，“回报中国古代诗人曾经对我的馈赠”。在与中国当代诗人的交流中，他意识到美欧诗人对中国当代尤其是90年代后诗歌了解过于匮乏，于是他将主要的精力用于翻译新诗。在课堂上和他精心挑选的学生讨论之后，译文再由欧康奈尔和史春波进一步商讨，最后大部分译文被收入《亚特兰大诗刊2008中国诗歌专刊》（*Atlanta Review 2008 China Edition*），其中包括蓝蓝、鲁西西、王家新、孙文波、胡续冬、臧棣、韩东、树才、于坚、翟永明、杨键、王小妮、多多、萧开愚、西川等诗人的诗作。这些翻译作品激起欧美读者对新诗的兴趣，新诗也有了一次高质量的海外传播。美国评论家简·赫什菲尔德、前桂冠诗人罗伯特·哈斯和著名诗人布伦达·希尔曼对这些译诗给予了很高评价，密歇根州立大学出版社则向他们传达了出版意向。

《推开窗——新诗》选入了孙文波的《登首象山诗札之二》：

> 尤其是站在峰顶，再一次远眺，
> 看见雾霭笼罩的机场乌龟壳一样的屋顶，
> 心中更加明确什么是人；无论怎样的大欲望，
> 也大不过大地。所以，应该让内心像天空一样，
> 最好只呈现一片空洞的蓝色；
> 然后，感觉进入比空洞更绝对的虚无
> ——只有虚无是永恒的。就像看不见的风，
> 让每一棵树、每一株草、每一朵花发出声音，
> 成为充满奥秘的音乐。听，成为向没有致敬；
> ——致敬岩石；构成陡峭山势的岩石，
> 没有生命却拥有不朽；没有变化，
> 却成为变化的见证。

欧康奈尔在提到孙文波时并未提到这首登山诗，而是他曾经译过的《夜泳之歌》："起初是灵活的肢体被水托起，结尾却是灵魂轻逸地逃脱至天际……这样的诗，对我而言，就是诗艺最好的体现，它通过语言及语言的暗示，以热烈而惊人的澄明攫取并唤醒已经消逝的瞬间，把我们席卷入自身存在那更为深沉的意识之中。正是在这种时刻，我们才会吸入诗歌的养料，任其拓宽、加深并振荡我们的包容力。当我们读到一首好诗，无论它用的是汉语还是英语写成，我们都被给予了一个至少是成为诗中那不多的几缕气息的机会，体会到生命在接近。在我看来，翻译的最终目的就是释放出原诗中那股势不可当的力量。"① 从这一点看，不同语种之间的翻译的确可以传达出原诗中某些重要的东西。但是使欧康奈尔"感到好奇的是，《夜泳之歌》在汉语读者那里似乎并不像它的译文在英语读者眼中那样迷人和引人注目。可这又有什么大惊小怪呢，普希金在英语里就远不如他在俄语中来得有气魄。有时候语言之间的转换就是这么怪异"。② 这样的情况翻转过来同样成立，即某些中文诗歌翻译成外语之后会变形变味，失去原有文本的玄妙，这尤其发生在某种语调及其转换、典故的使用等方面，欧康奈尔也有这方面的担心，比如选本收入了他翻译的杨键《母羊和母牛》，"我的普通话还很薄弱，不敢妄称自己有能力直接阅读汉语原诗并体会到其中绝妙的回响。即便我能'读懂'一首诗的核心意象和戏剧性，我还是会错过诗中那些仅向以汉语为母语的读者敞开的音乐和魅力。而面对诗中那些超越了平凡个体的幸福而神秘的诗意的交叠，我几乎就是个聋子了——此处我是指词语及其含义的唱诗班所织出的乐音的绣图，那一根根微妙而暧昧的丝线所唤醒并释放出的东西可能远比

① ［美］乔治·欧康奈尔：《中国当代诗歌——彼岸之观》，载《当代诗》第3辑。

② 同上。

诗人最初下意识的构想更为丰富”。① 我们可以再举一例。蒋浩《海的形状》曾被开勒译成德语，其中一句是“仿佛就会游出两尾非鱼”，“非鱼”是蒋浩自创的词，含义很多，比如“鱼”其实是和“（词）语（言）”谐音，而“词语”颠倒过来又成为“鱼刺”，这个意象在蒋浩诗歌里有不少。但在中文环境中长大的读者还会想起庄子、惠子的濠梁辩论，“子非鱼安知鱼之乐”，蒋浩将古代汉语里“非鱼”这样其实是一句话的两个词用作一个子虚乌有的名词，隐含了他对传统问题的一些思考。开勒将“非鱼”译为“zwei falsche Fische”，两条假鱼，删减了它在汉语中的丰富性。顾彬教授解释说“德文里‘非’可以翻译成 un，比如说 Unlust，表示不感兴趣、不要。但德文可以说 Unmensch，非人，不是人，不能说 Unfische”。因此，顾彬的结论是，“意思不一样，但是他没办法”。“非鱼”的翻译也为它的英译者带来了麻烦，不过英译者直接将“非鱼”变为“鲱鱼”（herring），也是无奈之举。不过没有关系，欧康奈尔说“Thomas Moran 所译蒋浩的《海的形状》则贡献了一场机智的意象的嬉戏，巧妙衔接的诗行推动着诗意的动量”，这样一个小小的改动并不影响整体的效果。“假若译者的双手幸得上帝的眷顾，那么另一股湍流便可能从新的语言内部涌出，将译文穿起如同一支旋律减半的歌。尽管我无法重现原诗全部的优雅与力量，尽管我始于一只眼睛和一只耳朵，尽管听起来渺茫，但我还是能够从一首诗中挖出足够的材料并使其在译诗语言中成功地发出一道平行的波动，追随一条相似的路径，最终跨过语言的水域中那等量的深度。”

《推开窗》选录了萧开愚的《北站》和《一次抵制》，欧康奈尔曾在《亚特兰大专刊》中翻译过他的作品，其中包括《北站》，这首诗是萧开愚的代表作之一，很多人译过，欧康奈尔认为这里所收 Lupke 译本“相对散文化”，而

---

① ［美］乔治·欧康奈尔：《中国当代诗歌——彼岸之观》，载《当代诗》第 3 辑。

原作是“相当有气场”的。欧康奈尔另举了《阴影之诗》和《为一帧遗照而作》，都是萧开愚90年代的作品。在我对开勒的访谈里，他提到“1997年，德国柏林文学馆举办当代中国文学节邀请了开愚、柏桦、张枣，于坚那时不能来，那时我第一次见到开愚。我听到他的朗诵，觉得很有力量。在别的诗人那里没有看到。他朗诵跟别的中国人不一样。诗歌本身也好。到现在我最喜欢他90年代的诗”。最近萧开愚出了长诗《内地研究》，风格上和2008年的组诗《破烂的田野》有延续性。开勒说：“我最喜欢他90年代的诗歌。最近的诗歌我翻译了《破烂的田野》。90年代以后他有一个很大的变化，做了很多实验。非常难把握，难翻译。所以我翻译的也少。我翻译《破烂的田野》，有点像90年代诗歌。”[①] 开勒这样说使我意识到诗歌普遍性、超越性的一面，因为他所说的我本人也有着强烈的感受。像2003年的《星期天诳言，赠道元迷》和《致传统》，抽掉了共同的经验基础，思想本身成为一种风格，很容易让诗歌的阅读成为心智的自束。当然我也认为必须有雪线以上的实验诗歌存在，也就是萧开愚曾经提到的所谓“不群的冷”。

在《我的艺术宣言》里，欧康奈尔提到诗歌“在经验的原野上提升存在”[②]，他对经验的看重使他没有提及带有语言本体论色彩的诗人诗作，“我常被这样的诗歌吸引并沉醉其中：它们尊重那个立于自我之外的客观世界的完整性，认可其自在的现实并尝试还原它的面貌。我无法接近那些呼啸于事物表面的超现实却往往轻易获得的无常幻象，那些支离破碎的后现代迷宫与藤蔓交织的主观制品，这类东西最终折射出的不过是一种孤绝的、割裂的自我陶醉。我也不太欣赏那种为了晦涩而晦涩的矫造之作，因为其初衷并非向读者奉上具体、明晰而生动的见地。人生在世，早已为各种奥秘所织缠，而

① ［德］开勒、冯强：《最好是有真理，有风格——对汉学家Keller先生的一次访谈》，《长城》2012年第3期。

② 转引自王家新：《负重的丰饶仍在练习弯腰》，《外国文学》2009年第2期。

艺术的最佳效用则在于它赞颂、展示并最终引领我们去细察这些奥秘中难得清醒的部分，拓宽我们的意识与心智，同时也不乏趣味”。[①] 放眼国内诗坛，语言本体论诗歌确实占据了很大份额，这一从爱伦·坡、波德莱尔到马拉美一路发展而来的诗歌潮流当然为独立诗歌场的形成贡献了重大力量，但与此同时付出的代价也是巨大的，即它执意从语言中祛除现实，渐渐割断与生活的联系，最终沦为语言的空转。这一现象不独中国存在，从欧康奈尔的判断看，语言本体论诗歌到现在为止仍然是一个世界性的现象。

欧康奈尔对中国当代诗坛显然是熟悉的，他知道“垃圾派”和“下半身”，虽然对这些流派的写作了解有限。但当他在《推开窗——新诗》里看到“下半身”的发起人之一朵渔的《聚集》和《乡村史》之后却有些懵了，他认为朵渔的诗具有可读性，结果“不知是翻译的缘故还是我根本对‘下半身’的写作宗旨有所误解”[②]。如果看看沈浩波《挂牌女郎》和尹丽川《为什么不再舒服一些》这类诗，确实会有“下半身”真是名副其实这样的感觉。这似乎是“风格高于真理”的又一个极端。但是，“下半身”运动这些年逐渐平息了，除了后来的朵渔有意识地将自己与“下半身”区别开来，尹丽川在“下半身”运动方兴未艾的2000年就已经开始为自己辩白了，看看《干爹》和《攀比》我们会知道这与其说是一个运动，不如说更像一场语言游戏：

> 总而言之，我们攀比恶，当然只是在
> 聊天室里。待到相见，每个人都好得不成体统。
> 偶尔还会脸红，恶念一闪而过。
> 为了心中的恶，我们总是好得抬不起头

① ［美］乔治·欧康奈尔：《中国当代诗歌——彼岸之观》，载《当代诗》第三辑。欧康奈尔的这个判断和米沃什是一致的，后者也认为“西方诗歌最近在主观性这条路上陷得太深了，以至于不再承认物体的本性。甚至似乎倡议所有的存在都是感觉，客观世界根本不存在”。米沃什：《反对不能理解的诗歌》，程一身译（http：//www. douban. com/group/topic/21035345/）。

② ［美］乔治·欧康奈尔：《中国当代诗歌——彼岸之观》，载《当代诗》第3辑。

真是累死人呵，谁也下不了毒手（《攀比》）

尹丽川通过这种方式告诉外界："下半身"无非是一种风格，即使它的参与者"心藏大恶"，也只是发生在聊天室里。翻开沈浩波2013年的诗集《命令我沉默》其中的《说说我自己》《送杨黎》，尤其是《文楼村纪事》和《蝴蝶》，简直把人性的知性真诚推到一个极端，这样看来，这个看似极端的运动仍然离不开普遍人性的基础来支撑。

以上是借助欧康奈尔对《推开窗——新诗》中涉及的一些诗歌问题——比如诗歌的经验与风格的一些思考。正如译者前言中所说，诗歌就是值得翻译，而值得翻译的前提不仅仅是将一种文化中美好的一面展示给他文化，而且更重要的是这一美好在不同文化语境中的可共享性。"汉语诗歌和英语诗歌在写作主题与动机上的相似之处是不可计数的。在当代，无论诗人'家'在何方，他们写诗的机缘大致相同，也比我们能够轻易设想出的更为繁复。拯救或完善记忆及其丰富联想的迫切性依然是众多诗歌写就的理由；此外则多是对时过境迁的嗟叹。爱情苦乐参半的无常，政治、国情或宇宙间万物的风云变幻也无时不在催生出更多的诗篇……把文学、社会政治和翻译等方面的理论置之一旁，我相信就诗人而言，无论他们来自哪一国度、哪个年代，其价值观念、看问题的角度和整体的认知倾向还是大同小异的。"① 作为新诗读者的欧康奈尔显然是文化上的世界主义者，他相信歌德所预见的"世界文学""业已降临我们的四周"。

欧康奈尔相信当代中国还有比《推开窗——新诗》所提供的更好的诗人诗作，他寄希望于无穷的远方和无尽的诗人。让人尤其高兴的是他和史春波"自己也打算编辑一本诗集，专门介绍80年代以后的中国诗歌，希望这两项

---

① ［美］乔治·欧康奈尔：《中国当代诗歌——彼岸之观》，载《当代诗》第3辑。

工作对中国诗歌在美国的传播有所帮助”①。2012 年 11 月，乔直、史春波应邀参加了中国人民大学文学院首届国际诗人工作坊；② 2014 年 7 月，设立于 1981 年的美国国家艺术基金会（NEA）文学翻译资助项目邀请欧康奈尔和史春波编译蓝蓝诗歌作品的英译“From Here to Here”（《从这里，到这里》）③；近年来，两位诗人和译者还在香港主办一份中英双语诗刊 *Pangolin House*。我相信这些对新诗是功德无量的事情，也当然会回报中国古代诗人曾经对他的馈赠。馈赠早已开始，馈赠无止境。在市场经济的金钱和产品交换之外，在身体欲望的消费之外，在无限的少数人之间，仍然会有默默无闻的馈赠和相互馈赠，感动和惊喜可能只是在书房里发生，但是已经在改变着这个世界。

---

① ［美］乔治·欧康奈尔：《中国当代诗歌——彼岸之观》，载《当代诗》第 3 辑。

② 欧康奈尔为该诗人工作坊提交的论文《翻译的风格：从个人到诗意》已刊发于《诗建设》第 8 期“诗人作为译者”专辑，史春波提交的论文《翻译的蜕变：从“旧”词到“新”词》则主要探讨对蓝蓝诗歌的英译。

③ 本届有 82 位译者进入决选名单，最终 16 人获得 15 个国家、13 种语言的文学英译项目的资助。参《诗生活》，《乔直、史春波获美国 NEA 文学翻译资助奖项》，2013 年 7 月 30 日。

# 第二章 新诗海外传播的情境与问题：文化、政治的偏离与错位

《推开窗——新诗》对新诗的海外传播无疑是成功的，完全可以被视为世界文学的一部分。这种成功无疑根源于中国当代诗人整体写作水准的上升。但成绩归成绩，影响归影响，政治意识形态和文明背景上的悬殊差异依然存在着，这种差异往往体现在文化和政治的偏离与错位上，况且中国诗人在国际诗坛殊异、零散的个人占位策略，政治意识形态和文明背景上的悬殊差异依然存在着。总体上，中外诗歌的交流并不平等，中国和欧美对彼此的译介并不对称。这也是新诗海外传播面临的主要情境与问题：文化、政治的偏离与错位造成的海外读者对新诗的偏见与误读。

捷克小说家昆德拉在《被背叛的遗嘱》曾经提到："小语种国家的写作，没有别的选择。他们要么成为一个狭隘的地方性的作家，要么就成为一个广博的世界性的作家。"① 在耶路撒冷领取一个世界文学奖时，昆德拉认为历史上犹太人能够超越民族主义，而对"文化的欧洲"这样一个"国际性的欧洲"保持忠诚，这样以色列"俨然成了欧洲真正的心脏，一颗奇特的、处于

① 转引自傅小平《欧阳江河：我的写作要表达反消费的美学诉求》，《文学报》2013 年 1 月 31 日。

身体之外的心脏"[①]。把昆德拉的两句话合在一起看，不过印证了起源于犹太教和新教伦理的资本主义精神事实上已经是当今世界的文化主流。亨廷顿的"文明冲突说"以及类似的说法助长了不同文明尤其是所谓西方文明与东方文明之间的紧张气氛。亨廷顿呼吁"从宗教中寻求答案"[②]，这一提醒非常重要。为了使讨论不至于抽象，本章第一节借助1980年诺贝尔文学奖得主切·米沃什对宗教的思考使这一问题直观化。他对诗歌的著名定义——"对真实的热情追求"（the passionate pursuit of the real）——"真实"在他那里不是简单的现实，而是意味着上帝[③]。借助米沃什，我们会发现，在貌似一体化的"西方文明"背后的两个真相：它也不断向非西方文明获取更新自身的视野，另外，它的内部也是诸神相争的。我们可以据此在西方文明背后找到某种"形而上学图式"，应之于宗教或神学，它就是一神教，这一点我们必须心中有底。在分析了米沃什的宗教观之后，我们又将他和中国当代诗人多多及孙文波做了简单的对比，多多的"上帝"应该不会是基督教的上帝，"上帝就在你之内，你就是上帝"这样的说法从基督教看来无疑是渎神的。但是从"道"或者"佛性"来看，多多的说法就容易理解。孙文波则看到中国文化一神观念的阙如，他因此更加信任一种"'自然主义'色彩的'非宗教性'的生死观"[④]。与米沃什强烈要求从上帝那里获得意义感相反，虚无才是孙文波重新看待事物的出发点。

与源于犹太教和新教伦理的资本主义文化相对应的是首先起于西方的自

---

① ［捷克］昆德拉：《耶路撒冷演讲：小说与欧洲》，董强译，《小说的艺术》，上海译文出版社2004年版，第197页。

② ［美］塞缪尔·亨廷顿：《文明的冲突与世界秩序的重建》，新华出版社1999年版，第67—68页。

③ Czeslaw Milosz, *The Art of Poetry No.* 70, Interviewed by Robert Faggen .（http://www.theparisreview.org/interviews/1721/the-art-of-poetry-no-70-czeslaw-milosz）.

④ 孙文波访谈：《为了"时间的真实"，尽管不可能……》，（http://site.douban.com/106604/widget/articles/121331/article/10032271/）。

由民主制度。我们会在第二节对这个问题进行讨论。但是在经历了20世纪60年代世界范围内的文化革命之后，美欧由制度上的自由民主更进一步迈向了文化民主，这就走上了一神教的反面，即尼采所预言的虚无主义时代——最高价值失去了价值——它“摧毁了一切专横的价值权威，在文化和生活方式上实现了早在政治和经济层面实现的自由、民主和平等，但也因为它摧毁了一切专横的价值权威，使任何政治激进主义失去了存在的根基”①。文化上的自由民主意味着只要我不违背法律，可以任意放纵我的欲望，这样，自由民主就从一种价值沦落为无价值，这也是西方自由民主意识形态所面临的最大悖论。同样是借助个案讨论（萧开愚的“儒家社会主义”），我们考察了中国当代诗人如何避开英国观念史学家以赛亚·伯林对“积极自由”和“消极自由”的划分，而从“责任”这样一个具有儒家色彩的概念重新讨论自由民主的。实现自由民主与在文化上实现儒家层面的“慎独”和个人修养，二者并行不悖，可以视为中国当代诗人参与思想建设的一个范例。

文明背景和政治意识形态两方面的差异可以说是新诗目前面临的最大瓶颈。20世纪80年代就有汉学家告诉孙文波，“世界文学没有中国照样完整”。在一个由西方人建构起来的世界文学体系里，这往往是新诗流播到海外时的处境。中国当代诗人对此想必是心知肚明。当然也会有诗人顺应“国际化写作风格”的潮流——比如欧阳江河2010年写于纽约的《凤凰》——其具体做法是搜集各种中西文化、政治符号，并将这些符号拼贴在一起构成诗歌，伴随这些拼贴的是价值立场的悬置，读者始终不能在其中读到诗人的价值判断。第三节就是试图从这一角度来解读《凤凰》，看看一种国际化的诗歌写作是如何利用宗教和政治意识形态作为“国际化写作风格”来提高自身的影响和传播力度的。在《凤凰》中，我们不仅能看到用以向西方读者示好的“一神”，

---

① 程巍：《中产阶级的孩子们——60年代与文化领导权》，生活·读书·新知三联书店2006年版，第24页。

也能看到这些年占尽报纸版面的中美合作（所谓“G2”或者“中美国”）或者中美对抗，而这些可能就是为国内读者准备的消费符号。笔者想指出，从长远看来，这样一种“国际化写作风格”并不足取，它可能提高诗人在海外的影响力，但最终我们会发现，它缺少诗的说服力。第四节仍是从制度和文化两个层面考察新诗海外传播的对策，如果说政治意识形态和文明背景的差异是目前当代诗歌海外传播所面临的“宿命”，那么本节就在承认这种劣势的前提下，从制度和文化建设的角度提出一些应对方法。总体的思路，是制度的归制度，文化的归文化，各司其职，职守分明。

## 第一节 “文明的冲突”及其背后的宗教因素

波兰著名诗人米沃什曾在1996年编选国际诗集《明亮事物之书》，书中波兰诗歌、法国诗歌、美国诗歌和中国诗歌占据了大部分篇幅，其中中国诗歌除了舒婷的《也许》，其余都是中国古代诗歌。西川从中读出“某种诗歌政治的味道”：“中国古代诗歌成了米沃什或者当代欧美诗人诗歌趣味的一部分……中国古代诗歌对于欧美诗人来讲其实是当代诗歌。而这被当代化了的中国古代诗歌事实上挤占了新诗的存在空间。”西川注意到“西方文化作为一种精神背景，在像米沃什这样的人身上是极为重要的。他们不可能迈出西方文化看世界”，这一点我们在阅读米沃什在哈佛大学的诺顿文学讲座《诗的见证》时也可以体会到，虽然米沃什对古代中国、印度的了解远远多于其他西方诗人，他甚至无意中参考东方的资源对基督教思想进行了改写，但是，他最终不能跳出基督教文明，西川将此称为“善意的偏见”：“在东西方之间可能存在着某种阅读上的错位。中国诗人越是要谋求自己诗歌的现代性，在西方越会有人向你否认一种国际性写作风格的存在；但如果你过于自话自说，他们又会向你要求普遍性。这就是文化交流之中的文化政治。”①

西川提到的米沃什不可能跳出西方文化看世界隐约触及20世纪90年代以来的“文明冲突说”。在《文明的冲突与世界秩序的重建》一书中，美国政治学者亨廷顿认为21世纪国际政治角力的核心单位不是国家，而是文明和文化，由此，冲突的根源主要从文明和文化中寻找，“文明之间在政治和经济发展方面的重大差异显然根植于它们不同的文化之中”②。他认为冷战后的世界，文化和宗教的差异而非意识形态的分歧将导致世界几大文明之间的竞争和冲突。他将世界格局的决定因素划分为七大或八大文明，即中华文明、日本文明、印度文明、伊斯兰文明、西方文明、东正教文明、拉美文明，还有可能存在的非洲文明。而主宰全球的将是“西方和非西方”之间“文明的冲突”。他的这一观点有很大的冲击力，尤其是在“9·11”事件之后，信奉的人也越来越多。当然这一观点有很多问题，首先，犹太人亨廷顿将犹太文明和基督教文明合为“西方文明”，而将和二者有共同渊源的东正教文明和伊斯兰文明分离开来，实际上，犹太文明和基督教文明之间的冲突曾经不亚于今天的西方社会和伊斯兰文明的冲突；其次，印度民族、拉美民族都曾沦为西方的殖民地，欧洲语言早已成为他们的官方语言，他们在文化上倾向西方。日本则是在19世纪就开始“脱亚入欧”运动，冷战至今和以色列、英国围绕美国霸权建立起的“JIBs”③，其西方化的色彩毋庸赘言。归根结底，亨廷顿所谓“西方文明”不过以美国为首的盎格鲁-撒克逊新教文明。

马克思主义曾经认为经济的全球化会带来政治乃至文化上的趋同化，最终我们会拥有一个适用于所有区域的全球性文化。“资产阶级，由于开拓了世

① 西川：《米沃什的错位》，2006年（http://blog.sina.com.cn/s/blog_7e3e2dfc0100rcvv.html）。

② ［美］塞缪尔·亨廷顿：《文明的冲突与世界秩序的重建》，周琪、刘绯、张立平、王圆译，新华出版社1999年版。第8页。

③ 《日媒：日本以色列英国等亲美三国成区域冲突火种》（http://military.china.com/news2/569/20130131/17664374.html）。

界市场，使一切国家的生产和消费都成为世界性的了。使反动派大为惋惜的是，资产阶级挖掉了工业脚下的民族基础。古老的民族工业被消灭了，并且每天都还在被消灭。它们被新的工业排挤掉了，新的工业的建立已经成为一切文明民族的生命攸关的问题；这些工业所加工的，已经不是本地的原料，而是来自极其遥远的地区的原料；它们的产品不仅供本国消费，而且同时供世界各地消费。旧的、靠本国产品来满足的需要，被新的、要靠极其遥远的国家和地带的产品来满足的需要所代替了。过去那种地方的和民族的自给自足和闭关自守状态，被各民族的各方面的互相往来和各方面的互相依赖所代替了。物质的生产是如此，精神的生产也是如此。各民族的精神产品成了公共的财产。民族的片面性和局限性日益成为不可能，于是由许多种民族的和地方的文学形成了一种世界的文学”。[①] 马克思和恩格斯是在提到世界市场的形成时提及世界文学的。全球化的今天，大型跨国公司和全球性的大众传播媒介为我们制造出一个地球村，英语成为全球性的混合语，美国的消费主义生活方式将成为人人寻求的梦想。但这仅仅是一种用于满足个人欲望的技术文明，史密斯认为这种文化不可能取世代形成的民族文化而代之。因为“它没有触动绝大多数民族成员的心弦，这些成员是按阶级、性别、地域、宗教和文化划分成的习惯性共同体”。[②] 亨廷顿的观点更为激进，他认为全球化不但不会带来文化上的趋同，“相反，还会推动本土文化的复兴。他把文化分为两个部分，即‘工具文化’与‘终极文化’”[③]。前者的变革主要造成“现代化”，不会对“终极文化”造成根本挑战。“确切地说，革新为恒久服务”。“社会、国家、权威和诸如此类的事物都是一个煞费苦心支撑的、高度统一的系统的一部分，在其中，宗教作为认识的指导无所不在。这样一些系统一直

① 马克思《共产党宣言》，《马克思恩格斯选集》第1卷，人民出版社1995年版，第276页。

② 转引自康晓光《“文化民族主义”随想》，（http://www.confucius2000.com/confucius/wh-mzzysx.htm）。

③ 同上。

敌视革新”[1]。可以发现，亨廷顿颇近似于清末洋务派“中学为体，西学为用”的观点。

同样，法国人类学家克洛德·列维－施特劳斯认为人类文化的演变是“双向”（double sens）的，“人们往往只看到人类文化间的交流可以导致‘趋同’现象，而无视文化交流也同时带来‘趋异’……‘人类文化的多样性，与其说是基于各种族间的隔绝，不如说是基于他们之间的联系’，‘除了一些因隔绝造成的差异，还有一些同样重大的因毗邻造成的差异：那种趋向相互对立、相互区别、自我保持的愿望’”。[2] 如果说，歌德提出“世界文学”是因为工业革命条件下地理交通的日益发达和民族国家的实现指日可待，那么在今天，全球化——真正实现全球化的是跨国公司和金融资本，全球化的最大受益者，是西方的跨国公司和金融巨头——对“趋异”倾向的本土经验和传统之劫持，对个体经验独特性的威胁，又使它承担了抵制过度交流的功能。而能承担起这一功能的，从亨廷顿的理论看，唯有不同文化所属的不同传统，这也是为什么提出“世界文学”概念的歌德所认同的却是古希腊文学，因为“世界文学”更是一种胸襟，而古希腊文学却为他提供了价值判断的标准。西方诗歌能教给中国当代诗人的，主要是如何从新的角度、用新的方法去表达自己，比如萧开愚就说“没有西方诗，中国诗人就不会把诗写成现在这个样子。我喜欢杜甫、陶渊明的诗胜过任何西方诗人的诗，但杜甫、陶渊明较少影响到我的写作。相反（包括不入流的）每一个西方诗人都深深介入了中国诗人的写作”。[3] 中国当代诗人接受的基本是西方文学尤其是西方现代文学的教育。作为20世纪90年代开始旅居欧洲的诗人，萧开愚说：“出国有一种从

---

① ［美］塞缪尔·亨廷顿：《文明的冲突与世界秩序的重建》，周琪等译，新华出版社1999年版，第69页。

② 转引自河清《全球化与国家意识的衰微》，中国人民大学出版社2003年版，第19页。

③ 萧开愚、余弦：《个人写作：但是在个人与世界之间——萧开愚访谈录》，《北京文学》1998年第8期。

文学上寻找家的感觉，寻找潜在的文学故土的感觉……但一到西方后，找家的幻觉落空了，首先发现自己是中国人、东方人，中国人的特性自然而然地跳出来了……中国诗人到西方后，很快发觉自己美学的家并不在西方”。“人首先的任务在发现自己，寻找自己。要找一个与自己心理气质合拍的传统。自己并不是凭空跳出来的自己，在文化传统中，他总是寻找与自己最有亲和力的传统”。[①] 就像萧开愚 2007 的诗文集《此时此地》这一书名所表明的，他像海德格尔一样相信这个时代所有的问题只能放在本地的文脉当中得到理解和处理。[②]

如前文所述，“西方文明”乃当今世界大部分非西方文明的趋势，这势必造成西方文明和非西方文明乃至泛西方文明内部的等级差异。歌德提出的世界文学往往沦为盎格鲁－撒克逊新教文明压制下展览、贬低非新教文化的一个借口，像伊塔马·埃文－佐哈所指出的，在国际文学体系内部的中心强势文学经常干涉边缘地区文学的发展，而反向影响几乎从未发生。[③] 艾略特曾经从多样性和统一性两点分析欧洲各民族文学和“欧洲文学”，它们之间是一种水乳交融的亲昵关系：“我们在欧洲的文学史上将不会看到一个完全独立的文学，所看到的是永无休止的给予和接受，而每一种文学每隔一段时间就会由于外来的刺激而获新生。在文化上完全自给自足是根本行不通的；任何国家若希望其文化绵延不绝，就必须同其他国家进行交流”[④]。同时，“如果有一

---

① 飞沙、萧开愚：《诗是太昂贵的东西——近访萧开愚》，《文学界》2006 年第 7 期。

② 格非说，“整个中国近现代的文学固然可以被看成是向外学习的过程，同时也是一个更为隐秘的回溯性过程，也就是说，对中国传统的再确认过程。”格非《中国小说的两个传统》，载张清华编：《中国当代作家海外演讲》第 136 页。

③ ［美］大卫·达姆罗什、陈永国、尹星主编：《新方向：比较文学与世界文学读本》，北京大学出版社 2010 年版，第 244 页。

④ ［英］艾略特：《艾略特诗学文集》，王恩衷编译，国际文化出版公司 1989 年版，第 245—247 页。“……欧洲任何国家能否继续创作出诗，对欧洲其他国家并不是无关紧要的。我读不懂挪威诗，但如果有人告诉我再也没人用挪威语来写诗了，我会感到一种恐慌，而这远远不止是慷慨的怜悯。”因为他认为，“诗不断地提醒我们注意那些只能用一种语言来表述而不能翻译的事物”。第 246 页。

天‘欧洲文学’这个词不再有任何意义，那么我们各民族、各语言的文学也将随之枯萎、消亡。”可以米兰·昆德拉在耶路撒冷领取一个世界文学奖时的演讲来深化艾略特的看法，昆德拉认为历史上犹太人能够超越民族主义，而对“文化的欧洲”这样一个“国际性的欧洲”保持忠诚，这样以色列“俨然成了欧洲真正的心脏，一颗奇特的、处于身体之外的心脏”①。昆德拉的话从文化上印证了起源于犹太教和新教伦理的资本主义精神，已经构成了当今世界的文化主流。

很显然，昆德拉说的“关系”并不属于我们，“对我们这个有着五千年历史文化传统的民族来说，作为‘其他文化的一个部分’是不可想象的。所以也能够想见，中国文学同西方文学之间的对话绝非想象中那样容易”。虽然“就整体而言，中国作家也同样热爱西方的文学与文化，甚至中国新文学的诞生、中国当代文学的变革，也都是以对西方文学的学习和模仿为契机的。但是很奇怪，这种热爱并非像昆德拉所赞美的以色列的知识分子那样‘专一’，而是很容易就被国内的启蒙主义和人文主义或是民族主义的思潮所左右。相应地，我们对精英文学的评判尺度也会随之激烈摆动。之所以会这样，原因恐怕很多，但根本原因是我们和欧美文化之间有完全不同的历史与传统”。②张清华提醒我们“不要轻易地将中国文学的处境同拉美文学或苏联与东欧的文学相比，因为那些文学同欧洲、同文化意义上的西方之间并无鸿沟，而中国文学与文化同西方之间，则很难找到广泛有效的对话通道……尤其是当它出现了某种‘经验的自觉’与‘形式的回归’之后……之所以会这样，原因恐怕很多，但根本原因是我们和欧美文化之间有完全不同的历史与传统”③。这一点，诗人们也有清楚的看法，孙文波就意识到：“哪怕是拉美国家，像阿

① ［捷克］米兰·昆德拉：《耶路撒冷演讲：小说与欧洲》，《小说的艺术》，董强译，上海译文出版社2004年版，第197页。

② 张清华：《“中国经验”的道德悲剧与文学宿命》，《当代作家评论》2012年第4期。

③ 同上。

根廷、巴西、智利等国家的诗人也是属于西方文明背景下的诗人，除了现实处境带来的不同外，与西方国家在很多方面——譬如宗教给他们的东西——是一致的。而中国诗人所依附的却是另一个文明背景；这一背景产生的文化，它带来的理解世界的方法甚至得到的一些结论，对于西方人来说，一是理解起来有文化转换的难度；二是很可能他们根本就不感兴趣。加之还有意识形态的不同带来的现实隔阂。在如此的前提下，中国当代诗人要获得认同，并让西方人承认太困难了。”①

西方人把新诗视为西方现代诗的衍生品，这使中国当代诗人面临一个尴尬的处境：“无论你对一个西方学者的批评持怎样的态度，都逃脱不了‘弱国心态’的宿命。因为很显然，在既定的东西方文化关系的理解和认知中，中国作家无论怎么写，都很难获得西方学界和评价权威的承认；如果得不到承认，我们会陷入一种作为‘他者’的焦虑；如果受到批评，我们会为自己选择什么样的态度——是拒绝还是接受——而感到纠结；即便得到承认，我们也会怀疑自己是否有效地传达了属于自身的独特经验，是否获得了文学的本土内涵……这一切麻烦就像赛义德所揭示的东方主义的秘密一样：‘东方主义作为欧洲—大西洋统治东方的权力符号，比它作为有关东方的一种真实的话语更具有特殊的价值。’它是一个被赋予悲剧宿命的文化符号与角色，无论是应和还是抵制西方学者的看法，都同样体现了‘他者’和‘弱者’的处境与性质，无论我们是按照世界性的标准，还是持守本土经验的书写，都很难真正被这个由西方人建构起来的世界文学所接受。我们唯一能做的，是对这种悖谬与焦虑的挣脱和反抗。”② 推而广之，这种文化上的“宿命”不止于中国诗人，举例来说，整个东亚的诗人也面临着这样的问题，比如日本诗人野村

---

① 孙文波：《徒劳的努力》（http://blog.sina.com.cn/s/blog_7f083ea80100wrp4.html）。

② 张清华：《在世界性与本土经验之间——关于中国当代文学的走向及评价纷争问题》，《文艺研究》2011年第10期。

认识到“亚洲和欧洲的界限的问题”：“我们都认为界限在逐渐消失。特别是在当今全球化、一体化的大背景下，欧洲在我们的诗歌、我们的语言里逐渐变成一种空气一样的存在，而感受不到它们的独立存在。曾经它对中国、对日本都是一个非常深刻的概念，慢慢地深刻的欧洲也在逐渐消失，我们现在反而越来越深刻地认识到我们亚洲的内部有许多的问题是需要更加郑重地、严肃地面对的。我们一开始是努力地和欧洲他者结缘，然后逐渐地转入到中日等地缘相近国家的结缘，并且越来越感觉到以前没有深刻互识，觉得和近邻他者结缘的重要性在愈益显现。”① 野村的这个观点可以用亨廷顿的理论来解释——“在变化的早期阶段，西方化促进了现代化。在后期阶段，现代化以两种方式促进了非西方化和本土文化的复兴。在社会层面上，现代化提高了社会的总体经济、军事和政治势力，鼓励这个社会的人民具有对自己文化的信心，从而成为文化的伸张者。在个人层面上，当传统纽带和社会关系断裂时，现代化便造成了异化感和反常感，并导致了需要从宗教中寻求答案的认同危机”。② ——经历了一个世纪“脱亚入欧”的日本人在今天会有这样的感触，说明了文明背景的确构成了不同文化之间交流的重大潜文本。

在亨廷顿那里，文化依附于宗教，“从宗教中寻求答案”这一说法为非西方文明背景下的我们提供了重要的参照。我们对西方文明背景下宗教的作用还不够重视。乔治·桑塔亚那的《诗与哲学》③ 将卢克莱修、但丁和歌德概括为欧洲哲学的主要阶段——古希腊的自然主义、中世纪的超自然主义与18世纪以来浪漫主义——在诗歌领域的理想代表。请注意，桑塔亚那这里没有

① 帕米尔文化艺术研究院编：《当代国际诗坛》特辑《触摸·旁通·分享：中日当代诗歌对话》，作家出版社2010年版，第275页。

② ［美］塞缪尔·亨廷顿：《文明的冲突与世界秩序的重建》，周琪等译，新华出版社1999年版，第67—68页。

③ ［美］乔治·桑塔亚那：《诗与哲学》，华明译，广西师范大学出版社2002年版。

障碍地将古希腊文明和基督教文明放在一起来讨论，认为二者之间是相接相续的关系。无独有偶，尼采在《悲剧的起源》中认为狄奥尼索斯精神在欧洲历史上曾两次挽救了理智，使其免于虚无主义——一次在古希腊诡辩智术师的末期，一次是欧洲启蒙运动的末期。他将上帝之死定义为现代的第一个也是最重要的问题，认为启蒙运动不可避免要趋向虚无主义，而浪漫派希望借助狄奥尼索斯这个尚未到来之神克服理性化带来的意义危机。德国政治思想史家弗兰克用大量资料证明浪漫主义时期欧洲文明内部狄奥尼索斯与基督合一。[①] 基督教的上帝无疑是排斥异教的一神教，一神独尊的基督教精神根底上和古希腊以来的形而上学精神是一致的，在这一点，二者隐秘相通。J. 利奇蒙德《神学与形而上学》中认为"任何令人满意的、健全的基督教神学决不能离开某些综合的形而上学图式，脱离了它们，这种基督教神学便无法建构，因为正是这些图式，用某种方法将人类在最广泛意义上获取的关于世界的经验和知识连接为一个合理的统一体"。[②] 从这个角度看，上帝在西方文明中不是死了，而是渐渐模糊化。法国社会学家拉图尔认为现代人的一个代价是上帝的缺席，现代人把上帝放入括弧。[③] 上帝的形象，从《旧约》到《新约》，呈现一个弱化的演化趋势，上帝渐渐消失，但是上帝却是以不在场的方式继续在场着。

下面我们借米沃什为例来讨论在貌似一体化的"西方文明"背后的两个问题：它也不断向非西方文明获取更新自身的视野，另外，它的内部也是诸神相争的。但无论怎样，我们总是可以在西方文明背后找到某种"形

---

① ［德］弗兰克：《浪漫派的将来之神：新神话学讲稿》，李双志译，华东师范大学出版社 2011 年版，第 10 至 11 讲。

② ［英］J. 利奇蒙德：《神学与形而上学》，四川人民出版社 1997 年版，封底。

③ Bruno Latour, *We Have Never Been Modern*, *Translated by Catherine Porter*, Harvard University Press, 1993, p. 41.

而上学图式”，应之于宗教或神学，它就是一神教，这一点我们必须心中有底。

曾经长期困扰米沃什的是上帝的观念和必然性的自然规则之间的矛盾——这实际上是西方文明内部来之已久的希伯来启示精神与希腊理性精神的一个缩影——这样异教比如诺斯替教派就很容易吸引他，后者把物质世界完全归为邪恶，而唯独灵知可使人得救，米沃什也一度将人类所承受的苦难归结为物质世界的邪恶，但他终于回归天主教，我以为，这和他对东方思想的接触有关。他在美国伯克利时与远东学系的卜弼德（Budberg）、陈世骧两位教授过从甚密，[①] 后者正是另一位大诗人盖瑞·施耐德的老师，米沃什所热爱的叔本华和薇依实际上深受佛教思想影响。东方思想帮助米沃什更好地理解并更深入地接受他的天主教信仰，或者说改造了其独特的摩尼教气质，这样说并不为过。在晚年长诗《关于神学的论文》中，他写道：“因此基督教不会假装赞同这个世界，因为它在其核心处看到了欲望之罪，或者用悲观主义大哲学家叔本华的话来说，‘普遍意志’，他在基督教和佛教那里找到了一个共同点：对地上居民的同情，眼泪的价值。”

米沃什认为诗歌和科学都是基督教逐渐解体的结果。他很清楚“整个地球都受到16、17 世纪西欧一小块地方兴起的科学崇拜的支配，因此一个中国、美国或俄罗斯儿童都以稀释和粗俗的形式接受同一种知识，该知识的基础是哥白尼、牛顿和达尔文的发现。要理解这场转变的全部怪异，是颇为困难的：那些可以跟科学施加的概念抗衡的关于世界的概念全面溃败，而这也是所有非西方思想方法的溃败”。[②] 他甚至过早地认为西欧兴起的这小块文明是人类“唯一的文明，因为其他文明都已在游戏中输了”[③]。新物理学让他看

---

① 程晓筠：《米沃什：拒绝被禁锢的头脑》（http：//www. bundpic. com/2011/10/16097. shtml）。

② ［波兰］切斯瓦夫·米沃什：《诗的见证》，黄灿然译，广西师范大学出版社 2011 年版，第56 页。

③ 同上书，第 144 页。

到上帝和科学之间未必是不可调和的，而人类的希望可能就是基督教文明的全面胜利。“很有可能，西方这一文明分支解体是因为它创造，创造因为它解体。克尔凯郭尔的哲学的命运也许可作为一个例子。它是在基督教内部的解体中产生的，无论如何是在新教内部解体中产生的；反过来，原子的量子理论的创造者尼尔斯·波尔则似乎受了阅读克尔凯郭尔著作的影响”。[①] 米沃什受其远亲奥斯卡·米沃什的影响，后者在《关于诗歌的一些话》中预言“‘小行星地球’将迅速一体化，预言将出现一种新科学和新形而上学”[②]。

在米沃什眼中，“纯诗”作者们憎恨物质，这种憎恨可以在胡戈·弗里德里希《现代诗歌的结构：19 世纪中期至 20 世纪中期的抒情诗》[③] 找到清晰的证据。“现代性意味着迫切渴望从物体中得到最新发现的元素。后来由此形成的情况是对一棵桃树，或一只画眉鸟，或一个蜗牛进行相当科学的考察，也就是说，当某些物体出现在我们视野里，我们要对相应的表面产生的感觉进行科学考察。通常这些都是令人目眩的智力建构，而我从中所得甚微。在这些作品中，事物的‘本质’被纯粹智力解构成的部件取代了。例如，这适用于弗朗西斯·篷热，在很大程度上，也适用于华莱士·斯蒂文斯”。[④] “西方诗歌最近在主观性这条路上陷得太深了，以至于不再承认物体的本性。甚至似乎倡议所有的存在都是感觉，客观世界根本不存在。不论在哪种情况下，一个人都可以说点什么，因为没有任何约束。但是禅宗诗人建议我们从松树

---

① ［波兰］切斯瓦夫·米沃什：《诗的见证》，黄灿然译，广西师范大学出版社 2011 年版，第 145—146 页。

② 同上书，第 45 页。

③ ［德］胡戈·弗里德里希：《现代诗歌的结构：19 世纪中期至 20 世纪中期的抒情诗》，李双志译，译林出版社 2010 年版。

④ ［波兰］切斯拉夫·米沃什：《反对不能理解的诗歌》，程一身译（ http：//www. douban. com/group/topic/23760546/）。

了解松树，从竹子了解竹子，这是一种完全不同的世界观”。① “在古代中国和日本，主体和客体不是对立的分类，而是被理解为同一体。这可能是他们对环绕我们的世界，花朵、树木、风景，能够极度恭敬地描述的根源，因为我们能看到的事物在某种程度上就是我们的一部分，但务必成为它们并保持它们的‘本质’，用一个禅宗的词语来说。在这种诗歌里，宏观世界被每个具体的细节反映出来，就像一滴露珠中的太阳”。② 米沃什试图借助东方诗歌对主客体的执中态度来纠正欧美诗歌过于主观化的倾向，但是他无论如何不能认同将主体消隐在客体之中，因为他不能无视个体生命承受的苦难和死亡：“我认为人类命运的悲剧不允许对宇宙辉煌自足的结构进行如此平静的认可，并淡漠于苦难。正是由于这个原因，对我来说赞成佛教徒的解决办法是困难的。唉，我们的基本体验是二元性的：心灵和肉体，自由与必需，罪恶与善良，当然还有世俗与上帝。同样，我们都反对痛苦和死亡。在我选择的诗歌里，我寻找的并非对恐惧的逃避，而是恐惧与崇敬可以同时存在于我们心中的证据。”③ 这些痛苦不仅是自己的，也有别人的：“我们喝啤酒的时候，难道没有看见西贡警察头子朝着一名越共军官、一个战俘的太阳穴，一枪把他射死？难道没有看见奥斯瓦德被鲁比射击后，紧紧抓住自己的胃部？难道没有看见儿童被凝固汽油弹烧死？还有罗伯特·肯尼迪，跟着又倒在瑟汉的枪击之下？”④ 总体上，东方思维对物的认可伴随着对“我执”的破除，在米沃什眼中，这无疑走向了纯诗强调主观性的反面：它不仅使“我”，也让发生在眼前的事实变得如梦幻泡影，这对先后经历了法西斯和共产主义极权统治的他和他的民族来说显然是不能接受的。根本上，民主会要求一个不能进一步

① ［波兰］切斯拉夫·米沃什：《反对不能理解的诗歌》，程一身译（http：//www.douban.com/group/topic/23760546/）。

② 同上。

③ 同上。

④ ［波兰］米沃什：《论检查制度》，绿原译（http：//blog.sina.com.cn/s/blog_4a8fafbc0102dqlv.html）。

降解的事实真相。“如果我们暂时把我们的人性置于一旁，把我们对于人的价值观念抛到脑后，我们就必须承认，世界既不好也不坏，这些范畴不能用到蝴蝶或螃蟹的生活中去。但是，我们谈到我们自己的要求，我们在一切活物中间所特有的要求时，那就当别论了。那时，不偏不倚的决定论具有穷凶极恶的特征……我是双重的：在某种程度上，我是蝴蝶和螃蟹的亲属，我又是‘人间精灵’（它可不善）的仆人。如果没有人，也就没有魔鬼，因为天然的秩序不会为任何人所抵触。既然它被抵触了，它的统治者，撒旦，‘人间精灵’，自然的创造者，就会同人身上为人的灵魂奉献为神圣的一切进行斗争”。①

根据《创世纪》，上帝在第一天创造了光，把光和暗分开，第四天创造了自然界的两大光源，于是有了昼夜。后来从德国移民美国的犹太人施特劳斯在《〈创世纪〉释义》②中强调这一点，认为第四天的光低于第一天的光，前者与希腊理性的自然之光同格，后者则与上帝相关。这一点对米沃什同样非常重要：“什么是光呢？就是人身上反对天然成分的神圣成分——换言之，就是不同意‘无意义’、寻求意义、嫁接在黑暗之上像一根高贵的嫩枝嫁接在野树之上、只有在人身上并通过人长得更大更壮的理解力。”③ “嫩枝”扎根于上帝，高贵过“野树”。米沃什抱怨艾略特“荒原”的后退时间模式，是因为其中没有伸向未来的“嫩枝”。

现在我们可以理解米沃什对东方诗歌所寄予的期待了：他试图借助客观事物回到主体，而且不是一般的主体，是上帝这一大主体。“只有同上帝订立圣约，才能使人摆脱或者不如说试图摆脱约束天地万物的永久不变的规律的

① ［波兰］米沃什：《作家的自白》，绿原译（http：//blog. sina. com. cn/s/blog_ 4a8fafbc0102dqlv. html）。

② ［美］施特劳斯：《〈创世纪〉释义》，林国荣译，（http://acmilanzhu. blog. 163. com/blog/static/106643561201052324909 44/）。

③ ［波兰］米沃什：《作家的自白》，绿原译（http://blog. sina. com. cn/s/blog_4a8fafbc0102dqlv. html）。

罗网。”[①] 如果说摩尼教轻视客体而重视灵知，那么米沃什则是希望在新科学和新形而上学之后，可以出现一种新诗歌，它可以在万物当中分辨出上帝的信息。米沃什经由叔本华接受了古印度思想：“解放意味着站到永恒的生死大轮之外。艺术应当站到转轮之外，这样才能撇弃热情、欲望，做到某种超然。”[②] 但是显然他又对这一思想作出了基督教的改写，正如他对诗歌的著名定义，“对真实的热情追求”（the passionate pursuit of the real），“真实”在他那里不是简单的现实，而是意味着上帝。[③] 两种姿势：东方思想渴慕站在自然循环之外，其被动性是主动的，米沃什的主动性则是被动的，因为在他看来世界不过是更真实的皮肤——“我更像一个猎人，不同于专注于语言和内在生命的诗人，真实不可能被捕获，因此猎人永远悲伤”[④] ——人不可能捕获真实，因为真实永远以启示而不是知识的方式存在，因此米沃什认为“诗歌的规则”是“我们所知之物与我们所启示之物之间的距离”，而“要紧的是外壳里面的东西，但当然如果读者只迷恋外壳也不要紧”。

《关于神学的论文》无疑是研究米沃什的重要文本，在我眼里，这篇长诗在神学领域的重要性可能不亚于它在诗歌领域的地位。他在其中更新了天主教思想，既借用了欧洲宗教思想家比如雅可布·波墨的学说，也明显借用了东方思想。米沃什的最大意义，在我看来，就是在一个经济上不断一体化的世界里，如何实现不同文化类型的相互靠近。东方思想对米沃什的影响很可能会超乎他自己的感知。但他仍然抱怨希腊、印度及中国思想中的轮回观点束缚了基督教从犹太教思想中继承来的朝向上帝的“上升运动的想象”：“那

---

① ［波兰］米沃什：《作家的自白》，绿原译（http://blog.sina.com.cn/s/blog_4a8fafbc0102dqlv.html）。

② Czeslaw Milosz, The Art of Poetry No. 70, Interviewed by Robert Faggen（http://www.theparisreview.org/interviews/1721/the-art-of-poetry-no-70-czeslaw-milosz）。

③ Ibid..

④ Ibid..

支箭的射程是：同上帝的圣约，选民们世世代代的历程，弥赛亚的诺言”①。米沃什的诗歌里总会有一个通往上帝王国的出口，他一再强调的“人类大家庭”，实际上是通过对上帝的追忆而历时地形成的，所谓“历史想象力”。神圣和世俗在他那里是分开的，因此他总是在其诗歌中以在场的方式缺席了他的世俗生活。而佛教中出世间法总不离世间法，从佛教看，基督教仍然不脱六道轮回，仍然在六道里运作。米沃什说，“我认为人类命运的悲剧不允许对宇宙辉煌自足的结构进行如此平静的认可，并淡漠于苦难。正是由于这个原因，对我来说赞成佛教徒的解决办法是困难的。”② 但是，佛教徒并非淡漠于苦难，而是以苦为师，来修回自性。而自性回归之前首先需要由恶返善。佛教的结构似可归纳为“六道众生—善—佛”，而在米沃什那里，则有一个“我—美—上帝”的结构，前者通过修善可以成佛（佛也是善，但已经不是善恶意义上的善，而是对自性完满的一种感叹），后者则通过对美的发现而发现上帝，因为上帝正是这宇宙的最初创造者。“我”和“上帝”是二元的，绝不可以归并，并且“我”是通过“上帝”与其他人构成一个“人类大家庭”的，即作为自由保障的民主制度和作为信仰源泉的上帝在他那里是相安无事的，制度和文化的区分、具有政治象征意义的空间和具有宗教象征意义的空间的分野以及社会秩序和精神宗教秩序的共处共同造就了米沃什所处的传播环境。吴尔敦将“世俗思想”作为同时以民主、无法传播和宗教回归为特征的世界的核心问题，即“不同宗教之间的传播沟通及相互尊重问题”，它分离了政教，且使各个地区不同宗教之间的共处成为可能，从这个角度讲，吴尔敦甚至认为“世俗性或许就是传播社会的本质概念之一”③。这显然是对亨廷

① ［波兰］米沃什：《作家的自白》，绿原译（http：//blog. sina. com. cn/s/blog_ 4a8fafbc0102dqlv. html）。

② ［波兰］切斯拉夫·米沃什：《反对不能理解的诗歌》，程一身译（http：//www. douban. com/group/topic/23760546/）。

③ ［法］多米尼克·吴尔敦：《拯救传播》，刘昶、盖莲香译，中国传媒大学出版社 2012 年版，第 142、156 页。

顿“文明冲突论”的一个有力反驳，当然，对目前的中国来说，“世俗性”的降临显然还需要进一步的努力。

1978 年，米沃什获得美国的纽斯塔特文学奖（Neustadt International Prize for Literature），2010 年，多多也获得这一奖项。我们可以比较东西方两位不同的诗人来将这种差异具体化。在米沃什，这是一个不断分离和解体的过程：“一个极美极有力的天使反叛了不可理知的统一，因为他说出了‘我’这个词，而这就意味着分离。”再来看多多。在和金丝燕的一次聊天中，多多说“当我们说到‘我们’的时候，我们就无需对话，无需辩论，因为我们在一起……我说‘我’的时候，或者省略主语的时候，才会有对话的，但我说‘我们’的时候，对话就结束了……‘我们’有一种不言而明的意思，个人需要对话，‘我们’是联系在一起的：‘通了’，那就是透明了。这个‘我们’，不光是说你和我的‘我们’，不是说我们这一代人的‘我们’，不是说我的朋友们的我们，它也可以代表很多，比如说天启啊神秘啊，都可以和很多假设在一起，但一说到‘我们’，就代表我们已经连接在一起。那么就是我说‘我们’的时候，它就变成一起。”在一次访谈中，他表示，“我年轻时总以为是在同上帝面对面，但这种感觉并不恰当：如果你面对上帝，你就没法写作；实际上你写作时，上帝就在你之内，你就是上帝。但你需要等待，需要耐心，放松，镇定，平和，你得将思想保持在高处并且融入……当你写作，你就在面对着某人并和他对谈。我从未说我在为某个假设的或者特定的读者写诗；那么我写给我自己吗？我也不这样认为。那么我写给谁呢？TS Eliot 认为有三种沟通渠道：与他人、与自己或者与上帝。我认同。但谁是上帝？什么样的上帝？基督教的上帝还是其他的神？这不重要：它是某种更高的东西，这就是全部。”①

---

① “Writing is a promise”，INTERVIEWING DUO DUO，THE POET OF THE CLOUDS，By Fabio Grasselli，HAIKOU，2004/10/11（http：//www. cinaoggi. it/english/culture/duo - duo - interview. htm）。

多多的上帝应该不会是基督教的上帝，“上帝就在你之内，你就是上帝”这样的说法从基督教看来无疑是渎神的。但是从“道”或者“佛性”来看，多多的说法就容易理解：道不远人，道就在人的身体中运行，自性即佛性。

另一个可以与米沃什构成比较的中国诗人是孙文波。米沃什诗歌中的历史责任感、米沃什对待事物的态度对孙文波有非常重要的影响，但是米沃什的上帝从未在孙文波的诗歌中显现。“其实我真正希望人们看到的不是简单的某种关于‘人的真实’而是关于‘时间的真实’。在我们这样一个没有宗教的文化中，所谓的诗歌中的信仰，更多地不是体现在对善与恶的认识之上的，它更多地是体现在人对时间的认识之上。这一点我们只要仔细考察一下从《诗经》以后的中国诗歌历史就能够很明确地发现，正是对时间的关注成就了不少诗人，我们民族文化中最打动人的诗篇亦大多与对时间的处理有关，就像我非常喜欢的、有人称之为中国七律第一首杜甫的《登高》一诗就是如此。为什么？我认为这是因为时间作为主题，很当然地包含了生与死这样的人类不得不面对的绝对问题。对之的处理，表明的是一种带有‘自然主义’色彩的‘非宗教性’的生死观。不管别人怎么看待，我把体现‘时间的真实’看作自身写作生涯中处理的主要主题。我甚至认为：如果我们能够在写作中很好地处理对时间与人的关系的认识，那么就会准确地揭示出‘人的真实’，进而对人在具体的历史境域中的命运作出判断，或者说将人的命运在具体的历史境遇中的状况呈现出来。如此，再向前推一步，对‘时间的真实’的强调，我同时将之看作对我们写作中的‘非宗教性’的弥补。我把这一弥补亦当作信仰的建立——对时间的态度就是我们对人生的态度。我甚至想说：“对时间的理解就是我们的世界观。”① 与米沃什强烈要求从上帝那里获得意义感相反，在 2012 年出版的《新山水诗》以及即将完成的 1600 行长诗《长途汽车上的

① 孙文波访谈：《为了“时间的真实”，尽管不可能……》，（http://site.douban.com/106604/widget/articles/121331/article/10032271/）。

笔记——感怀、咏物、山水诗之杂合体》中，孙文波坦然承认“没有意义才是人生的真谛”，虚无成为他看待事物的出发点。① 这一点在论文第四章有比较详细的解释。

## 第二节 政治意识形态因素影响下的传播变形

政治意识形态在新诗的海外传播中是容易引起争议的话题。② 从第一章的介绍我们得知，在海外，当代诗歌中得到最大面积呈现的是朦胧诗，朦胧诗反对“文革”意识形态话语，与之后的第三代诗歌相比，它表面上的政治性更强，也更具有依附性，朦胧诗人中的北岛尤其是杨炼实际上和第三代诗人一道完成了之后的诗歌语言自律诉求。但是在第三代诗人转向诗歌内部规律探索的同时，海外尤其是西方文明背景下的读者仍然要求中国诗人向他们提供政治意识形态浓厚的诗歌，这必然会造成某些错位，造成新诗海外传播的变形。就像宇文所安提及的，汉学界对新诗的关注很多是出于寻找“别具异国情调的宗教传统或者政治斗争”的目的，而“西方人对异国情调和正义事业的口味是很飘渺无常的东西”③。柯雷曾经提到一位翻译家声称海子自杀于1989年6月之前，非常牵强地在海子自杀的3月26日和那次政治风波联系在

① 这一点，孙文波和薇依又有奇妙的可比之处。在他那里，虚无取代了薇依的上帝，向着虚无的消失则承担起薇依向着上帝消失的类似功能。详参冯强《通正变，兼美刺：孙文波诗歌中的现实与虚无》，载《飞地》第3期。

② 1998年孙文波参加完“鹿特丹国际诗歌节”后就有某位以流亡身份在西方到处走动的前诗人劝他干脆不要回国，而是在国外待下去。西川在国外时也曾有人问他为什么不流亡。

③ ［美］宇文所安：《什么是世界诗歌?》，洪越译，田晓菲校，载《新诗评论》总第三辑，北京大学出版社2006年版。“少量能够在国际上获得承认的中国作家和诗人——以诗人居多——的贡献，已经远远落在了居于国内的作家之后，同国内急剧变迁的现实情境相对照，他们所提供的经验、思想与美学财富，已经非常有限。”张清华：《“中国经验”的道德悲剧与文学宿命》，《当代作家评论》，2012年4期。

一起，而这一暗示无法证明二者之间有什么具体的因果联系；另一个例证是一部 1989 年出版的多多诗集英译本违背诗人和译者的意愿，将诗集命名为“从死亡的方向看：从文化大革命到天安门广场”，刻意用“从文化大革命到天安门广场”的副标题与那次政治风波联系起来，并配有这样的献词：“此书献给今日中国所有为发出声音而战斗的人，献给在战斗中死去的人。”而实际上，《从死亡的方向看》写于 1983 年，与那次事件并无直接关联。①也因此，柯雷多次声明他要对新诗作“去政治化”和“去中国化”的解读。

不同于亨廷顿——他认为对人来说最重要的不是政治意识形态或者经济利益，而是文明认同——他的学生弗朗西斯·福山认为人类历史的前进与意识形态之间的斗争正走向“终结”，随着冷战的结束，“自由民主”和资本主义被定于一尊，“资本阵营”最终胜利。② 而“自由民主”的理念，恰恰是西方世界据以检验新诗的一个重要标准。接续上一节的讨论，我们知道新教伦理对欧洲自由民主的产生起到了极大推动作用。宗教改革的影响提高了一般人对自由的要求，要享有更崇高、更纯粹的公民权。西方神学家把上帝和自由意志联系起来，并将后者视为高于国家赋予的上帝的恩赐，从这个角度看自由民主是上帝逻辑发展的必然结果。但是我们需要注意，宗教改革的目标仅仅是对政治民主起到了推动作用。经过 60 年代的文化革命，美国实现了文化民主，这就走上了一神教的反面，即尼采所预言的虚无主义时代——最高价值失去了价值——它“摧毁了一切专横的价值权威，在文化和生活方式上实现了早在政治和经济层面实现的自由、民主和平等，但也因为它摧毁了一切专横的价值权威，使任何政治激进主义失去了存在的根基”③。文化上的自

---

① Maghiel van Crevel, *Language Shattered*: *Contemporary Chinese Poetry and Duoduo*, Leiden, The Netherlands: Research School CNWS, 1996, p. 175.

② ［美］弗朗西斯·福山：《历史的终结及最后之人》，黄胜强、许铭原译，中国社会科学出版社 2003 年版，代序。

③ 程巍：《中产阶级的孩子们——60 年代与文化领导权》，生活·读书·新知三联书店 2006 年版，第 24 页。

由民主意味着只要我不违背法律，我就可以任意放纵我的欲望，这样，自由民主就从一种价值沦落为无价值，这就是西方自由民主意识形态所面临的最大悖论。

还是借助米沃什来考察这一悖论，他“不忌惮说，作为人类，虔敬并敬畏上帝的人高于焦躁的模仿者，后者得意于将自己塑造成聪明蛋，他们去当铺当掉自己质朴的本心，标榜换来的一点小聪明……（然而）神圣存在，强于所有我们的叛变”。[①] 民主社会放纵小聪明、放纵欲望，这些东西一定是米沃什这样的智者所蔑视的，像布罗茨基一样，“关于艺术，他绝不是一个民主主义者”[②]。米沃什信奉的是政治上的民主，他不会忘记在自己艰难的时候是民主的美国接纳了他，即便他把心放在上帝那边，即使他瞧不起民主社会安逸又平庸的生活。在艺术上，米沃什和多多一样绝不民主，因为诗歌写作中蕴含的价值判断自然会有高低上下之分。

张东荪曾言，“民主主义是西方道统中最可宝贵的东西。我们接受西方文化亦只需换来这一点即足了。我主张将儒家的精神只限于内心修养……儒之道是最好的心理卫生方法，最新的心理学未必能超过”[③]。作为西方道统的民主主义自然是政治民主，然而政治民主的下一步发展未必能尽人意，相比之下，儒家重视个人修养的君子之道自然更让中国人向往。

可以举 2000 年前后兴起的“下半身诗歌写作”为例，在汉学界，无论是译介还是专门的研究，下半身写作都占据一个很显眼的位置。鹿特丹国际诗歌节的官网上，29 位中国诗人的 287 首汉语诗歌英译中，曾经被列入下半身诗歌写作的朵渔和盛兴各有 10 首入选，柯雷 2008 年的大部头著作《精神、

① Jeremy Driscoll, The Witness of Czeslaw Milosz (http://www.firstthings.com/article/2007/01/the-witness-of-czeslaw-milosz--25)。

② ［波兰］米沃什：《关于布罗茨基的笔记》，程一身译（https://www.douban.com/group/topic/20923776/）

③ 转引自单世联：《辽远的迷魅：关于中德文化交流的读书笔记》，上海外语教育出版社 2008 年版，第 216 页。

混乱和金钱时代的中国诗歌》也有专门一章（第九章）、38 个页码（近十二分之一的篇幅）来谈论以尹丽川和沈浩波为代表的“下半身诗歌写作”。前面我们已经讨论过欧康奈尔在阅读了下半身的前成员朵渔的诗歌后，觉得“不知是翻译的缘故还是我根本对‘下半身’的写作宗旨有所误解”[①]，即完全不是他想象中的“下半身”。如果看看沈浩波《挂牌女郎》和尹丽川《为什么不再舒服一些》这类诗，确实会有“下半身”真是名副其实这样的感觉。这是“风格高于真理”的又一个极端。看来是自由主义在中国也胜利了，但是这只是商品层面的胜利，自由在这里从一种制度层面的个体权利翻转为文化上的（看似）怎样都行，价值翻转为无价值。这似乎应验了柯雷对 20 世纪 90 年代之后新诗的一个基本判断，即从崇高（Elevated）到世俗（Earthly）、从什么（what）到怎么（how）。但是真正追究起来，问题又要复杂，比如下半身的重要成员尹丽川在“下半身”运动方兴未艾的 2000 年就已经开始为自己辩白了，看看《干爹》和《攀比》，我们会知道这与其说是一个运动，不如说更像一场语言游戏：

> 总而言之，我们攀比恶，当然只是在
> 聊天室里。待到相见，每个人都好得不成体统。
> 偶尔还会脸红，恶念一闪而过。
> 为了心中的恶，我们总是好得抬不起头
> 真是累死人呵，谁也下不了毒手（《攀比》）

尹丽川通过这种方式告诉外界：下半身无非是一种风格，即使它的参与者“心藏大恶”，也只是发生在聊天室里，它更加是语言上的自由，是在一个虚拟空间里的以言代行。这个看似极端的运动仍然离不开普遍人性的

---

① ［美］乔治·欧康奈尔：《中国当代诗歌——彼岸之观》，载《当代诗》第 3 辑。

基础来支撑。这个写作流派看似反道德的诗歌宣言，其实际的诗歌写作却并未离开道德很远。他们的宣言，更多应该从布尔迪厄的场域及占位理论来理解。

政治意识形态因素影响下，会使传播发生变形，这一点应该是没有疑问的，我们这一节就说到这里。既然有“变形”，就有“正名”，对西方政治意识形态尤其是自由民主的深入反思，可以参考萧开愚的诗歌，在他早于甘阳提出的“儒家社会主义”里，他根据中国的文化和制度传统对其进行了新的解释，这一解释在我看来，更加符合中国的现实，这无疑是一次“正名”行为，详细内容可以参考第三节后半部分。

## 第三节　变异与正名：对一种“国际化写作风格”的反思

1997 年，萧开愚开始反思一种以国外经典大师风格为楷模的“国际化写作风格”，这一风格仍然脱胎于歌德所展望的“题材、主题和写作技术摆脱地方性樊篱的世界文学”。他视庞德、艾略特和奥登为具有国际化写作风格的诗人，尤其是布罗茨基，“他的写作融会了两种社会制度的生活体验，英式和俄式两种文学传统，英语和俄语两种写作语言的表达优势，他从当时苏联社会必然导向的抒情诗过渡到美国社会容易导向的叙事和评论时事的英式‘民主’诗歌风格，完美地实现了当代东方诗人，尤其世界情结扎根在意识深处的中国诗人的写作梦想”。[①] 而在语言转向之后（详参论文第四章第三节，其中考察了语言转向之后孙文波和臧棣对浪漫主义传统的改写，前者落脚于自然并借此接通中国山水诗传统，后者落脚于语言，两位诗人都可以视为“语言浪

① 萧开愚：《当代中国诗歌的困惑》，《读书》1997 年第 11 期。

漫主义”，但出发点有所差异），脱离地域色彩和个人情感、倚赖语言内部自我指涉的所谓“元诗”越来越成为国际化风格的最佳写作空间，“还有比放弃意义、思想甚至（原始的生活）内容的冷静的文本制作更少区域限制的诗风吗?”① 萧开愚认为90年代之后越来越多的中国诗人面临着诗歌写作“写什么”（内容选择）和“怎么写”（完美的形式）两个问题，他把前者放在高于后者的位置，文中提出的三个问题——自己的生活、叙事技巧和道德观——实际上都指向诗歌现实的关系：“近几年旅居国外和加入外国籍的中国诗人多数写得越来越差，关键的原因就是他们还在写他们已经不了解的中国现实。国外读者或许还能认同他们写的那些异国色彩的中国生活，国内读者当然不买账，他们会说‘修辞越豪华越苍白’。他们希望从国外汉语诗人那里看到汉语写国外生活的效果，看到另一类型的汉语诗。”② 萧开愚承认一种扎根于地域性的国际写作是可能的，但如果这种写作风格不能“帮助我们有力地探索自己的情感……反而在我们和我们的生活之间塑起一道隔墙，或者还要危险，迫使诗歌和写作接受以‘人类的普遍性’名义实施的制度化标准，那它就蜕变成了一个坏目标”。③ 比如“人类普遍性”就可以被勾兑为“谋求出版、朗诵，甚至翻译和出国机会”④ 的商业逻辑，更确切地说，是象征资本逻辑。

北岛（2009，中坤诗歌节缺席致辞）认为，被政治意识形态所控制的40年前，新诗的主要困境是“词与物的关系被固定了，任何颠覆都会付出巨大的代价，甚至生命”，那时的主要任务是捍卫汉语的基本权利，而在今天，商业和政治合围、经济全球化带来的地方性差异消失、新媒体的新洗脑方式，使“汉语在解放的狂欢中耗尽能量而走向衰竭。词与物，和当年的困境刚好

① 萧开愚：《当代中国诗歌的困惑》，《读书》1997年第11期。
② 同上。
③ 同上。
④ 同上。

相反，出现严重的脱节——词若游魂，无物可指可托，聚散离合，成为自生自灭的泡沫和无土繁殖的花草。诗歌与世界无关，与人类的苦难经验无关，因而失去命名的功能及精神向度。这甚至比四十年前的危机更可怕”。[①] 词与物的脱节是语言转向之后诗歌写作的一股非常强大的潮流，它的一个典型特征是风格化。加塞特说，“风格化就意味着：让事实变异（deformieren）。风格化包含着非人性化。”[②] 弗里德里希进一步阐释说，“抒情诗可能向来就要消除‘所是’和‘所显’之间的区别，向来就让自己的材料臣服于诗歌精神的权力。然而，所谓现代就是指，从创新性幻想和独立语言中诞生的世界是现实世界的敌人”。[③] 弗里德里希所谓的现代抒情诗就是上文我们提到的“元诗”，元诗视现实为敌人，视语言为诗歌的唯一鹄的，竭力在语言中祛除现实，也就是语言对现实的变异。与“变异”相对的是夫子所说的“正名”，就是使名实相符，语言和现实相符，这一点恰恰会被元诗信仰者认为是不可能的，他们会说符号所组成的语言世界与符号所指代的现实世界之间没有本质的必然的联系，而且，构成语言符号的能指和所指之间的关系是人为的、随意的，不是外在事物决定了语词的意义，相反，倒是语词决定了事物的意义。这些东西自然是从语言学家索绪尔那里得来的。但是像所有“为 X 而 X”或“X 是 X”类似的宣言一样——比如“战争就是战争”已经把战争转变为一场屠杀，“在商言商”掩盖了无耻奸商的虚伪[④]——社会分工所形成的相对独立的子场域逐渐将限制性的价值从中抽离，为艺术而艺术的元诗自然也不例外。布洛赫在《詹姆斯·乔伊斯与当代》中写道：当代文学的“非常使命”在于，它“首先必须穿越所有‘为艺术而艺术’的地狱”，从而“把一

---

① 《北岛缺席中坤国际诗歌奖颁奖典礼》（http://bbs.hsw.cn/read-htm-tid-1154300.html）。

② 转引自［德］胡戈·弗里德里希：《现代诗歌的结构：19 世纪中期至 20 世纪中期的抒情诗》，李双志译，译林出版社 2010 年版，第 156 页。

③ ［德］胡戈·弗里德里希《现代诗歌的结构：19 世纪中期至 20 世纪中期的抒情诗》，李双志译，译林出版社 2010 年版，第 190 页。

④ ［美］阿伦特《黑暗时代的人们》，王凌云译，江苏教育出版社 2006 年版，第 113 页。

切审美性的事物带回到伦理的力量之中”①。阿伦特对此评论说，“就生活而言，他承认行动具有绝对的首要性”。她要说明的是公民身份相比诗人身份的优先性，身体行动相比语言行动的优先性。这其实符合孔子在《子路篇》提出“正名”的初衷：“名之必可言也，言之必可行也。君子于其言，无所苟而已矣。”将“名”放在“言”后，又将“言”放在“行”后，就是以价值将“言”“行”统摄起来，在根本上，它的确是伦理性的。

本章前两节我们已经重点介绍了新诗海外传播面临的西方文明背后的宗教因素以及西方的主要政治意识形态因素。我们也介绍了中国当代诗人比如西川、多多和孙文波是如何看待这些差异因素的。在我看来，他们的反应是睿智和务实的：西川看到西方的大诗人比如米沃什在编选国际诗歌时不能走出自身文化圈也就是西方中心主义的局限；虽然努力向西方学习诗歌写作的技艺，但是仍然能够根据自身传统来对西方诗歌进行选择，这种选择直接体现在他们的写作中，比如多多诗歌中的“我们”和孙文波诗歌中的“虚无”就截然不同于米沃什诗歌中的“上帝”。这些诗人并没有顺从某种“国际化写作风格”来进行一种无根的创作，他们立足本土，致意扎根，为新诗的海外传播留下了宝贵思考。

巴尊曾经强调“自我认识”和“自我意识”的不同，在他看来，后者“更加关心的都是它在别人眼中显现的方式，而不是充分的了解自己以及勇敢地承认自己的过错”②。对新诗的海外传播来说，这是一个非常重要的命题。针对这项研究，归根到底就是要研究新诗在海外读者眼中的显现和显现方式，但这样的研究方法又把主体性完全预设到了海外读者一方，它真正的主体即

① 转引自［美］阿伦特：《黑暗时代的人们》，王凌云译，江苏教育出版社 2006 年版，第 108 页。

② ［美］雅克·巴尊：《古典的，浪漫的，现代的》，侯蓓译，江苏教育出版社 2005 年版，第 106—107 页。在《卓尔不群和不群的冷》中，萧开愚写道，“评判现代文学是否认真的唯一标准”是“是否解决‘我’的困难”。

中国当代诗人及其诗歌反而被忽略了。这对我来说是一个很大的悖论。这一节之所以要专门研究国际化写作风格，就是要在中国当代诗人的自我认知和自我意识之间做一个初步的清理，对一个真正的诗人来说，重要的是通过诗歌认知和纠正自我（所谓“正名”），而在他人面前的显现方式（所谓“风格”）不过是其诗歌的衍生品，相对于前者，永远是次要的。

“风格”与“正名”不同，前者是对“名”的异化，所谓“变异”，后者则是对已经脱节、不能构成指涉的名实关系的某种纠正，一旦蜕变为“风格”，意味着“变异”取代了“正名”，因为涉及诗歌写作，风格只涉及“名”，它取消了名实（主要是制度以及制度下人之“行”）之间的关系。“风格化”写作可以以关心现实的面目出现，但即便它“涉及现实——物的或者人的现实——那么它也不是描述性的，对现实并不具备一种熟悉地观看和感觉的热情。他会让现实成为不熟悉的，让其陌生化，使其发生变形。诗歌不愿再用人们通常所称的现实来度量自身，即使它会在自身容纳一点现实的残余作为它迈向自由的起跳之处”。① 风格化的写作自然无法彻底完成祛除现实的雄心，它永远需要一点现实的参照，否则读者就没有入口。但这种现实是作为残余出现的，它只是燃料，只盼望着风格化的卫星可以不依赖任何现实而自身旋转。这当然只是奢想。风格化写作的一个显著特征是以语言的客观性取代客体的客观性，它不是诗人用来“探索自己的情感”，而是诗人的一种自我掩饰，它往往会沦陷为豪华而苍白的修辞。

本节准备就欧阳江河美国金融危机之后的作品《凤凰》和萧开愚对“儒家社会主义”的思考来对“变异”和“正名”有一个直观的把握。欧阳江河和萧开愚在海外都有一定影响力，且都是四川人，20 世纪 80 年代曾经一起游历中国，但是现在，时间已经让我们明白两人之间的诗歌和诗学差异是多么

① ［德］胡戈·弗里德里希：《现代诗歌的结构：19 世纪中期至 20 世纪中期的抒情诗》，李双志译，译林出版社 2010 年版，第 2 页。

大，这不禁让我们感慨万千。在进入更具体的问题之前，我们首先介绍两位诗人的作品在海外的译介情况。

欧阳江河的影响一开始集中在德国，后来逐渐扩大到英语世界。作为“四川五君”之一，他经常被和柏桦、张枣、钟鸣和翟永明联系在一起，比如1995年由张枣的老师保罗·霍夫曼和朋友苏姗娜·格丝（Susanne Gösse）撰写前言、苏姗娜·格丝（Susanne Gösse）编译、何多苓参与插图的《中国杂技——硬椅子》和2011年Alexandra Leipold翻译的《四川五君》就专门收录他们的诗歌，另外2009年由唐晓渡编选、顾彬和高红合作翻译的《不言而喻的真相》（*Alles versteht sich auf Verrat*，Weidle Verlag GmbH）也选入了他的作品，他的长诗《泰姬陵之泪》也在2010年被顾彬翻译为德文。之后欧阳江河在顾彬的陪同下，自费在欧洲9个城市举行巡回朗诵会。20世纪90年代初欧阳江河在美国长居，至今每年在纽约和北京之间往返。2012年美国Zephyr出版社首批出版欧阳江河的个人诗集《重影》（*Doubled Shadows*，Austin Woerner译，“今天”书系之一）之前，他的一些诗歌已经被收入各种选集之中。萧开愚本人于1997年9月应德国柏林文学馆之邀，和柏桦、吕德安、黄灿然、朱文及格非参加那里举办的当代中国文学节，之后就留了下来。他以诗为主，也试过写戏剧、小说，也会写比较长的带专题研究性质的散文、论说文。他的朋友、当时在伯林洪堡大学读汉学硕士的开勒在2001年和2003年翻译了萧开愚两本诗集，即《雨中作：诗集》（*Im Regen geschrieben*：*Gedichte*，*Sprache*）和《安静，安静》（*Stille Stille*，*Wortraum - Edition*），此前我们已经有过介绍；另外《飞地》杂志也曾专门推出过他的法译诗歌，由程抱一的法国学生谜诗（Michele Metail）翻译。有趣的是开勒和谜诗除了翻译萧开愚，基本只译中国古典诗歌，比如开勒翻译了柳宗元和杜甫，谜诗则翻译了苏惠、陆游和王维。

《凤凰》2010 年写于纽约，我将在下文努力向读者证明它是一部顺应“国际化写作风格”潮流的作品。在介绍之前，有必要交代与《凤凰》有关的三个子场域：诗歌场、艺术场和商业场，其中欧阳江河的诗歌《凤凰》依附或寄生于艺术家徐冰的《凤凰》，而后者则以反对资本或反讽资本的方式被商业场域接纳。另外，中国的学术场也直接参与了两部《凤凰》，为其提供了大量专业知识上的阐释。而《凤凰》对国际化写作风格的顺应，则表现在搜集各种中西文化、政治符号，并将这些符号拼贴在一起构成诗歌，伴随这些拼贴的是价值立场的悬置，读者始终不能在其中读到诗人的价值判断。它尤其利用了本章第一节指出的宗教因素和第二节指出的政治意识形态因素，以此作为“国际化写作风格”来提高自身的影响和传播力度的。同时，笔者也想指出，从长远看来，这样一种“国际化写作风格”并不足取，它可能提高诗人在海外的影响力，但最终我们会发现，它缺少诗的说服力，归根到底是对宗教和政治意识形态因素的误用。

2007 年 1 月，台湾睿芙奥艺术品公司找到刚从纽约回到中央美院担任副院长的徐冰，请他为某财富集团在北京的一幢大楼设计制作一件作品。该大楼位于北京 CBD 金融中心，与东三环旁的 CCTV 大楼相距不远，投资方希望徐冰的作品出现在两幢玻璃大厦的中庭之间（金融大厦中庭 70 多米长、30 米高、28 米），徐冰最终制作了两只分别为 28 米和 27 米长、6 米宽、总共约 13 吨重的凤凰挂在其中。两只凤凰全部采用施工现场的建筑废料以及民工的生产和生活用具制作而成，耗时两年，耗资大概 2000 万元。[①]《凤凰》面世之前，已经有学术圈的人参与进去。比如李陀就要求徐冰把制作过程中发生的事件记录下来，后来香港牛津大学出版社出版的欧阳江河的长诗《凤凰》也是由李陀作序。2010 年 3 月 28 日在今日美术馆举办了《凤凰》学术对话

① 王寅：《用我们的垃圾铸成我们新的凤凰——徐冰〈凤凰〉移居世博园》，《南方周末》2010 年 4 月 29 日。

会，主题为“艺术与资本：共谋中的紧张”，李陀、贾樟柯、潘公凯等人参加，欧阳江河在会上做了“《凤凰》在艺术与现实之间构成的意义重影”的报告。“艺术与资本：共谋中的紧张”这个主题是徐冰本人所喜欢的，他本人也欣然接受这种共谋关系，“你看，艺术与资本在互相帮助、互相利用”。

《凤凰》中的宗教因素非常明显，有一位从头到尾贯穿其中的“神”：给从未起飞的飞翔/搭一片天外天，/在天地之间，搭一个工作的脚手架。/神的工作与人类相同（1）得给人与神的相遇，搭建一个/人之境（5）而人也在/与神相遇的路上，忘记了从前的号码。（7）神的鸟儿，/飞走一只，就少一只。（18）神抓起鸟群和一把星星，扔得生死茫茫。（19）这个“神”在何种意义上成立我们不得而知，它没有出处，非常抽象。中国古代的“神鸟”在这里被处理成“神的鸟儿”，使一种非宗教文化有了宗教的属性。且“神”在这里仅仅是单数，又具备了西方一神教的特征。从这两点，我们可以推知这里的“神”是给西方文明背景下的读者准备的。但欧阳江河为国内读者准备了更多看点。我们需要了解这首完成于曼哈顿的长诗写于美国金融危机之后，之前更有中国经济的“腾飞”、西方学者弗雷德·伯格斯腾和尼尔·弗格森分别提出中美经济关系的“G2”模式和“中美国”（Chimerica）概念。金融危机之后，这些概念受到普遍质疑，与之相随的是国内外各种中美对抗的消息。在访谈《我的写作要表达反消费的美学诉求》中，欧阳江河提到有斯洛文尼亚诗人告诉他参观了黄山之后，才理解了中国人和美国人的诗歌写作是大国写作。欧阳江河补充说中国还有一种东西是美国没有的，即“万古闲愁”：“美国这个国家，它也很大、人口也很多，它甚至可以想象宇宙、外星球、高科技的很多东西。但它就是没有‘万古’的概念，因为它的历史只有短短三百年。但中国这样的大国，从古到今，从江南到江北，你有穷其一生都写不完的题材。”因此他很自信地提出一种“大国写作”：“我们中国的诗歌写作是大国写作，它理当如此。它就该是俯视性的，有高度概括性的。但现在诗歌都成了什么小玩意儿，写来写去都只有小情趣，只有眼前利益。如果在我们这个时代里，最好的诗人都不去关心大国写作，那这样的诗歌就没有了。实际上，我直截了当地说，这是只有极少数诗人，甚至是大师才能干的事情。那么，作为这样一个大国家的诗人，难道不该超越那点小小的个人情趣，有更大的抱负，更久远的责任感吗?"① 和他的“神”一样，这种俯瞰性的“大国写作”高度抽象化。我这里不是要把《凤凰》中的“神”和“大国”画等号，只是点明这个“神”出现的背景、它的非中立性甚至意识形态性。

2010 年 6 月 3 日发表在《艺术时代》的评论文章《徐冰“凤凰”的意义重叠》中，欧阳江河出人意料地将徐冰对凤凰的处理和近几十年美国以及整个西方世界的恐龙热联系起来（“一分钟的凤凰，有两分钟是恐龙”（15）），认为如果从“这样一个特别的文化层面去考察，会是别有深意的”。他为此想象准备了几个前提，依次是“时间之久远”“无敌与非对称”和“帝国心理”（“这样一种天然的气质，满足了潜意识里具有‘帝国构架’国家对庞大物体的兴趣”）。在这里，“中国”和“美国”作为隐含的主语已经呼之欲出，比如第一节中涉及原产美国的可乐和中国曾经的图腾，已经符号化、工业化的凤凰，第二节影射美国的金融危机，第三节从美国的金融危机引入作为世界工厂的中国。除此之外，《凤凰》里堆砌着从古到今的中国符号（比如 10、11 两节）。最后，无论是当代还是古代、东方还是西方这样一些对立的关系都被“凝结成一个全体”（19 节）。

欧阳江河曾经强调将看起来并不诗意的东西纳入诗歌，以反诗意为诗意，

---

① 傅小平：《欧阳江河：我的写作要表达反消费的美学诉求》，载《文学报》（http://roll. sohu. com/20130131/n365182258. shtml）“四川五君”中的“君”被德译为 Meister、英译为 master，二者都含有“大师”之意，《成都日报》的记者介绍说，“在欧洲文学评论家看来，他是当之无愧的世界性诗人”。(《欧阳江河：电影和诗最后都是一颗》（http://www. chengdu. gov. cn/glamor_ chengdu/detail. jsp? id = 420426））。

但是像“慢慢地，把穷途像梯子一样竖起，/慢慢地，登上老年人的日落和天听”“破坏与建设，焊接在一起，/工地绽出喷泉般的天象”这样的句子是非常诗意的，整个《凤凰》都被处理得很诗意甚至诗意得有些光滑。另一方面，在他对“神”“中国”和“美国”的书写中，我们很难在其中看到他的价值立场，它所传递的信息是如此暧昧，斗争在其中消失了，历史也被泯灭了，美欧的读者仿佛读到了中国古老图腾在今天的遭遇，中国的读者仿佛读到了对美国资本的批判、古老中国在年轻美国前重新崭露的自信，但这些“仿佛”还没来得及反刍就消泯在词语能指的飞翔里，这样，“辛亥革命”也好，“政治局”也好，“与神相遇”也好，都不过是词语顺着自身惯性继续往前滑行的舢板，他曾经为当代诗歌做出卓越清场工作的“站在虚构这边”如今已经沦落到词语联想法（明显的比如第 7 节）。

2012 年 10 月底，欧阳江河应香港浸会大学“国际作家工作坊”（IWW）邀请，到香港短居一个月，写一首有关“占领华尔街”的长诗。[①]“占领”当然是象征性占领，“不致造成真正肉体伤害和痛苦”[②]。在美国写或者写关于美国的长诗，是我对欧阳江河最近写作动向的一个预测，实际上我在看到香港《大公报》的消息之前，已经估计欧阳江河以后写长诗的概率比较大，而且他的长诗也会像《泰姬陵之泪》（2009）[③] 和《凤凰》一样很快被翻译成外文——据欧阳江河透露，除了香港牛津大学出版社为短短十九首短诗组成的《凤凰》出了单行本（《凤凰》占据了 20 个页码，吴晓东撰写的评论占据了将近 50 个页码），《凤凰》也在被译为英文，由徐冰出资 6000 美金作为翻译费用。

---

① 《在一束麦子里，长出了桃花》，《大公报》2012 年 11 月 25 日 B5 版。

② 程巍：《中产阶级的孩子们：60 年代与文化领导权》，生活 · 读书 · 新知三联书店 2006 年版，第 371 页。

③ 欧阳江河：《泰姬陵之泪》经顾彬翻译成德文，2010 年，欧阳江河自费到欧洲朗诵这首诗，全程由顾彬陪同。

按照布尔迪厄，在文化生产场中流通着一种作为权力（power）的象征资本（symbolic capital），它要求他人的尊敬和欣赏，是一种隐含的权力，[①] 而且文化生产场会逐渐形成有限生产场和大规模生产场两个亚场域，前者主要针对生产者的对手、同行或掌控更高象征资本的人，主要目的是争夺场域内的认同，获取象征资本；后者主要针对大众，有着比较强的功利目的。[②] 芒克曾经认为欧阳江河"看起来太像一个商人了"，而欧阳江河自己则表示反对。但是如果我们可以从象征资本的角度去考虑这个问题，矛盾就会明了。欧阳江河对经济资本并不在乎，但他对象征资本有惊人的自觉，他曾说，"我敢说我的这个起点在文学写作中的难度和用语、想像力的奇诡、有色彩和那种综合性的难度上，很多人终其一生也达不到。这有点像什么感觉呢？我现在挤在中国诗歌写作这个公共汽车上，但是在写《悬棺》的时候我付的已经是打的的钱了。"[③] 欧阳江河提到很多朋友说他是大右派，而他觉得自己是个左派。我的理解是欧阳江河在国内是右派，到了美国则自然左转。因为美国是资本的天堂。欧阳江河是在以他作为一个诗人的象征资本对抗资本。

欧阳江河曾告诉西川，《最后的幻象》（组诗，1988）是他向青春告别的诗歌，之后他将开始处理关于商品的诗歌。现在看来，幻象从来没有结束，欧阳江河是如此欢乐地沉浸在他的词语联想法所营造的幻象里，他在全球化的大雾里如鱼得水，不但为他自己，也为我们营造着幻象。他的方法就是用"中国""美国"和"神"这样一些符号来对自身进行符号化，他可能不是为了利，但是明显指向名，也就是象征资本，尤其是成为国际著名诗人的象征

---

① Pierre Bourdieu, *The Logic of Practice*, Stanford: Stanford University Press, 1990, pp. 112—121 .

② Pierre Bourdieu, *The Field of Cultural Production*, New York: Columbia University Press, 1993, p. 30.

③ 转引自刘春《关于诗人欧阳江河的一段文字》（http://blog. sina. com. cn/s/blog_512445220100fwc8. html）。

资本。

我本人对欧阳江河的诗歌有一个从肯定到质疑的过程。最开始接触到欧阳江河的诗歌是受谭毅和一行的影响，那时读到他的《傍晚穿过广场》和《手枪》这样的作品，我至今仍然认为前者是一首杰作。我曾经和顾彬教授讨论过欧阳江河的《玻璃工厂》和《傍晚穿过广场》，顾彬从他一贯的精英立场抬高前者："我觉得《傍晚穿过广场》不一定是他最好的诗，但却是非常深的一首诗。比这个更好的是《玻璃工厂》，但是《玻璃工厂》更加复杂，《傍晚穿过广场》容易看得懂，没有什么困难，《玻璃工厂》我不敢说我看得懂。写得非常非常复杂，翻译时有很多很多困难。"① 如果说这样的意见可以勉强让我同意，但是《凤凰》的出现，让我开始怀疑欧阳江河之前的作品，因为《凤凰》将他的缺点更一步地暴露了出来，它深化和放大了他在写作之初的一个弊病：将诗歌理解为仅仅是一种针对时髦符号的词语联想游戏。据我所知，一些朋友比我更早开始质疑欧阳江河的诗歌，比如一行，虽然他曾经为欧阳江河撰写了大量评论文章。再比如诗人曾德旷，他早在2008年就写下了《这一个从美国回来的知识分子诗人，为欧阳江河而作》，诗中记叙了曾经的偶像欧阳江河和一个学生女记者的谈话（谈他和汉学家的交往，谈他在法国或德国，接受国家电视台采访），让曾德旷疑惑的是："但这一切，与诗歌究竟有什么关系?"

曾念长在《中国文学场：商业统治时代的文化游戏》一书中提出"商业意识形态"，其核心就是"概念"，"它来源于商人及商用文人对流行社会文化和集体生存心理的提炼和浓缩"。② "商业意识形态"与"家国意识形态"对概念的追求与把握大相径庭，"前者力求概念的模糊与可变，后者力求概念的清晰与稳定。这是因为，商业意识形态的功能是捕捉、引诱变动不居

① 参见冯强《"我希望得到从容"——对顾彬教授的访谈》，《长城》2012年第2期。

② 曾念长：《中国文学场：商业统治时代的文化游戏》，上海三联书店2011年版，前言。

的消费者，而家国意识形态的功能是为人们提供一套恒常的行为模式。尽管商业意识形态总是表现为捉摸不定的概念，但是我们依然可以从中找到具有普遍性的意义中介——消费主义"。[①] 此外围绕"商业意识形态"的还有故事、仪式、目的物和关联物四个要素。欧阳江河经常提及的"范畴"和"商业意识形态"中的"概念"有很大的相似性，他没有对"范畴"进行学理上的界定，而是以马拉美的"终极之书"、史蒂文森的"坛子"或者布罗茨基的"密封舱"来描述。"凤凰"当然是"范畴"，"中国"也是，而且是拥有"万古闲愁"的"范畴"。但是布尔迪厄可以帮助我们抵制诗人自己的解释，即"范畴"本来是一个法律用语，来自希腊词 kategorein，意为"公开谴责"，它不具备永恒性，恰恰相反，它是一个斗争概念，也是一个历史概念。[②] 关于《凤凰》的故事当然很多，欧阳江河在文本内已经提供给我们，比如大资本家李兆基、林百里和徐冰《凤凰》之间的关系。仪式也有很多，比如 2010 年组织的关于《凤凰》的讨论会："当代神话：'为事物的多重性买单'"，讨论结果刊登在《今天》2012 夏季号。2012 年 6 月 13 日，哥伦比亚大学全球中心为《凤凰》举行了专门研讨会。欧阳江河本人也出席各种以《凤凰》为主题的讲座或见面会，这些是围绕"凤凰"的仪式。

前面我们已经提到文化生产场中有限生产场和大规模生产场两个亚场，而且欧阳江河明确反对消费主义，"我的写作就是要表达一种反消费的美学的诉求，也就是在消费时代里，还要保留一种不被消费的写作。我所希望的是，我写的这个东西从任何意义上讲都不被消费"。[③] 他这番话是针对大规模生产

① 曾念长：《中国文学场：商业统治时代的文化游戏》，上海三联书店 2011 年版，第 24 页。

② ［法］皮埃尔·布尔迪厄：《艺术的法则：文学场的生成与结构》，刘晖译，中央编译出版社 2011 年版，第 280 页。

③ 傅小平：《欧阳江河：我的写作要表达反消费的美学诉求》，《文学报》（ http：//roll. sohu. com/20130131/n365182258. shtml）。

场来说的，他不在乎经济资本，在有限生产场，他贯穿的恰恰就是消费主义，只不过是关于象征资本的消费主义。

欧阳江河和徐冰同样抱持艺术（诗歌）本体的雄心——所谓“站在虚构这边”是欧阳江河80年代就提出的诗学观点，它曾经有效地清理了朦胧诗以来依附于意识形态的诗歌写作——他们都将语言尤其是语言中保留的陌生性和差异性看得无比重要。这种陌生与差异，实际是我们在本节开头讨论的“变异”。欧阳江河经常引用泰戈尔的话，“你一定要非常谨慎地选择你的敌人，因为到最后你会发现你越来越像你的敌人”。[①] 他自己也应验了这句话：他从消费主义的角度看待诗歌——他在讲座中多次强调，物质会消亡，唯一不能被消费掉的东西是语言，[②] 是语言中保存的陌生性与差异性，这种陌生与差异在他诗歌中的表现就是你不可能在其中得到明确的价值判断和完整的意义，意义总是延宕到你摸不着边际的地方去——最终他的敌人即消费主义的逻辑却掌控了他的思维，诗歌的意义于他只是在一个消费社会里抵制被完全消费。但他的这种反消费的姿态仅仅停留在诗歌的抽象和暧昧，体现在价值判断的缺席上，最终体现在对读者的拒绝上。他有一个非常奇怪的逻辑，即感动和回忆都是消费对象，因此他要告别《傍晚穿过广场》时期的“青春期成分”，避免被消费掉。其实感动和回忆都是个人的主动价值选择而非无意识的被动消费，如果一切都从反消费主义的角度看待，这一角度恰恰是比较充分的消费主义。贯彻到诗歌，这意味着它拒绝提供给你可理解性，[③] 一行和王

① 张清华编：《中国当代作家海外演讲》，北京大学出版社2012年版，第212页。

② 把包括诗歌在内的文学艺术提到到一个至高的地位，在一定程度上是对语言的误用和滥用，详参雅克·巴尊《艺术的用途和滥用》，浙江大学出版社2009年版。

③ 比如他说诗歌的“当代性”不是一个时间范畴，而是能够接通某种原初的复杂性、某种幽灵性质的东西，这个东西他当然说不清楚或者他不能说清楚，因为一旦说清楚就等于被消费掉，这样的话他的诗歌就失去了意义。

东东曾分别用“暧昧”① 和“诡辩”② 来评价形容欧阳江河的诗歌，在这两个词本来的意义上，我认同这些判断。当然我更倾向于用“变异”来指称这一写作。同徐冰一样，欧阳江河貌似在制造与订单相反的东西，其实不过是资本以迂回的方式完成了对他们的订货。如果不考虑大规模生产场对他们的回报，他们的反消费姿态也已经在有限生产场为他们赚取了象征资本。

欧阳江河经常强调自己是体制外的写作——其实今天的诗人又有几个属于体制内呢——而且在“平行于现实和心灵”的意义上，诗歌“构成了我们这个时代的见证……诗歌在这个意义上，是最根本的存在”③。将一种与现实“平行”的诗歌拔高到“最根本的存在”，这是欧阳江河愿意在“无为”的诗歌上花费心血的原因。这也向我们暗示欧阳江河所写的其实是“元诗”，只不过他的“元诗”里添加了更多现实的碎片和脆皮，具有更大的迷惑性。他没有意识到，他走出了国内的“体制”，又走进了国际的“体制”，走进了宇文所安所谓“国际诗歌”：民族风味、地方色彩、政治正确以及诗歌自行翻译的本领。具有这种国际诗歌特色的还有杨炼（欧阳江河的“范畴”和杨炼所谓“深度”有很大的相似性，有兴趣的读者可以进一步考察），后者会用“天问”“鹤的家风”这样一些仿佛带有中国性质的符号来填充自己的诗歌，实际

---

① 在专门讨论欧阳江河的《暧昧时代的动物晚餐》中，一行偏爱《手枪》《肖斯塔科维奇：等待枪杀》和《我们》这些对极权政治进行阐释的作品，他尤其欣赏《傍晚穿过广场》，认为这是欧阳江河的“真正杰作”，精确揭示了时代的暧昧性。他也指出伴随着这些政治气候学作品的，欧阳江河的另外一些作品具有很强的玄学色彩，这些作品很容易滑入“词和观念的暧昧性游戏”：“那样一种过于观念化和词语性的写作方式，使修辞癖好还没有得到充分的、来自现实世界经验质料的平衡和限制。暧昧性的真正展开不可能是在纯粹的词语运作中获得，而只能是在事件和场景中，这样需要的就不只是一种词的辩证法或修辞术，而是一种叙事方式和结构……由于缺少一种与自身性命攸关的事件作为背景或远景，这些诗的技术化倾向给人造成一种面目苍白的感觉，并从反面提示出事件对于诗歌语言生长的重要性。”参 一行《词的伦理》，上海书店出版社 2007 年版，第 5—6 页 。

② “他利用诡辩消解了那种过于清晰的语言学的逻辑和单一现代性的推理结构，和他自己的批评话语拉开了距离，这也让他的诗歌变成了一种诡辩的学问，但却可以揭示时代通行语言中的含混性和矛盾。”参王东东《“凝结成一个全体”：当代诗中的词与物——以欧阳江河〈凤凰〉为中心》，《新诗评论》2012 年第 1 期，第 150 页。

③ 张清华编：《中国当代作家海外演讲》，北京大学出版社 2012 年版，第 215 页。

上《凤凰》不仅将徐冰之前的作品以文字的方式塞了进来，还塞进了杨炼的“无人称”、西川的“鹰的话语”、臧棣的“万古愁”和张枣的“春秋来信”。

现在看来，欧阳江河倒是符合了据说是“后现代”的拼贴和变异手法。在《凤凰》中，欧阳江河仍然持一种批判的姿态——他尤其批判资本——也仍然在进行他的词语联想游戏。然而姿态是假，游戏是真。他基本上是将词语作为商品和资本来使用，[①] 也许他使用了和史蒂文森相反的命题：诗歌也可以是金钱。《凤凰》中几句被广为流传的句子：“那么，你会为事物的多重性买单，/并在金钱的匿名性上签名吗？/无法成交的，只剩下不朽。”（15）先是站到虚构这边，逼迫“词”变成“物”，紧接着将词的“多重性”视为“无法成交的”“不朽”，现实被祛除了，仅仅是作为语言的跳板来存在。欧阳江河似乎继承了曹丕的“不朽之盛事”，但他已经暗中将“盛事”从“文章”转移到了词语的“异质性”。欧阳江河遵从法国思想家巴特和列奥塔的说法，在写作中排除情感，以期“零度”地祭出语言的“异质性”，认为唯有这种异质性才有可能抵挡元叙事“包含元素通约性和整体确定性的逻辑”[②]，也就是我们所说的“变异”。他在诗歌游戏中投下的词语本体的赌注之大已经超乎我的想象，他甚至会认为“不是飞鸟在飞，是词在飞”。（17）又认为“飞，是观念的重影，是一个形象”。（17）《凤凰》的最大问题，是欧阳江河一方面想表达某种意义，比如中美之间的某种对抗，但是他的“元诗”修辞又阻止他明确地说出这些意思，不是凤凰在飞，只是词语在飞，胜利的是修辞，局限在语言当中，而将语言外对语言形成强大制约的制度忽略掉。那些希望从其中读出某种左派味道的解读看起来是那样牵强，道理在此。

在《一首诗又在哪里——“全装修”时代的“元诗”意识》里，姜涛写

---

① 马克思说，“恋物就是最终承认钱和商品的决定性力量。恋物是对政治的放弃，是自愿、主动、变态地去迎受商品关系的统治”。这样对照，欧阳江河作为诗人对词语是一种恋物态度。参陆兴华：《当代艺术做什么》，上海锦绣文章出版社2012年版，第219页。

② ［法］列奥塔：《后现代状况》，车槿山译，南京大学出版社2011年版，第5页。

道，“写作者的当下历史境遇问题，其实成了一个譬喻的选择问题，‘生活的世界’的展开，也只发生在一张空白的纸上，这一点强烈地构成写作的虚幻性和现实性。诗歌对历史的‘介入’，因此也只能是一种奠基于语言本体论的象征式‘介入’”。① 站到虚构这边的“变异”诗歌，其前提是“基于词与物的现代分离之上的诗歌对现实秩序的挣脱。从这种挣脱出发，语言能够在惰性的现实之外，发展出一种更高、更自由的秩序……，复制的、仿真的现代性逻辑统摄了一切，也为一切抹上了幻想的釉彩，支撑语言‘解放’神话的一系列二元区分，如原本与模仿、虚构与实在、词与物、现实与超现实等，被纷纷动摇了”②。对此，姜涛感慨道：“他们的命运又何其相似，都被封闭在这样一个审美的却也是吊诡的幻境里。诗人在最后的惊叹之外，或许还隐藏了另一重的疑问：当诗歌的原则成为一切的原则，那么‘一首诗又究竟在哪儿’？当文学的自主性被大幅削弱，文学性却作为一种‘幽灵’散播于生活的各个角落之时，已有批评家欢呼在这样一个泛文学的时代，凭着原来的专业技巧，蜕变为‘文化研究’的批评仍大有可为。那么对于诗人来说，当想象的原则不战而胜，这是诗人的胜利吗?”③ 在一个商业意识形态占统治地位的时代，企图以表面上批判资本的姿态、实际上迂回地站在商业场域来完成对诗歌场域象征资本流失的补偿，最后的结果可能是得不偿失。布尔迪厄曾说，“资本的拥有者更感兴趣的是，采用那些传递性伪装得更好的再生产策略，这是通过利用资本类型的可转换性而得以实现的，但资本拥有者因而也付出了资本可能遭受更大损失的代价。”④ 当他以似乎反对资本的批判立场、以当代艺术场域和学术场域来赢回他日益缺失的象征资本（诗歌场域）时，

---

① 姜涛：《巴枯宁的手》，北京大学出版社 2011 年版，第 44 页。

② 同上书，第 55 页。

③ 姜涛：《巴枯宁的手》，北京大学出版社 2011 年版，第 57 页；另参陈晓明《文学的消失或幽灵化》，载《问题》第 1 辑，中央编译出版社 2003 年版。

④ ［法］布尔迪厄：《文化资本与社会炼金术：布尔迪厄访谈录》，包亚明译，上海人民出版社 1997 年版，第 211 页。

他是否想到了泰戈尔的那句话？他曾经写出了《傍晚穿过广场》这样优秀的作品，如果他不想任其诗歌场域的象征资本更多流失，他是否应该重新考虑和调整他的诗歌写作呢？

以下我们以曾早于甘阳提出“儒家社会主义”的萧开愚为例来说明中国当代诗人是如何处理西方自由民主悖论的。萧开愚和海德格尔一样相信本土的问题只能由从本土中产生的思想来解决，包括西方自由民主在内的理想并不是放之四海而皆准，他要求从此时此地、从中国的文化和制度出发来考虑问题。具体到本文，就是要在中国的语境下，给自由民主重新“正名”，以寻求一种适合中国的自由民主。他认为“支持新时期新诗作者的价值系统，核心部分是这代作者想象出来，乃至幻想出来的欧美社会制度”①。但问题是，诗人们在90年代处在一种大的变动格局当中，有些诗人随着商品经济的逐渐放开下海成了商人；有的诗人退居学院和学术、写纯诗。萧开愚则和另外一些诗人陆续出国，来到曾经给他们提供想象的欧美社会，其结果却是“这批作者的再度失向”。为什么呢？萧开愚将缘由回溯到中西的传统：“从《诗大序》到《沧浪诗话》，比较《诗学》以来的西方诗学，除一般作者关注的文风问题外，关于宏旨，中西论者观点相近”②，即都有一个理想政制的参照。不同的是自柏拉图以来都认为诗人应该创作出“另一个世界”，“向社会提供或然性的空间”，而在中国，孔子设计的西周王道模型也只是众多或然性空间中的一种，不过汉代以后的独尊儒术使其成为必然的或然，后世诗人只有修改或继续完善的“余地”，而无重新设计、规划的“空间”，故“中国诗人向社会提供或然性的余地”③，“孔子确定诗在中国的教导地位，他设计西周王

① 萧开愚：《我看“新诗的传统”》，《此时此地》，河南大学出版社2008年版，第389页。
② 同上书，第390页。
③ 萧开愚：《此时此地》，河南大学出版社2008年版，第403页。

道模型，他的模型只是理应必然；他认定他的模型为最高真实，现实是其崩坏，故他要求诗人颂美最高真实，以语言纠正现状。与西方每个诗人允许发明一个或多个理想国不同，我国论者只许孔夫子独享这个专利，他人顶多争取修正权，注疏、衍义的时候暗度春风”。① 据此，萧开愚猜测，与西方人对“另一个世界”的执著不同，中国诗人“天性执著于这个世界”。在这一点上，中国自古以来是一致的。

2012 年 9 月在讨论法国汉学家于连学术思想的“德中论坛”发言中，萧开愚提到晚唐诗人韩偓《青春》中“情绪牵人不自由”一句：“这个情绪是政治情绪，而且是因选择而产生责任的政治情绪。”② 他提醒我们不要像伯林那样绕开“责任”③，只区分“积极自由”和“消极自由”，他也反对于连从欧洲中心主义出发得出的中国没有政治“自由”的观点。他将“自由”和中国传统中的“天下”和“社稷”意识连接起来，用余祖政的话来说，萧开愚追求的是“压力下的自由”——或者也可以称为“责任下的自由”——“写诗不久我意识到我将有三次变化，第三个阶段接近自由。刻下处于第二个阶段，从事辨析和定夺；压力之下，未敢谋求偶然的解放。”④ 即是说，萧开愚要为自由寻找到适应中国语境的现实或者曾经的现实。

李零曾经指出历史上的两种专制主义，即宗教大一统（政治多元化）和政治大一统（宗教多元化），西方对应前者，中国对应后者。西方以文艺复兴、启蒙运动和宗教改革来解构中世纪，目的是达到政教分离、宗教多元。⑤

---

① 萧开愚：《此时此地》，河南大学出版社 2008 年版，第 390—391 页。比较萧开愚在《个人的激情和社会的反应》中所说“中国诗人向社会提供或然性的余地”“西方诗人向社会提供或然性的空间”孔子设计的西周王道模型也只是众多或然性空间中的一种，不过汉代以后的独尊儒术使其成为必然的或然，后世诗人只有修改或继续完善的“余地”，而无重新设计、规划的“空间”。

② “德中论坛”发言，未刊。

③ 张东荪就认为民主政治的柱石是“个人责任制”。参氏著《理性与民主》（1946），左玉河编，岳麓书社 2010 年版，第 271 页。

④ 萧开愚：《此时此地》，河南大学出版社 2008 年版，第 384 页。

⑤ 李零：《去圣乃得真孔子》，生活 · 读书 · 新知三联书店 2008 年版，第 262 页。

不同于西方，我们自古就是政教分离，需要朝着和西方拧着的方向努力。如河清所言，西方民主国家其实是“自由”加“法制”，以法制保证个人可以有与其他多数人不一致的基本权利，其骨子里是个人主义。“民主”是名义，“自由”才是其实。[①]“民主的人自我构想为一个独立的存在，一个社会的原子：既与他的祖宗隔绝，与他的同代人隔绝，又与他的后代隔绝。他首先关心的，是满足他私己的欲求，并愿望与其他人平等”[②]。在反讽的语调上，萧开愚说，“我们必须是利己动物，我们被规定好了，我们蒙受着整体的不幸，我们的责任是追求自由。我们锻炼气功和污点，安装卫星接收器收看 BBC 和黄色频道，让身体预习它的权利。这自由真很便宜，既无本，也就无从亏本。但是，貌似庸俗的避重就轻以不可逆转的步调缓慢地向着重偷渡，唤醒我们的恐惧其实架空我们，以便我们忧心如焚。”[③]萧开愚反对价值中立意义上的自由，从价值的角度看去，自由意志最深刻的悖论恰恰在于它的责任感。

我们中国人目前拥有的自由虽不完整，但萧开愚并未放弃对责任的重视，[④]虽然“中国的知识语境早就严厉地强化了西方舆论对于中国声音的范围限制，即在中国完成社会改制之前，我们不配使用普通生存感受和争取积极的认识这些分析问题的基点”。[⑤]但是他对中国的未来仍然有信心，他甚至这样认为：“我们的社会政治制度可以通过创新途径实现为一个相同追求甚至更加活跃的民主社会政治制度。我个人有条件地赞成这个到处受到耻笑的现实的努力，我在发给大家的回应稿中说，某一天中国出现一个要求别的国家保

---

① 河清：《民主的乌托邦》，中国社会科学出版社 2004 年版，第 59 页。

② Alanin Finkielkraut, La defaite de la pensee, 1987, p. 148，转引自河清《民主的乌托邦》，中国社会科学出版社 2004 年版，第 140 页。“因为个人的权利和自由总是受到他人权利和自由的妨碍限制，所以‘人权’说的逻辑结果是恨他人‘如寇仇’，到萨特的存在主义那里，登其峰造其极：‘他人即地狱。’”

③ 萧开愚：《一对好用的概念：回应于连的报告》，未刊。萧开愚在其中借用屈原《山鬼》，自称“山中人”。

④ 2001 年他和孙文波、臧棣主编了《激情与责任：中国诗歌评论》，人民文学出版社。

⑤ 萧开愚：《一对好用的概念：回应于连的报告》，未刊。

护人权的政府，大家不必吃惊”。[①] 萧开愚在论述中区分了作为“制度框架”的“民主社会”和真正能够同中国传统（大传统如平均意识、小传统如社会主义）相接榫的“社会民主”，用通俗的话来讲，就是先保障自由，后要求平等，在这一点上，他像秦晖一样希望中国可以走出左右之争，“他们既需要制度本身的价值来保障人权，也需要福利平衡政策来改善他们的处境”。[②] 他从不掩饰自己的意识形态，他认为缺少意识形态后援的当代文学是造作的。[③] 他的“思绪从无政府主义退到社会主义，从社会主义退到儒家社会主义”[④]，“从无政府主义退到社会主义”是承认国家在全球化时代的价值，“从社会主义退到儒家社会主义”则是在对一种外来思想进行接纳的同时尊重传统文脉。

萧开愚将韩偓看作“为 20 世纪的读者写作的诗人”，未完成而被收入《此时此地》的《被克服的意外》专门讨论这位晚唐诗人。这篇文献可以帮助我们得出萧开愚诗歌中的一个重要模型：我 - 他人 - 圣人的三角关系。韩偓的笔下，则是“我”“她”和圣人——“我”是一个在宦海几经沉浮的具备女性气质的失意文人，“她”则是经常和“我”一起上演舞台上的私密剧的女性，圣人则是孔子、朱熹这样的儒家圣人。我 - 她是欲望关系，我 - 圣人则是存在与最高存在、现实与理想可能的关系。萧开愚将韩偓定位为“理智的儒家色情诗人”。简单几个字其实已经隐含了一个复杂的看与被看的模型：“色情诗人”明显突出诗人的生理欲望，“我”欲望于“她”；“儒家诗人”则以圣人为楷模，诗歌理想国的宪法由孔子、王夫之等人把守，诗人背负着他们的严厉目光，不免慎独，于是“韩偓专注私密放纵但是在舞台上”，“他在席上设想不在席上，而在描述和评论席上，好像他只能经由叙述看见和

① 萧开愚：2012 年 9 月“德中论坛”发言，未刊。

② 萧开愚：《一对好用的概念：回应于连的报告》，未刊。更加具体的建议是“在制度上一直等待着一场右派革命，而在行政上一直等待着左派掌权”。

③ 萧开愚：《此时此地》，河南大学出版社 2008 年版，第 466 页。

④ 萧开愚：《回避》，《此时此地》，河南大学出版社 2008 年版，第 384 页。

感受席上”，“他牺牲正在发生的色情”，将“她”“冷却为被观赏的舞者”；借助于“她”，诗人看到了“我”，也看到了“我”理想中的圣人，他同时看到了自己现状的堕落和理想的隐约冲突，既不能纯粹放荡，也不能纯粹圣人，于是只能做一个“理智的儒家色情诗人”。萧开愚看重的是韩偓诗歌所包含的对于自身困境的救援——他不沉迷于色情，“坚决避免色情主题”，而只把色情看作局部的修辞动力——“韩偓谨守现代诗人的写作道德，他正视处境，根据处境调动现实的补救措施”。现代诗人背负着一个“为我挑选更好的字际、人际建交性格”的法庭。法庭审判“韩偓发动色情修辞动力的策略，包含了一个在‘你我’关系中捕捞、证实‘我’的动机”，依靠色情，诗人发现“我”既不能抵达“她”，也不能抵达圣人，最后只有退回“她”与圣人之间的某个位置，其中蕴含着现代人比较清醒的界限意识。圣人的隐匿存在使我－她同时在场时“我”止于观看，而唯独“我”在场时使“我”可以克服掉止于观看的冷漠和无视，自创等待。圣人立在中央，俯视着不同处境中的诗人，而诗人也“正视处境，根据所在的处境调动现实的补救措施”。韩偓“意识到他在一个强大的世界外面工作，该世界既非屏障也非障碍，它强加给他的工作一个他拒绝不了的意义。”于是，“诗歌的法律尺度远比社会的法律尺度缩小和严厉……语言高于现实。依红偎绿、秦楼楚馆的生活实践，要升级为写作实践，涉及诗歌的修宪。修宪何其难也，得要孔夫子、王夫之等人审核、定夺。”

这样，诗歌起于欲望的环绕（内向辨认），止于圣人至善的政治思想（外向征服），因此可以断定，萧开愚对诗歌的看法不同于对社会的看法，和米沃什一样，他鲜明地反对会使一切价值均匀化的诗歌民主。他认为“新诗一直有人，把争取社会空间中个人平等权益的启蒙思想用作自我崇拜的根据，笔锋所至，无法无天无他者，既反了传统，也反了西方。欧美左派知识分子在他们的无妨社会中秉持公正理想而不妥协，带点儿‘兵乃凶器，圣人不得已而为之’的战士味道，新诗在朝在野两派表现‘百无禁忌’这个特征的人物，却是唯我独尊派，满世界绕着一个‘我’字”[①]。这在萧开愚看来是当代诗歌的弯路。因为这样无疑是在诗歌中厉行民主，并不符合诗歌的法则。这一点，蓝蓝和萧开愚一致，前者在《艺术道德之辩证》[②] 一诗中明确反对这种在诗歌中行使“怎么都行”式自由的诗歌民主。在另外的地方，萧开愚将当代诗歌视为“把写作看成在战场（Battlefield）上，否则就是美文生产。那么多奄奄一息的人（以获奖为标志），倒不一定是从文学战场退伍或败下阵来的，他们不一定看见过战场，望到过硝烟呢!”[③] 这和阿兰·巴迪欧对“政治”的两个看法是一致的，即政治需要“知道集体能够做什么”，政治“必须定义真正的敌人”[④]。前者针对个人自由之外的个人责任，后者针对个人困境与突围。相比之下，萧开愚的位置意识要强于其占位意识，他虽然清楚诗歌场域的各种游戏和路数，但他回避将更多精力和赌注放在这些幻象上，即他不汲汲于占位，而是念念不忘自己的“乡下人”出身，考虑问题虽多从一己情感出发，但着眼于底层，心怀中华人民共和国的社会主义小传统。

“儒家社会主义”自提出以来就备受争议。比如毛泽东就强调“百代都行秦政制”，与惯常大家以为的中国文化就是儒家文化截然不同，因为前者从理论到实践都和后者针锋相对。“自从汉武帝‘独尊儒术’以来，‘汉承秦制’的制度设计与‘独尊儒术’的经典认同之间始终有很大反差。具体问题在吏治问题上，儒法两家的吏治思想几乎是两个极端，即儒家的吏治观建立在性

① 萧开愚：《我看“新诗传统”》，《此时此地》，河南大学出版社 2008 年版，第 390 页。“鄙夫竞夸‘我’，大雅久不作”，《〈大江南北〉发刊词》，《此时此地》，河南大学出版社 2008 年版，第 437 页。

② 未刊。

③ 萧开愚：《我的低级政治辩论》，《新诗评论》（2012 年第 1 辑，总第 15 辑），姜涛编，北京大学出版社 2012 年版，第 39 页。这和布迪尔厄的场域理论有高度的一致。

④ ［法］阿兰·巴迪欧：《爱的多重奏》，邓刚译，华东师范大学出版社 2012 年版，第 87、90 页。

善论基础上，以伦理中心主义为原则，主张行政正义优先。而法家的吏治观则建立在性恶论基础上，以权力中心主义为原则，主张行政安全优先。”[①] 儒表法里的现实使中国历代政治都存在着“道”与“势”的冲突，君师不能合一，王霸不能合一，“以虚构的王道否定实际的霸道”[②]，萧开愚本人非常清楚这一点。“大而霸之”的霸道是容易的，“大而化之”的圣王之道则是难的。格非认为中国传统文化因为没有西方的宗教背景，“代表最高价值的‘道’与代表世俗权力的‘势’相抗争的时候，无法得到教会的支持，所可以依托的唯有个人的道德自觉。所以，中国传统文人特别重视个人的道德修养。”[③] 在我看来，萧开愚站到政治场域中，他下的赌注——不是指他个人的道德修养，这是他个人可以塑造和养成的——是“霸道”仍然有可能向“王道”转变，看看1995年纪念某事的《向杜甫致敬》：

山顶和楼顶上的望远镜
放大的局部痛苦
使得我比你激烈——在街头
我向一个老头撒娇：把你
说已经给我们的东西给我们！
给？就是给，老头领
和老现实，拒绝
妥协，别无他途。
我面对着的倒是我所缺乏的，
国家，支配，某一天，

① 秦晖：《传统十论：本土社会的制度、文化与其变革》，复旦大学出版社2004年版，第172页。

② 萧开愚：《一对好用的概念：回应于连的报告》，未刊。

③ 格非：《中国小说的两个传统》，张清华编《中国当代作家海外演讲》，北京大学出版社2012年版，第133—134页。

和自由的能力。

“老头领和老现实”拒绝和“我”实行联动，拒绝“我”提出的要求。由是，“生活犹如忍耐”。也许不仅是“我”的忍耐，也是整个中国社会的忍耐：“一侧是男人做女红”。“谁肯定呢，/这不是勾践的诡计?”以“勾践的诡计”代替“历史的诡计”，仍然是心目里“慈悲的万能皇帝”在隐隐发作。

余祖政在《诗歌与伦理的诠释性关系》一文中分析了90年代初以来以王家新为代表自由主义知识分子诗人的心态：“这种自由主义，表现在绝大多数诗人身上，过分依赖政治高压所提供的反对能量，没有将之转变为一种富含伦理态度的主体状态，更没有将这一自由主义态度，及时地置入随后到来的市场经济中，获得进一步的反思，建立一种有生长能量的、建设性的自由主义伦理主体。”他同时分析了萧开愚不同于王家新的另一种批评态度：“以宋以来的诗歌批评中呈现的‘道义批评’为要，同时结合当代社会政治状况，吸纳了新儒家有关传统的现代重释，以及新左派的相关现实资源。”① “道义批评”是正面批评，类似于古代的讽谏，是秩序内的批评，萧开愚不满于“我们看得懂的政治理想差不多就是我们引颈坦承的政治诅咒”，他希望可以革除掉以政治为肮脏的看法，从正面而不是从负面、从诅咒的角度去批评。因此，萧开愚才可以在给外国友人的信（2003）中写：“欧洲人和美国人清楚，中国的政治领袖也一直在阐述，中国在经济改体制改革取得一定成功以后必然进行的政治体制改革，得花比我们估计得到的时间更长的时间，至少一两代人吧。”② 到了2011年，他甚至这样写：“近几年党的领导人常讲不真改革就要亡党亡国，而且社会各阶层都同意，不搞政改经改非

① 余祖政：《诗歌与伦理的诠释性关系》，《新诗评论》（2012年第1辑，总第15辑），姜涛编，北京大学出版社2012年版，第20—21页。

② 萧开愚：《给马尔库斯的一封信》，《此时此地》，河南大学出版社2008年版，第491页。

但不能更进一步，已有成果也将损毁。凭什么，诗歌独独外在于这个共同感受？怕脏了牙和手还是把政治推给政论和政客，还是像某种无须对待的人以为什么土壤配什么种子并委任自己当了其中清空了中国人的中国文明之代表？”①

张东荪曾慨叹“唯有经过亡国之痛的人民，方会知国家之重要；亦唯有知道国家重要的，方会起来以改良其政府”②。萧开愚最大的困难，是他想要获得一个建设性的、改良的地基——不同于自由主义知识分子从批评获取能量——但他又不是官僚，也不是站在政府的角度来说话。在我看来，他是曾子意义上的“士”——士不可以不弘毅，任重而道远。士是理性和道德的化身（这恐怕也是他写诗“以主流自任”的一个重要原因）。士志于道。犹如历史在中国有着和宗教在西方类似的地位，士在中国的地位犹如西方的牧师，他们不是现任的官，也不是退职的官（当然也可以在官，但那时往往只是为官所利用），他们承担着社会的教化和风化之责。张东荪把士与官的冲突列为中国社会的第九种矛盾，而冲突的结果却总是士失败而官成功，原因是中国数千年都是君主专制。张东荪曾言士在民主社会的出路有两途，一是实行职业自治的社会主义，再则深入民间，与中国历史上最多苦难的农民——他们是中国经济的唯一负担者——相结合，因为历史上士是最痛苦的一个阶级，“本身没有经济基础，而又负担了一个特别任务。前面则良心常常加以督责，而后面则社会恶势力又为之逼迫”。③ 现在看来，萧开愚今天的道路恰好中张东荪所言，首先，他在河南大学教授比较文学，毕竟获得相对自治，另外这

① 萧开愚：《我的低级政治辩论》，《新诗评论》（2012 年第 1 辑，总第 15 辑），姜涛编，北京大学出版社 2012 年版，第 33 页。

② 张东荪：《理性与民主》，左玉河编，岳麓书社 2010 年版，第 262 页。［美］巴尊：《我们应有的文化》，严忠志、马驭骅译，浙江大学出版社 2009 年版，第 259 页。作者在结尾这样写道：“文明与我们的文明并不是同一个东西，重建国家和文化——无论是现在还是在其他任何时候——是我们本性中不可或缺的东西，比渴望和悲叹更有吸引力。”

③ 张东荪：《理性与民主》，左玉河编，岳麓书社 2010 年版，第六章《中国之过去与将来》。

些年和一些有识之士共同参与乡村建设，2012 年更是完成了从 2007 年就开始写作的长诗《内地研究》[①]，把目光注焦“三农”问题。在关注这些问题的同时，他清醒地要求政治场域给出诗歌场域的独立地位，因为民主社会的“好政治”在他眼中无非帮助普通人完成社会民主：“政治无权钳制诗歌，政治领袖为诗人颁奖也不煞风景，好政治仅仅是成全型社会的人人服务与被服务，诗人何必跳在云端，藐视人类？”[②] 他甚至更进一步，要求当今主要由知识分子来参与的诗歌场域拥有孔子时代各国百姓口中传唱的民风地位：“我主张把诗歌在文明构成中的地位正式拔高一级。”这是因为他认为历史在中国有着类似于西方宗教的功能，诗歌作者也是从塑造历史的角度获得最高原则的授权，从现实情况看，这个最高原则是“民自宪政”或“共产主义理想”。[③] 他所提倡的善意价值观，就是根据这个最高原则来定位的。

通过萧开愚，我们对西方的自由民主悖论有了更直观的了解。萧开愚赞同作为个体权利的制度保障，却反对诗歌写作中践行“怎么都行”、拉平一切的自由民主，那样很可能会堕落为尼采所预言的虚无主义，即最高价值失去了价值。他并不否认自由民主强调的个人欲望，他将展示欲望冲突的文学称为纯文学，认为被欲望环抱的文学才具有传染的力度，[④] 但他强调的是欲望的环绕对思想的传染，他诗歌中隐含的“我”“他人”和圣人的结构模型和他坚持的“道义批评”相互配合，为我们提供出一种具有鲜明本土化倾向的诗歌写作。

在文学基金会制度比较完善的欧洲，萧开愚接受各种基金会的支持，参

① 萧开愚：《内地研究》，蒋浩编《新诗》，第 18 辑。

② 萧开愚：《我的低级政治辩论》，《新诗评论》（2012 年第 1 辑，总第 15 辑），姜涛编，北京大学出版社 2012 年版，第 34 页。

③ 同上。

④ 萧开愚：《纷纭中的慎独——一种总体文学批评原则的可能性》，《郑州大学学报》（哲学社会科学版）2007 年第 2 期。

加各种朗诵会，在欧洲待了将近10年时间。[①] 说起这些活动，他跟我讲只是给对方“打打工”。我以为这才是中国当代诗人对当代诗歌海外传播的应有态度。因为“传播”一事，最根本的动力是对方自身的需求。就像《西游记》里唐僧带着徒弟历尽万苦去西方取经，不是为名利，而是为了自我认知，为了真正改变自身。《西游记》第一回有诗云“争名夺利几时休？早起迟眠不自由！”李零据此说“争名夺利和自由是完全相反的概念”[②]，我们研究新诗的海外传播，区分诗人的自我认知和自我意识非常重要，自我认知是为了达到自由，自我意识更多是针对他人眼中的自我，说到底还是名利。当然健康的海外传播我们是需要的，比如来到中国的美国诗人欧康奈尔，学习中文、翻译新诗、和中国当代诗人交往、为国外杂志编选新诗，其实他的目的很简单，就是“回报中国古代诗人曾经对我的馈赠”，只有这样的传播才是理想的、真正意义上的传播。这也是歌德意义上以包容他民族文化并且能够相互纠正的世界文学，即，首先，也是最主要的，中国当代诗人需以恰当的语言形式传达自己的情感和认知，其次才谈得上新诗的海外传播，这样的传播只有在理想的层面上才能达到相互包容和相互纠正的可能。当然传播需要国家和个人诸多层面铺好管道，尤其是建设好各个层面的文化社区，这一点，我们将在第四节重点来谈。

## 第四节　新诗海外传播对策研究

前面我们已经指出，政治意识形态和文明背景的双重差异注定了新诗在

---

① 萧开愚：《萧开愚：诗是太昂贵的东西》，（http://news.xinhuanet.com/book/2003－02/14/content_729546.htm）。

② 李零：《丧家狗：我读〈论语〉》（修订版），山西人民出版社2007年版，第92页。

欧美主导下的国际诗歌秩序中的弱势地位。这种传播之间的不平等关系使新诗在欧美主导的诗歌评价体系中处于一个边缘位置，当然这和世界范围内诗歌位置的边缘化有关，但是对于拥有不同于西方文化背景和政治背景的新诗来说，情况就更加不容乐观。我们在绪论里已经指出新诗海外传播所涉及的制度和文化两个层面，下面我们仍然从这两个层面研究新诗海外传播的对策，如果说政治意识形态和文明背景的差异是目前当代诗歌海外传播所面临的“宿命”，那么本节就在承认这种劣势的前提下，从制度和文化建设的角度提出一些应对方法，总体的思路，是制度的归制度，文化的归文化，各司其职，职守分明。为方便直观，图示如下：

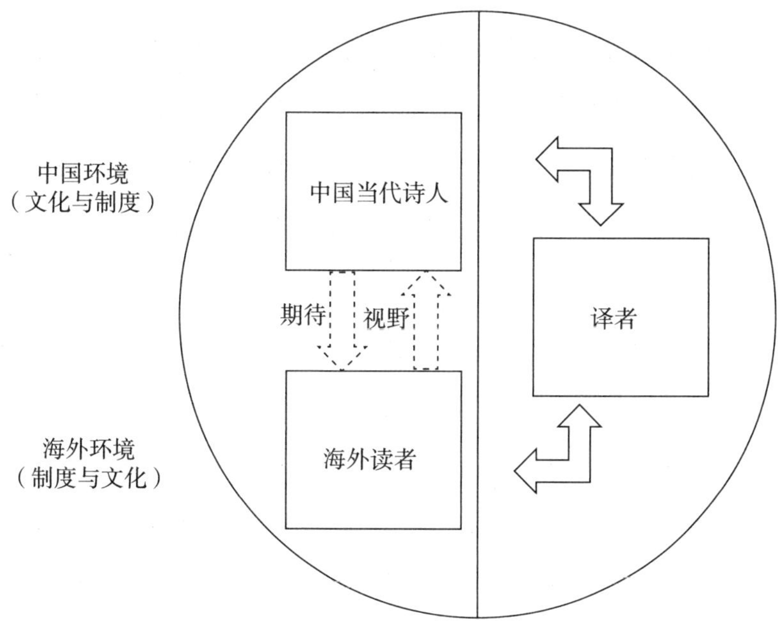


从文化上说，即从选择什么角度说，新诗的海外传播过程里涉及诗人、译者和读者三方主体，他们之间彼此独立，形成潜在的读译关系。三方之间会有相互的期待视野，这一视野尤以诗人和读者之间为最，图中以虚线标出。而制度即能否选择的问题则主要是诗人和译者以及译者和读者之间的流通管

道，这涉及出版社的市场调研、版权、媒体推广等具体问题。简单来说，新诗海外传播——暂时搁置政治意识形态和文明背景方面的瓶颈——面临着诗人能否贡献出好的诗歌文本或者好的文本能否被打捞并得到确认和流传、译者能否根据制度和文化背景的差异最好地将诗歌传递给海外读者以及新诗在海外的传播方式能否达到好的效果三个问题。

诗人首先是公民，因此国家在制度上保障诗人各方面的权利，这是诗人贡献出好的诗歌文本的一个重要条件。一些最基本的权利且不说，单单是提高诗歌的稿费标准、建立对贫困诗人的资助机制就是很大的问题。虽说“文章憎命达”（杜甫《天末怀李白》），但对诗歌祛魅的现代社会已经将诗歌置放到很边缘的位置，“文章千古事”（杜甫《偶题》）的观念在现代人心目中恐怕会非常淡漠。古代诗人虽有命运上的坎坷，但至少其意义感是充盈的。当今之世，被边缘化的诗人应该获得与他们相应的物质条件，否则就面临着物质和意义的双重匮乏。但是，由于缺乏成熟的专项基金运作手段，对这些资金的使用往往缺乏公信，往往是最优秀或者比较优秀的诗人和诗作被排除在资助范围外。

对诗人的资助未必是直接的。相比中国，国外有很多商业或者专业的诗歌出版社（中国则是规模宏大的民刊），而且很多直接接受其所在国艺术委员会等相关文化部门的资助，比如第一章里我们分析过的《推开窗——新诗》，就是由美国国家艺术基金会资助，专门出版诗歌的 Copper Canyon 出版社出版发行（该出版社即以汉字“诗”为社标）。那么我们国家也完全可以通过支持出版社的诗歌出版计划来支持诗人的写作。

设置公平、公信的诗歌奖项也是重要一环。以英国为例，最著名的 T · S 艾略特诗歌奖和 Eric Gregory 奖分别由英国诗歌作品协会和作家协会分别管理，前者主要针对优秀诗歌作品，后者则主要授予三十岁以下的年轻诗人。另外英国还有全国诗歌大赛（National Poetry Competition）和国际诗歌大赛两项全国性比赛，分别由英国诗歌协会和阿尔文（Arvon）基金会组织。另外，英国至今保留着自本·琼森（Ben Jonson）以来的桂冠诗人称号，其象征性地位是非常高的。[①] 这些荣誉、竞赛和奖项在英国具有很高的权威性，相比之下，以鲁迅文学奖和茅盾文学奖为主的国家诗歌奖的公信力并不高，相对小说奖的评选，诗歌评奖结果公布之后经常会引来很多质疑。

另外，在新诗海外传播过程中，诗人自己也应该加强自身的权利意识。为了更好地维权，可以尝试国外很流行的经纪人制度和版权代理人制度。将作品的国际版权交给信誉好的版权公司来代理，这样可以减少诗人的事务性麻烦，把主要的精力放到创作上来。当然诗歌不比畅销书，这个建议恐怕是理论意义大于实践意义。

除去国家对诗人的支持和诗人自身确立起明确的权利意识外，国家也应该学习日韩等国，投入资金支持本国文化在海外的传播。基金可用于当代诗歌的翻译、出版、发行及资助诗人的对外文化交流项目。另外，不仅政府可以参与资助，企业、非政府组织和私人也可以资助，这就为海外传播提供了资金上的动力。俄国汉学家托罗普采夫曾说："同中国文学作品不同，大量日本文学作品在日本政府的资助下被翻译成俄文出版，因此俄罗斯读者更了解和接受日本文学作品。"这是日本政府和社会长期推行这些项目的一个结果。从宏观来看，国家已经为中国文化的海外传播投入了巨额资金。2004 年国务院新闻办公室与新闻出版总署开始启动"中国图书对外推广计划"，主要采取资助翻译费的方式来鼓励各国出版机构翻译出版中国图书，目的是为外国读者用自己熟悉的语言阅读关于中国的图书、了解中国提供便利。[②] 2006 年"中国图书对外推广计划"工作小组成立，成员单位包括中国出版集团、中国国际出版集团等 33 家国内知名出版机构，每年出版《"中国图书对外推广计

---

① 《诗歌在英国》，其英文链接为：http://news.21cn.com/caiji/roll1/2011/10/12/9407661.shtml。

② 《中国图书对外推广网开通》（http：//www.gapp.gov.cn/news/1330/87430.shtml）。

划”推荐书目》，利用书展、媒体、网站、杂志等各种渠道向国内外出版机构介绍推荐图书。2009年推行了“中国文化著作翻译出版工程”，继续加大对国际出版合作的扶持和资助力度。然而“尽管我们在这方面投入了不少的精力、物力和财力，但取得的实际效果与我们预期的效果显然还有较大的距离。有不少英译本（以及其他语种的译本），只是在国内发行，根本就没有‘走出去’。即使‘走出去’的，影响也相当有限。”① 以列入熊猫丛书的杨宪益、戴乃迭共同翻译的《红楼梦》译本为例，“与英国翻译家霍克思、闵福德翻译的《红楼梦》译本相比，杨译《红楼梦》在英语世界的传播、接受和影响（从译本的印刷数、再版数、图书馆的借阅人次数等看）却远不如霍、闵译本”②。出现这种状况的原因其实简单，即国家把钱花在了没有必要花的地方。实质上是用行政制度代替了文化选择。北京大学教授陈跃红说，“至于以为不管烧钱二百五就强行向世界硬性输出本土文学，以为如此这般铺天盖地地倒腾一气，中国文学就走向了世界，就成了所谓的世界文学！这就更不靠谱了。历史上但凡文学艺术的所谓输出，大多数时候本质上是接受者自己主动地去‘拿来’，历史上东亚的日韩诸国对中国文化的长时期持续接受是如此，近代以来中国对西方文学的大规模翻译和接受也是如此，最初有时候虽存在一定程度上近乎大人哄孩子吃饭的诱导，但是对象自身如无匮乏和内在需求，强制灌下去只会出现不消化和拉肚子的症状。我们也许可以控诉跟随坚船利炮而来的制度和宗教强行入侵，但却实在不好抱怨文学和美学趣味是人家硬生生填鸭般逼你吞下的结果。一种来自异域文化的文学和艺术是否能被本土读者接受，一定是因为有着可以容纳和整合这一他者文艺的文化和审美空间。”③ 同谢天振一样，陈跃红也将两种《红楼梦》译本的接受情况作了比较：“谁都

---

① 谢天振：《中国文学、文化“走出去”：理论与实践——从杨宪益先生的去世说起》，2011年4月北京师范大学文学院“中国文学海外传播”国际学术研讨会会议论文汇编，第95页。

② 同上。

③ 陈跃红：《什么“世界”？如何“文学”？》，《中国比较文学》2011年第2期。

不会否认杨宪益夫妇和戴维·霍克斯翁婿翻译的《红楼梦》均是上乘的英文译本，但是前者送出去的接受就主要限制在学院之内，而后者作为主动的拿来则大受社会欢迎，差异的确耐人寻味。仅仅从译本的所谓异化特征和翻译的语言技巧说事，说服力显然是不强的。除了内在的审美需求，这里至少还有类似对方的文化接受心理，审美匮乏需求和价值信任诸种问题。语言和形象翻译过程中的意义和趣味过滤乃至添加的过程，就是一个不断寻找对方内在匮乏和需求的过程，事实上，唯有需求者知道自己究竟想要什么，这不是主动送去者乃至强制塞入者所能够体察的。也正是因为如此，接受者的接受选择倾向与发送者的文化和审美‘正宗’趣味注定会形成冲突。我们绝不能因为面对每年欧美作品铺天盖地的主动翻译拿来，而中国文学每年只有寥寥可数的几本被别人选择去翻译的局面，由此因为心理上的不平衡而去越俎代庖，拔苗助长，至少，这在策略上是吃力不讨好的笨办法。而如果按照这种思路去索求中国文学的世界之路，即使费尽力气在西方编写的世界文学史中多了几个中国作家的名字，世界文学选集中多了几篇中国作品的选文，但是，却依旧离中国文学的世界性目标路途遥远。”①

国家对新诗的海外传播应该以此为戒，即避免以行政制度僭越文化选择。相反，国家应该把主要的精力和资金放到有利于包括新诗在内的中国文化向外输出的制度建设上。目前看来，最主要的还是资金投入。相比国家在小说翻译等方面的投入，对诗歌的支持力度明显偏小。新闻出版总署发起 2009 年法兰克福书展中国主宾国图书翻译出版工程，共有 114 种图书被纳入项目，其中大部分为科技类图书，文学类包括莫言《檀香刑》、刘震云《我叫刘跃进》、阿来《遥远的温泉》、李洱《花腔》等，由于出版总署的网站上不能查到所有 114 种图书的目录，不能妄下结论，但是即便诗歌也有入选类似的工

① 陈跃红：《什么“世界”？如何“文学”？》，《中国比较文学》2011 年第 2 期 。

程，数量比不过小说应不稀奇。另以法兰克福书展的柏林中德文学论坛为例，出席论坛的作家共计 23 人，举办活动 35 场，其中的诗人代表唯有叶延滨，他在文学馆做了两场演讲，题目是“新诗创作概况及面临的全新处境”和“新诗概况及面临的境遇”（另外叶延滨于 10 月 14 日和 15 日分别在法兰克福文学馆和法兰克福大学做了两场演讲，题目均为“新诗概况及面临的境遇”），其余大部分是小说家。

除了在国家层面发力外，我们也有必要强化“文化社区”意识。我们在绪论部分已经从词源上说明，“传播”在欧洲语言中与“社区”是同源的。“社区”相对于“国家”而言，是各种民间力量自发组织并运作的文化力量。国家可能在资金方面为当代诗歌的海外传播提供支持，但要真正发挥活力，却离不开形形色色的文化社区。文化社区，可大可小，大的比如包括中日韩在内的儒家文化圈，小的比如诗人之间就某些问题的严肃交流和思考。新诗海外传播应该围绕着各种文化社区下功夫。

先说大的文化社区。我们知道文化高于民族国家，日本学者沟口雄三曾以“中国的冲击”来表达日本 19 世纪末以来接受“西方的冲击”之后的又一次“冲击”，并在很大程度上表示日本在“脱亚入欧”之后需要重新考虑亚洲问题。① 他感到有必要“创造中日间知识的共同空间”。在东亚的整个儒家文化圈像日本一样学习西方一百多年以来，我们发现，种族和文化认同仍然根深蒂固，这也是第二章第一节日本诗人野村所谈论的“亚洲和欧洲的界限的问题”。

当然不限于儒家文化圈。印度诗人泰戈尔很早就倡导“亚洲意识”，谭云山早在 1937 年就响应泰戈尔的建议在印度国际大学中建立“中国学院”并在中印两国建立“Sino – Indian cultural society/中印学会”②。再比如，2010 年世

---

① ［日］沟口雄三：《中国的冲击》，孙歌、王瑞根译，生活·读书·新知三联书店 2011 年版，序论。

② 谭中：《文化无国界：一种中印地缘文明观察》，北京师范大学《“中国文学海外传播”国际学术研讨会会议论文摘要汇编》，2011 年 4 月。

界知识出版社出版了由萧开愚和南非的菲利帕·维利叶斯（Phillippa Yaa de Villiers）、德国的伊莎贝尔·阿闺热（Isabel Ferrin – Aguirre）共同主编的《这里不平静：非洲诗选》（*No Serenity Here*：*An Anthology of African Poetry in Amharic*，*English*，*French*，*Arabic and Portuguese*），这样的合作，被周伟驰看作“中非诗人之间民间文化交往的一个果实”[①]，这恐怕是投入的资金再多也无法由国家来完成的成功交流。

帮助中国当代诗人与海外华人和其他亚洲族裔加强联系也是一个可行的思路。这样可以形成一个活跃而有力的海外文化社区。以北美的华人文学组织为例，在北美，有几十个华人文学组织，像纽约华文作家协会、美南华文作家协会、北加州华人作家协会、洛杉矶华文作家协会、华盛顿华文作家协会、加拿大华裔作家协会等，[②] 这些文学组织实际上就是新诗的海外主场，可以为新诗的海外传播提供巨大的支持。西川曾谈到东欧当代诗歌之所以影响力巨大，不仅仅是因为他们写得好，还因为他们肯抱团，“宣传工作做得也好”：“在美国，米沃什、布罗茨基、扎加耶夫斯基等人是一个抱得很紧的、在文化上颇有势力的小圈子。属于这个小圈子但不一定常住美国的还有温茨洛瓦等。已经不会说塞尔维亚语的祖籍塞尔维亚的美国诗人查尔斯·希密克，还有来自加勒比海的沃尔科特都与这个小圈子很接近。这个主要由东欧、俄罗斯人构成的小圈子能量巨大。他们主要的出版机构是 ECCO 出版社。这个小圈子里的人相互扶持，让人羡慕。他们的确做了很多事：编选集、出版、翻译、作评论、讲学、发表政治见解、声援世界各地的异见人物等……米沃什本人很注意在国际上宣扬波兰诗人。在他编选的国际诗选《明亮事物之书》中，他给了波兰诗人约五分之一的篇幅（剩下的篇幅，法国人、美国人、中国古代人各

---

① 周伟驰：《这里为何不平静——当代非洲诗歌的政治性》，《中国改革》2011 年第 6 期。

② 少君：《当代美华文学概况》，载北京师范大学《“中国文学海外传播”国际学术研讨会会议论文摘要汇编》，2011 年 4 月。

占五分之一，还有五分之一的篇幅由全世界其他地方的诗人们共享）。”①

“文化社区”的本义强调诗歌氛围的本地性，依靠本地的诗歌力量形成促动性的诗歌氛围，这一意义上它的历史已经很悠久；网络时代，信息以光速传播，在介绍新诗海外传播的媒介时我们曾经提到诗人方闲海、“下半身”写作诗人盛兴以及网络诗人水晶珠琏等都是国外汉学家和翻译家直接通过网络发现的，我采访过的戴迈河也有浏览中国诗歌网页的习惯，从中决定翻译哪些诗人的哪些作品，新诗完全可以通过网络这样一个文化社区传递出去；另外，“文化社区”完全可以重点突出其时间性的一面，比如 2007 年由位于北京三里屯南街、被评为世界十佳书店的老书虫书店发起的老书虫国际文学节（The Bookworm International Literary Festival）②，2013 年的文学节就分布全国 7 座城市，近百名中外作家（以国外作家为主）参加，总共举行 200 余场活动。老书虫老板 Peter 说，“通过跟其他国家的文学节联手，将国外的作家介绍给中国，将中国的作家引荐给世界上的其他国家。我们已经帮助几十个中国作家向国外的观众展示了他们的作品及理念，我们非常希望这类活动能小规模地促成观点的交流，增进大众对各国文化的了解”③。以此为榜样，中国民间可以独自或者通过自身专业优势与私人基金或政府合作，由民间挑选诗人，私人基金或政府在承认民间专业性的前提下资助（切不可喧宾夺主）。类似的例子，有 2006 年 1 月由企业家、诗人黄怒波（骆英）领导的中坤集团捐赠 3000 万元设立的中坤诗歌发展基金，分别向北京大学新诗研究所和中国诗歌学会各捐赠 1000 万元，余 1000 万元委托帕米尔文学工作室管理使用，“旨在促进当代诗歌创作、研究、交流的活跃和繁荣，推动中国诗歌事业的发展”④。

---

① 吕布布访谈西川，《作为读者，作为译者》，《大河拐大弯》，北京大学出版社 2012 年版。臧棣曾撰文批评北岛在海外对大陆当代诗歌成绩的有意遮蔽。

② 其链接为：http：//bookwormfestival. com/。

③ 《成都老书虫国际文学节开幕》，（http：//cul. sohu. com/20120315/n337871366. shtml）。

④ 《第三届中坤国际诗歌奖颁奖典礼在京举行》（http：//blog. sina. com. cn/s/blog_8f1cdec301011hud. html）。

在基金的使用方向上各有侧重，北京大学新诗研究所以学术研究和出版为主，中国诗歌学会以组织日常活动为主，而由唐晓渡和西川担任工作室负责人的帕米尔文学工作室（后扩建为帕米尔文化艺术研究院）则以对外交流和主持“中坤杯国际诗歌双年奖”评选活动为主。比如 2006 年帕米尔文学工作室的主要工作日程有组织中外诗人、艺术家的高端对话交流活动、启动“帕米尔译丛”等出版项目、在条件成熟时创办《帕米尔·文学特刊》、运作首届“中坤国际诗歌双年奖”。[①] 首届“中坤国际诗歌奖”设三个奖项，分别授予母语为汉语、非汉语的诗人和对新诗写作产生重要影响的诗人，另设奖鼓励对中外诗歌交流有突出贡献的翻译家、批评家、出版家等，首届获奖者为翟永明、博纳富瓦、顾彬和绿原。另一个值得一提的是青海湖国际诗歌节，它由中国诗歌学会与青海省人民政府共同打造，创办于 2007 年，也是每两年举办一次。其中第三届诗歌节（2011 年）由青海省人民政府、中国诗歌学会、中国少数民族作家学会主办，由青海省委宣传部、青海省文化和新闻出版厅、青海省新闻办公室、青海省广播电视局、青海省旅游局、青海湖景区保护利用管理局、青海省文学艺术界联合会、青海省对外文化交流协会和中国社会科学院外国文学研究所共同承办。目前，青海湖国际诗歌节已经成为继波兰华沙之秋国际诗歌节、马其顿斯特鲁加国际诗歌节、荷兰阿姆斯特丹国际诗歌节、德国柏林诗歌节、意大利圣马力诺国际诗歌节、哥伦比亚麦德林国际诗歌节之后又一个具有国际影响力的诗歌节。2013 年第四届金藏羚羊国际诗歌节的主题为“诗人的个体写作与诗歌的社会性”，评奖委员会由吉狄马加、马莱克·瓦夫日凯维奇、叶廷芳、托马斯·温茨洛瓦、刘文飞、刘宪平、安德烈·维尔泰、张清华、树才、胡安·赫尔曼、赵振江、高兴、梅丹理等 13 位诗人、翻译家、评论家组成，阿多尼斯（叙利亚）、西蒙·欧迪斯（美

---

① 参中坤集团文化新闻（http：//www. zhongkun. com. cn/news/news_ info. php？ id =2737&topid =0）。

国)、亚当·扎加耶夫斯基（波兰)、安东尼奥·加莫内达（西班牙)、洛夫(中国台湾)、高银（韩国)、谢尔·艾斯普马克（瑞典）7 位诗人为年度候选人，评委通过无记名投票，最后评选出了叙利亚著名诗人阿多尼斯和美国著名诗人西蒙·欧迪斯为2013 年度金藏羚羊国际诗歌奖获得者。[①] 老书虫国际文学节是外国人将国际诗歌节开到中国，中坤杯国际诗歌双年奖和青海湖国际诗歌节则是中国人把诗歌奖颁给国内外著名诗人或翻译家。三个国际诗歌节，组织者不同、资金来源不同，各有千秋，无论是帮助中国当代诗人开阔眼界还是帮助外国诗人了解新诗，其裨益都是无穷大的。

最后需要具体到诗人和翻译家个人，曾经翻译杨炼《同心圆》的霍布恩曾说："要想提高汉英文学翻译的质量，唯有依靠英汉本族语译者之间的小范围合作。汉语不是我的母语，我永远无法彻底理解汉语文本的微妙与深奥；反之，非英语本族语的译者，要想将此类内涵丰富的文本翻译成富有文学价值的英语，且达到惟妙惟肖的程度，绝非是一件容易的事。可一旦同心协力，何患而不成?"[②] 比如诗人海岸编译的《新诗前浪》中"约二分之一的英译出自英语世界的学者、诗人、翻译家，如霍布恩、柯雷、戴迈河、西敏、梅丹理等人之手，余下部分先由笔者提供英译初稿，再与旅居上海的美国诗人徐载宇合作完成。通过中西译者的合作，使得本书在欧洲顺利出版，并进入当年的德国汉堡国际书展与比利时安特卫普国际书展"。[③]

以上几个方面当然是相互影响、相互激发的关系。但归根到底，它需要

---

① 《2013 年度金藏羚羊国际诗歌奖揭晓》（http://www.qh.xinhuanet.com/2013-03/03/c_114865458.htm)。

② 转引自海岸《翻译与传播：中国新诗在英语世界》,《中国社会科学报》2012 年4 月6 日，第288 期。"一个中国人，无论他的英文多么好，都不应该把中国文学作品翻译成英文。要把中国文学作品翻译成英文，需要一个英国人，文学修养很高的一个英国人，他通晓自己的母语，知道怎么更好地表达。现在出版社用的是一些学外语的中国人来翻译中国文学作品，这个糟糕极了。翻得不好，就把小说给'谋杀'了。"（《诺贝尔文学奖评委马悦然：中国人千万别译本国作品》http://news.sina.com.cn/o/2006-07-21/09399528117s.shtml2006 年7 月21 日)。

③ 海岸：《翻译与传播：中国新诗在英语世界》,《中国社会科学报》2012 年4 月6 日，第288 期。

处理好制度和文化之间的复杂关系。制度为中国诗人和海外读者提供可以相互选择的硬件和管道支持，文化上的选择则完全决定在诗人和读者自己手中。因为文化说到底是价值选择和取向的问题。在逐渐完善制度的前提下——如前所述，主要是投入资金支持优秀诗人和优秀作品的海外传播以及促成建设各种大小文化社区——我和孙文波一样“相信一个写作者产生的影响是对他使用的母语文学的影响。也就是说他的写作能够对正在展开的母语文学起到改变的作用。事情也的确是这样的，如果一个诗人写了半天，到了最后却连他的母语读者都根本不买账，就是在国际诗歌圈里混得再风光又有什么用？而且我也不相信连母语读者都不买账的诗人，真能够在国际诗歌圈把自己搞得人五人六的”。[①] 鉴于此，我们将在第三章介绍完汉学家对新诗的传播之后，着力于中国当代诗人自朦胧诗以来经受了40多年情感和认知之后对自身写作所做的具体调整，这既和诗人对社会、政治、伦理等多个层面的经历有关，也与他们对世界文学和中国文化传统的再认识有关。

---

① 孙文波：《徒劳的努力》，（http：//blog. sina. com. cn/s/blog_ 7f083ea80100wrp4. html）。

# 第三章　他者的选择：西方视野中的新诗

本章主要探讨顾彬、柯雷和戴迈河三位译介和研究新诗的汉学家的学术工作。三位汉学家里，顾彬和柯雷我们比较熟悉，但戴迈河亦不是新人，他于20世纪80年代初即来到中国，和很多诗人同吃同住，比顾彬和柯雷更深地卷入新诗。汉学家既是新诗的海外读者，也是文化的跨界者和中间人，是连接己国学术界（最终扩展到普通读者）和新诗的重要桥梁，而且会实实在在地对彼此的文化结构产生冲击，因此这里准备用一章的篇幅分析三位汉学家对新诗的看法。

中国文化尤其是中国古代文化对顾彬产生了切实的影响，他曾经半开玩笑地说自己是“新的儒家基督教徒”，但他对中国当代文学的评判标准仍然停留在欧洲尤其是19世纪末的法国文学上，即伊夫·瓦岱所说的在内容上保守而在形式上出新的“反现代主义的现代性”，他称之为“现代心智”。顾彬将神学和哲学视为他真正的故乡，实际上这是“文化德国”（“文化”和“文明”的争执在德国有很长的历史）的另一种表述，我们可以在顾彬身上发现其德国精英立场，这当然是所谓“西方中心论”的一个分支，但这样的说法仍然比较笼统，因为顾彬总是强调“西方”内部的巨大差异，比如在文化上，他就非常反对美国。当然，从顾彬身上，我也切实看到中国古典文化对欧洲人的巨大改变，而包括诗歌在内的中国当代文化要想对他们产生出大于古代的影响，几乎就是不可能的。这样我们就能理解为什么很多西方当代诗人更倾向于将中国古代诗歌视为他们的当代诗歌却忽略新诗的存在。

柯雷对多多的诗歌进行了“去中国化”和“去政治化”的解读，他多次强调多多的诗歌作为“世界文学”特征。他以结构即内容和形式之间的连贯性来考察多多的诗歌，并发现多多的诗歌愈来愈重视形式而清除现实内容，从而愈来愈走向语言本体论，这一发现无疑是重要的。我们可以在胡戈·弗里德里希《现代诗歌的结构：19 世纪中期至 20 世纪中期的抒情诗》看到对诗歌语言本体论最详尽的说明，多多本人对这本著作也是推崇备至，这和顾彬以 19 世纪末法国文学标准来推崇某些新诗又不谋而合，所以从根本来说顾彬和柯雷的“世界文学”背后仍然是西方尤其是法国文学 19 世纪以来的文学标准。

戴迈河曾经在酒后告诉唐晓渡，他能看上的新诗没有多少，因为它们的手法“都是我们玩剩下的”①。没有对新诗本身寄予太多希望的戴迈河于是避开他的指导教师柯雷的文本细读方法，借用法国社会学家布尔迪厄的场域理论对 1982 年至 1992 年的四川“第二诗界”进行了详细解读。布尔迪厄的场域理论可以用一句话来解释，即“我掌握观点的方式，就是把观点跟他们在行动者结构中所占有的位置联系起来”②，即他反对在语言本身中找到语言效力的原则和机制，而是认为语言的权威来自外部的制度授权。戴迈河的思路可以为我们清理和走出自 20 世纪 80 年代以来逐渐形成的语言本体论诗学提供新的视野，这将是我在第四章准备着力进行的工作。

---

① 唐晓渡：《与沉默对刺：当代诗歌对话访谈录》，北京大学出版社 2012 年版，第 52 页。

② ［法］布尔迪厄：《社会空间与象征空间》，载苏国勋、刘小枫主编《社会理论的政治分化》，上海三联书店 2006 年版，第 292 页。

## 第一节　西方中心论的德国例证：以顾彬为例

2007 年首届“中坤国际诗歌奖”将 C 奖同时颁发给绿原和顾彬；2013 年德意志语言和文学科学院将代表德国最高荣誉的翻译大奖约翰·海因里希·沃斯奖颁给顾彬。这表示中德两国文化界都认同顾彬对中国文学尤其是新诗的译介工作。

虽然顾彬不相信文如其人的说法，但在介绍他在德国对新诗的传播情况时，我们还是有必要先勾勒一下他的思想状况。顾彬的学生时期曾经非常激进，相信越是现代越是高级，这在我们的访谈中可以看到。80 年代，当他目睹欧洲社会面临越来越多危机的时候，他的思想开始有了一个转折，开始了对现代化的怀疑，日益趋向保守。他开始重新阅读一些保守作家的著作，并认同他们对道德、环境等问题的思考。当然，顾彬反对的是现代化对人的欲望的放纵，对其促动个体人格的独立和对需要、对自身负责这一点，顾彬并不反对。顾彬反对那种将一切脏的、丑的放进诗歌的做法，认为优美的语言非常重要，他对保守派的重新重视也伴随着这一点。无论是翻译或者创作，他都认为好的德语是第一位的。因此，我们可以看出，在文化上顾彬有着自己的保守和精英立场。

顾彬最初受庞德译李白诗歌的影响，从神学转到汉学研究，他以博士毕业论文《论杜牧的抒情诗》获得波恩大学汉学博士学位（1973 年）。1981 年顾彬在柏林自由大学获得汉学教授资格，其教授资格论文题目为“空山——中国文人的自然观”。可以说，顾彬最初接触的是中国古典诗歌，他的博士学位论文和教授资格论文都与此有关。他的这种倾向影响了他对中国当代小说和当代诗歌截然不同的评价。他在访谈中两次提及对余华长篇小说《兄弟》

的不满，虽然这种不满不影响他对余华早期小说的欣赏。他说："我最喜欢的一个奥地利作家 Kappacher，他写 100 多页的中篇小说，对你们来说可能只是短篇小说，他写我最喜欢的奥地利诗人世纪末的最后 10 天，没有什么情节，没有什么故事，但是思想很深，语言很美。"[①] 而"中国作家一写会写一百年，写几个人、几十个人。这也是我为什么老是说中国文学问题不在短篇小说、中篇小说，就是在于长篇小说。因为长篇小说需要时间，要慢慢写。要写几年，不要几个月之内写完"。站在顾彬的精英立场，以这样的速度推进和依靠灵感的写作是有问题的，也因此，顾彬将余华、莫言的小说统统归入不登大雅的通俗小说。在访谈中，顾彬还提醒我对英文 show 和 tell 的区分，"我不喜欢作者直接告诉读者他们应该想什么，我喜欢通过 show，像唐朝的诗人一样，通过风景等让读者自己感觉到我想说什么。比方说 Thomas Mann，他写 Buddenbrooks 的时候，他不直接告诉读者，他写一个孩子的手，我看他写手那一部分的时候，我马上就知道这个人的命运会是什么，他的思想是什么，他的心里有什么矛盾和毛病，等等。但是中国作家如果他不写诗的话，很少能够这样做。有一些人可以做，但是很少。余华《兄弟》通过名字他告诉你应该怎么想，李光头，那我马上知道我应该想什么，但我不想跟着一个作家思考主人公，我想自己思考"。

顾彬对思想和世界观的重视、对故事的排斥体现了他背后浓重的德国观念主义传统，这也贯穿于 2008 年在中国出版的《二十世纪中国文学史》[②] 当中。在一次访谈中，他提到美国人不会翻译这部著作："他们一直批评我们德国人太喜欢思考形而上的问题，这些问题都太大了，永远没办法解决。他们批评得有道理，但我还是觉得我们就应该这样做。"[③] 有中国学者也直言：

---

① ［德］顾彬、冯强：《"我希望得到从容"——对顾彬教授的一次访谈》，《长城》2012 年第 2 期。

② ［德］顾彬：《二十世纪中国文学史》，范劲等译，华东师范大学出版社 2008 年版。

③ 哈皮：《专访德国汉学家顾彬——我们德国人就应该形而上》，《外滩画报》。

“强烈的德国身份意识也出现在这部著作中，顾彬把这样的立场理所当然地看作是世界文学的立场——这实在有大日耳曼民族和泛欧洲主义的嫌疑。”① 这一见解我以为是有道理的，在2011年为他的最新诗集《鱼鸣嘴》举办的朗诵会上，顾彬提到神学和哲学才是他的故乡。在顾彬这里，我们可以发现伊夫·瓦岱描述的被撕裂的、自我否定的“反现代主义的现代性”：“一方面是现代社会（包括它的政治、社会、科技因素）的动力与几乎总是反进步主义的作品内容之间的对立；另一方面是这些作品的内容与诸多的形式创新之间的对立。”② 从这个角度我们可以更好地了解顾彬的文学判断标准。我们不妨从顾彬对2012年莫言获得诺贝尔奖的一个反应来验证他的这个标准。2012年10月19日，即瑞典诺贝尔奖委员会公布莫言获奖大概一周之后，批评家陈晓明和顾彬有一番长谈，“此番顾彬先生言辞恳切，表示莫言获奖，他要重读莫言作品。他说到德国最负盛名的老作家马丁·瓦尔泽说莫言是当今世界上最好的作家，可以与福克纳平起平坐，他过去置之不理，现在也要认真思考其他德国作家对莫言以及中国文学的看法”。③ 但不久，顾彬回到波恩，在德国之声的访谈中他说：“莫言的主要问题是，他根本没有思想。他自己就曾公开说过，一个作家不需要思想。”稍后，他又在接受《时代周报》采访时重申：“莫言描绘了他的心灵创痛，他描绘了过去的三十年、五十年、一百年，他笔下的群像画廊令人眼花缭乱，总是那么恢宏霸气的场面。公平起见，我必须承认，他的确有一批读者，但马丁·瓦尔泽称他是现世最伟大的小说家，我无论如何也不能苟同。莫言是一个传统主义者，他所采用的叙事模式早在1911年中国大革命时期就已多见，同时也受到了加西亚·马尔克斯的启示。”顾彬认为，“莫言在现代小说技法上所做的实验性探索极为有限，其社会批判

① 张莉：《顾彬：一个德国人的“中国文学史”》，载《信息时报》2008年11月9日。

② ［法］伊夫·瓦岱：《文学与现代性》，田庆生译，北京大学出版社2001年版，第87页。

③ 《顾彬先生表示要重新理解莫言和中国小说（2012－10－21》（http://blog.sina.com.cn/s/blog_473fffb401012sct.html）。

题材也并未超出鲁迅二十年代的窠臼。一言以蔽之，顾彬对于莫言的批评在于他不够具有现代心智（modern mind），未能将中国百年新文学的成就推向一个新的标高"[①]。从最初莫言获奖时的惊讶，顾彬很快回到自己之前的看法，读者可以辨析他的这一评判标准是否符合上面提到的"反现代主义的现代性"，如果符合，那么他的这一标准也是对 19 世纪末法国文学的一个继承，也不能算得上"现代"，况且我们还可以在格非《文学的邀约》一书的导言《现代文学的终结》看到对局限于现代小说技巧的"现代心智"的有力批评，这里不再赘述。

顾彬曾提及"我的语法和意象是来自唐朝诗歌的，我的一部分思想和词汇是来自西班牙的。不过，我的历史感是中国和德国的"。[②] 笔者曾专门就这句话向顾彬求证，他认为自己的历史感的确受中德两国文化的影响，就中国方面来说，是那种人去楼空、筵席散尽之后物是人非的生命沉痛感，但是顾彬不愿将其继续延伸到那种听天由命的宿命感，而是以其德国式的历史观来进行纠正："我的第二种历史观是德国式的。无论发生了什么，第一你应该知道你有责任，你不一定有罪，但是你有责任（阻止坏的事情重复）。另外你是可以改正的，不应该受宿命的影响。"顾彬以个人的历史责任来调剂个体生命流逝的痛感，两种历史观在他那里达成互补，他同时强调了作为一个生命个体的忧郁和一个公民的责任。在半开玩笑的意义上，他说"我可以说是半个基督教徒、半个儒家，也可以说我是一个新的儒家基督教徒"。[③] 想到他在日常生活中严格作息、兢兢业业于事业，又热爱家庭，经常下厨做饭，他的确可以称之为儒家基督徒。民国时期张东荪曾说儒家的价值在一个民主社会中可以得到更大的彰显，这一点我似乎在顾彬身上得到了直感。

---

① 亚思明：《莫言获诺奖分裂德国文坛》，《中华读书报》2012 年 12 月 5 日。

② 转引自古岳龙《顾彬：与诗平行的命途多蹇》，《青年作家》2011 年第 2 期。

③ 薛晓源：《理解与阐释的张力——顾彬教授访谈录》，《文艺研究》2005 年第 9 期。

顾彬欣赏中国古典诗歌，而且反对物质、欲望层面的进化论，但他并非古典的原教旨主义者。在学术和思想层面，他甚至可以被称为进化论者。在回应刘江凯如何看待美国华裔汉学家王德威的作品时，顾彬回答说："王德威的观点不太绝对，他比较小心，我觉得还不够。我为什么觉得美国汉学、王德威的作品有些问题？如果有理论的话，他们都用一批固定的作品、固定的人，比方 Fredric Jameson（杰姆逊）、Jacques Derrida（德里达）等，但他们不可能会用完全新的理论，如果你看我的作品的话，我的注释可能都会用最新的理论。我不可能写上杰姆逊、德里达他们，因为太多人已经写过他们，他们不能分析一个受到社会主义影响的社会，所以，对我来说，他们的理论不一定太合适来分析中国当代文学。王德威刚刚发表了一部文集，中文是'历史怪物'，失望，完全失望。因为我们德国在八九十年代发展了最基本的有关历史的理论，他都不知道。所以我没办法通过他这本书更了解中国，或者德国。所以，他在这方面是很有代表性的。他们的理论是固定的，是狭隘的，他们不能够用完全新的理论，他们好像怕用新的理论，因为别人还没有用过。他们老用本雅明、本雅明的，无聊死了。但是本雅明不能够给我们介绍四九年以后的世界。另外，这些过去的理论让他们会使用的安全。"① 顾彬的意思是理论必须能够对理解语境做出贡献，否则理论是在空转。时代发生改变，理论必然随之发生变化。在回答如何看待中国当代文学整体这一问题时，顾彬直截了当："当代文学除了诗歌外，基本上做得不怎么样。比方说莫言、余华他们回到中国的古典传统中。"我自己比较关注的学者陈晓明、王德威和张清华都比较关注当代小说对中国古典传统的发掘，顾彬的这一看法可以说是与之针锋相对的。他进一步问道："但是传统是什么呢？如果是语言美，可以；如果是有些思想，可以；如果是世界观的话，根本不行。"这一回答独显

① ［德］顾彬、刘江凯：《关于中国文学研究与中国当代文学——与顾彬教授访谈》，《理论与创作》2011 年第 1 期，以下两处均引自此文。

世界观，与他一贯的德国精英身份密不可分。那么，回溯传统到底是怎样一回事？从顾彬的角度看，对传统的回溯应该是没有问题的，问题是，怎样回溯传统？传统是否需要更新？是否需要不断纳入他人的视野？但顾彬所说的历史观只是晚近两次世界大战之后尤其是60年代以来德国文化反省的产物，这一产物被顾彬视为真正的德国历史观。问题被顾彬转换为：如何回溯传统？如果回溯传统不能纠正历史和现实的弊病，回溯传统的意义何在？

顾彬的历史观建立在对两次世界性战争中德国所扮演角色的反省上。战争是一方对另一方肉体和思想上的消灭。这一观点建立在敌我的划分、建立在零和博弈的思维基础之上。最后可能落实到一个基本的阐释学问题：我是否有理解他者和时代的可能？不同的个体、文明和种族是否可以和平相处？关于前者，我在《作为残缺——论顾彬的抒情诗》里有比较详细的展开，这里不再赘述。顾彬作为波恩哲学学派的一员，自己写过不少这方面的书籍和文章，比较早翻译到中国的是其在北京大学的讲演《关于“异”的研究》，由曹卫东编译，出版于1997年，另外有专门这方面的访谈《理解与阐释的张力——顾彬教授访谈录》（薛晓源、顾彬，载《文艺研究》2005年第9期），其他的像《误解的重要性：重新思考中西相遇》（载《文史哲》2005年第1期）和《“只有中国人理解中国”?》（载《读书》2006年第7期）也都由山东大学的王祖哲翻译成中文发表。可以说，顾彬在寻求一种最低限度上相互理解的可能，这种相互理解以保持双方的不同为前提，但又不排除中国古典意义上“知音”的可能。“我从伽达默尔那里学来的东西，在我看来，一而再地适合于中国的友谊概念（即‘知音’或‘知己’）。”①顾彬最初因李白的《黄鹤楼送孟浩然之广陵》从神学转到汉学，冥冥之中也会有东西方沟通之可能性的允诺在。所以顾彬会说：“不应该老说文化差异，现在我们日常经验和

① ［德］顾彬：《只有中国人理解中国?》，《读书》2006年第7期。

经历差不多都一样。当然，我和中国学者有差异。但这个和政治、意识形态有关。我们从八九年以后，更多思考从1917以来、1989年结束的那个社会主义。特别是德国学者，他们在这方面发展了一个很强的理论，这个理论是从苏联、民主德国基础上发展的。但是因为中国也有这种类似的历史，有些观点可以用。我敢面对一些中国学者经常面临的问题。”① 具体到当代诗歌，我们可以以香港诗人梁秉钧为例。在提到梁时，顾彬想到一个英文词 cosmopolitism，中文可译为大同思想或者世界主义，“他可以从越南来看中国，从德国来看中国，从北京看柏林，无论他在什么地方，到处都可以写。最近他发表了一组专门谈亚洲食物的诗，谈越南菜、日本菜、马来西亚菜等，所以他可以从各个地区、国家文化来看中国文化。但是除了诗人外，我恐怕其他中国当代作家没有这个视野”。②

当然这对顾彬来说已经不是一个解释学的问题，这是他切实的行为：他的翻译和研究很多带有私人交往的痕迹，自己也写诗，和北岛、王家新、梁秉钧等诗人之间也有唱和。“我不太同意一批无论是德国的还是中国学者的观点：最好不要和作家交往。我觉得如果能的话，应该和作家交往。因为这样作家可能开拓你的眼界和思路，通过和作家们的接触，我经常能了解到完全新的东西。比方说王家新，他的诗歌写得比较简单，通过对话，我才发现，看起来他写得很简单，实际上从内容来看并不简单。如果我没有和他接触的话，可能我没办法写他。”③ 汉学家里与研究、翻译对象走得这么近的，大概只有顾彬。这与他对新诗的关注有关，也与他了解他人的渴望有关。当然，这样的交往有一个从无到有、从少到多的过程：“我开始翻译当代诗歌的时

① ［德］顾彬、刘江凯：《关于中国文学研究与中国当代文学——与顾彬教授访谈》，《理论与创作》2011年第1期。

② 冯强：《顾彬对中国当代诗歌的传播》，《长城》2012年第2期。

③ ［德］顾彬、刘江凯：《关于中国文学研究与中国当代文学——与顾彬教授访谈》，《理论与创作》2011年第1期。

候，还没有和诗人见过面。但随着我去中国研究、翻译和教学工作的次数的增加，我开始跟很多诗人见面、交朋友，如果我觉得他有意思的话，我会开始翻译他的诗。但也有可能是这样，无论你是否认识一个诗人，他可能来德国参加一个活动，某个文学机关就需要一个译者，就来问我能否帮忙。我过去翻译过一些我并不太重视的诗人，比如说李瑛，‘文革’诗人，我翻译过他，但从来没有和他见过面。梁秉钧，我认识他之后，才开始对他的翻译。北岛，我还没有认识他之前，已经出了他一部短篇小说，好像是《陌生人》。舒婷我没见到她之前也翻译过她，也写过她。目前我在为奥地利最重要的出版社编辑中国当代最重要诗人的诗选，其中的大部分诗人我都没有见过面，是别人给我介绍的。比如说王家新。”这样的私人交往，肯定会影响到顾彬对当代诗歌的传播，一方面，交往会加深双方的了解，这种了解不一定都会发展为顾彬与北岛、王家新、欧阳江河之间那样的友谊，也会有交恶，比如当年顾彬曾经自费在德国出版高行健的戏剧，但后来两人出于各自的原因没有成为好友。而且顾彬可贵的一面是他的坦率，他经常自嘲，但也会直言批评朋友，比如他会批评杨炼对自己的重复，半开玩笑说他不必再写了，他翻译了他的诗集之后完全可以代替他写了，如此等等。值得一提的是顾彬对于坚的翻译和介绍。顾彬在 1990 年已经介绍包括北岛、顾城、杨炼、舒婷、多多、丁当、李亚伟、翟永明和食指的诗歌（Blick zum Nachbarn），这些诗人包括前朦胧诗诗人食指，朦胧诗诗人、第三代里的“莽汉”李亚伟和“他们”早期的丁当，那么顾彬当时为什么选择这些作者呢？比如同是“他们”一派，于坚、韩东等人早期的代表作已经发表，但并未在他的选集里出现，顾彬翻译于坚是 2009 年的事情，他在波恩出版的 *Alles versteht sich auf Verrat* 是于坚、翟永明、王小妮、欧阳江河、王家新、陈东东、西川和海子的诗合集。最初我认为这可能和当时外省诗人在与北京诗人的论争中处于话语的劣势有关，这一劣势使汉学家顾彬更容易发现北京或者与北京关系密切的诗人。而顾彬告诉我，实际上他 1994 年在荷兰的莱顿就见过于坚，他本人也认可于坚的诗，但是，“我觉得我应该等一会儿。为什么呢？如果我歌颂他，人家会说我骗王家新，如果我批评他，人家会说我受到王家新的影响。”这一等待过于漫长，2009 年，顾彬和唐晓渡合作编译了这本诗合集，唐晓渡选择了诗歌篇目并作序，顾彬和高红完成了诗歌的翻译。

顾彬 1979 年左右开始知道新诗的代表人物北岛和舒婷，在南京时他的一个学生向他推荐北岛的短篇小说。在柏林，翻译过舒婷、后来担任德国驻上海领事馆领事的梅佩儒（Rupprecht Mayer）将自己的翻译拿给顾彬看。1987 年，顾彬有关于舒婷诗歌的论文《用你的身体写作：舒婷诗中的伤痕文学》（Mit dem Körper schreiben：Literatur als Wunde）发表。但如果以 1949 年一个政权的建立为标志，那么顾彬对当代诗歌的翻译和研究从 70 年代中期他在北京语言大学留学的时候就开始了，那时他翻译了贺敬之和李瑛，他甚至还翻译了毛泽东的诗词。

根据顾彬的介绍，德语国家中，致力于翻译新诗的人并不多，德国的汉学家对中国文学作品的译介也主要集中在古典文学作品。梅佩儒主要翻译台湾诗歌，已故的、翻译过西川的图宾根大学教授 Peter Hoffmann（他也是张枣的老师）后来逐渐转向当代中国小说的译介，另外瑞士的 Raffael Keller 翻译过萧开愚两本诗集。从翻译当代诗歌的数量上讲，顾彬应该是最多的。顾彬自己的诗集（我没问清具体是哪一本）在德国卖了一百多本，“我希望我能卖 300 本。如果能卖 300 本，出版社不会说什么”。但另一方面，经他翻译的“中国当代诗人的诗集基本上卖得都很好，也卖得很快。比方说北岛、梁秉钧。北岛的一年之内卖了 800 本，算很好，因为出版社能卖 300 本的话就不会亏本。德国诗人一般来说也只能卖 300 本左右，所以北岛如果一年之内能卖 800 本，算很好。梁秉钧、王家新、翟永明、欧阳江河的诗集从我们这里来看都卖得不错，出版社可以不发愁，基本上会卖四五百本。杨炼所有的诗集都卖光了。北岛的第一本、第二本还没有卖光，但是他也卖了有1000本”。

顾彬不仅大量翻译当代诗歌，还有专门的翻译理论著作《黯影之声》（*Die Stimme des Schattens. Kunst und Handwerk des Übersetzens*，München：edition global，2001），他还在波恩大学开设专门的翻译课，他的很多学生后来走上职业翻译的道路。而他“对翻译只有一个标准，德文应该第一流的，必须是好的德文”。“无论是写作还是翻译，我最高的判断标准是语言水平。”而在这方面，顾彬显然非常自信，他举例提到海德堡大学的Günther Debon把《诗经》和唐诗翻译成有19世纪味道的德文，并解释说“一个德国的汉学家完全可以把中国的诗歌翻成真正的德文诗”。

顾彬不仅是翻译家，也是诗人，我从访谈中得到的印象，他对其诗人身份的重视不亚于他对其翻译家和研究者身份的重视。他说“为什么我希望我是一个好的翻译家的呢？因为我写作……通过翻译我提高我的德文水平。我这样做，也许我能更好地写作。搞翻译和写作是分不开的”。[①]顾彬的写作先于他的研究，他相信一个作家应该沉默20年才发表他的作品，他则是沉默了30年才开始发表他的作品。2000年之前，他没有整本的诗集或者散文集、小说集出版，之后，这些作品才陆陆续续得到出版。最近我看到了他的第五本诗集《鱼鸣嘴》（*Das Dorf der singenden Fische*），鱼鸣嘴是青岛一个重要半岛，而这本诗集有很多诗歌涉及青岛，另外四川、北京、波恩、柏林等他生活和工作过的地方也进入这本诗集。2013年3月份，顾彬将会和一个中国作家去奥地利参加一个重要的文学活动，组织者想请他作为译者参与进去，但顾彬告诉他们他也写作，为自己争取到一个介绍《鱼鸣嘴》的机会。而当他在酒席间半开玩笑地说自己是“失败者”的时候，原因不是别的，而是“现在为止我的诗集卖不出去”。认识到这一点，我们会更理解顾彬经常挂在嘴边的对

① 冯强：《顾彬对中国当代诗歌的传播》，《长城》2012年第2期。

语言的强调，在很大程度上是一个作家对语言的要求。“通过翻译我提高我的德文水平”，顾彬的这一看法可以和他对中国当代文学的另一个看法联系起来，即他对中国当代作家不懂外语的批评。他在《南都周刊》的访谈中甚至宣称“如果要了解为什么北岛在西方成功，但是别的中国诗人完全在国外失败的原因，那就是中国作家们应该会外语。语言也涉及他们自己在国外的印象”。对此，《南都周刊》又专门询问了与中国有密切关系的美国汉学家林培瑞（Perry Link），林的回答可谓一针见血：“‘成功’的意思不应该等同于‘在西方成功’。一个中国作家精通外语应该说是好事情，但并不是必须具备的条件。沈从文不懂外语，连中国普通话说得也很差，但我们能说沈的作品‘不成功’吗？上面说鲁迅、张爱玲都懂外语，不错，但我并不认为他们的作品之所以好主要是因为懂外语的缘故。张爱玲继承了《金瓶梅》《红楼梦》的传统。鲁迅的确在小说结构上受了东欧作家的影响，但他的语言好是因为他的‘想脱离也脱离不了’的中文底子。鲁迅的诗也是旧体诗，不比北岛的差，外国人看不懂不意味着‘不成功’。”① 顾彬的立场是精英的甚至有点西方精英色彩，他认为一种语言的特点必须在和另一种语言的比较中得到彰显。当然认真学习外语是我们这代人才能获胜的机会，对经历过“文化大革命”的上几代作家，这个批评过于残酷。但是话说回来，如果中国作家真的能与外国同行进行面对面的直接沟通，对他们的写作的促进作用也是不言而喻的。

最后简要介绍一下当代诗歌在德国传播的其他方面。在 2011 年 4 月中国文学海外传播国际学术研讨会上，顾彬提交的学术论文是《城堡、教堂和其他公共场所：中国作家如何在德语国家中出场》，分为“朗诵的艺术”“朗诵的形式”“朗诵的场所”和“朗诵的实践方面”四个子标题，为中国作家在德语国家朗诵自己作品时如何与观众交流互动提出了具体的建议。他在主持

---

① 《汉学家访谈：中国作家不能面对现实》，其链接为：http：//edu. people. com. cn/GB/1053/5205771. html。

不同诗人如梁秉钧、北岛或者欧阳江河的朗诵会时，也会根据诗人们的性格调配现场的气氛。这种形式的朗诵会有的是大学组织的，比如顾彬就组织过从顾城到杨炼等诗人的朗诵会，朗诵场所各有不同，欧阳江河来波恩朗诵他的《泰姬陵之泪》时被安排在波恩大学主楼一个非常著名的小教堂，而我参加的一次顾彬诗歌朗诵会是在一家书店里，8 欧元入场，有面包和红葡萄酒供朗诵结束后大家交流时享用。各地的文学中心也会组织朗诵会，据顾彬介绍至少会有 250 欧的回报。出版业中，大出版社如 Hanser 和 Suhrkamp 会出比较有影响力的诗人的作品，比如北岛和杨炼，其他则主要由小出版社来出版，比如顾彬翻译的欧阳江河和王家新的诗集是在一家奥地利出版社出版的，他们手工制作，装帧精良，印数少，定价高，也成为艺术收藏家的购买对象。

## 第二节　作为世界诗歌的阅读视野：以柯雷为例

1987 年柯雷结束在北京大学的学习后，带了一些诗集回国。接下来的几年，他通过各种途径加深了对大陆诗歌的认识。他还在中国各地旅行，寻访不同地区的诗人和批评家，同时注意收集各种诗歌资料：官方和非官方杂志、诗集、手稿、音频、视频、批评著作、信件、访谈和照片，等等。1989 年，柯雷翻译了一些多多的诗歌。他认为多多的诗歌从文学批评和文学史两个角度为其提供了学术研究的可能：多多的诗人生涯可以反映过去几十年当代诗歌的变迁，“文化大革命”期间他卷入了 60 年代末 70 年代早期的地下诗歌运动，80 年代逐渐成为最重要的实验诗人，1989 年他流亡并在海外赢得了大量读者。1996 年，柯雷完成了其研究新诗的专著《粉碎的语言：新诗与多多》（*Maghiel van Crevel*，*Language Shattered*：*Contemporary Chinese Poetry and Duoduo*，Leiden，The Netherlands：Research School CNWS，1996）。全书分为八章，两大部分，每部分又分为四章。其中第一部分着重介绍50年代以来直至70年代末出现实验诗歌这段时期的大陆诗歌史，侧重于社会政治的语境分析，比如第一章是“1950、1960年代的正统诗歌”，第二章是“1960、1970年代的地下诗歌”，第三章是“1979年以来的实验诗歌”，第四章开始过渡到多多的诗歌。第二部分则是对1972—1994年多多诗歌的细读和诠释，首章介绍其细读的方法，次两章分前后两期介绍多多诗歌，其中“政治性和中国性”这一节为两章共有，分析多多如何在其后来诗歌中逐渐淡化、祛除“政治性和中国性”的因素而获得其普遍性的视角。另外前章有“言说爱的诗歌”一节，后章有“人与人”“人与自然”“流亡”和“语言的局限”诸节，分析多多前后诗风的变化。最后一章讨论中国和海外对多多诗歌的接受情况，分为两节。柯雷敏感于诗歌本体，自然会以多多诗歌的文本作为其学术研究的出发点，但是那段诗歌史同样吸引了他。于是他针对大陆六七十年代的诗歌史写了长篇导论，[①] 专门介绍那个时期的地下诗歌。总体说来，柯雷使用了文学史研究和个案研究相结合的方法，他希望二者可以“相互平衡和丰富”。

柯雷专门指出，“中国文学专家和学生圈子以外的人很大程度上不了解当代中国诗歌史，不是因为这段历史没意思——它既糟糕又美妙——但是政治、语言以及诗歌自身的原因常常使它难以靠近。迄今对于非中国和非专家读者来说，新诗经常被过于简单地呈现为一部艺术模子浇铸出来的中国当代政治编年史”，这也是柯雷在如今当代诗歌研究界广为人知的“中国性”和“政治性”两个观点。柯雷试图跳出这样一个小圈子，他给自己设定了看似矛盾的双重目标，这一目标被他借用多多1985年《北方的声音》一诗中的一个句子（一切语言/都将被无言的声音粉碎！）来概括：粉碎的语言。[②] 柯雷希望

---

① Maghiel van Crevel, *Language Shattered*: *Contemporary Chinese Poetry and Duoduo*, Leiden, The Netherlands: Research School CNWS, 1996, pp. 21 -61.

② 这一短语被柯雷翻译为Language Shattered，直译有“语言粉碎了”（过去时）和“（被）粉碎的语言”（形容词修饰的名词短语）两种译法，这里取后者。

借此来展示“中国政治曾经对中国诗歌做了什么，而中国诗歌又是如何阻止这种政治的强暴的”。[①]

柯雷选取多多做诗歌细读，首先取决于多多卓越的诗艺，其次是多多作为一个强力诗人和那段文学史微妙的游离关系：“如果以出版和传播来衡量一个诗人的作品是否成功，比起北岛、顾城、江河、舒婷、杨炼和芒克六个更容易和朦胧诗联系在一起的诗人，多多的影响来得要晚。他在《今天》上仅发表了一首诗，他没有参与《今天》发起的文学活动，他的作品在1980年代早期也并未进入主流的官方杂志。在针对朦胧诗的争论和反精神污染运动中他也未受到批评……相反，他文学上的成功，比如说他的作品在1980年代下半期频繁发表，是和年轻一代诗人重叠在一起的，这些诗人的经历和朦胧诗人及多多绝少共同之处。换句话说，当我们试图给作为诗人的多多做出分类时，他的背景和发表作品的历程会给出相冲突的线索。他的诗歌出现在某些诗选或未出现在另外一些诗选的情形可以说明这一点。他的诗未出现在1986年的《五人诗选》——北岛、舒婷、顾城、江河、杨炼五个著名朦胧诗人——或者1988年的《朦胧诗名篇鉴赏词典》：因此多多并非权威朦胧诗人。但他的作品也未被收入《中国当代实验诗选》（1987年）和《第三代诗人探索诗选》（1988年）、《灯芯绒幸福的舞蹈：后朦胧诗选粹》（1988年）、《朦胧诗后——中国先锋诗选》（1990年）、《东方金字塔——中国青年诗人13家》（1991年）、《当代青年诗人十家》（1993年）和《后朦胧诗全编：中国现代诗编年史》（1993年）。显然，第二份书单中排出了多多是一个‘实验’‘探索’‘第三代’‘后朦胧’‘先锋’或‘青年’诗人；这六个术语明显与朦胧诗区分开来，所以多多也并非权威的非朦胧诗人。”[②] 柯雷指出多多虽然

---

① 以上均据前言部分。

② Maghiel van Crevel, *Language Shattered*: *Contemporary Chinese Poetry and Duoduo*, Leiden, The Netherlands: Research School CNWS, 1996, p. 106.

搭上了《今天》的最后一班车，但始终是个游离者，这也符合多多自己的看法。[①]“虽然多多为《今天》做出了贡献，但多多作为《今天》成员之一直到1980年代中期在某种程度上被忽视掉，这一想法显然是错的。他从未从根本上参与这份杂志，不是经常的撰稿人，也没有参与《今天》团体召集的任何文学研究会议。”[②]

那么唯一能说明问题的就是多多强大的诗歌文本。“实验诗歌的第一次兴起标志着自我的人性恢复（rehumanization）和对个体的回归。这一自我自1930年代晚期被从中国文学中襄除了。很多随后的取势和发展都可以归入这两大趋向之下，随着1980年代的展开它们也日趋强势。”[③] 可以说朦胧诗所要求的是回到常识意义上的个体和人性，要求的是一些被剥夺多年的基本权利，具有典型的政治性。德国社会学家乌尔里希·贝克（Ulrich Beck）区分了两种现代性，第一现代性在制度上保障公民个体的基本权利，“欧洲人在第一现代性下已经通过政治斗争赢得了这些权利”[④]，在完成第一现代性的欧洲，在他们的第二现代性时代，“打开（open up）和创造语言是第一要务，语言能够摆脱第一现代性下的国家限制和必然进步论，能通过文化的对话，提出并讨论第二全球现代性诸问题。民主的进一步发展，离不开全世界各种民主语言的彼此开放”。与第一现代性注重匀质、平等的公民权不同，“风格问题是第二现代性的关键问题。要创造新的行动力场，就必须打破处于支配地位的

① “‘朦胧诗’他们归了几代，一直到我回来才把我归入，而在之前我不算。我也不是‘今天派’诗人。因此我历来的自我定位就是，我是一个个人。你的使命、价值只有在写作中会体现，除了上帝跟你在一起，没有谁和你在一起。你最好的朋友，你的团伙都不能帮助你。因此，任何所谓团体式的、群体性的艺术、诗歌运动，我都不参与。所以江湖不江湖，我都无所谓。我看到的是伟大诗篇的典范，这是我研读的中心。”夏榆、多多：《诗人多多：诗人社会是怎样一个江湖》（http://www.douban.com/group/topic/15798160/）。

② Maghiel van Crevel, *Language Shattered*: *Contemporary Chinese Poetry and Duoduo*, Leiden, The Netherlands: Research School CNWS, 1996, p. 104.

③ Ibid., p. 70.

④ ［德］乌尔里希·贝克、［德］伊丽莎白·贝克－格恩斯海姆：《个体化》中文版导言，李荣山、范谭、张惠强译，北京大学出版社2011年版。

范畴的桎梏，开创词语的新意义，从而使语言在新的处境下发挥启发性作用。民主语言的改革是民主改革的前提”。对当今的欧洲人来说，“无论从哪个角度看，语言问题都是未来的首要问题”。① 从这个角度看去，柯雷强调多多诗歌中逐渐淡化的“中国性”和“政治性”，正是看到了多多并不满足于朦胧诗里第一现代性的基本常识。

只要来看看柯雷对朦胧诗的基本评价，很容易加深对上面问题的理解。“朦胧诗的语言被一种特殊的中文塑造：其一是作为正统语言的毛文体，另一是翻译体。即便能意识到这一点，朦胧诗人们也很难摆脱其影响。他们的‘朦胧’虽被夸大，但无论是否伪装成颠覆性的政治讯息，他们对意象的使用有时会显得过于私人化。至于诗歌中的自我，其首要和巨大的作用是将自身从集体中离析出来。但如果对个体的全面镇压并非理所当然，对个体的重申也仅仅是回到正常状态。从正统‘大我’到此‘小我’实际上是时隔三十年后重新走回原点。可以预见，很多朦胧诗中的自我天真无邪到苍白的地步。除了对人性的恢复和真实外，他们拿不出什么。也因此，‘小我’经常从‘大我’那里寻求帮助：祖国、人民的命运、历史和不公。在说什么这一点，朦胧诗告别了正统，但如何说仍然是一个问题。以英雄主义倾向为例，正统和朦胧诗间的区别是后者是为了其他原因斗争，它可以以第一人称说话，它以悲剧和孤独取代了胜利和团结：它是少数人的、受害者的英雄主义。”②

柯雷到底是如何界定“中国性”和“政治性”的呢？“一首带有政治色

---

① ［德］乌尔里希·贝克、［德］伊丽莎白·贝克－格恩斯海姆，李荣山、范谡、张惠强译，北京大学出版社 2011 年版，第 230 页。

② Maghiel van Crevel, *Language Shattered: Contemporary Chinese Poetry and Duoduo*, Leiden, The Netherlands: Research School CNWS, 1996, pp. 78－79. 这一点对国内诗歌研究界和国外汉学研究界来说，已然成为一个共识，瑞士汉学家 Raffael Keller 认为“朦胧诗的语言仍然是统治者的意识形态语言，跟毛派话语是共同的语言。后朦胧诗歌找到了个人的声音，但他们还是过分模仿了西方的语言。……80 年代诗坛最重要的发现是个人模仿西方。……八九十年代受西方和中国传统影响比较大，可以说是练习期，到现在，已经比较自然了。”参见冯强《最好是有真理，有风格——对汉学家 Keller 先生的访谈》，载《长城》2012 年第 3 期。

彩的诗歌大概要突出现实世界尤其是‘文革’以来中国经济政治现实。而一首带有中国色彩的诗歌则须预先假设其读者具有当代中国的知识……我用‘中国性’来回避‘本地的’‘区域的’和‘土生的’这样一些不易操控、有弦外之音的词汇，而用以说明读者成功阅读一首诗所需要的中国知识。这与诗人的种族或文化认同无关。”① 简单讲，“中国性”和“政治性”可以用1949年新中国成立之后中国的社会政治特征来概括。

柯雷这本著作的目的之一是纠正读者尤其是欧洲读者用一贯的“中国性”和“政治性”来理解大陆当代诗歌，他期望读者可以卸下那些先入之见，从诗歌本身去阅读诗歌。他介绍了国外对早期实验诗歌的接受情况：“坦率讲，对受压的被迫害者的政治同情并无不妥，彼时的中国实验诗人和诗歌也的确处在水深火热之中。但即便诗人们时不时地也假以援手，其国外支持者将他们及其诗歌政治化的程度很难讲就是正当的。很不幸，一个老外如果怀着先验同情，他可能用中国正统学说的捍卫者同样的方式从根本上误读一首诗：他们都否认一首诗是其自身而非一份宣传的权利。”他列举了国外介绍者误导读者的几个典型：第一个是一位翻译家声称海子“就自杀于1989年6月之前”，“的确——海子自杀于3月26日——但它暗示了一个根本无法证明的因果联系，这样并不得体。海子也是在1989年的4月和5月之前自杀的，如果删去‘就’，同样的事情也发生在西尔维娅·普拉斯和屈原身上，后者是中国诗人的原型，传说自溺于公元前3世纪”。第二个例子关于芒克：在一本1991年的译诗中，其简介以“芒克在1989年天安门广场的民主运动之后被捕”，“暗示此书付印时芒克仍在铁窗之内，而实际上两天之后他就回家了”。第三个例子，“一部出版于1993年，涵盖前20年诗歌的诗集，其译者竟然这样写道：‘此书中你将读到的诗歌已经从天安门广场游荡到了你的卧室……’。”第

① Maghiel van Crevel, *Language Shattered*: *Contemporary Chinese Poetry and Duoduo*, Leiden, The Netherlands: Research School CNWS, 1996, p. 121.

四个例子，“一部 1989 年出版的多多诗集的英译本违背诗人和译者的意愿，将诗集命名为《从死亡的方向看：从文化大革命到天安门广场》，似乎他的诗歌只是一部中国政治压迫的编年史”。我们知道《从死亡的方向看》写于 1983 年。1989 年夏天多多离开北京到莱顿之后，柯雷在一次同他的私人交谈中得知这个标题是出版人后来加上去的。是“Gregory Lee 和 John Cayley 早先（1989 年——引者注）为 Wellsweep 出版社准备了一本命名为‘声明’的诗集。”[①] 而事件“使多多一夜成名，在出版社 Bloomsbury 的压力下，最初的译本立刻修订、扩展并改名为‘从死亡的方向看：从文化大革命到天安门广场’”。[②] Gregory Lee 在导言中这样介绍多多和他的诗：“不同于很多当代作家，多多在社会和政治问题上并未直言不讳，这可能也是他迟迟才能建立起自身权威的原因之一……然而多多是彻底的中国诗人，没有独创性的、陈腐的模仿之作很少在他那里出现，而这些在很多当代中国诗人那里稀松平常，他也是彻底的现代诗人，其作品显示出精细的、世界性的影响……他既擅长表达和反映其个人的北京生活，也致力于普遍性真理的探求……在他热情、激昂但小心控制的声音底下，是几乎无法抑制的歇斯底里。”事件发生后，同一位译者却这样写道，“事后看，他的很多诗具有让人惊异的预言性。通读这些他在‘文革’十年恐怖和高压环境中写下的诗篇，会觉得历史重演了自身，现在的中国又跌回同一个古旧的噩梦当中去了。在对这个噩梦的说明这一点上，多多不仅是诗人，更是先知”。[③] 如此我们便可理解，新诗海外传播中的确存在一种故意的误读，即将某位诗人捆绑于诗人的声音简单地过滤为一种政治抗议。

柯雷也向我们出示了反证，比如 Peter Button 和 Lloyd Haft。后者在荷兰报

---

① Statements: *the new Chinese poetry of Duoduo*, London: Wellsweep, 1989，柯雷介绍此书从未流入市场——引者注。

② Maghiel van Crevel, *Language Shattered: Contemporary Chinese Poetry and Duoduo*, Leiden, The Netherlands: Research School CNWS, 1996, pp. 100 - 101 .

③ Maghiel van Crevel, *Language Shattered: Contemporary Chinese Poetry and Duoduo*, Leiden, The Netherlands: Research School CNWS, 1996, pp. 269 - 270.

纸 NRC Handelsblad 上评论了《从死亡的方向看：从文化大革命到天安门广场》，他提醒西方读者在接受多多的诗歌时潜在的扭曲机制："对其西方读者来说多多同时是诗人和流亡者。这两种身份的连结使他成为对西方传媒有吸引力的主题，无数文章和访谈绕此展开，但这也可能使他的作家身份出现认同危机。这让人想起为了逃避迫害逃到西方的作家和艺术家，与他们在艺术上的突出优点相比，流亡者身份更能为他们赢得名声。多多在西方的一夜成名，连同他多少被强加的中国流亡人士代言人角色，能为他的作品增值吗？读了《从死亡的方向看》，并大量对照原文，我认定多多是一流诗人，完全配得上他日隆的声誉。即便他不是出自中华人民共和国，即便他是个富裕、肥胖而保守的资本家，他也仍然是一个重要的诗人。"① 1991 年，Haft 又评论了多多的报纸专栏文章和其诗歌的荷兰语译本《田野上的书桌》，认为多多的大部分诗歌几乎不能仅仅被称为是"中国"诗歌，它们也是世界诗歌的组成部分："动物、人，尤其是风、土地、血液这些元素是无时间性的，它们开口为自己说话。此处，我们移入了性命攸关的根部，那里，生理和心理状况使人的经历在相隔无数代之后仍能与之相关，甚至北京和阿姆斯特丹的距离也不能将之阻隔。"②

当然，柯雷毫不回避政治因素在促进多多诗歌进入更多西方人视野中的作用："多多的作品在 1989 年之前很少被翻译成外文。随着他在西方参与各种文学活动，情况变了：访问英国时他的诗歌有了英译本，荷兰文译本在他参加国际诗歌节时也问世了……尽管政治让人不快，却为一位中国诗人从西方出版商、编辑、批评家和读者那里赢得了更多的关注，这使多多得以以作家的身份居留海外。事实也证明，1990 年代中期他仍然写出并发表了富有原

---

① Maghiel van Crevel, *Language Shattered: Contemporary Chinese Poetry and Duoduo*, Leiden, The Netherlands: Research School CNWS, 1996, p. 278.

② Ibid., p. 282.

创性的个人声音——并在那次政治风波很大程度上被淡忘之后得到翻译。除了 1989 年的英译本《从死亡的方向看：从文化大革命到天安门广场》外，1991 年他的荷兰文译本也出现了：《田野上的书桌》（A Writing - Table in the Field），1994 年德文译本《里程》（The Road Traveled）也问世了；走笔至此，1995 年年底（指柯雷写作此书的时间——引者注），他的另一部英文诗集《过海》，已经编目完毕交付出版；1996 年春，第二部荷兰文诗集《没有黎明》（There Is No Dawn）也将问世。他在德国和荷兰的报纸专栏分别于 1990 年和 1991 年结集出版——1996 年荷兰还将出版第二卷——1995 年初荷兰已经出版了他的短篇小说集。他的作品被翻译成多种语言，诸如保加利亚语、丹麦语、荷兰语、英语、法语、德语、希伯来语、伊朗语、意大利语、波斯语、西班牙语和瑞典语——发表于各种文学杂志和诗集，实在太多，无法一一例举。"[①] 正是随着政治色彩的逐渐退却，多多自身诗歌技艺的力量显现出来，对这一现象的说明对柯雷的学术见解提供了有力的论据。

柯雷把多多诗歌分为两个阶段（1972—1982 和 1983—1994），前一个阶段又从两个角度来看："其一是中国性和政治性，其二是诗中明确阐发的爱的联系。"[②] 而到了第二阶段，多多诗歌中虽然具有一些 20 世纪 80 年代实验诗歌共享的特征，但他在意象和语言的使用上更加一意孤行，他开始"远离政治、公共和集体而朝向个人、私密和独己……个体性开始占有绝对上风……这种情况下多多的技艺在其强力和任性中走向成熟。其强度让我觉得其中一些诗歌是不可修改的，最好用'刚烈'（intensity）来捕获这一特征。于我而言，多多早先的诗歌是可近的、美的，这两点也帮助我挑选多多彼时的诗歌来进行讨论，而多多后来的诗歌完全不同于此。我想到这里是因为这两项品

① Maghiel van Crevel, *Language Shattered: Contemporary Chinese Poetry and Duoduo*, Leiden, The Netherlands: Research School CNWS, 1996, p. 105.

② Ibid., p. 120.

质还曾帮助我为多多的诗歌划分时期：我认为多多后来的诗歌比早年的诗更难以进入，也更美”。①

柯雷对多多诗歌的解读明显属于新批评和结构主义以降的文本细读。他最重视的是内容和形式之间的统一性，在他眼中，这一统一性的结果就是结构，“结构即内容和形式诸方面之间独一的连贯性”。他为诗歌阅读设定的目标是“透明”，“读诗即持诗向光。角度不同，呈现透明性的层次也不同。一首诗愈是透明，读诗时获得的满足感愈大。”柯雷所说的“透明”，指的是“对其他读者来说，一首诗的结构或者大部分诗歌的结构在何种程度上是可见的和可信的”。他认为“如果评论能让一首诗的结构可视化，或者比初见时更清晰，如果评论能说服其他读者，它就是有意义的”。② 注意：柯雷是在古希腊“诗是某种制作”（a poem is something made）的说法上界定诗歌的。显然，将“poem”译为“诗”，不过出于某种方便。“poem”是一个文本，一个“制作”之文，它是受其制作者的意志控制（control）的，其中暗含了对自由意志的关注。它的前提是诗人个体和外部风景之间的分离，犹如只有保持一定距离方有绘制地形图的可能。下面我们具体看看柯雷如何贯穿他的文本细读方法。

与同期的其他诗人相比，柯雷注意到“1970 年代和 1980 年代早期的实验诗歌中，自然意象主要是积极性的：自然界担当了安慰性的、田园诗般的、令人兴奋的，有时是解放性的角色。多多诗歌中的自然界则不同，给人的印象是一种原始力量：无情、让人生畏并且暴力，在它面前普通人无能为力”。他还发现多多的诗歌中“很少出现东方和西方，南方则从未出现。他的诗中

① Maghiel van Crevel, *Language Shattered: Contemporary Chinese Poetry and Duoduo*, Leiden, The Netherlands: Research School CNWS, 1996, p. 174.

② Ibid., pp. 111 - 112.

经常出现冬天，有时是春天和秋天，但极少出现夏天”。[①] 这是文本细读的成果。简单说，柯雷将多多诗歌中人类与自然的关系概括为“自然世界，尤其是孤绝的北方，是一种可怖而冷漠的、可以摧毁个体的强力。同时它也是人类耕植的牺牲品，像土地，又比如马这样的动物。从自然剥离出来，抑制住自然，人从而丧失了其纯粹性”。[②] 这样的评价让我想起海德格尔在《形而上学导论》中对索福克勒斯《安提戈涅》的解读。海德格尔也确实在多多的阅读视野之内，我们也不难找出很多可以使两人共鸣的思想。

柯雷专门分析多多以北方为主题的诗，在对《北方的土地》《北方的声音》《北方的海》等诗做了相关阅读之后写道，“早先，我注意到其中的一些北方诗藏匿着一个‘独语者’，‘独’不仅是单独，也不仅代表单数代词。它也是陌生的：这一言说者把人类品性和非人类品性联合了起来。这是一个非人之人（a non - human human）；不是无人性之人（inhuman human），因为冷酷和不仁并非造化的主导特征……诗歌的确可以将非生命的东西带入生命。这一点在多多的作品里得到了狂热的运用，因为独语者的人性特征和非人特征纠缠在一起，也就特别能引起人的兴趣”。[③] 柯雷敏锐地发现了多多诗歌中强力的纠缠特征：他诗中独语者的人性和非人性的纠缠。当多多站在必死的个体这一边时，他具备充分的人性，而一旦他踏到养育了个体而最终必定将个体抛却的自然一边时，他的声音又是非人性的。柯雷特别注意到《北方的海》最后一节（但是从一只高高升起的大篮子中/我看到所有爱过我的人们/是这样紧紧地紧紧地紧紧地——搂在一起……）。“说话人并未待在同类之间，而是在他们之上。说话人的升高唤起了诸如灵魂升天的意象。‘过’字的使用

---

① Maghiel van Crevel, *Language Shattered: Contemporary Chinese Poetry and Duoduo*, Leiden, The Netherlands: Research School CNWS, 1996, p. 196.

② Ibid., p. 220.

③ Ibid., pp. 204 - 205.

和他人彼此慰藉的搂抱，将非人化（dehumanization）指认为死亡。这里非人状态（being non - human）即不再活着（being no longer alive）。"① 从这里，我们确实看到柯雷实现了他为自己设定的目标，即发现"内容和形式诸方面之间独一的连贯性"。他将多多诗歌中的死亡归于"原初时间"（primal time），它是一个比生更整体、更优先的指称，柯雷以整整一节"人：从整体脱落的部分"② 非常精辟地了分析这一问题。"不同于北方自然的背景，多多后来的诗强调人类代际的'垂直'关系。这种关系可以发生在父母和孩子之间，可以回溯到无限久远的祖先——自然界的血统和繁殖与诞生、成长和死亡联系在一起。或者是生者和死者之间的联系，这就越出了家族谱系的樊篱。这种情况下，死亡可能就不是楔入了更大整体的恰当词汇，不是从个体'生命'上滑脱的一小部分。人才是部分，自然是整体；'生'不过'死'的一道狭促裂纹。如同原初物质，整体在本体论上优先于局部，它围绕起局部，包裹着局部。"③ 再来看他对《只允许》（1992）和《没有》（1991）的对比阅读："'没有语言'这一表达具备明显的诗学品质。它同时强调了诗人面对这一诗歌媒介时的力量和无力，因为它是通过语言来传达语言的否定性和拒绝性。从语言的怀疑主义态度出发，《没有》比《只允许》走得更远。《只允许》中与物对应的词暗示了——或引发了——此物的死亡，《没有》中与物对应的词则暗示了——或引发了——此物的缺席甚至根本不存在。这里语言开始铲除现实；这一'没有'反复出现了五次（没有语言、没有郁金香、没有光、没有喊声、没有黎明——引者注）。"前一句被言说的事物在下一行被迅速抹除，这样，对《没有》的阅读必然伴随着对它的摧毁，"如果读者能忽略此诗对语言局限性的表达，如果他们不让《没有》摧毁它自身，仍然相信诗

① Maghiel van Crevel, *Language Shattered: Contemporary Chinese Poetry and Duoduo*, Leiden, The Netherlands: Research School CNWS, 1996, p. 206.

② Ibid., pp. 206 - 214.

③ Ibid., p. 206.

歌是可能的，相信语言能够再现现实——那么此诗似乎可以被视为清除现实的尝试”[①]。语言对现实内容的清除可以说是柯雷对多多诗歌的一个基本观察，是柯雷将多多诗歌去中国化和去政治化的依据之一：“多多后来的作品中形式的重要性逐渐凸显，即是说较之早期作品，跨句连接、诗节划分、重复和节奏这些形式特征得到更多强调。语言和呈现离现实（reality）越来越远。相较于前期，词取代了物：语言既是起因也是效果。适应于这些变化，后来的诗歌更加是声音的和听觉的，对思想的关注减少了，它们更多围绕着声音来展开。听觉质素比之前的诗歌更为清晰。我仍无法发现是什么机制使这些诗歌的形式如何有助于内容的生成——因为后来的诗歌中总有很多例外。”[②]

我本人对柯雷的解读是接受的，他以结构即内容和形式之间的连贯性来考察多多的诗歌，并发现多多诗歌愈来愈重视形式而清除现实内容，发现多多诗歌愈来愈走向语言本体论，这一发现无疑是重要的。对柯雷《粉碎的语言：新诗与多多》的解读我们就进行到这里，对多多诗歌的进一步评论我们希望可以留到第四章来进行。

## 第三节　“场域”理论视野中的观照：以戴迈河为例[③]

加拿大汉学家戴迈河（Michael M. Day）曾经与两位已经停笔的中国诗人交谈，他们亲历过80年代中国诗坛，一位生于50年代，另一位生于60年代，两人都声称80年代诗歌乏善可陈。同样作为亲历者，戴迈河显然不能同意他

① Maghiel van Crevel, *Language Shattered: Contemporary Chinese Poetry and Duoduo*, Leiden, The Netherlands: Research School CNWS, 1996, pp. 251 - 252.

② Ibid., p. 174.

③ 文章和访谈经戴迈河本人校对，纠正个别翻译并补充部分资料，特此鸣谢。

们的看法，他希望自己的博士论文《中国第二诗界：四川先锋派1982—1992》可以阻止对那个时代的遗忘，也可以帮助外界对那个时代的充分评价（以上据本书《结语》）。

1982—1992年，戴迈河在中国总共生活过七年。他先后在山东大学和南京大学求学，曾在南海西部石油公司培训中心（湛江）、北京外文局新世界出版社、西安大酒店、西安外国语大学、香港《标准中国贸易》杂志社等单位供职，其间漫游中国，遇到并结识了无数中国尤其是四川诗人、艺术家和知识分子，那个时候起他们就鼓励戴迈河研究新诗。

1991年后很多时间戴迈河在英属哥伦比亚大学（UBC）的亚洲研究图书馆搜集友人和其他他所认可诗人的资料。他在那里获得硕士学位，并成为一名博士生。戴迈河1994年在UBC的硕士论文已经为他的博士论文做了大量工作：那篇论文集中介绍了三位四川诗人的诗歌和生活，即廖亦武、周伦佑和李亚伟，戴迈河在其中谈了80年代四川如何成为先锋诗歌的温床，即中国当代先锋诗歌是如何发生的。2000年经伦敦亚非学院（SOAS）的Michel Hockx介绍，2003年戴在莱顿大学柯雷（Maghiel van Crevel）教授那里重新注册博士生（本书即是他的博士毕业论文，2005年），同时继续在布拉格查理大学教书。2006年，戴迈河和美国籍爱人移民美国，2007年起在加州圣迭戈国家大学任教，教授文学和历史。

“第二诗界”由周伦佑在《论第二诗界》[1] 首先提出，指非官方出版的地下诗集、刊物或者翻译作品，相对于官方出版的诗集和评论，它是当代诗歌的次生场地，但是它更为诗人所热衷，诗人们也更容易受到其影响。戴迈河认为“无论是中国还是海外的当代中国先锋诗歌批评家，如果不能对第二诗界的发展情况有较多的了解，就会陷入一种危险：在过于简单且欠准确的概

① 周伦佑：《非非评论》1986年8月，第13—15页。

括基础上，做出对单个诗人和诗歌的过于形式主义的美学导向研究”。而“第二诗界出版的很多诗歌可以被称为‘先锋派’——有些情况官方当然也会出版——这一术语首先乃是指非官方的或者是地下的”。戴迈河以“先锋派”来指称“寻求解围并拓展艺术观的诗人群体”。戴迈河将80年代先锋诗人们所做的工作与1910年代、1920年代一代诗人的工作相比较，认为它们之间有很多相似之处：他们都需要在短时间内压缩西方数十年甚至数百年的经历。除了艺术层面，戴迈河显然认为先锋派诗歌还有一个政治层面。他认为更适合“先锋派诗歌”这一称谓的是70年代的地下诗歌。

那么戴迈河为什么要选择四川呢？他给出了三个理由。第一，戴迈河的大部分资料和诗歌知识与后毛泽东时代的四川相关，通过与众多诗人、学者联系、对话和通信，他收集了大量资料，既有非官方的、私人印制的诗集、刊物和相关论文，也有官方正式出版的诗集，另外还有一些个人收藏、诗歌朗诵的音频等；第二，种种理由使西方的学术研究集中于从北京到香港的沿海发达地区，而事实上四川过去、现在仍然比中国其他地区更引人注目；第三，选择四川的最好理由是其先锋诗歌的质量和先锋诗人群体共同的故事。戴迈河的这一想法在与批评家唐晓渡的谈话中得到证实。总体说来，四川诗人在想象力、在意象营造上的原创性首屈一指，戴迈河认为可能是出于四川高度竞争性的诗歌环境，另外80年代个人写作风格和诗歌技艺出现巨大转变也多发生在四川诗人身上。四川非官方的“第二诗界”在当时的中国是最大的，也是最有影响力的。

戴迈河认为研究《今天》之后诗歌史的最好英文著作是柯雷《语言的粉碎：新诗与多多》（1996），奚密《现代中国诗歌：1917年以来的理论与实践》（1991）则是英文世界对20世纪中文诗歌最好的美学概观，但遗憾的是它对大陆80年代诗歌及相关事件的处理非常简短。而杜博妮（Bonnie S. McDougall）和雷金庆（Kam Louie）1997年出版的《20世纪中国文学》干脆只用两页来处理《今天》之后的诗歌。《中国第二诗界：四川先锋派1982—1992》主要处理1982—1992年四川先锋派的产生、发展及消失。1982—1992年既是戴迈河在中国生活的时间，也是他所研究对象的时间切片，其间他在中国尤其是四川亲历了很多与中国先锋诗歌有关的事实，搜集了大量材料，做了大量相关的诗歌翻译，这一工作由他来做，无疑是合适的（以上据本书《前言》）。

抛去其他不说，单单在资料的收集和索引的制作方面，戴迈河的工作就让人叹服。仅参考文献就分为四部分："四川诗人官方出版目录""四川诗人非官方出版目录""二手资料和翻译"及"四川非官方杂志目录，包括目录和封面的扫描复印件、主要四川先锋派诗人名单及发表其作品的杂志名单"，占据了100多页，其中包括了大量互联网资源。实际上戴迈河现在负责海德堡大学和莱顿大学合作经营的数据库工程（DACHS）诗歌部分的资料搜集和管理工作。实际上戴迈河在中国的七年收集了大量先锋诗歌方面的资料，其中不乏第一手资料，廖亦武最著名的音像资料当年就是由他带出中国的。这些资料——无论是目录和封面的影印件还是音频——如今可以在戴迈河负责的网站上找到。这些资料不仅为国外的中国先锋诗歌研究者提供了方便，连我这个从大陆出来的诗歌研究者也获益匪浅。难能可贵的是，戴边河将他的这项研究发布在互联网上，[①] 他希望所有对此领域感兴趣的读者可以自由取阅。这一做法其实贯穿着他的民主诉求：他"想激发争论并深化此领域的研究"，他"希望中国诗人也可以参与进来"，"参与者之间的对话会促使我更新、纠正并扩展我在论文中曾经写下的。这样做会产生一种活的学术模式，我相信对专门处理当前或最近发生事件的学术来说，这就是未来"。另外，"考虑到我工作的拓荒性质，我觉得有必要在一些章节里加入大量脚注。我希

① 其链接为：http：//leiden. dachs - archive. org/poetry/md. html。

望此举可以让有兴趣的学者去寻找相关主题，他们可以以此为向导，去发现一些超出本研究视野、却能引起他们兴趣的资源和主题。因为在任何研究领域，基础实地调查的重要性是无论如何强调都不过分的，特别是这样一项工作还没有建立在一个系统化基础之上的时候。我希望它会填补当今中国和海外此项目的一个空白”。①

除去致谢、前言和结语外，《中国第二诗界》分为 12 章，第一章是对全国范围内先锋派诗歌的一个概览；第二章通过周伦佑早期诗歌引入对 70 年代地下诗歌的探讨；第三章介绍了四川早期的地下诗歌刊物，钟鸣主编的《次生林》（1982）；第四章介绍《莽汉》（1983—1984），莽汉诗派的胡东、万夏、李亚伟和马松，他们当时是在校的学生或者毕业不久，因此戴迈河对当时的四川的大学校园诗歌做了介绍；第五章写四川先锋诗人的汇聚：四川省青年诗人协会的成立和《现代主义同盟》（即后来的《现代诗内部交流资料》1984—1985）的创办，所谓“反体制的体制”；第六章重点介绍了《现代主义同盟》上刊发的诗歌作品，欧阳江河、廖亦武、周伦佑、翟永明、整体主义、第三代、女性诗歌在这一章得到展开；第七章介绍《日日新》和《当代中国实验诗歌》（1985）；第八章介绍四川先锋诗歌在 1986 年徐敬亚、孟浪等主持的《中国诗坛 1986’现代诗群体大展》上从地下到地上的初步亮相，翟永明的诗歌、欧阳江河的诗歌和批评、廖亦武的活动和诗歌得到进一步介绍；第九章和第十章介绍《汉诗》《红旗》《女子诗报》和《非非》（1986—1989）；第十一章处理 1989—1992 年出现的大量杂志，比如萧开愚、张曙光和孙文波主编的《反对》和《九十年代》，重点介绍了廖亦武的《屠杀》、周伦佑的监狱诗以及自杀的海子；最后一章“为幸存的斗争”，写政治风波之后先锋派诗歌的公共消失，以及《象罔》《南方诗志》《现代汉诗》《倾向》《阵地》《北

① China's Second World of Poetry：The Sichuan Avant - Garde，1982 - 1992. p. 16.

回归线》等其他地下民刊，同时，随着郑单衣、胡东、张枣、萧开愚、欧阳江河、孙文波、李亚伟、万夏、杨黎、何小竹、潇潇等诗人或去川去国，或下海经商，曾经轰轰烈烈的四川地下诗歌相对沉寂下来。

戴迈河使用了法国社会文化学者布尔迪厄（Pierre Bourdieu）的文化理论，在布尔迪厄的术语中，"'先锋诗歌'基本指一个受到高度约束的文化次场（a sub－field of culture）里，诗人之间所形成的文学活动矩阵（a matrix of literary activities），它最终意味着诗人自身（及相关批评家）是最初的立法者，也是认同和经典化（或去经典化）的决定性仲裁人。我认为布尔迪厄的理论和模型适用于我的研究主题和范围，他1968—1987年完成的相关主题的文章收录在《文化生产场：艺术与文学》（Polity，1993）一书中。1992年，在之前研究工作的基础上，布尔迪厄乘胜追击，推出《艺术的法则——文学场的生成和结构》一书。Michel Hockx已在1999年将布尔迪厄理论的最初应用编纂成书，即《中国20世纪文学场》（Curzon）"。① 布尔迪厄是从19世纪下半叶法国文学先锋的出现及之后的相关发展中提炼他的理论模型的。这也是西方工业化发展的关键时期，现代的教育、出版、民主和社会结构就是在此时出现的。表面上布迪厄的工作和他对中国当代文学场域的研究没有什么相通之处。那么，法国19世纪下半叶的先锋诗歌及其文化语境与20世纪80年代中国先锋诗歌及其文化语境会有多少相似之处呢？戴迈河将布迪厄的理论应用到这里，合适吗？可以引用德国社会学家乌尔里希·贝克（Ulrich Beck）在《个体化》中文版序言中的一段话作为戴迈河使用布尔迪厄理论的一个佐证："无论在欧洲还是中国，个体化与国家原则上都有紧密联系。但是，这种联系可能会呈现出完全不同的形态，甚至出现完全相反的走向。如果说个体化在中国也变得越来越重要，那么这种个体化既不是发生在一个受

① China's Second World of Poetry：The Sichuan Avant－Garde，1982－1992. p. 12.

制度保障的框架内，也不是基于公民权利、政治权利和社会基本权利，而欧洲人在第一现代性下已经通过政治斗争赢得了这些权利。换言之，这些目标依然是奋力争取的对象，其结局是开放的。引人注目的是，与欧洲相比，中国的个体化路径是以一种独特的逆序方式展开的。在中国，新自由主义对经济、劳动力市场、日常文化和消费的解除管制，先于且不涉及个体化与宪法的牵连，这是和欧洲不同的。其结果就是，政治权利和社会基本权利的获得，必须依托新自由主义的、必须政治化的和以市场为基础的个体化。这种倒置的后果就是，权威国家取消了社会保障和对集体的义务，正试图设置严密的个体控制网络，给内在于个体化进程中的政治参与设置界限。个体权利被当作特殊待遇给予承认，而不是作为公民神圣不可侵犯的权利。个体化是政府需要的，不过政府同时也在努力约束个体化，使其与官方弘扬的国家价值和家庭价值相维系。”[①] 布迪厄所说的波德莱尔时期的先锋诗歌正是贝克指出的欧洲第一现代性阶段，这一阶段对应的基本权利在中国仍未完全实现。从这个意义上说，把布尔迪厄的理论运用到 20 世纪 80 年代的中国先锋诗歌语境中是适宜的。我们看看戴迈河自己的说法：“然而，不同于布尔迪厄所处理的‘高雅文学次场’，我这里的第二诗界‘次场’只有一个先锋派，缺少任何西方标准可以认可的‘权威’形式。这是第二诗界非官方属性的结果。在第二诗界，唯一有效的代理人是当地诗人和他们的非官方出版物——他们的出版物有较长的历史，他们自身成名较早，因此在文化场内这些诗人比其他人拥有更大的文化权威。在此意义上，早期朦胧诗可被视为‘建立权威的先锋派’，因为一定程度上他们被次场中的新来者确认为攻击的靶子：他们较早也较经常地在中华人民共和国官方刊物上发表文章，海外的汉学家和批评家也更早注意到他们。因此，悖论的是（随着朦胧诗人被逐渐）接受，哪怕是偶

---

① ［德］乌尔里希·贝克、［德］伊丽莎白·贝克－格恩斯海姆：《个体化》中文版导言，李荣山、范谭、张惠强译，北京大学出版社 2011 年版。

尔在中华人民共和国中共统治下的第一世界‘官方’媒体发表作品（这当然是一种认同），反而会有一种潜在的去合法化效应，尤其是在第二世界雄心勃勃的新来者眼中。事实上，布尔迪厄以西方为目的建立的模型只是稍微触及了政治因素。一定程度上，这种情况反映出西方先锋派对通过艺术进行声望和经济资本积累的反动，而在我的研究涉及的中国这段后毛时代的历史中，与政治资本的积累相比，其他任何事情都会见绌。”①

这样，戴迈河在应用布尔迪厄的场域理论时就根据中国的实际情况做了修正。而他对这一理论的应用尤其体现在布尔迪厄所说的“占位”上（其实就是强调策略性的“取势”）：“布尔迪厄将文化场定义为各种力的空间，或者各种力的竞争，相对于已经在其间站稳脚跟的各种代理人，或与之同时入场的其他代理人，‘生产者’会有意无意地对‘位置’（positions）进行窥伺或者干脆占位（position - takings）。位置和占位很大程度上取决于这些代理人的习性（habitus），即代理人个体后天获取的习惯、技巧和知识以及天生的秉性和随出身而来的生活经历（教养、正式教育等）。任何个体在一个文化场中的方位图都会显示一种‘社会轨迹’，而个体习性的知识又显示了任何时间和文化场有关的、对个体而言‘可能的’占位。职是之故，占位的想法经常基于习性和个体在场中感知到的或渴望的位置，是无意识的。”② 这一理论自然让人想起马克思主义的斗争理论，这一点在戴迈河的意料当中。他提前反驳说：“一些批评家将布尔迪厄的工作贬低为马克思主义，比如他会经常提到阶级，使用‘资产阶级’和‘生产者’这样的术语。然而‘资产阶级’一词最先是在19世纪的法国被创造出来，是对当时发生的明显社会变化的一个反映，它不过是后来才被马克思所借用。另外，对布尔迪厄来说‘生产者’是一个分类术语，以此避免使用过于文化负载、高度神秘化的术语‘创造者’，

① China's Second World of Poetry: The Sichuan Avant - Garde, 1982—1992, pp. 14 - 15.
② Ibid. , p. 13.

后者是文化场共享幻觉的一个紧密部分。就是说，布尔迪厄会尽量使用诸如‘诗人’和‘知识分子’这样的具体术语。”[①] 布尔迪厄的《艺术的法则》里也有一个联合，但它并非工人阶级的暴力联合，而是分散在不同角落里的个体知识分子超越阶级、超越民族国家这些有限价值之后的一个联合（我谓之“向道”之心），将他们联合起来的是一些基本的价值，这一点我将在文末进一步展开。

另一个疑问是，这个加拿大人描述的20世纪80年代四川先锋派诗歌场景是可信的吗？这一疑问让我想起另一位汉学家德国人顾彬（Wolfgang Kubin）曾经提出的问题：只有中国人才能了解中国？我们先不谈戴迈河对彼时彼地的亲身经历，单从他对具体文本的分析和对先锋诗歌各个流派的把握上来看这个问题。

戴迈河提到《次生林》刊出的第一首诗歌是欧阳江河的《雪夜》：“以一首描写昏暗、寒冷雪夜的诗歌开篇——由生活在成都的欧阳江河写出。这一象征经常被北岛、芒克这些《今天》诗人所运用——他们是真正的北方人——并明显贯穿了《次生林》，这些诗人或多或少仍然是朦胧诗人的学生。柏桦是一个明显的例外。”[②] 这样的观察是敏锐的，从地域、诗歌史和主题出发，寥寥几笔，让人信服。而且戴迈河可以将这种观察贯穿到诗人不同时期的诗歌变化当中：“在《次生林》（1982）里，欧阳的诗歌受到朦胧诗的影响，为集体的‘我’说话，在《现代主义同盟》（1984—1985——引者注）里，他也有一些寻根的狂热，散文诗《悬棺》第一部分在艾略特和圣琼-佩斯的影响下看待中国文化的毁灭，在《背影里的一夜》（《日日新》，1985）里，欧阳转移到个体内部探索复杂的情感和心理。如此短的时间之内在诗歌形式和技艺上能有如此的变化在中国非常引人注目。然而，其他一些成熟诗人在

① China's Second World of Poetry: The Sichuan Avant-Garde, 1982—1992, p. 14.

② Ibid., p. 76.

相似的时间段内也经历了类似的转变（在四川，廖亦武和周伦佑是显例）。这既是对他们自己而言，也是对环境而言，他们诚挚地创造具有持久价值的诗歌，享受他们的诗歌环境并从中得到鼓舞。”①

戴迈河全文翻译了胡东的《我想乘一艘慢船去巴黎》，并用简单的一句话评价莽汉诗歌的风格：“小人物说出的大话，除了说他们做不了什么。”他引用了王一川的评论，王一川注意到巴黎与公社、国际歌和中共早期领导人在法国的活动，“然而，王没有注意到巴黎也是先锋派运动的诞生地：莽汉们去巴黎捣毁已被神圣化的先锋派（梵高、毕加索、波德莱尔），并借此参与一个（对中国来说）新的、（为西方）认可的、不流血的文化革命”。② 戴迈河能想到“文化革命”，原因之一是他与莽汉诗人的交往，比如万夏就会提到莽汉一拨人的诗歌行为有似红卫兵，他们在以某种方式弥补当年因为年纪小错过的那场运动。同样，在对李亚伟作为“莽汉”的第一批诗歌中的《我是中国》一诗的解读中，戴迈河指出王一川“看到这首诗是对朦胧诗人舒婷、江河、梁小斌和杨炼诗中以严肃、文化的方式出现的中国形象的解构，对将此民族视为一个神圣文化结构的解构”，却未看到这首诗中出现43次的“我”与郭沫若《女神》和惠特曼的关系。③ 这样的观察也非常直接，但若没有深入参与那场运动，不熟知中西艺术史，也很难作出这样的评判。再看看他对张枣著名的《镜中》的分析：“张枣精简地呈现了一个回忆中的女性想象。‘后悔’的具体所指并不明朗。然而，后悔的事的确存在并被落梅所映射，指向人的衰老和季节的轮回，后悔的事可能与此有关。中国古典诗歌的读者对开头和结尾两段明确的妇人想象不会陌生——对她游泳过河可能有点别扭——这些可以与‘皇帝’的出现联系起来。无论从汉语还是英语看，这首诗似乎

① China's Second World of Poetry: The Sichuan Avant - Garde, 1982—1992, p. 191.

② Ibid., p. 41.

③ Ibid., p. 99.

都符合庞德的标准，诗歌批评家陈超大致也是这么看的。然而，这种开头和结尾恰恰可能是庞德认为没有必要的（特别是‘后悔’一词）。”“冗长、滥情，将整首诗转变为典型的 Amygism[①]——退出意象主义运动并由洛威尔编纂意象主义诗集（1915—1917）之后，庞德用来指称最后一阶段意象主义运功的词。”“事实上，像所谓的浪漫主义诗歌在英语文学传统中的发生，今天的中国也有很多对中国古典诗歌浪漫化和感伤化的做法。对一个可能意识不到其中意象所隐含情感的外国人来说，更容易站到一个远距离的立场来看待这些诗歌。”[②] 戴迈河举庞德改写的《玉阶怨》和《刘彻》为例，并指出“庞德以一个强有力的意象（一片湿叶子贴在门槛上——引者注）结束他的诗歌，这一意象的情感强度是从它前面诗行的推进中获得的。而张枣《镜中》的结尾则回到开始的落梅意象，并将其感伤化地定格在南山——出自汉代前《诗经》的一首有名的诗，之后成为传统里情人幽会的地方。张的回环技巧将诗歌封闭起来，这也潜在地减弱了最后镜中女人意象的冲撞力”。[③] 显然，庞德作为一个西方人，和中国人对“日日新”的理解仍然是有差异的。

戴迈河曾经和许多四川诗人深交，尤其是廖亦武，两个人的命运在彼时是紧密连接在一起的，因此这里略加关注他对好友诗歌及观点的看法。我们以他对《情侣》的分析开始。《情侣》“是廖亦武很多同样主题的诗歌中的第一首：它们呈现了人类特别是中国的汉人和诗人所遭受的痛苦和苦难，致使它成为一首超现实的、然而又是极其抒情的无韵诗。从这一角度讲，他在年

---

① 可译为“艾米/非象主义”，Amy 即 Amy Lowell，她曾就意象主义诗歌和艾兹拉·庞德之间有很多争执，其中之一是对于先锋概念的不同阐释。庞德坚持把意象主义诗人限制在少数（男性）精英圈子。洛厄尔认为质量要保证，但同时坚持一种更有远见更有包容性的原则，认为要为众多各种各样不同的诗人，尤其是女诗人，提供发出声音的机会。庞德怕以平权为原则的文学民主会使大量类似洛厄尔的女诗人加入，从而使意象主义诗歌质量下降，失去先锋意义。他后来把意象主义这个标签留给洛厄尔，自己去追求“涡旋主义”（Vorticism），并讥讽洛厄尔影响下的意象主义诗歌为 Amygism。参见孟连素《闻一多的生态诗观与中国诗歌的现代性》，《今天》2008 年 第 1 期。——引者注

② China's Second World of Poetry：The Sichuan Avant - Garde，1982—1992，p. 187.

③ Ibid.，p. 188.

轻一代诗人中是独一的。当他们集中于知识 - 哲学的细节、存在的场景和日常生活的荒诞时，廖发展出一种专注于宇宙泛灵观的诗歌，以此开掘前儒教时代的古中国传说和宗教，像惠特曼、布莱克和迪兰·托马斯（他的影响巨大而直接）。廖此诗的想象是基本的：生、动、性和死。廖的诗中，这是一个循环：生来受诅咒的人类，当他们觊觎创造者的位置，悲惨的弦外之音就会拉响——每当人类意识到自我，或用廖的话来说，当人类从母腹的海洋里浮出，这样的变化就会发生。然而，廖不仅是从他的灵魂唱出这曲哀歌，也是他的腺体和神经唱出的。就像托马斯和惠特曼，他以此来努力从一种绝精的理智解放他的诗歌"。而"另一个明显影响到廖这首诗的是汉代之前的屈原。屈的《楚辞》中——包括现在的四川东部——大量使用了可以在当地巫歌中看见的性爱意象。屈的《离骚》和廖的《情侣》中，诗人都扮演了一个永远不能追求到所爱之人的追求者角色——尽管在屈原那里，传统儒家下的解读会认为那是君王将其贬黜到庙堂之外"。《情侣》不同于同时期的寻根诗歌，"如果廖诗某些方面是对《离骚》的重写，他似乎就是在清理对屈原诗歌的儒家式解读：传统诗人最大的欲求是官方的封赏和体制内的官位。廖在他的诗中强调萨满式的、以自然为中心的元素——在屈诗中这些元素同样丰富，但为后来儒教（及中共）统治者和评论家所偏好的政治解释所忽视或否认"。[①] 考察先锋诗人对传统的态度，是贯穿《中国第二诗界》的一个线索，不仅从诗歌文本来谈，也从诗人对这个问题的看法来谈，比如 1986《星星》第 4 期发表了廖的《"现代史诗性"质疑——谨以此文就教谢冕老师》，其中廖质疑被认为是现代史诗的《太阳和他的反光》，以及谢冕等对此类作品持支持态度的前朦胧批评家。"廖的基本观点是这种性质的作品受埃利蒂斯、聂鲁达、迪兰·托马斯、桑戈尔和其他西方传统下的知名诗人影响，他们很多已经被翻

① China's Second World of Poetry：The Sichuan Avant - Garde，1982—1992. pp. 140 - 141.

译成汉语。廖鼓吹一种面对自然和社会痛苦时进行抵抗、反叛和自我牺牲的中国神话精神，而不是指望中国神话（或西藏神话，比如杨炼的《诺日朗》）在现代西方史诗传统影响下重写这些故事，或者把古典诗人的诗句直接放到自己的诗歌里，就像陶潜的诗之于江河。另一方面，鉴于古希腊神话饱含人类情感，对人类困境充满同情，廖暗示说用这样一种路子重写中国神话是接续了朦胧诗的工程，不符合中国的现状与传统。”廖发表在1986年8月21日《诗歌报》上的一篇文章重弹了这一主题，他强调“众多四川先锋诗人作为先驱率先走出当代诗歌对西化的偏爱，转向中国传统的毁灭和民族国家的当代命运。从《巴蜀现代主义思潮》这一标题可以看出廖那时正在捍卫四川先锋诗歌的多元和独创性。……他继而宣称‘对西方文学和艺术思潮的消极接受应该结束了’，并自信地下结论说朦胧诗人之后的新一代诗人应力求以自己的作品去影响西方”。戴迈河评论说“事后看，这种呼唤看似极端天真：四川诗人彼时不为中国之外的地方所知悉。然而，考虑到之前三年发生在四川的诗学实验，以及中国外部对这一文化状态的有限理解，这一夸口似乎就可以被原谅”。在1986年发表的《新的传统》一文里，廖亦武对他的这些观点进行了集中阐发。戴迈河认为廖亦武的宣言实际上与西方现代主义和先锋派艺术的精神有很多相似之处，“‘新的’传统是这样一种艺术态度：对权威规则、传统和惯例的悖离，看取人在宇宙中的地位和功用的新鲜角度，以及形式和风格上的实验。”① 但戴机锋一转，继续分析道：“廖的宣言看似没有新意，然而在1986年的中国诗歌语境中，考虑到廖所写的是在一家大的权威文学杂志发表，他的言辞就富有挑衅性，也洞见了很多先锋诗人对感知到的‘权威’持一种怎样的态度。”② 戴迈河又联系廖当时的诗歌创作，指出《新的传统》在长诗《死城》完成之后不久写就，点明《死城》开篇的时间实际上暗含了

① China's Second World of Poetry: The Sichuan Avant - Garde, 1982—1992. pp. 248 - 250.

② Ibid., p. 252.

他写作此诗的时间，又点明第二部分的结尾部分“在所有官方出版的杂志中均被删除，因它清晰地指向文革开始的时间”（指出这一点非常重要，因为它清晰地显示出廖亦武对传统的看法实际上是借古喻今，重新发明出一个适合当下中国的传统。这样对文本传播过程中出现的编辑、修改方面的考证对全面分析文本是非常必要的）。“廖暗示这一歇斯底里般精神分裂的后果一直持续到今天，进而体现在他自己或他的双重自我身上：诗人廖亦武和文化先知阿拉法威。”① 这样的分析于毛于廖都是中肯的，尤其是廖诗中的那种癫狂，将“文化大革命”的后果淋漓尽致地展开来了。戴迈河另外分析了围绕《死城》发生的一系列事件：1987 年的反资产阶级自由化运动，《死城》和其他几部作品成为批判运动的对象，廖因此被停职检查（但他所在的涪陵文化馆并未给他停发工资），以及廖拒不“自我批评”，并首次以自己的名字编辑一份地下诗歌杂志，并在上面发表了不能在《人民文学》上刊发的《死城》前言部分。围绕《死城》的文学场，无论是廖个人的创作理念还是整个社会环境，都在戴的考察范围之内，而他通过近距离的观察所得出的结论也是有说服力的，甚至可以说他对当时四川先锋诗歌场的了解非常全面和深入，没有多少隔阂。

那么戴迈河的持论是否公正呢？比如廖亦武是他的好友，那么他是否会对廖亦武有所偏袒呢？戴迈河从欧阳江河和廖亦武两个角度来谈这一问题：他指出欧阳江河因几篇批评先锋派的文章而在第二诗界引起负面反响，他意识到自己正被先锋诗人视为文学权威的工具，所以逐渐退出论争，遂将精力放在诗歌创作方面。而“另一方面，廖似乎在为诗歌第二世界的继续存在而奋斗，并努力证明其对仍逗留其间的诗人而言持久的也是更大的价值。他以‘大展’（指 1986 年徐敬亚、孟浪等在《深圳青年报》和《诗歌报》主持的

① China's Second World of Poetry：The Sichuan Avant - Garde，1982—1992，p. 254.

《中国诗坛1986’现代诗群体大展》——引者注）为负面例子，来说明诗人们为了一定名声和财富而奔突标榜的堕落倾向。矛盾的是，廖在写作不能公开发表和为人赞誉的长诗三部曲的同时，也在写短诗和散文诗，而这些一般是可以发表并能为他赢得名声的。因此他所鼓吹的只有在第二诗界才可能有的精神和创造的真实性就需要打个折扣”。可以看出，戴迈河尊重事实，他把朋友廖亦武在彼时彼地的活动比较完整地展示给我们，在这个基础上得出他的结论，可谓信史。不仅如此，紧接着上面的引文，戴迈河给出了他自己的判断，[①] 言简意赅，寓褒贬于寥寥数字，有春秋笔调。

戴迈河对整体场的观察同样容易让人接受，以他对一次他自己所参加的诗歌会议上诗人的无意识占位为例："1988年5月3日至10日，《诗刊》和作协在江苏举行大运河全国当代诗歌研讨会，欧阳江河和其他先锋诗人、批评家第一次与老的权威文学人物一同参加。然而，这次他没有重复以往的批评（指前不久欧阳江河在《诗歌报》发表的《也谈口语诗》，支持老一代批评家杨远宏1987年《口语化：现代诗的沉沦与贬值》中对第三代诗歌口语化倾向的批评——引者注），而是撰写提交了一篇论文——《对抗与对称：中国当代实验诗歌》——转而关注了实验诗歌的力量和其中的一些实践者：比如廖亦武（也参加了这次会议）、翟永明、钟鸣、柏桦、张枣、陈东东、西川，（北京的）牛波、陆忆敏，（上海的）王寅、石光华、海子、万夏、杨炼和他自己——让人吃惊的是——还有杨黎和周伦佑（也参加了会议）。最后两位诗人正是欧阳和杨远宏不久前在《诗歌报》所发文章所批评的靶子。诚然，欧阳的报告只提了一次杨黎的名字，周的名字也只提了一次，另外也提了一次他1984年的《带猫头鹰的男人》。这相当于达成了某种暂时的和平，因为面对那些对先锋诗歌怀有敌意的有影响力的权威诗人和批评家，以及对先锋诗歌

① China's Second World of Poetry: The Sichuan Avant - Garde, 1982—1992. p. 266.

持宽容态度的其他人，先锋诗人和批评家希望能聚集在一个团结、和平的阵线里。”这样的判断建立在作者精准的资料和同样精准的观察之上，见微知著，很有见地。另外，戴迈河还会注意到一些有趣的问题。比如他会思考为什么1986—1989年间的非非能比成都的整体主义和南京的他们诗群更能吸引女性诗人；他会对比《九十年代》（由萧开愚、张曙光和孙文波编辑）每期的编者按来解释政治风波之后诗人们对自身诗学观点的调整；又比如围绕非非诗派的建立，他也会参照不同亲历者的不同说法——他引用了周伦佑的《周伦佑谈杨黎》、杨黎的《灿烂》和柏桦的《左边》，以及何小竹等人的回忆——主要围绕周伦佑和杨黎之间的合作与冲突，并扩展至第二诗界非非、整体主义和他们等不同诗派之间的竞争和占位，在纷乱的现象中呈现给我们一个整体的图景。

布尔迪厄在《艺术的法则》后记《为了一种普遍的法团主义》提到知识分子由“行动”和“纯粹”两个部分组成，“我们通过自主和介入、纯文化和政治的两者择一来把握他们，这是因为知识分子是在这种对立中并通过这种对立历史地形成的”。两种身份并不矛盾，反而是一种相互加强的关系。布尔迪厄也渴望一国之内知识分子集体行动的可能，渴望不同国家、不同意识形态集团之内知识分子集体行动的可能。“随国家历史的不同而不同，这些理由使得按照知识场和政权场之间过去和现在的关系状况而发生变化，掩盖了不变化，而不变化更重要，是所有国家的知识分子可能存在的一致性的真正基础。同一自主愿望可依照权力结构和历史的不同，表现在相反的占位中（此处为世俗，彼处为宗教），知识分子通过反对这些结构和历史而表现自己。不同国家的知识分子，如果想要避免因形势和现象的对立而导致分裂，应该充分意识到这个机制因为这些对立的原则就是同一个解放的意愿碰到了不同的障碍。”当然他的设想主要是停留在欧洲内部：“为了理解和把握有可能使他们分裂的对立，欧洲各个国家的知识分子时刻应该在精神上警惕权力的结构和历史，他们就是靠反对权力的结构和历史体现自己作为知识分子的存在的……我们要想获得一种真正的交流机会，只有控制将把我们分开的历史无意识，也就是知识空间的特定历史客观化并进行控制，我们的认识和思想范畴就是这特定历史的产物。”布尔迪厄的这些话对我们重新看待80年代迄今的大陆先锋诗歌仍然具有启发意义。先锋诗歌场中不同占位的诗人能否“警惕权力的结构和历史”，能否像布尔迪厄所说的，“从对文化生产场的逻辑认识中得出关于知识分子的集体行动的现实主义纲领是可能的”呢？这种试图将不同诗人连接起来的“普遍的法团主义”是否可能呢？比如在诗歌写作方面基本停笔的廖亦武在给《倾向》编者贝岭、孟浪的信中写道，“从精神上，诗人全死光了，或者说现在的诗人相当于某种程度上的阴谋家”。“人们从中看不见真实的中国、真实的中国文化处境”①。从这个角度出发，廖亦武否定他曾经的朋友欧阳江河、萧开愚等人，认为他们是对“冲突的模仿”，其中“绝对有一个当权者能够容忍的尺度”。

廖亦武曾在80年代同萧开愚、李亚伟游历中国，彼时三人指点江山，谈笑风生，时至今日分道扬镳，让人唏嘘不已。那么，流落德国的廖亦武和受德国文学机构邀请去德国的萧开愚之间真的不能和解吗？周伦佑和杨黎真的不能和解吗？北岛和臧棣呢？他们现在不是仍然有共同的敌人吗？他们是不

① 在给廖亦武的一封信中（1999年），唐晓渡写道：“无论是作为编辑、批评者或朋友，我都无法单独面对你的作品。从80年代到现在，值得清算的东西太多了，为你写评无疑是对我自己的清算。或许从理智上，从多年的知识训练上，我难于认同你的种种偏激，但是，强大的本能把我一次又一次推到你的面前，你在用你的肉体做镜子，直接把我灵魂深处的锐利和懦弱照得清清楚楚。亲爱的朋友，人总不能老是活在紧张的真实中，在真实的拷问之外，与朋友们轻轻松松地喝杯酒也不错，人类是群居动物呀，需要互相取暖呀。”在为廖亦武《我的证词》写的序言（2010年）当中，余英时曾向自己提出一个假设性的问题：“如果我来写史，象廖亦武这样的人究竟应该放在何种人物范畴之中？经过再三考虑之后，我觉得《后汉书》所特设的《独行传》是唯一合适的所在。‘独行’一词出于《礼记·儒行》篇的‘特立独行’，主要指一种超卓的精神，不肯遵守多数人认可的行为规范。所以《独行传序》说‘独行之士’是‘盖失于周全之道，而取诸偏至之端’。廖亦武无论是写朦胧诗，或访谈底层人物，都表现出‘取诸偏至之端’的倾向，这一点是毫无问题的。”

是都需要起码生存在一个第一现代性的社会环境中呢？中国先锋诗歌的失败在于诗人们曾经努力争取的并未实现，“同一个解放的意愿碰到了不同的障碍”，大的制度框架始终没有像西方一样建立起来，这就注定了他们努力的反复性。但是，就像布尔迪厄所说的，“应该而且需要摒弃我们精神中存在的纯艺术和介入艺术的陈旧的两难选择，这样才能确定知识分子的集体行动的大方向”。以上算是读完《中国第二诗界》之后的一点延伸感受，也算是对戴迈河这部杰作的一点补充。

# 第四章　如何走向世界：中国当代诗人海外传播的个案研究

本章主要在前面新诗海外传播的基础上研究中国当代诗人对海外传播的反应。新诗已经取得了很大成绩，但成绩能否转变为影响、成为所谓的“文化软实力”的确是另外一个问题。而当我们提起“新诗的海外传播”这个话题时，更多想起的自然是当代诗歌在海外的影响力，这更多是一个“取势”的问题。但是话说回来，新诗的海外传播即使较以往有了增多，能否构成真正意义上的交流仍然是个很大的疑问。陈东东认为“诗人和诗人、诗人和读者之间的本质交流其实只能在诗歌作品的层面上展开”①，没有作品的阅读，再大的影响力也是虚名。况且海外的影响力并不是对所有当代诗人都有诱惑力，自信一些的诗人完全可以看淡这些名利，即便出国参与其中，也可以仅仅将其视为打工或者放松的机会，而不是借此自我吹擂。长远看，这样的交流会越来越多，但对诗人来说最重要的永远是写出好的诗歌。当然每个诗人的看法不一，我们总不能强求。

本章选取的六位诗人都是已经成功走向世界的诗人，但他们对其诗歌海外传播的态度并不一样。第一节我们将考察西川和杨炼在国内和国外两种不

① 见《诗人探讨中国诗歌走出去：诗品高下影响对外译介》，《深圳特区报》2011年11月17日。

同的身份和形象塑造方式，这一形象的塑造直接关系到他们在欧洲和国内的阅读和传播。他们都在一个世界格局内看待新诗，西川呼吁新诗更多地参与到美欧主导的世界文学体系中，他的态度是比较务实的，而杨炼则强调“中国挑战是世界性的，中国激发的思考也是世界性的”，即以中国占据世界性话题为焦点，他持有“世界文学”雄心，企图共时而又深度地囊括中西著名作家；他们都强调传统对自身的加持，不同之处是西川以其“现实感”来“重写经典”，强调自身的悖论处境，而杨炼虽然以继承传统来自我阐释，但通过对《无人称》的考察，我们发现他所谓“传统”无论是技巧还是精神都是非常形而上学的，是西方化的，这样看来，传统的“继承”更大程度上是诗人的一种价值选择，而这一选择并不是诗人对自身的过度阐释所能决定的。多多是新诗海外传播的先行者，影响也非常大，这一点可以参考上一章柯雷的描述。张枣是1986年负笈德国，据我的查阅，他的影响主要集中在德语地区，比如1995年由张枣德国的师友编译的《中国杂技——硬椅子》和2011年的《四川五君》，集中介绍张枣、柏桦、钟鸣、欧阳江河和翟永明。另外还有顾彬翻译的《春秋来信》。欧阳江河的影响更多和《今天》（他和北岛、李陀相熟，和宋琳同为《今天》的诗歌编辑）、汉学家顾彬联系在一起，主要集中在德语和英语地区，第二章我们也曾经介绍。臧棣于2010年主编双语半年刊《诗东西》，主要编辑有麦芒、杨小滨·法镭、明迪、Neil Aitken和西渡，译介当代中国诗人，并与国际诗人互动，2012年他还和萧开愚、张曙光复刊了《中国诗歌评论》。孙文波则在2010年创办《当代诗》，从目前掌握的资料看，他的诗歌在英语世界的传播日广。奚密曾将中国当代诗人和海外诗人、汉学家“接触和互动的机会”视为当代诗歌能够译介到海外的最后一个因素，而且它所“造成的影响是长远的”①。我们看到，国家对新诗的推介力度远远

① 奚密：《现代汉诗：翻译与可译性》，参见2011年4月北京师范大学文学院“中国文学海外传播”国际学术研讨会会议论文汇编。

不如中国当代小说，当代诗人们要在海外产生影响，除去政治意识形态、文明背景以及诗人掌握外语的程度等因素外，很大程度上靠的是机缘。

戴迈河曾经提到，和 20 世纪 80 年代四川先锋诗歌“唯一相关的传统是自 19 世纪法国开始的西方先锋诗歌传统和自沃尔特·惠特曼开始的盎格鲁－美洲传统。然而，考虑到宣称如此一个传统的内在政治风险，中国先锋艺术家倾向于以间接的方式接近这个问题”。[①] 这一点可以解释他在诗歌判断上的欧美中心主义，但他的确说出了当今占主导地位的世界诗歌的两个来源：19 世纪末以来以法国为代表的现代诗歌[②]和惠特曼开始的美国诗歌[③]，后者在庞德等人的努力下曾经积极向中国古代诗歌学习，这一学习深刻影响了美国诗歌并使其发生了范式上的转移，美国诗歌最终拥有了不同于欧洲诗歌的另一面貌。[④] 戴迈河的判断放在 20 世纪 80 年代或许是正确的，但是放到今天显然已不能成立，因为中国古代诗歌对中国当代诗人的影响自 90 年代以来已经日趋明显，新诗向着西方现代诗歌的学徒期可以说已经结束。六位诗人，我主要通过西川和杨炼来考察中国当代诗人在国际诗坛如何塑造自身形象，他们都强调对中国古代传统的继承和诗人作为知识分子的一面；在多多和张枣写

---

① 冯强：《更重要的是要容有“百家”：戴迈河访谈》，载《长城》2012 年第 6 期。“美国对现代诗历史的贡献，其分量要比我们可能想象的更重，尤其从美国在 19 世纪期间文化上相对孤立的角度看。首先，埃德加·爱伦·坡对法国象征主义影响很大。然后，作诗法的种种革命又很大程度上受益于沃尔特·惠特曼的诗歌，他的诗歌是在 1912 年左右开始打入欧洲的。”切斯瓦夫·米沃什《诗的见证》，黄灿然译，广西师范大学出版社 2011 年版，第 96 页。

② 可以参考胡戈·弗里德里希《现代诗歌的结构：19 世纪中期至 20 世纪中期的抒情诗》和伊夫·瓦岱《文学与现代性》两本书，另参见论文第三章。

③ 惠特曼曾经批评坡的诗歌：“奢美和怪异如此牢固地掌握了 19 世纪的诗歌读者——它们意味着什么呢？诗歌文化一步步走向病态和不健全的美——所有技巧思维的多病性或者其本质的精致化——放弃了身体、大地和海洋、性及类似的长久而民主的具体事物的直接性——而代之以二手甚至三手的间接事物——它们在当今的病理学研究中的位置何在呢？”（惠特曼：《典型的日子》（1882），马永波译，百花文艺出版社 2008 年版，第 195 页，译文有改动）马拉美诗歌传统经过波德莱尔可以回溯到坡，惠特曼对坡的批评可以视为浪漫主义诗歌运动的一次重要分水，对浪漫主义传统的消化从此以两种不同的方式践行着。

④ 对这一诗歌传统的批评可以参考［波兰］切斯瓦夫·米沃什《诗的见证》，黄灿然译，广西师范大学出版社 2011 年版。

于欧洲的诗歌里看到他们是如何重新了解中国，惜乎他们不约而同对中国传统做了本质化的处理；臧棣和孙文波的诗歌则是对19世纪欧洲浪漫主义诗歌传统的深刻改写，我们可以就此窥见20世纪的语言学转向如何深刻影响了包括新诗在内的世界诗歌，同时我也发现孙文波自《新山水诗》以来的写作对如何处理语言、现实和传统关系的问题上作出的深入思考，尤其是他对传统的处理，无论是中国传统内部儒道的子传统还是欧美的浪漫主义传统，他的写作都值得我们进一步探讨。

最后需要说明的是，布尔迪厄的场域理论贯穿于我对六位诗人的具体分析当中。戴迈河对1982—1992年四川第二诗界的主要理论工具也是布尔迪厄，这一点我已经在第三章导言部分作过介绍，我以这一理论来分析六位诗人的作品，亦是受他的启发，这里深表感激。

## 第一节　在世界诗坛的形象建构：以杨炼和西川为例

美国汉学家江克平在《一个汉学家看新诗中什么有意义》① 一文中，试图阐明“中国知识分子传统”与“当代诗歌”之间的相互影响。他将中国的知识分子传统上溯至战国时代的“士”，再由“士”转变为帝国的文人阶层，一直前进到“五四”时期的“现代知识分子”。这样，就造成一个诗人和知识分子兼而为一、不可分割的神话，从而使现代以来的中国诗人很容易高估自己的社会意义。在他看来，中国当代诗人的身份仍然是一个谜团：“它伴随着忠诚于身份之间的矛盾，既希望获得独立，又需要某种归属感。”就是说，中国当代诗人的身份仍然是暧昧的——甚至可以直接说——缺席的。“身份的

① ［美］江克平：《一个汉学家看新诗中什么有意义》，孙文波主编《当代诗》第3辑。

缺席所造成的影响在新诗中显得尤为具体。起码美国诗人在最近的几十年来很少受到需要弥补身份缺席的困扰。在美国，对诗人身份的建构是相对自由的，相对没有什么历史压力。”江克平在西川这里看到了变化：“在历经80年代与90年代变迁的风吹雨打后，西川毫无疑问地确立了自己诗人与知识分子的身份。其次，紧随上面的原因，作为诗人与知识分子所树立的权威性使他成了知识分子传统（包括诗人与诗歌学者的传统）的代言人。他主动地选择或是被动地承受了这个身份，或者两者都有一点。”而从西川的论文《穆旦问题》“把强大的精神之锤砸向了穆旦的诗歌遗产”开始，这一状况发生了变化。江克平以《鹰的话语》为例，“与其说作品中的主体被消解了，还不如说主体的角色发生了转变。诗中的主体似乎失去了固定的目的、身份或方向……知识分子与诗人的关联，与希求获取固定的身份一样，已经在《鹰的话语》中消失不见了”。

果真是这样吗？诗人身份和知识分子身份果真在西川那里完成剥离了吗？西川和中国当代诗人可以走出中国历史给予他们的压力吗？西川翻译了美国大诗人盖瑞·施耐德的《水面波纹》，并认为“在施耐德身上，既看到了诗人，又看到了行动者，也看到了标准的美国左派知识分子”①。中国的情况要复杂。“在西方社会中，一个物体呈现一个影子；而在中国则是一个物体有几个影子。这是因为中国世俗化社会的复杂性比西方大得多。多重光源造成了多个影子。”② 所以，“你也许属于革命的左派那一块儿，但你的艺术趣味可能是右派的，它们之间需要一个平衡。这对于一个有质量的艺术家来讲是非常重要的”。③ 因为相对于西方的自发性，现代性于我们是“被迫的”，借用

---

① 西川：《盖瑞·施耐德诗选中译本〈水面波纹〉译者序》，《大河拐大弯》，北京大学出版社2012年版，第334页。

② 西川：《语言·时代·创造力》，《大河拐大弯》，北京大学出版社2012年版，第156页。

③ 西川：《一堂课：关于当代文化的几个基本词》，《大河拐大弯》，北京大学出版社2012年版，第123页。

印度思想家阿什斯·南地的说法，现代性是“西方胜利者的玩意儿”[①]，是西方的传统，“我们不知不觉地接受了一种基督教的、一种西方对于世界的想象”。[②] 而中国“被迫的现代性”这样的语境更加激化了可能存在于任何时代的“矛盾修辞”，比如“一体多元”“民主集中”，类似的表述长期以来就是一个当代中国人所面临的现实，是与中国人切身相关的“现实感”。这样，重要的不是光源（它来自西方），而是黑暗和阴影（它带来本地），而且黑暗和阴影不止一层，有现代性的，也有本源性的，层次不一，需要仔细辨认。“说到底，政治来源于差异。”[③] 而且不同于回到本原的非历史化，“当代艺术具有历史指涉，也就是多多少少你得处理政治问题；现代文学和艺术才只处理文学艺术问题”。[④] 西川认为，“在黑与白之间存在着广大的灰色地带，这里集中了世界的全部复杂性”[⑤]，“我理解悖论、混沌、存在的灰色地带”[⑥]。以2004年的《小老儿》为例。“这篇东西看似寓言，但寓意不明。写它的经验实际上来自2003年的‘非典经验’。但把它运用于‘禽流感’‘金融危机’似乎同样行得通。”[⑦] 其实在10年前的《芳名》里，就有“可我听到的是石榴树下一个小老头的嘿嘿冷笑”，《小老儿》可以视为这个小老头的一次集中爆破。又比如《撞死在挡风玻璃上的蝴蝶》和《逆行》这样强行加入到高速公路上的自然，《逆行》中的“我”和《撞死在挡风玻璃上的蝴蝶》里的“蝴蝶”一旦互换，我们就得到一个被迫现代性景观里的庄周梦蝶，看到西川

---

① 西川：《印度：千百个话题》，《大河拐大弯》，北京大学出版社2012年版，第344页。

② 西川：《一堂课：关于当代文化的几个基本词》，《大河拐大弯》，北京大学出版社2012年版，第120页。

③ 西川：《答徐钺问：骆一禾、海子、我自己以及一些更广阔的东西》，《大河拐大弯》，北京大学出版社2012年版，第221页。

④ 同上。

⑤ 西川：《答谭克修问：在黑与白之间存在着广大的灰色地带》，《大河拐大弯》，北京大学出版社2012年版，第200页。

⑥ 西川：《答马铃薯兄弟问：学会欣赏思想之美》，《大河拐大弯》，北京大学出版社2012年版，第242页。

⑦ 同上，第247页。

所说的“现代性痛苦”，其强度非常之大，是西川“重写经典”的一个范例。

一方面，西川试图加入、参与进历史，理解历史的灰色地带，在被迫的现代性面前，西川要求自己以现实感来应对，尤其是处理自己的诗歌。“波兰人让我相信，一种文学语言，完全可以从一种社会现实中生长出来。无论你从别人那里学来了什么，都不能替代你的现实感。”[①]“真正的创造思想其实应该来自我们的现实感。能够将一种现实感转化、提炼为一种语言、一种文学，这才是真正的创造。”[②] 从这种矛盾修辞里生长出来的是反讽——“作为最为西方熟知的中国当代诗人之一，西川扮演着多种角色，目前正游走在诗歌与常伴有复沓的散文诗的边界之间。西川眼中当代中国的图景，无论其展现的是社会现象还是个人经历，都带有一种老练且略微自嘲的反讽语调，尽管这声音时而哑默，时而率真”。[③] ——反讽作为一种可以无限后退的修辞方式，使西川不容易获得一个建设性的地基。充满矛盾的现实感使其对现实的理解和检验伴随着某种无奈：“读者对我来讲有两类：一类是现实读者，一类是幽灵读者，幽灵读者就是那些死掉的作家。实际上幽灵读者对我更重要。这个世界瞧不起你，觉着你不重要，无所谓。但是你不能让陶渊明、苏轼瞧不起你，苏轼对我来讲就是一个幽灵读者。这些幽灵读者对我来讲很重要。”[④] 这可能是“献给无限的少数人”神话的另一个版本。像姜涛所说，历史被不断风景化、玄学化和抽象化，或者用西川自己的说法，被幽灵化。知识分子的特征似乎的确淡化了，但是又隐秘地保留着，只不过蜕变为西川所说的“知识人格”，“在过去，诗人还可以借助古典的、象征的资源，来形成确定的道德立场；但当怀疑成为唯一的精神尺度，他不可能依据确定的知识、看法

① 西川：《答吕布布问：作为读者，作为译者》，《大河拐大弯》，北京大学出版社 2012 年版，第 283 页。

② 西川：《答马铃薯兄弟问：保持一个艺术家吸血鬼般的开放性》，《大河拐大弯》，北京大学出版社 2012 年版，第 261—262 页。

③ ［美］欧康奈尔：《中国当代诗歌——彼岸之观》，载孙文波主编《当代诗》第 3 辑 。

④ 西川：《面对一架摄影机》，《深浅》，中国和平出版社 2006 年版，第 272 页。

形成判断，又不愿挪用公共的尺度，道德立场其实是被抽空的。最后的结果，诗人只能发展成一种美学性的‘玄学’或‘伦理学’，在西川的表述里，这一点更为明确地限定为‘知识人格’”。[①]“知识人格”在西川那里和思想、伪哲学联系在一起，“自相矛盾、诡辩、似是而非、似非而是、假问题、假论证、使用悖论、挖掘歧义、偷换概念、绑架概念、肢解概念等等”[②]，这一特征与后来王东东用“诡辩”来概括欧阳江河的诗歌有极大的相似处：“他利用诡辩消解了那种过于清晰的语言学的逻辑和单一现代性的推理结构，和他自己的批评话语拉开了距离，这也让他的诗歌变成了一种诡辩的学问，但却可以揭示时代通行语言中的含混性和矛盾。”[③]这里的“自相矛盾”或者“诡辩”需要从中性意义上加以理解，它承担了说出难以言说的时代处境的文化功能。欧阳江河和西川曾在20世纪90年代分别提出“异质混成”和“形而上学和日常生活的互破”，而且他们自动或者被迫站到政治的边缘，现在回顾，用“诡辩”来概括他们的诗歌并非不可行。

虽然不同意江克平对中国当代诗人身份的结论，但他的一个观察即当代诗人“既希望获得独立，又需要某种归属感”在我看来仍然是有效的。应之于西川，我们发现在国内曾经推举知识分子写作的他不断向着曾经作为知识分子对立面的民间靠拢，并认为“知识分子是‘大民间’的一部分，从来就是这样”[④]；另一方面，他在国际诗坛上则继续强调自己知识分子的一面，在《个人好恶》所附的西川年表里我们可以看到，1999年12月西川以论文《通过解放过去而解放未来》参加了德国魏玛全球论文竞赛，在123个国家的

---

① 姜涛：《“混杂”的语言：诗歌批评的社会学可能——以西川〈致敬〉为分析个案》，载《巴枯宁的手》，北京大学出版社2011年版，第107页。

② 西川：《生存处境与写作处境》，《学术思想评论》（第一辑），第190页。

③ 王东东：《“凝结成一个全体”：当代诗中的词与物——以欧阳江河〈凤凰〉为中心》，载《新诗评论》2012年第1期，第150页。

④ 西川：《知识分子是“大民间”的一部分——答安琪问》，（http://www.douban.com/group/topic/33322138/）。

2500 份参赛论文中获得第七名的成绩，并于次年 6 月受德国联邦文化基金会邀请赴德国进行为期三个月的学术研究；2005 年 3 月他获德国联邦文化基金会“北京现场”项目基金，此项目由 7 位（组）德国艺术家与 3 位（组）中国艺术家共同完成，西川负责调查北京的宗教建筑，为此，西川专门赴德国柏林参加培训；次年 3 月，西川又受邀赴德国参加柏林世界文化宫组织的名为“文化记忆”的国际研讨会。在谈到中国诗人在世界上的形象时，西川说，“无论是咱们的诗人还是作家，在世界上还没有树立起自己的诗人、作家、知识分子形象。苏珊·桑塔格曾以蔑视的口吻说过：‘中国就没有知识分子。’（从某种意义上讲，她说得对：不仅没有，有了也给你灭掉）像在美国《纽约时报书评》、英国《泰晤士报文学副刊》这样的世界顶级报刊上，极少能够看到中国作家、诗人的影子。大家根本就不参与（也没有能力参与）世界性话题的讨论。这造成一个尴尬的局面，似乎所有没有移居海外的中国作家都有官方作家的嫌疑，因为你不发出自己的声音，你连个书评都写不了。而没有主流报纸上的书评，你的书在国外出了也是白出，谈不上任何影响力”。① “世界性话题”无疑可能遮蔽中国国内的“大民间”，而且西川说这番话的前提也是以承认美欧文学为当今世界文坛的“主流”，但他无疑是务实的，敦促中国当代诗人去参与世界文坛或者获取参与世界文坛的能力，因为无论如何，能用对方的语言与对方对话是最终折服对方或者至少让对方尊重新诗的第一步。

杨炼现在定居伦敦，是独立中文笔会成员和国际笔会理事（独立中文笔会由诗人贝岭牵头成立，以异议著称）。“1983 年，杨炼以长诗《诺日朗》轰动大陆诗坛，并在‘清除精神污染’政治运动中遭到批判。其后，作品被介

① 西川：《答马铃薯兄弟问：学会欣赏思想之美》，《大河拐大弯》，北京大学出版社 2012 年版，第 247 页。

绍到海外，并受邀到欧洲各国朗诵。”① 杨炼初到西方，以政治异议著称，虽然他后来有意淡化政治而着力强化他诗歌中的传统因素，② 但是他最初的诗名与政治的确密不可分。1994 年，伦敦的 Wellsweep Press 出版了 Brian Holton 翻译的杨炼诗集《无人称的雪》，按年代收录了杨炼 1982—1991 年的短诗，用“到处”“永久”这样一些大词追求修辞上的力感，而且以审美眼光处理他人之死：

九个弹坑在你身上发甜
他们说你把月亮玩丢了
墓草青青 是新换的牙齿

（《给一个大屠杀中死去的九岁女孩》）

到处是异乡
在死亡里没有归宿

（《流亡的死者》）

---

① 杨炼的《大海停止之处》与《同心圆》（http：//blog. sina. com. cn/s/blog_ 48ecc3b70102duey. html）。

② 当代诗人中杨炼恐怕是最热衷于阐释自己诗歌的诗人，在最近为《叙事诗》写的跋中说：“《叙事诗》是一首长诗。它和我此前的两部长诗《yi》与《同心圆》潜在关联，构成了一种正、反、合的关系。确切地说，中国——外国——中外合一。《yi》植根于《易经》象征体系，又敞开于当代中国经验，以七种不同形式的诗、三种不同风格的散文，完成了一场大规模语言试验。诗歌一如诗人自己，‘以死亡的形式诞生才真的诞生’。《同心圆》以漂泊经验为底蕴，横跨中、外文化，用一个贯穿的空间意识，组合起五个层层漾开（层层深化?）的同心圆，那个结构，与其说是诗学的，毋宁说更是哲学的，它把时间纳入空间，把自我置于圆心处提问者的位置，最终，思想同心圆取代了线性的进化论，建立起‘再被古老的背叛所感动’的思维模式。”（http：//site. douban. com/108719/widget/works/282382/chapter/10066170/）另外，在解释他的“伦敦诗”英译诗集《李河谷的诗》时，他说：“‘雁叫的时候我醒着雁在/万里之外叫黑暗在一夜的漩涡中/如此清越’（《旅程》）。这里的张力，通过‘雁’连接起中文古典、中文当代、欧洲特别是英语诗歌传统，但又有别于所有那些。李白哀恸的‘雁引愁心去’，化为我表现主义式的冷冷的‘醒’。我不用‘融入’这个词。我们的中文早已是混血的。我喜欢说‘自觉’，自觉激活不同美学传统，使之共同形成我作品内的深度。这样的原创性犹如混血儿，令他的父母们加倍惊喜!”（《杨炼对话阿多尼斯：诗歌有骄傲的天性》http：//book. hebei. com. cn/wtylzx/dspd/wzmy/mrsh/201012/t20101223_ 2662903. shtml）从这些想法我们看出，他的诗歌理念仍然停留在 80 年代的语言诗学中。

谁说死者已经死去 死者

关在末日里流浪是永久的主人

（《一九八九年》）

这样的诗歌，无论想象力和修辞手法多么丰富，阅读之后都不会太舒服。因为死亡对每一个个体生命来说都是一次绝对，任何比喻或者判断在其面前都容易失之轻浮。除非像策兰那样发明一种可以将死者目光带入诗行与读者对视的诗歌，表达出阿多诺所说的文化的无力，否则对悲惨事件的回应往往只有道义上的价值，而对诗歌自身的意义往往是微弱的。虽然杨炼可能是国内最早具备诗歌本体意识的诗人之一，但旁观者的姿势——对应于那个高于现实的死亡的理念，在与顾彬夫人张穗子的访谈中，他甚至将写诗的能力称为“死亡的能力”[①] ——使其诗歌的力量只能局限在纸面的文本之内。这里我想指出以布莱恩·霍尔顿（Brian Holton）为代表的西方翻译家的一个误判。霍尔顿认为“与大多数20世纪中国诗人一样，杨炼运用的是受西方诗歌影响或从西方引进的诗歌形式……然而无论他的广泛阅读怎样深入地影响到他的诗歌，却很少有同代作家显示出像他那样对中国传统的眷恋”。[②] 霍尔顿还引用了Minford和Golden的一个看法，即“杨炼不仅是一位尝试运用西方现代主义技巧的年轻诗人，实际上他是一位已经很好地掌握了西方现代主义技巧，并尝试以此去重新发现他自己文化中最基本的东西”。[③] 最后，霍尔顿援引《大学》中的几句话：“苟日新，日日新，又日新。”并引用了杨炼《镜》末尾的两句：“谁窥见自己/谁就得悲惨地诞生”，认为“这是杨炼诗歌传递给我们的信息，无论是对他的传统还是我们的传统来说，都是如此——在这里，

① 张穗子：《死亡中获生：杨炼访谈》，转引自范劲《德语文学符码和现代中国作家的自我问题》，华东师范大学出版社2010年版，第210页。

② Lian Yang, *Non-person singular: selected poems*, Brian Holton, Wellsweep, 1994, p. 119.

③ Ibid., p. 124.

醒来，用新的眼光打量我们的世界，时时刻刻重新发明这一世界”。[①] 三段引文讲的是一回事，即杨炼诗歌的中国传统特征是明显的。在《易》中，杨炼自己也宣布，这是“在一个中国诗人身上复活的中国文化传统”。

霍尔顿所引杨炼诗歌的前一句是：“穿过桥洞 世界高悬在头上”，连在一起就是：

穿过桥洞 世界高悬在头上
谁窥见自己
谁就得悲惨地诞生

这三行和《易经，你及其他》中“那黑乌鸦俯瞰世界万变而始终如一”相比如何呢（“俯瞰”也是欧阳江河喜欢用的词）？诗中经常出现在高处的对着“你们”说话的神秘声音，那个不断被加黑的“同一”，当然还有他的标签式的“死”：“穿过语言的死亡挥霍死亡”，西川有勇气以矛盾修辞展示生存悖论，杨炼则把这个悖论回避了，他设置了一个死亡和语言的沙漏，二者轮番挥霍彼此，他的诡辩也就显得更加彻底，“一九八九年”于是更加像杨炼语言—死亡装置的一个装饰，历史彻底完成了它的风景化，成为杨炼撒哈拉沙漏里的沙子。然而非常吊诡的是，他对“易”这一传统的处理又是柏拉图主义的：理念和现象世界的两分，理念高出现象的绝对地位；区别是死亡的理念代替了柏拉图的至善理念，而且鉴于死亡是离活着的个体生命最远的确定性，死亡的理念在杨炼就只能发生在纸面上，这是杨炼的“纸上城堡”。他的“同心圆”模型在我看来是新柏拉图主义者普罗提诺最高精神本体层层漫溢向下的一个翻版，而他将核心的理念置换为死亡，这大概是普罗提诺所不能接受的。如果用“生生”来概括“易”，杨炼在《无人称的雪》中的诗歌

---

① Lian Yang, *Non-person singular: selected poems*, Brian Holton, Wellsweep, 1994, p. 127.

就不与这种精神相接榫，甚至可以说背道相驰。我想说的是，至少在《无人称的雪》中，杨炼的诗歌是典型的西方诗歌，无论在技艺还是精神层面，这些诗歌和中国传统并不相干。这些诗歌在纸上关闭而不是打开一个空间，“同心圆”最后也只能是发生在纸面上的死的循环，它不断到来，逐渐褪去，最后将本该隐藏在幽深中的能量耗竭。

现在的杨炼，和西川一样强调思想，他认为当前严重的一个问题是“思想危机”，“无思想”变成全球唯一的硬通货，[①]“一个当代中国艺术家，必须是一个大思想家，小一点都不行”。[②] 在《作一个主动的“他者”——我们能从二零零九年法兰克福书展学到什么?》一文中，杨炼写道，“我们都曾是‘中国’的流亡者，但从来不是‘中文’的流亡者。作为同时的内在者（Insider）和外在者（Outsider），我们能清楚看出，对当代中国，西方当然是一个‘他者’，但中国古典文化传统又何尝不是另一个（更隐蔽的）‘他者’？……有了纯利益这面镜子，西方喋喋不休的‘人权’‘民主’，更显出塑料花似的空洞。今天这世界的思想危机，远甚于经济危机。当‘无思想’的集权，作为中国最大宗的出口商品（一种硬通货?），畅销世界通行无阻，那么，作一个主动的他者，又哪里只是对中国作家的要求？这是鉴别全世界每个人思想自觉的标准……尽管‘深度’一词，在‘后现代’成了大忌，但我们有什么‘后现代’吗？人类始终如一的困境，能被历时的空洞说词划分、减弱吗？在今天，中国挑战是世界性的，中国激发的思考也是世界性的。面对人性空前的绝境，一句‘个人美学反抗’里，共时地囊括了屈原、奥维德、杜甫、但丁、曹雪芹、策兰，直到我们。他们就是我们的深度。要成为主动的他者，‘深度就是一切’。”作为“中国”的流亡者和“中文”的内在者，

① 杨炼：《杨炼对话阿多尼斯：诗歌有骄傲的天性》（http：//www. nx. xinhuanet. com/yd/2010 - 05/25/content_ 19876506_ 4. html）。

② 杨炼：《杨炼策划艺术展　批判金钱“大一统”取消伪价值》http：//news. 99ys. com/20120418/article - -120418 - -86040_ 1. shtml。

杨炼为我们贡献出“作一个主动的‘他者’”这样一个“世界性话题”，他的方法是将古往今来的思想共时化（所谓“深度”），他享受着英国的民主和自由，又持守着边缘立场的“个人美学反抗”（或“主动的他者”）姿态，他没有意识到民主和自由本身是一项我与他者相互妥协的契约，而这一契约根本不能在边缘的状态下成立，它是一个主流的结果。身在中国之外反对中国与身在自由民主之内反对自由民主构成杨炼诗人形象的两个侧面，这是他不同于西川的形象塑造。

本节我希望通过身居国内的西川和身居英国的杨炼两位诗人来考察他们在国内和国外两种不同的身份和形象塑造方式，这一形象的塑造直接关系到他们在欧洲和国内的阅读和传播。我们发现，两位诗人不约而同地疏离政治，将自身边缘化，并在边缘获得一个处理诗歌的位置——在西川，是“悖论”，在杨炼，是“深度”；他们都以“知识分子诗人”的名义行走在国际诗坛，而且也是中国当代诗人当中比较有国际影响力的诗人，但是西川明显取向包括诗歌在内的文化参与能力，杨炼则持有“世界文学”的雄心，企图共时而又深度地囊括中西著名作家；他们都在一个世界格局内看待新诗，西川呼吁新诗更多地参与到美欧主导的世界文学体系中，而杨炼则强调“中国挑战是世界性的，中国激发的思考也是世界性的”，即以中国占据世界性话题为焦点；他们都强调传统对自身的加持，不同之处是西川以其“现实感”来“重写经典”，强调自身的悖论处境，而杨炼虽然以继承传统来自我阐释，但通过对《无人称》的考察，我们发现他所谓“传统”无论是技巧还是精神都是非常形而上学的，是西方化的，这样看来，传统的“继承”更大程度上是诗人的一种价值选择，而这一选择并不是诗人对自身的过度阐释所能决定的。

## 第二节　在欧洲发明中国：以多多和张枣为例

在《世纪末的回顾：汉语语言变革与中国新诗创作》一文中，郑敏批评新诗，认为一种二元对立的思维模式使得以白话文为媒介的新诗丧失了古代文学传统宝贵的文化资源，同时又热衷模仿欧美现代文学，最终失去了“中华性”。[①] 郑敏的问题是：“中国新诗创作已将近一个世纪，最近国际汉学界在公众媒体中提出这样一个问题：为什么有几千年诗史的汉语文学在今天没有出现得到国际文学界公认的大作品、大诗人？”[②] 汉学家奚密则批评郑敏以“中华性”为新诗跻身国际文坛唯一有效的“门票”，并指出郑敏误认为“中国古典传统是一个永恒不变、普遍统一的个体”[③]，“为什么要从‘现代性’退回‘中华性’？为什么中国现代受西方的‘现代性’影响就意味着‘中华性’的丧失呢？”奚密的这一发问是有道理的，因为郑敏所谓“中华性”本身就是站在西方猎奇者的角度来窥视当代中国，并将其本质化。两人的争论启发我们：谈中西差异一定要树立一个古今的参照，笼统地谈论中西差异会使问题失去靶心，因此需要加入艾略特所强调的“历史意识”，在古今变化的维度上谈论这种差异。

2000 年在柏林获得首届安高诗歌的两位诗人多多和张枣可以加深我们这方面的理解。多多和张枣当时分别旅居荷兰莱顿和德国图宾根，多多在 1989 年离开大陆到荷兰鹿特丹参加诗歌节，张枣 1986 年到德国求学。80 年代末的

---

① 郑敏：《世纪末的回顾：汉语语言变革与中国新诗创作》，《文学评论》1993 年第 3 期。

② 同上。

③ 奚密：《中国式的后现代？——现代汉诗的文化政治》，《中国研究》1998 年 9 月号。

国内局势使他们扮演了某种角色的流亡者：在给陈东东的信中，张枣说“我心里很难受。中国发生的事使我感到真正失去了家”。[①] 多多则在从德国转机去荷兰之前，在机场宣布自己从此以后是一个“政治诗人”[②]。彼时，摆在两位诗人面前的一个问题是：如何处理诗歌和政治的关系？承继朦胧诗对抗风格的做法固然能吸引更多眼球，但并不能满足他们诗歌上的抱负。两位诗人都想到了传统，而他们对传统的回溯有着相似性，但具体的落脚点又有不同，容我粗鄙地将其指向“向道”（多多）和“诗意”（张枣）。

笔者从消极和积极两个方面来理解张枣的“诗意”，消极即“诗意的缺在”，积极方面则可以再分为两个方面，一是诗歌的“汉语性”，一是诗歌的“制作”性质，二者是一个悖论关系，调配不理想的时候会伤害张枣的诗歌，这点容下文展开。张枣虽然认为“人类的诗意是一样的”，但也许受到德国文人划分“文化”和“文明”的影响，他那里有一个中国文化帝国和美国文明帝国的对抗，[③] 他毫不犹豫地赋予汉语以诗意的优先权：“汉语对我来说是唯一的诗意化语言，我从不用其他语言写作。汉语在命名或者笼罩世界万物的时候，足以形成一个帝国。我们梦想中的汉语诗歌帝国是没有边疆的。严格地讲，诗意就是一个没有边疆的帝国。”[④] 另一方面，张枣的“诗意”根底上是“制作”，谈到史蒂文斯时，他说“如果有人把它制作成一个瓶子——当然这是一个古希腊的瓮——放在荒山的山顶上，整个荒原就会扑向瓮，使这个荒原有了新的统治和秩序。其实诗歌就是真正维护我们认识的那个瓶子，以至于我们跟瓶子发生一种不是消费的关系，而是内在的生存的关系，因为我们需要水。如果我们没有那个瓮，荒原就不会扑向我们，荒原就是彻底的荒

---

① 陈东东：《亲爱的张枣》，《今天》2010 年夏季号《张枣纪念专辑》。

② 根据与李洱先生的私人谈话。

③ 参见张枣《纽约夜眺》和《大地之歌》，《张枣的诗》，人民文学出版社 2010 年版。

④ 张枣：《绿色意识：环保的同情，诗歌的赞美》，《绿叶》2008 年第 5 期。

原。但是瓮，也就是我们刚才说的那个瓶子，它不是复制的东西，它是那些瓶子中唯一的原型，是秩序的主宰”。[①] 也就是《大地之歌》中的“好法典”。在与颜炼军的谈话中，他说“怕就怕陈旧不是一种制作出来的陈旧，而是一种真正的陈旧”。[②] 他的“浪费”诗学，也是制作意义上的浪费，要达到一个极致。一旦“诗是某种制作”（a poem is something made），必然要求主客体的二元对立，这隐含了张枣诗歌里的形而上学倾向，因为二元对立是形而上学的基础。当然张枣的诗意理想是“汉语性”可以压倒“制作”，因为中国文化排斥二元对立：“诗意最迷人处在我看来就是圆润、流转，不是二元对立。”[③] 在他著名的《朝向语言风景的危险旅行：中国当代诗歌的元诗结构和写者姿态》一文中，张枣在东西方罅隙中的这种游离可窥一二。

张枣从词与物的关系着手理解中西诗歌的差异。“词就是物”这一信念“可以保持一个西方意识上的纯写者姿态，并将语言当作终极现实，从而完成汉语诗歌对自律、虚构和现代性的追求”，而汉语诗歌核心诗学理想则是“词不是物，诗歌必须改变自己和生活”。[④] “词就是物”实际是以词语的去实物化和去人性化为前提的，剔除现实以达到某种纯粹和自律——这一点，在胡戈·弗里德里希的《现代诗歌的结构：19 世纪中期至 20 世纪中期的抒情诗》一书中有清晰的说明——而剔除现实的确与中国“词不是物”的言志传统构成致命的冲突，必然导致“生活与艺术脱节的危机”。张枣选择的是双向克服：“一个对立是不可能被克服的，因而对它的意识和追思往往比自以为是的克服更有意义。”[⑤]然而事物自身是匿名的，诗人对事物的一切命名都会隐回事物自身：“人们都想走近他，/摸他。但是，谁这样想，谁就失去/了他。”

---

① 张枣：《绿色意识：环保的同情，诗歌的赞美》，《绿叶》2008 年第 5 期。

② 张枣、颜炼军：《“甜”——与诗人张枣一席谈》，《名作欣赏》2010 年 10 期。

③ 张枣：《绿色意识：环保的同情，诗歌的赞美》，《绿叶》2008 年第 5 期。

④ 张枣：《朝向语言风景的危险旅行：中国当代诗歌的元诗结构和写者姿态》，《上海文学》2001 年第 1 期。

⑤ 同上。

(《卡夫卡致菲丽丝》(2))“哦，鸟！我们刚刚呼出你的名字，/你早成了别的，歌曲融满道路。”(《卡夫卡致菲丽丝》(3))面对事物的匿名，以语言来命名必定失败：于是她求他给不可名的命名。“/这神的使者便离去，万般痛苦——/人间的命名可不是颁布死刑?”(《爱尔莎和隐名骑士》)“以命名来替换虚幻/名与命。”(《断章(17)》)“我永远接不到你，鲜花已枯焦/因为我们迎接的永远是虚幻。”(《卡夫卡致菲丽丝》(3))而当诗人试图从事物转向神时，他又面临着另一个超验的失败：“我们到处叩问神迹/却找到偶然的东西。”(《断章(10)》)这也是弗里德里希所说的“双重意义上的失败”，即“面对语言时绝对的失败”和“面对绝对时语言的失败”[①]。诗人由此求助于中国的知音传统，“中国古典传统，它的知音乐趣可以帮助我们。这个传统还活着……它(指钟鸣对《卡夫卡致菲丽丝》的回应——引者按)传给了我一个近乎超验的诗学信号：另一个人，一个他者知道你想说什么”。[②] 但这同样存在很大问题，用张枣的朋友苏姗娜·格丝的话来说就是：“这段话同时有一个悲剧的弦外之音：如果对话失败怎么办?因为源自人际领域的对话关系注定受到时空和际遇的限制，注定有‘找不着’和丧失的可能。”格丝这句话点出了一个关键——张枣对知音观点的运用倚赖于一个机缘，《骰子》一诗可以视为这一机缘的演绎，即只有在机缘得当的时候才能掷出六点。但是必须清楚，“机缘”之为“机缘”正是因为其绝对的偶然性，当故事和历史的政治历史内涵被张枣的元诗语言抽调之后，张枣能做的，往往是加大诗歌语言的内部压力，并借助这一人造的压力逼迫某种关系的形成。“空白”在他那里不是纯白的幽闭，而是“某种关系”(《断章(20)》)，因为失去了社会政治的依托，这种关系不能朝向一个外在于自己的他者，而只能被张枣囚禁在元语

---

① [德]胡戈·弗里德里希：《现代诗歌的结构：19世纪中期至20世纪中期的抒情诗》，李双志译，译林出版社2010年版，第118页。

② 转引自[瑞士]苏姗娜·格丝《一棵树是什么?——“树”，“对话”和文化差异：细读张枣的〈今年的云雀〉》，商戈令译，《当代作家评论》2000年第2期。

言的“家”中。借用宇文所安对里尔克《时辰之书》的一个评论来将这个问题具体化：“这首诗是写给我们的，不是写给上帝的。没有人会发表一首写给上帝的诗。它的读者人数太有限了……这里一无所有，只有关系的舞蹈、欲望、分隔以及对背叛的畏惧……在这首诗中，舞台上是空荡荡的，除了两个轮番上场的舞者。它做的正是它所说的：它迫使关系形成。”① 张枣诗歌里也存在这个问题，元诗的封闭性要求他强迫关系的形成，即他诗歌中的关系是纯粹的主观关系，失去了布尔迪厄场域理论要求的关系客观性。于是——“我最怕自己是自己唯一的出口”《跟茨维塔伊娃的对话（9）》“我孤绝。有一次跟自己对弈/不一会儿我就疯了……”（《伞》）但诗人暗中变形了中国知音传统中的“推敲”，他尝试着面对绝对的词语来叩门：“小雨点硬着头皮将事物敲响：/我们的突围便是无尽的转化。（《卡夫卡致菲丽丝》（3））“修竹耳畔的神情，青翠叮咛的/格物入门……”（《空白练习曲（4）》）。在《今年的云雀》和《跟茨维塔伊娃的对话（11）》当中，诗人两次问道：“敲是回家？”在《春秋来信》中则直接告知“这个时辰的背面，才是我的家”。但，“它在另一个城市里挂起了白旗”。张枣对汉语性、对知音传统的自觉运用几乎就要撬动欧洲的独白诗歌传统，但同样是欧洲的形而上学传统却从另一个方向攫取了他的诗心：“但我最想获得的，还是反思感性的能力。简单的讲，这种反思某种意义上是一种西方的能力，而感性是我的母语固有的特点，所以我特别想写出一种非常感官，又非常沉思的诗。”② 沉思，或者说一种形而上学趣味在他的诗歌中占有很大的比例，以东西方常见的镜喻为例：“一面镜子永远等候她。”（《镜中》）“哦，一切全都是镜子！”（《卡夫卡致菲丽丝（5）》）“大地啊收敛不散的万物”（《空白练习曲（9）》）“可大地仍是宇宙娇

① ［美］宇文所安：《迷楼：诗与欲望的迷宫》，程章灿译，生活·读书·新知三联书店2003年版，第133页。

② 张枣、颜炼军：《“甜”——与诗人张枣一席谈》，《名作欣赏》2010年第10期。

娆而失手的镜子。”（《空白练习曲（1）》）这面镜子恐怕更多是柏拉图的镜子。张枣是折射的大师，[①] 他以“被克制的局部”来营构他的空间感，也许他一直在期待着他的爱丽丝，“以朋友的名义，你们去镜中穿梭来往”（《以朋友的名义……》）。但是他的形而上学趣味会不会让他念兹在兹的对知音的寻求从过于光滑的镜面上滑落，或者让他期待的知音迷失在他镜子的迷宫里呢？甚至他自己不是也曾被囚禁在向他一致围拢过来的海水般的镜子里吗？他真的能一边囚禁自己，一边为自己打开瓶子吗（《海底被囚的魔王》）？“镜子比孤独更可怕。”（《断章（11）》）张枣聪颖而苦心于诗歌，但他对智力的过于倚赖却使“神”成为其诗歌的创伤内核，他在《空白练习曲（4）》《色米拉肯求宙斯显现》和《卡夫卡致菲丽丝（9）》中对神的论证使他的诗歌有时带有过强的形而上色彩，而失败是提前注定的，“日常”最终向形而上的“神”（《而立之年》）倒戈：“从翠密的叶间望见古堡，/我们这些必死的，矛盾的/测量员，最好是远远逃掉。”（《卡夫卡致菲丽丝（9）》）赫塔·米勒在《十个指头不会变成乌托邦》中引用凯尔泰斯《橹舰日记》一书中对卡夫卡《城堡》的看法：

> 卡夫卡从未在任何一处对城堡的客观存在表示过怀疑……每个东欧人都完全清楚这一点，却恐惧地对此保持着沉默，而且害怕地跟在西方人（他们没有读懂这部小说）后面结结巴巴地鹦鹉学舌，说城堡是什么超验的东西，其实人们半眩晕地看到它是东欧生活的确切写照：被奴役世界的画面，这种奴役建立在普遍一致的基础上。[②]

1992年，张枣和好友宋琳在鹿特丹相遇诗人艾基，他就诗人能否既关心政治又写纯诗向老诗人请教。[③] 张枣询问：“沉默也是对孤独和死亡的认可？”

---

① 参见钟鸣《诗人的着魔与谶》，《今天》2010年夏季号《张枣纪念专辑》。

② ［德］赫塔·米勒：《镜中恶魔》，丁娜等译，江苏人民出版社2010年版，第60页。

③ 宋琳：《精灵的名字——论张枣》，《今天》2010年夏季号《张枣纪念专辑》。

艾基回答说“是的，但它首先是对生命的认可”。① 这里我想再一次引用阿伦特的一个观点：思想可以分为形而上学思想和政治思想，前者的中心范畴是有死性，后者的中心范畴是有诞生性。② 我曾借此分别两种诗歌模型，一种是形而上诗歌，另一种是政治诗歌。用阿伦特的说法，政治上讲死亡意味着“不再活在人们中间”，因此关于永恒的体验实际上是一种死亡。政治思想中最重要的要素是行动，它是一种对不朽的体验，与之相对，永恒（死亡）体验是一种静观，无法与任何行动相应。形而上学的上帝根本排斥机缘的偶然性：“我们到处叩问神迹/却找到偶然的东西。”（《断章（10）》）“空白之词”（《跟茨维塔伊娃的对话（4）》）不过是一个形而上的“空址。”（《丽达与天鹅》）

张枣诗歌的复杂之处在于同时具备形而上诗歌和政治诗歌两个面向，他的一些诗，像《镜中》和《椅子坐进冬天……》可以很好地平衡二者，尤其是《大地之歌》，明显向着大地着陆：

> 如果一班人开会学文件，戒备森严，门窗紧闭，
> 我们得知道他们究竟说了我们什么；
> 我们得有一个“不”的按钮，装在伞把上；
>
> （《大地之歌（6）》）

张枣诗歌中频频出现的“不”多是词语空白意义上的否定，这里却截然不同，虽然，“正如马勒说的，还远远不够”，“我们得有一部好法典，像/田纳西的山顶上有一只瓮”（《大地之歌（6）》）。两部法典，而且诗歌是更高意义上的法典。如果我们按照德国社会学家贝克对两种现代性的区分将民主划分为“第一民主时代”和“第二民主时代”，前者是个体权利的制度化时代，

① （http：//www. douban. com/group/topic/10443472/）。
② ［德］汉娜·阿伦特：《人的境况》，王寅丽译，上海人民出版社2009年版，第2页。

后者是个体在既有的制度框架下对自我和制度本身进行双重反思并进一步改变制度和自我的自反化时代，贝克强调“欧洲人在第一现代性下已经通过政治斗争赢得了这些权利”[①]，也就是我们尚未获取的说“不”的权利，在完成第一现代性的欧洲，在他们的第二现代性时代，“打开（open up）和创造语言是第一要务，语言能够摆脱第一现代性下的国家限制和必然进步论，能通过文化的对话，提出并讨论第二全球现代性诸问题。民主的进一步发展，离不开全世界各种民主语言的彼此开放”。与第一现代性注重匀质、平等的公民权不同，“风格问题是第二现代性的关键问题。要创造新的行动力场，就必须打破处于支配地位的范畴的桎梏，开创词语的新意义，从而使语言在新的处境下发挥启发性作用。民主语言的改革是民主改革的前提”。[②] 对当今的欧洲人来说，“无论从哪个角度看，语言问题都是未来的首要问题”。毫无疑问，作为诗人，张枣领先于他的时代：

> 我们得发明宽敞，双面的清洁和多向度的
> 透明，一如鹤的内心
>
> （《大地之歌（6）》）

在评论张枣的同一篇文章中，格丝认为，“通过强调‘无树’，策兰表达了‘美好和无恙的自然与无可救药的文明之间的对比已经失效’。进言之，‘无树’象征着‘对艺术而言，一个可触感的物件已经彻底缺在’，以及‘意义空白’”。[③] 我个人也倾向于认为张枣更大程度上是要种植诗意或者文化意义上的“绿树”，它建立在现实生活的“意义空白”之上，现实生活的溃败

---

① ［德］乌尔里希·贝克、［德］伊丽莎白·贝克－格恩斯海姆：《个体化》，李荣山、范谖、张惠强译，北京大学出版社2011年版，中文版序言。

② 同上书，第230页。

③ 转引自［瑞士］苏姗娜·格丝《一棵树是什么？——“树”，“对话”和文化差异：细读张枣的〈今年的云雀〉》，商戈令译，《当代作家评论》2000年第2期。

可以说是这一“空白”的前提，当然也是它的动力。

相比之下，多多认为“诗歌的理想，就是向道的理想，我以为它向道。道是中国文化的核心，道不可道，无法用语言言说”。[①] 如果说张枣的悖论存在于其诗意中中国文化的一元性和“制作”意义上诗歌的二元对立之间，多多的悖论就在于诗歌的言说和“道”的不可言说之间。试举一例：多多写于1994年的《锁住的方向》《锁不住的方向》两诗，次年，张枣写出了《厨师》，很可能是多多两诗的和诗，多多的“厨师”“转向田野”“跪向田野”，张枣的“厨师”则把“头颅伸到窗外，菜谱冻成了一座桥/通向死不相认的田野”，“通向田野”却又“死不相认”，而只“令其被吸入内部而成为软的奥秘”，即要将诗意挟制在语言之内。而“转向”乃至“跪向”田野，是“向道”。张枣的诗歌更多是从诗意层面回溯，“回家”这一点，多多有所不同：“你毕竟是个中国人。你天生的就有这么一个根。我觉得中国人这么一说有些东西就能明白”，如此，“我们要承继的是古人的精神、灵魂，而不是文字载体”[②]。

多多虽然认为“道”作为“最高的东西”“不通过语言”，“无法用语言言说”，但是他诗歌中依靠词语的二元对立制造的震惊效果仍然脱不了语言的制作性，在依靠语言暴力向传统回溯这一点上，他和张枣又是一致的。多多对《现代诗歌的结构》的评价可以佐证我们对他的这一判断：2010年11月多多在中国人民大学有一个谈话，他认为“胡戈·弗里德里希1955年的《现代诗歌的结构——19世纪中期至20世纪中期的抒情诗》的意义是如此重要，我们今天所有的问题都在这本书里”[③]。1996年，荷兰汉学家柯雷完成了其研

① 《诗人多多专访：我们这一代人都没有好腰》，《南方周末》第1396期。

② 海林：《2007年万松浦书院网站专访诗人多多》，在2004年的一次访谈中，多多说自己从未读过《道德经》。

③ http：//book. douban. com/review/4582721/。

究新诗的专著《粉碎的语言：新诗与多多》,① 在解释多多诗歌时柯雷创造了“强力意象（Powerful Image）”这一概念,② 多多对强力意象的运用，不是暴戾，而是柔弱对强力的运化，他所要挖掘的，正是这样一种弱。对应父亲（男人）的挖掘，母亲（女人）经常和这样一个守弱的空间有关，多多常常将其和代表死亡的棺木（像《当我爱人走进一片红雾避雨》《影子》和《带着你的桥——松手》）捆缚在一起，《笨女儿》里甚至直接将这一空间弱化为“炉火中的灰烬”，这样，《通往父亲的路》实际上是在“挖我母亲”，是诗人通过与父亲同样的挖掘动作去寻找通往母亲（女人）的路：

说母亲往火中投着木炭
就是投着孩子，意味着笨女儿
同情炉火中的灰烬
说这就是罪，意味着：
“我会再犯!”

（《笨女儿》）

严厉的声音，母亲
的母亲，从遗嘱中走出
披着大雪
用一个气候扣压住小屋
屋内，就是那块著名的田野

（《通往父亲的路》）

① Maghiel van Crevel, *Language Shattered*: *Contemporary Chinese Poetry and Duoduo*, Leiden, The Netherlands: Research School CNWS, 1996.

② “强力意象”（Powerful Image）与［美］汤姆·斯莱（Tom Sleigh）《太多的空气：托马斯·特朗斯特罗姆》（胡续冬译，http://www.douban.com/group/topic/22921138/）一文中所说的“深度意象”（Deep Image）有很大的相似性，笔者认为多多和特朗斯特罗姆是一类诗人，而且其诗歌语言的爆发力丝毫不让于斯氏。

母亲的母亲，母亲，母亲的女儿，这样一个序列构成了人类的历史。而“田野”和“灰烬”正是同一个容纳空间的不同显现。多多的田野（大地）具有海洋、更多是天空的属性，这使他成为一个更能与道家尤其是老聃思想相契合的诗人（《北方的声音》《十月的天空》）。反者道之动。“向下就是向上。歌唱的时候，老师讲，永远是向下，横膈膜向下，这样的话，你的空气可以压出来向上的。所以这是相对性，这是一组概念，它不可分割。是与非，黑与白，它是相对的，也是统一的。你抓住了这个方向，就把握了那个方向。”向下就是向上，因此向下的掘进反而是向着天空的，所以我倾向说在他那里有一种与土地相连的天命感。用挖掘的方式在词语和灵魂内部同时拓展，化实为虚：“像旋律依旧存在时那样地/继续创造前辈——”（《在一场留给我们的雾里》），“好像一个孩子在我体内哭泣/我想了解他的哭泣像用耙犁耙我自己”（《北方的声音》）“身穿塑胶潜水服，高速公路光滑的隧道/把未来的孩子——生出来了！”（《当我爱人走进一片红雾避雨》）。和母亲的序列相反，“前辈”“孩子”和“未来的孩子”是另一个序列，他们是在雾、体内或者隧道这样抱弱的空间里孕育出来的。多多的诗歌，通过父亲向母亲的追寻，或者说一种通过强力意象抵达的柔弱的容纳空间，显然是阿伦特意义上的“伟大”的政治诗歌。只不过阿伦特强调的更多的是人与人的共在，而多多诗歌所征求的更多是人与自然的共在。依靠自然的中介，多多试图将中国古人对共在的理解加以当代化，并以此使自然有了政治的意蕴。他说，“我历来的自我定位就是，我是一个个人。你的使命、价值只有在写作中会体现，除了上帝跟你在一起外，没有谁和你在一起。你最好的朋友，你的团伙都不能帮助你”。[①] 格丝在评论张枣的文章中引用了俞伯牙、钟子期的典故来说明中国的

---

① 夏榆、陈璇、多多：《“诗人社会是怎样一个江湖”——诗人多多专访》，（http://www.douban.com/group/topic/15798160/）。

知音传统，但她忽略了自然（高山流水）在其中所起的最重要的调节作用，[①]这种调节作用明显是高出语言的。“实际上，向道的境界，是语言无法呈现的。诗人的作用是什么？他就是要通过语言，通过建立语言的存在，接近这个境界，难处就在这里。”多多说，“灵魂最终是一个诗人最终的归宿、诗歌最后的目的。比写作更重要的是塑造自我……另外一点，我也以此保持自己的一种信念，去抵御虚无主义者，虚无的入侵。我想诗歌在这样的一个意义上，是一种训练、修炼，是一种参与更高的存在，是这样的一种活动”[②]。在他那里，诗歌成为一种个人修行。

张枣的“因地制宜”[③] 多发生在汉语的语音、语调和神韵，多多的思量较少往这些方面倾斜，他关注承载着大道的自然：“田野收割了/无家可归的田野呵/如果你要哭泣，不要错过这大好时机!”（《告别》）在多多那里，无家可归的不是诗人，而是自然。他曾经讲过这样两个故事：“一九九〇年夏天我曾在斯德哥尔摩郊区帮助一瑞典朋友驱鸟，他有一樱桃园，为防止鸟偷吃樱桃设下大网。我们的工作是把一些钻进来的和被卡在网眼中的鸟放出去。这活儿可不简单，鸟进来不易，让它们出去则更难。放开一面网，它们偏不从那儿飞，还往网里钻，忙了一下午，人累坏了，鸟没拿净，樱桃被咬得七零八落。这是沟而不通之一例。而在加拿大中部有一地区常有蝗灾，一农妇在内心默念：朋友们，请飞走吧。那些蝗虫真的就是不落她的地。在驱魔解

---

① 可以用哲学家夏可君所说的“心性自然主义”来描述多多的这一思想。在《“平淡”：不可能的余音（回应于连的问题）》这篇献给德国汉学家何乏笔（Fabian Heubel）的论文中，尤其是他对嵇康《兄秀才公穆入军赠诗》的分析。“竹林的聚会，已经在当时的政治之外打开了另一个与自然相关的新的公共空间，一种新的聚会形式，一种对待自然和政治的新的态度，一种新的生活方式，与平淡相关的生存审美风格，可以对政治产生作用的生存态度。”

② 《我主张“借诗还魂”（2004 年度诗人多多）》，（http：//www. douban. com/group/topic/2736422/）。

③ “汉语到底能不能在这样的情况下生存下去？也就在这个时候我写完了《楚王梦雨》，出国后几个月写完的，此时我发现我的汉语还活着，发现地域其实不会起消极的作用。对我来说，因地制宜就是去内化世界的物象——不管在哪里。”张枣、颜炼军：《“甜”——与诗人张枣一席谈》，《名作欣赏》2010 年 10 期。

咒的时代，我讲这事，是想说人与自然共生的方法尚未找到。”[①] 他的目光经常渗透覆盖在土地上的水泥或柏油，直接回到更深一层的自然：

我读到一张张被时间带走的脸/我读到我父亲的历史在地下静静腐烂/我父亲身上的蝗虫，正独自存在下去（《我读着》）。自然比人更长久。张枣可能迷惑于“人在鸟中？鸟在人中？”（《断章（11）》），多多则认为鸟儿比人更高（《妄想是真实的主人》）。“大量的未来”（《年龄中的又一程》）不在于对自然的征服，而是不因“文盲”或者“不懂”（《不对语言悲悼 炮声是理解的开始》）而心生恐惧。用理性武装起来的“主体”不断要求自然臣服为可操控的“客体”，如此与自然的沟通结果是基本上毁掉了自然，也就是基本毁掉了人类共在的前提。“那条让他们撤退的河已把自身的立场晾干了/许多人由此变为理由，更多的人/一直在变为土地，去/隔离他们最初的，最终的”（《当前线组成的锯拉着那里的每日——向前》）。人被抽干为“理由”更多源于人以某种理由的不尊重对待自然。人类讲求人与人之间的民主，却日益将自然逼迫为有待压榨的奴隶。现在，诗人不再工具理性式地测量自然，而是反过来，尽量以自然的角度测量人类。

多多的优势在于他重新激活了传统尤其是道家传统，但他对这一优势不是没有代价的；他对传统的回归不期然过滤掉了他的当代经验：“也许从根本的意义而言，多多的思辨停留在直觉层面上，虽然剥离清洗掉社会主义农村中所包含的某些负面因素，但在异国环境下对早年农村经验更为刻骨铭心的记忆直觉，叠加上欧洲生活中越来越强化的文化记忆，导致了多多最终选择

① 多多：《雪不是白色的》，《沟通：面对世界的中国文学》（万之编，1997 年）。在同一篇文章中，多多说，“在海外生活的七年历程中，我和写作的关系一如从前。不变的比变的为多。处于一个更为完善的律法系统、物质现实和文化潮流中，如果说到变化，只是更为发自内心地与自然进行交流。当我散步于山野，大自然的风景依旧到处提示着：我就是你”。

了传统的农业文明记忆，并将之视为自己的‘原乡’。”① “他所谓‘天人和谐’的传统，最终因为缺少了对传统社会的深入了解，不得不沦为纸上的‘美学’。这个封闭在‘美学’中的农业文明，如此脆弱，激发起了处在激变当中的中国人的集体记忆，赢得了较为普遍的认同与接受。但在归国后的写作中，处理当下的历史经验，多多这一深度象征主义写作方式，暴露出无法掩饰的危机，某些诗歌，扭曲了我们当下正在经历中的经验。”余祖政举《白沙门》一诗为例，“诗歌所显示的内容，显露出海德格尔意义上的‘看守家园’的存在主义式理解，却完全漠视了当代中国的具体生活经验，并将之上升到所谓的‘无人把看守当家园’的多多式的思的程度”。② 同样，张枣对传统的回归也有着类似的问题，“历史”和“传统”在张枣早期诗歌里是一种借用，对“传统”精神的借用，是对“中国政治环境下洋溢古典温馨微妙精神的日常生活缺失的一种职责。这种日常生活性是相关于微妙，相关于‘永恒’的。所以，在张枣对‘古典文本’或者‘历史’的借用中，社会历史的因素完全被剔除干净，只剩下那些美好生活的细节，它们只与时间的流逝有关，却又能通过某种精神性的复活，代代传递下去”③。“在这里，‘传统’被建构的前提，都是在西方文化的‘看’的视角之下，不可避免地使这种‘被看’的‘传统’被指认为具有某种确定本质的性质，有被体制化的危险，尤其当诗人的文化身份认同与新诗面临着的‘身份合法性’危机纠结在一起的时候。”④

布尔迪厄在反思“诗性”或“文学性”时提醒我们注意在谈到它们时一

① 余祖政：《“技艺”的当代政治性维度——有关诗人多多批评的批评》，《中国诗歌评论——细察诗歌的层次与坡度》，萧开愚、张曙光、臧棣主编，上海文艺出版社 2012 年版，第 42 页。

② 同上书，第 44—45 页。

③ 余祖政：《重释“伟大传统”的可能与危险》，《新诗评论 》2011 年第 1 辑（总第 13 辑），第 72 页。

④ 同上书，第 86 页。

种司空见惯的本质主义思维："哲学家、语言学家、符号学家、艺术史家对文学的特性（'文学性'）、诗歌的特性（'诗性'）或一般意义上的艺术作品的特性以及它们要求的特有的美学认识这个问题提供的多种答案，一致强调诸如无动机、无功能或形式高于功能、无关利害等属性。"① 这些脱胎于康德分析变种的定义——无用之用、超然静观的形式主义美学——实际上把艺术品的特殊经验变成了普遍的本质（本质即游戏规则，在各个相对独立的次场中，玩的是以普遍性为赌注的游戏），这些本质性分析的形式主义滥调阉割了谈论对象的历史性，"不知不觉地将个别情况普遍化，并由此将关于艺术作品的定位和定时的个别经验转换为一切艺术认识的超历史规则。与此同时，这些分析却回避这种经验的可能性的历史条件和社会条件问题"。② 艾略特说："不但要理解过去的过去性，而且还要理解过去的现存性，历史的意识不但使人写作时有他自己那一代的背景，而且还要感到从荷马以来欧洲整个的文学及其本国整个的文学有一个同时的存在，组成一个同时的局面。这个历史的意识是对于永久的意识，也是对于暂时的意识，也是对于永久和暂时的合起来的意识。就是这个意识使一个作家成为传统性的。同时也就是这个意识使一个作家员敏锐地意识到自己在时间中的地位，自己和当代的关系。"③ 多多和张枣共同的问题是在他们的意识里，有一个"过去的过去性"，却缺少一个

① ［法］皮埃尔·布尔迪厄：《艺术的法则：文学场的生成与结构》，刘晖译，中央编译出版社2011年版，第269页。

② 在讨论到"场域和惯习"的关系时，布尔迪厄认为二者是"历史的两种存在状态，它们之间的关系使我们得以建立一种新的时间理论，而这种理论可以同时摆脱两种相互对立的时间哲学：一方面，有一种形而上的观点将时间看作是某种自在实体，独立于行动者存在（正如'时间长河'所说的）；另一种则是意识哲学。我们说，时间绝不是什么先验的条件，超越了历史性，而是实践活动的产物。实践活动正是在创造自身的同时，创造了时间"。［法］皮埃尔·布尔迪厄、［美］华康德：《实践与反思：反思社会学导引》，李猛、李康译，邓正来校，中央编译出版社1998年版，第182－183页。社会学和历史学不能分开，"所有的社会学都应当是历史的，而任何历史学也都应当是社会学的。从事实来看，我所提出的场域理论，其作用之一，就是想消除再生产和转型、静力学和动力学或者结构和历史之间的对立。"参第126页。

③ ［英］艾略特：《艾略特诗学文集》，王恩衷编译，国际文化出版公司1989年版，第2页。

“过去的现存性”，前者使他们对传统的认定本质化，后者则使他们的当代意识薄弱。多多和张枣的诗歌对当代的处理明显偏弱，很容易拘囿在纸面上，就是这个原因。布尔迪厄提醒我们“对传统和传统的‘应用’进行双重的历史化”[①]，这就确保了与某种程度上作为幻象存在的传统之间的关系不是无距离的融合与融入（避免了对传统的前历史经验的虚假回归），而是包括了一个反思的距离。多多和张枣的问题，是将这一历史反思的距离取消掉了，他们凭借自己对传统的理解对传统进行了单一的历史化，这一历史化没有考虑到诗人自己在社会政治中的位置，因而这一历史化就有可能坠入诗人的想象力对传统的本质化，或者像余祖政举多多《白沙门》所见，诗歌成为某个哲人思想的演绎。

## 第三节　对欧洲浪漫主义诗歌传统的改写：以孙文波和臧棣为例

20 世纪，语言在文学场域尤其是诗歌场域中的地位不断凸显，甚至，伴随着哲学场域内发生的语言学转向，欧洲浪漫主义以来对诗歌语言的重视也形成一个相对独立的场域，[②] 相继成为显学的俄国形式主义、英美新批评和法国结构主义都是在这一场域内大显身手，受同一思潮影响，人文社会科学普遍出现与语言相关的叙事、修辞转向，[③] 比如海登·怀特等欧美新历史主义学

① ［法］皮埃尔·布尔迪厄：《艺术的法则：文学场的生成与结构》，刘晖译，中央编译出版社 2011 年版，第 291 页。

② 德里达在《哲学的边缘》写道：“自浪漫主义时代以来，西方艺术达到了越来越大的、外部系统已无法干预的自治。”转引自陆兴华《当代艺术做什么》，上海锦绣文章出版社 2012 年版，第 85 页。

③ 参成伯清《走出现代性：当代西方社会学理论的重新定向》，社会科学文献出版社 2006 年版，第二、三章。

者也在历史学场域提出了“元史学”，将隐喻等诸种文学修辞手法引入历史学，大大更新了人们对历史的看法。

语言学转向的后果，是语言不再被简单视为思维的工具，语言和世界不可分割，从诠释学角度看，理解的对象和理解活动都是语言性的。不那么极端的说法会认为语言具有自足性，更极端的说法则会认为不是人在说语言，而是语言在说人，将语言的重要性推到一个高潮。无疑，语言学转向像一面筛子重新过滤了诗人们的诗歌观点，这里将臧棣和孙文波两位诗人的诗歌放到一起来分析，就是想具体来看看，在语言学转向这一大背景下，当代诗人是如何接受这一冲击，并如何调整自身的写作思路的。

另外，由于这里涉及的两位诗人孙文波和臧棣同浪漫主义有着密切的关联，我尝试将他们对语言学转向的具体实践落实到对浪漫主义的理解上，在我看来，他们以不同的态度对浪漫主义诗歌作出了新的理解，当然这一理解以语言学转向为前提。我尝试将两人近年的诗歌写作都界定为“语言浪漫主义”，但是最终依据布尔迪厄对“元”（meta）的不同界定来对两人的诗歌作出区分。

事实上，单纯对“浪漫主义”进行界定已经是异常艰难的事情。美国学者洛夫乔伊就曾认为“浪漫主义”一词的意义如此宽泛以至于就其本身而言它什么意义也没有，伯林则认为浪漫主义和民族主义、存在主义、民主和极权都有关系。[①] 但无论“浪漫主义”如何让人感觉飘忽不定，将其视为对欧洲启蒙理性的情感回应应该是不离谱的：亨克尔将浪漫主义概括为“现代性

---

① ［英］以赛亚·伯林：《浪漫主义的根源》，亨利·哈代编，刘东、吕梁译，凤凰出版传媒集团，译林出版社 2008 年版，编者序，第 3 页。巴尊则早在伯林 20 余年前就认为：“浪漫主义不是中世纪的回归，不是对异国情调的喜爱，不是对理性的反叛，不是泛神论的复苏，不是理想主义和天主教教义，不是对艺术传统的抱起，不是对情感的偏爱，不是回归自然的运动，不是对武力的歌颂。它不是考试标准答案中提供的一大堆特征中的任何一种。原因很简单，因为任何一种特征都不可能套用在每一个伟大的浪漫主义者身上。”雅克·巴尊：《古典的，浪漫的，现代的》，侯蓓译，江苏教育出版社 2005 年版，第 12 页。

的第一次自我批判"[①]，波德莱尔则认为"浪漫主义不侧重于主题的抉择之中，也不屑于艺术的真实性之内，而恰恰存在于情感的方式"[②]，伯林虽然不把情感视为德国浪漫主义运动的中心（"浪漫主义的本质"是"意志"[③]），却将其根源界定为"受伤的民族情感和可怕的民族屈辱"[④]，而浪漫主义运动在他看来"是发生在西方意识领域里最伟大的一次转折"[⑤]。

目前为止，我看到的欧美人对浪漫主义的有力攻击和有力辩护均不能脱离其政治和宗教语境。前者比如休姆，他认为一切浪漫主义的根子在于"个人是可能性的无限储藏所；假若你们能摧毁那些压迫人的法律，这样重新整顿社会，那么这些可能性便会得到一种发展的机会，那么你们就会进步"。而古典主义认为"人是一种非常固定和有限的动物，他的天性是绝对不变的。只是由于传统和组织才使他具有任何的优点"[⑥]。休姆视浪漫主义的特征为：人类本质乃善，却为环境和制度毁坏。浪漫主义文学就是对"无限"的憧憬，就是"环绕各种与飞翔有关的隐喻"，古典主义则视有限为人类本质，人类亦可在法律和制度训练下变好，他"在最富有想象力的、最奔放的思想中也总有一种遏止，一种保留……他可能跳跃，但他总要落回地面上"[⑦]。休姆认为"人的固定的天性那一方面就是对上帝的信仰……你不信上帝，于是你就开始相信人就是神。你不信天堂，于是你就开始相信地上的天堂。换句话说，你

① 转引自［美］维塞尔《马克思与浪漫派的反讽：论马克思主义神话诗学的本源》，陈开华译，华东师范大学出版社2008年版，第19页。

② 袁宪军、王柯平、胡继华等：《多维文化视野下的浪漫主义诗学研究》，上海文化出版社2011年版，序言。

③ ［英］以赛亚·伯林：《浪漫主义的根源》，［英］亨利·哈代编，刘东、吕梁译，凤凰出版传媒集团，译林出版社2008年版，第138页。

④ 同上书，第44页。

⑤ 同上书，第10页。

⑥ 同上书，第5页。

⑦ 同上书，第7页。

就接受了浪漫主义”。在这个意义上，休姆称浪漫主义为“溢出的宗教”[①]。

巴尊的见解晚于休姆20年，他同样从浪漫主义与古典主义对比的角度入手处理，却完全站在浪漫主义一边。巴尊和布尔迪厄一样欣赏帕斯卡尔的信仰打赌说，“信仰不仅仅是对未知世界的描述。它是一种能量的理论……对浪漫主义者来说，信仰不再是迷信或对宇宙必有第一动因的单调陈述；信仰是一种智力和情感的需要”[②]。浪漫主义时代，不同的人把赌注压在天主教或新教的上帝存在、泛神论、艺术、科学或者政府上，这些不同甚至矛盾的赌注都指向古典主义在认知上的僵化与狂妄：“古典主义有限责任公司”假装真理是被发现的并且强制每个人按照这一先验真理来行事。巴尊认为“浪漫主义必须被看作政治愿望的最初反应”[③]，因为古典总是有沦为教条和强迫特殊和差异的危险——它试图一劳永逸地建立一个永恒秩序，浪漫主义冲动则是在这一永恒秩序不可能对之后的古典独裁主义的缓冲和纠正，从这个意义上，“浪漫主义即为现实主义……1790年到1850年的浪漫主义者所追寻的并不是一个借以逃避的梦想世界，而是一个用以生活的现实世界。对现实的探索是浪漫主义艺术的基本意图”。[④] 在巴尊眼中，浪漫主义根本不是灵魂脆弱、无法承受现实生活的人对现实的逃避，浪漫主义者反而是基本的建设者，与个体消融于古典秩序的18世纪相比，他们更关注如何解决个体与秩序之间的关系，最终改变现实生活中他们不喜欢的那一部分。巴尊最终将浪漫主义界定

① ［美］托·厄·休姆：《论浪漫主义和古典主义》，刘若端译，载中国社会科学院文学研究所编《现代美英资产阶级理论文选》，第5—6页，他甚至以“意志自由说的异端”和“清醒的原罪说的正统信条”来对应浪漫主义和古典主义，以此我们可以窥见其极端保守主义立场。

② ［美］雅克·巴尊：《古典的，浪漫的，现代的》，侯蓓译，江苏教育出版社2005年版，第50页。巴尊以斯宾诺莎——古典时代和帕斯卡尔一样被忽视——对几何学和直觉的“机巧精神”划分来对应古典主义和浪漫主义，前者是操纵不存在的抽象概念和定义的能力，后者则是浪漫主义者用以感知的工具，它重事实和特殊远重于普遍和抽象。

③ ［美］雅克·巴尊：《古典的，浪漫的，现代的》，侯蓓译，江苏教育出版社2005年版，第二次修订版序言。

④ 同上书，第52页。

为“人对其能量和弱点的认知”①，他将能量及其大小作为浪漫主义生活的鉴别标志，这样就可以解释为什么一直以来我们总是被纷繁、相互抵触的浪漫主义现象所迷惑，因为浪漫主义——作为一种功能——总是从事实和语境出发对自身面对的困境提出解决方案。请注意：这是典型的布尔迪厄式概念，它是从关系而不是从实体出发来进行界定。简单地说，古典主义者需要休息而浪漫主义者孜孜于探索。“浪漫主义者有重新建设的使命”②。

孙文波说，“作为一种与‘现代性’有关的思想思潮，对浪漫主义的态度，实际上是与如何看待我们自身处境相关的。所以如果要谈当代诗歌中的‘浪漫主义’，其实要谈论的是我们对待‘现代性’的态度。如果从这一角度入手，那么整个20世纪的‘现代主义诗歌’的进程，就可以纳入其中。”③这与我们上面提到的亨克尔的见解是一致的。限于篇幅，我们将注意力集中于他2012年出版的《新山水诗》一书，书中同名诗歌献给华兹华斯。但开篇诗是《夜读韩愈》，由此推想，他是尝试在两个不同的传统中书写自己的新山水诗的。这里仍然依赖宇文所安所描述的中国古典诗与欧洲古典诗的不同来看待孙文波是怎样将两大传统融贯的。

“a poem is something made”（诗是某种制作）是古希腊人对“诗”的定

---

① ［美］雅克·巴尊：《古典的，浪漫的，现代的》，侯蓓译，江苏教育出版社2005年，第122页。

② 同上书，第126页。巴尊认为唯一的古典主义生活是城市生活（第39页），这与斯宾格勒认为浪漫主义属于城市截然相反：“居于领导地位的世界城市的文学”，相比之下，土生土长的地方性文学却遭到忽视。另外斯宾格勒认为歌德“世界文学”的开始在于浪漫主义（奥斯瓦尔德·斯宾格勒《西方的没落》（第二卷），吴琼译，上海三联书店2006年版，第95—96页）。他的另一个很有趣的观点是，推翻封建王权之后，“‘人民’就特别地意指城市的人民。民主是城里人要求农民也具有与之相同世界观的一种政治形式。”（《西方的没落》（第二卷）85）巴尊与此不同，在他看来，17、18世纪的路易十四专制和启蒙运动以古典绝对主义气质“宣布法语是世界语言并把它成功地贯彻于整个欧洲”，使其发展成“一种世界性的古典主义”（《古典的，浪漫的，现代的》，第35—36页）。

③ 私人通信。他试图建立一个总体的认知框架：“更为重要的不是对西方诗人的具体学习，而是整个二十世纪西方文化思潮带来的认识论意义上的理解世界的方式”。（《还有多少真相需要说明——回答张伟栋》http：//site. douban. com/106604/widget/notes/195233/note/96913662/）。

义。显然，将“poem”译为“诗”，不过出于某种方便。“poem”是一个文本，一个“制作”之文，它是受其制作者的意志控制（control）的。“poem”是作为主体的诗人的意志对象（客体），希腊诗人以某种意图（intention）来作诗，intention是自觉的（voluntary），其中暗含了西方对自由意志的关注。中国关于“诗”的第一位和最权威的陈述则是“诗言志”，“志”则不能简单地译为intention，它被宇文所安译为“to be intent upon”（专注于某物）或“what is intently on the mind”（“内心专注于之物”或“怀抱”），它既是心的内容，也是主体与该内容的关系，是诗歌之外的现实世界里的人与某客体、事件或可能性的一种关系。在“志”的观照下，语言指向了（想）说出的内容与说话人为什么（想）说出（此内容）之间的关系，是人和世界的一种主观联系，是人的思想情感固着于某物的时刻。“志”是有张力的，它寻求解决，同时也寻求外在表现。如果说西方的符号学理论仅仅关注符号的纯规范运作，而西方由此获得了它的知性传统，则中国“志”的模式把动机、情境与符号的纯规范运作结合了起来。“它宣告了中国语言和文学传统理论的一个核心假定：动机和具体的起因是意义的一个不可分割的组成部分”。也因此，“要理解《诗》就必须拥有一种特殊的本领：不能仅仅知道好像说了什么，还得知道说者真正要说什么”。这可以看作中国诗的另一个传统，即“知”的传统（如果说“志”是从生成创作的角度来说，则“知”则是从阅读接受的角度来谈论的）。“中国文学思想正是围绕着这个‘知’（knowledge）的问题发展起来的，它是一种关于‘知人’或‘知世’的‘知’（knowing）。这个‘知’的问题取决于多种层面的隐藏，它引发了一种特殊的解释学——意在揭示人的言行的种种复杂前提的解释学。中国的文学思想就建基于这种解释学”。[①] 希腊

① ［美］宇文所安：《中国文论：英译与评论》第一章《早期文本》，王柏华、陶庆梅译，上海社会科学院出版社2003年版；另参冯强《中国诗：“志”的传统与“知”的传统》，《济宁学院学报》2012年第1期。

古人强调主体对客体的控制，而中国古人则在写作和阅读两个方面分别强调“志”和“知”，说到底是强调了动机在诗歌中的作用。为了具体说明孙文波的诗歌对两大传统的沟通，试举《辛卯年三月断章 ·反客观诗》。“所以啊，不客观，/使我写下的一切全在变形：雷 = 惊悚；/乌云 = 压抑；桌上物品 = 混乱琐碎。”最末三句点明了古希腊诗歌传统借以依赖的“隐喻”[①]。自然现象比如“雷”和“乌云”变形为“惊悚”和“压抑”，本体吞并喻体，其实也是主观吞并客观，从这一点，确无客观性可言。同时因为“世界是制度，是一个又一个组织，/以及它们带来的，人与人的关系”。再往前推溯，则“一切都与欲望有关”。如果我们从中性意义上理解“欲望”，不过是中国古人强调的动机。孙文波的诗歌，能关注符号的运作、诗人主体对语言客体的意志控制，比如这首诗开头的几句，也能注意到世界的背后不过是因为各种欲望发动的各种关系，能从动机上来进行思考。正是在这里，我发现了孙文波的诗歌和布尔迪厄场域理论的高度共鸣。布尔迪厄曾称赞奥斯汀提出的“以言行事”（do things with words），但反对在语言本身中找到语言效力的原则和机制，而是认为语言的权威来自外部的制度授权。[②] 另外，孙文波认为世界“也是斗争”，这个观念同样可以在布尔迪厄那里得到很好的解释：“社会

---

① ［美］巴尊在《我们应有的文化》里认为隐喻是创造力崇拜（或者借用耿占春的术语“感受力崇拜”）的重要组成部分，“做出某种新的、原创的、令人惊讶的事情；最重要的是成为你自己，因而要漠视一般规则，自由地打乱语言的用法，显示自己的想象力和专业水准”。（严忠志、马驭骅译，浙江大学出版社 2009 年版，第 81—82 页）范劲认为隐喻建立在相似性原则之上，而相似原则其实是形而上学的“符合”观念，因此隐喻的困境更多是传统形而上学的困境。范劲认为福柯在《词与物》中阐明的连续性其实就是这种相似性或同一性。（《德语文学符码和现代中国作家的自我问题》华东师范大学出版社 2008 年版，第 7 页）范劲的这一观点大概是受到海德格尔的启发，后者认为隐喻的存在与形而上学的存在建立在相同的基础上。参高辛勇《修辞学与文学阅读》，北京大学出版社 1997 年版，第 70 页。

② ［法］皮埃尔·布迪厄、［美］华康德：《实践与反思：反思社会学导引》，李猛、李康译，邓正来校，中央编译出版社 1998 年版，第 195 页。实际上，自爱因斯坦物理学冲击了牛顿经典物理学以来，主客体之间的关系确实不像以前那样泾渭分明，下面是艾未未的一个见解，可以和布尔迪厄形成呼应：“事实上我们是事实的一部分，如果不能认识到这一点，我们就是不负责任的。我们是被制造出来的事实。我们就是事实，但这部分事实意味着，我们必须制造出不同的事实。”（*Ai Weiwei spricht*：*Interviews mit Hans Ulrich Obrist*，导言部分）。

世界是争夺词语的斗争的所在地，词语的严肃性（有时是词语的暴力）应归功于这个事实，即词语在很大程度上制造了事物，还应归功于另一个事实，即改变词语，或更笼统地说，改变表象（例如像莫奈那样的绘画表象），早已是改变事情的一个方法。政治从本质上说是一个事关词语的问题，这也是为什么科学地了解现实的斗争，几乎总是不得不从反对词语的斗争开始。"① 孙文波的诗歌中有大量与各类意识形态的斗争，这种斗争通常以观念的方式进行，就是像韩愈那样以理入诗，② 不仅以理入诗，而且我们能在《新山水诗》中看到大量以观念斗争或辩驳观念的诗句，比如《登首象山诗札之一》，再比如这首《元诗》：

因为哪，你忽而是一匹马，忽而又变成了一只
飞在时间的纸片中的蝴蝶，甚至有时你就是
闪电本身，给我造成巨大困惑。让我不停地
思想，什么时候我才再也看不见你。我已不想
再看到你。你啊，背叛者，把生命搞成别人
的想象。我的确一万次想象你，我希望
这是最后一次了。我希望你从闪电的
裂缝跑到宇宙的深处，彻彻底底消失。

---

① 皮埃尔·布迪厄：《文化资本与社会炼金术：布尔迪厄访谈录》，包亚明译，上海人民出版社1997年版，第136—137页。

② 在2008年9月的一则笔记中，孙文波写道："韩愈的诗说理，这是大家都知道的事。在我看来，唐代也就只有他一人敢什么都无所忌惮地那样写了。当然，在写得好的时候，他的诗是出彩的，但有些诗让人觉得的确是没什么意思。像《符读书城南》一诗。这首诗写两个人从小生活环境一样，在一起玩耍着长大，到了后来一个出人为相，另一个变成小卒。而原因是什么？就是因为一个好好读书，另一个不学无术。诗到了最后再加上几名总结性言语，像什么'不见公与相，起身自犁锄。不见三公后，寒饥出无驴'。说实话，读起来真是很无趣。以韩愈那样高迈的人，如果我们说他连诗的章法都搞乱了，才会写出一些今天看起来没有意思的诗，很可能是不对的。但为什么呢……？不管这内里到底隐含了什么，不过有一点让我觉得是可以引起警惕的，就是说理在写诗中最具危险性。一定要小心应对。"可见在诗中说理是他深思熟虑的一个结果。豆瓣网—孙文波的日记—笔记（http://www.douban.com/note/17589090/）。

美国俄罗斯文学学者爱泼斯坦20世纪80年代谈到俄罗斯文学时用概念主义、元现实主义和在场主义概括当时俄罗斯文学的三种类型，提到概念主义时说："语言为了生产'剩余价值'而开发我们的语言器官，用转瞬即逝的意义、伪真谛、意识形态垃圾充塞这个世界。概念主义是一个河道系统，将所有这些文化垃圾和废料排放进污水池文本，在污水池里垃圾能够被从非垃圾中过滤出来"①。孙文波的语言浪漫主义同样是语言的一种自我表达和批评，但它没有切断同现实—真实的关系，它没有取消文本世界和现实世界的区别，比如《元诗》就是针对80年代以来出现的大量已经与现实脱离关系的"元诗"观念的一个非常精细的解构，这首诗也成为当代诗歌清淤系统的一个管道。

在布尔迪厄看来，如何定义"元"（meta）很重要，"元"可以针对他者，即凌驾于他人之上，也可以针对自身，布尔迪厄取后者，"元""始终应该是针对它自身来说的。它必须利用自身的手段，确定自己是什么，自己正在干什么，努力改善对自身立场的了解，并坚决否定那种只肯将其他思想作研究对象的'元'观念"②。这一点我想孙文波也会认同，90年代他就认为诗歌写作需要"强调语言在具体的时间空间中'生成'的可能性，它的位置感以及它属于'这里'的'正确的诗意'"。③ 他尤其强调"相对性"，认为诗歌写作最重要的一条原则是"反对普遍性的存在"而强调"话语差异"："人都是活动在相对的'话语场'中，话语的通约性，以及话语的前置成分，无

---

① ［美］米哈伊尔·爱泼斯坦：《俄罗斯诗歌新潮流：概念主义，元现实主义，在场主义》，赵四译，载《当代国际诗坛（5）》，唐晓渡、西川主编，作家出版社2011年版，第62页 。可参韩愈：《调张籍》"徒观斧凿痕，不瞩治水航"。

② ［法］皮埃尔·布迪厄、［美］华康德：《实践与反思：反思社会学导引》，李猛、李康译，邓正来校，中央编译出版社1998年版，第251页。

③ 孙文波、张曙光、西渡：《写作：意识与方法》，《语言：形式的命名（中国诗歌评论）》，孙文波、臧棣、萧开愚编，人民文学出版社1999年版，第364页。

不限制着人，使之不可能独立地置身在‘空白’的话语前景中说话”[①]。进入21世纪，《在相对性中写作》中孙文波仍然警惕那种只对自身有效的“元诗”[②]。布尔迪厄曾认为普鲁斯特是个令人敬佩的社会学家，他在布尔迪厄的社会学著作《区隔》之前就已经写出了《区隔》所要表达的意思。[③] 孙文波当然也当得起这个社会学家的称号，我以为，这其中各种观念的斗争和辩驳起了很大的作用，这种斗争是严肃的，否则不构成斗争，但这种斗争也是坦率的，他不仅把自己的观念拿出来，也把自己在哪个位置上持有这个观念暴露出来，既展示自己的能量，也决不回避自己的弱点。布尔迪厄坚信“所有的科学都是关于被隐藏的事物的科学”[④]，而被隐藏的无非是科学背后对科学进行操控的各类科学家的位置，就像孙文波在《反客观诗》中提醒我们的，其实所谓科学研究同样不能排除研究者的主观性，这种主观性是和研究者的各种利益和无意识牵连在一起的。从这个意义上讲，孙文波的写作仍然可以被划入“元诗”，只不过这一元诗指向自身，是自反的，犹如布尔迪厄说，“社会学是社会学认识论的一个根本性向度”[⑤]，我们也可以说，关于诗歌的诗歌是诗歌认识论的根本向度，但倘若这一认识论不是指向自身而是试图将

---

① 孙文波、张曙光、西渡：《写作：意识与方法》，《语言：形式的命名（中国诗歌评论）》，孙文波、臧棣、萧开愚编，人民文学出版社1999年版，第376页。

② 孙文波：《在相对性中写作》，北京大学出版社2010年版，第22页。在同一篇文章中，他说“人们总是把自己写作的正确性凌驾在别人的写作之上”。帕斯：“我现在和过去都是为了捍卫我相对的真理。在任何情况下，真理都不过是作为一个部分而存在。”《我的思想就是一些意见》，赵振江译，《南方周末》2008年1月31日。对整全价值的指涉在孙文波和萧开愚都是非常明确的，在前者，是相对－绝对，在后者，是局部－全局。

③ 皮埃尔·布迪厄：《文化资本与社会炼金术：布尔迪厄访谈录》，包亚明译，上海人民出版社1997年版，第48页。“普鲁斯特并不想揭示这个结构复杂的现实的本来面目，而只是向我们展示他看待这个现实的观点，同时告诉我们相对于他所描述的东西，他把自己放在了什么位置上。根据斯比兹的说法，普鲁斯特的插入语，正是元话语在话语中作为在场显露自身的地方。”《文化资本与社会炼金术：布尔迪厄访谈录》，包亚明译，上海人民出版社1997年版，第133页。

④ ［法］皮埃尔·布迪厄、［美］华康德：《实践与反思：反思社会学导引》，李猛、李康译，邓正来校，中央编译出版社1998年版，第327—328页。

⑤ ［法］皮埃尔·布迪厄、［美］华康德：《实践与反思：反思社会学导引》，李猛、李康等译，中央编译出版社1998年版，第100页。

事实上不可通约的他者裹挟进来，将其抹平，这就不是认识论，不是对力量和软弱的认知，仍然不脱语言玄学的自恋窠臼。

前面提到的几位诗人中欧阳江河的写作是比较典型的语言玄学，他从20世纪80年代末就开始这种诗歌写作，一直到《凤凰》把这种写作的全部缺陷暴露无遗；张枣和多多的诗歌也有这种特征，不过张枣在90年代发表的《朝向语言风景的危险旅行——当代中国诗歌的元诗结构和写者姿态》① 一文中对此已有清楚的认识，并指出这种语言玄学的"危险"，遗憾的是他本人的诗歌实践未能及时对他观念上的这一认知作出反应；我认为多多的诗歌尤其是他八九十年代的诗歌是用汉语写出的最出色的语言玄学诗，而且他明确意识到"向道"的精神，多多诗歌的缺点和所有语言玄学诗一样，即它在处理当下问题时偏软，因为玄学诗总会有抵制"驱魅"的本能；萧开愚的当下意识和孙文波一样强烈，而且他明确诗歌有一个从现代性到当代性的转型，其中一点就是从神秘到陌生的体验模式。他的《这不是一首诗》和《破烂的田野》可以说和孙文波的类似诗歌达到了高度默契，而且在力量方面更胜一筹（孙文波诗歌的特点是坦率，让人动容的坦率），但他将更多"赌注"押在政治场域，认为一个儒家式样的社会民主终将会到来（这是他以主流自任的意识形态）。

以上是题外话。下面我们具体就孙文波如何在《新山水诗——向华滋华斯致敬》（2010）中体现他对自身的软弱和力量的认知。"在那里，我已/成为孤独地创造孤独幻象的人……"，"让我这样告诉每一个人，世界，并不是/不可玩味；如果你像我一样，心中有大/图景，你会说：壮丽山河，处处都可能/成为家"。"孤独地创造孤独幻象的人"也能使"在纸上描绘的生活大于现实"。《新山水诗——向华滋华斯致敬》开篇借助"千里之外虚构的谈话"——可能是对华兹华斯的阅读——"在我的心里筑起一座临水的瞭望

① 颜炼军编选：《张枣随笔选》，人民文学出版社2012年版，第170页。

台”，登高望远，心胸放荡。“是青山绿水，但不仅是青山绿水”让人想起宋代禅师青原行思提出的参禅三境界，而在我看来，这三境界在诗中也有线索可查，从开初“把所有的注意力朝向物质的细节”，经过“反对时间”“反对现实”和“反对具体”的中介：我甚至想在人迹不到的山峰上，坐下来/回望层嶂迭峦，在自然的空寂中，静静/地思考消失的意义——啊，消失！这是/我对滚滚尘世的最后一击。在一个开阔的顶峰思考生命“消失的意义”，因为在此时诗人体会到“生命的绝对”无外乎“融入自然”。相对的生命，绝对的死。但死是尚未到来的现实性。于是山水对诗人的意义就不仅是认知上的，它具有切实的改造能力，使诗人从空旷的山峰返回世俗世界之后用一双和善宽容的眼睛重新审度这一世界——“在这里我眼前浮动一个乌托邦”——诗人首先强调的是“语言”，其次是由语言承载的美学、伦理和道德，再次是“青砖灰瓦”的物质文明，最后才是“绿水翠树”的自然风光，将开头的从自然到因各种不同的观念牵引的不同人生选择这一顺序颠倒过来，完成了一次回环。下面谈谈宇宙的虚无和生命的消失这一在孙文波诗歌中占有重要地位的主题：

——为他们我做过什么呢？我写诗，
谈论过政治，但政治仍然不正直；我写诗
谈论过公平，但公平仍然不公平；我写诗
谈论过幸福，但幸福仍然不幸福。
我的谈论是纸上谈兵——后来我
不谈论它们了。后来，我只谈论时间
谈论事物的消失——是啊消失，不仅是人的消失，
是一切都会消失——有一天，我的祖国也会消失，
我居住的星球，也会消失——有一天，
是哪一天？我猜测了，肯定是不太远的一天。
那一天，能源没有了，地球上停满机器；

那一天，粮食不再生长，饥馑席卷大地；

那一天，世界上只有鬼魂。没有泪水。

（《清明谈，故意幼稚的诗》）①

这些诗句写出了一个中国当代诗人的全部无奈和悲哀。孙文波和萧开愚一样是积极的虚无主义者：虚无最终会取消一切人世的意义，虚无是对繁复文明的最后一击。诗人朝向虚无，将因欲望带来的文明繁复减到最低，他在《十一月十一日宿于林木家中而作》写到我的确看到了，在白云悠悠的天地间，什么都是/身外之物……在其中我们看到一种新的生命秩序。但孙文波又不会认同萧开愚的政治见解：并非沉默，只是痛，咬牙切齿的现实，/不建设乌托邦。圣贤的理想只是理想，悬浮于想象。/两千年太久，我看到的全是改正不了的歧义。（《灵隐笔记》）坐着公交车，摇晃中看到新塑圣像，② /他宽袍大袖，在守望着什么/（崩坏的礼乐，还是道德的哀伤）？就像开始新一轮灵魂的流浪，/我突然感到，走在人群中的孤独，/大脑就像被清洗的广场，/一个人，没有融入自己的国家。/一个人，只能把自己当作国家。（《辛卯年春自南方入京而作》）虽则孙文波和萧开愚会有政治观念上的差异、在对待孔子

① 在臧棣那里，同样涉及消失："在臧棣的语言中，一种要素是对事物的知觉经验，是对事物的描写，接下来的语言层面就是对描述事物或经验的语言本身的评论，是评论语言的语言。如果说视觉的语言表达了对事物的看，接着的修辞与评论的语言就是对视觉经验的磨灭，是涂擦去视觉经验，取而代之的是一种转瞬即逝、不可感触的知觉的透明形式。形象坠落了，半明不暗的事物，罕见的启示。与大多数诗歌经验不同，臧棣着迷的不是形象的再现，而是形象的消失。"耿占春《失去象征的世界：诗歌、经验与修辞》，北京大学出版社 2008 年版，第 240—241 页。《文学与恶》"一部极其深刻的作品，其意义就在于作者要消失的愿望。"第 82—83 页。另参薇依《重负与神恩》42—43 页；另参《完美的罪行》（10）"上帝没有死，它是消失了"，"上帝的计谋"是"被不留痕迹的冲动所驱使，利用影像来消失"。在不断增加的信息中消失，最后在绝对信息中消解。值得注意的是，薇依的"想象"和鲍德里亚的"虚拟"承担着结构上相似的功能，不同之处是鲍德里亚讲述的故事中虚拟最终谋杀了实在（上帝），而薇依则是"我"的消失于虚无（上帝既是实在也是虚无）。

② 2011 年 1 月 11 日，在中国国家博物馆北门广场内树立起一尊身高 7.9 米、基座 1.6 米，由 17 吨青铜铸造成的孔子雕像，是成为继毛泽东、孙中山之后第三位进驻这一区域的历史人物。雕像西邻天安门广场，与人民大会堂遥相呼应，北望天安门城楼，与高悬的毛泽东画像相互可视。100 天后，2011 年 4 月 20 日，雕像被移走。——引者注。

的态度上会有差异，但在我看来，他们都是孔门意义上的“士”——士不可以不弘毅，任重而道远——只不过看待当代中国及处理诗歌的着眼点有所不同。[①] 士是理性和道德的化身。士志于道。犹如历史在中国有着和宗教在西方类似的地位，士在中国的地位犹如西方的牧师，他们不是现任的官，也不是退职的官（当然也可以在官，但那时往往只是为官所利用），他们承担着社会的教化和风化之责。张东荪把士与官的冲突列为中国社会的第九种矛盾，而冲突的结果却总是士失败而官成功，原因是中国数千年都是君主专制。张东荪曾言士在民主社会的出路有两途，一是实行职业自治的社会主义，再则深入民间，与中国历史上最多苦难的农民——他们是中国经济的唯一负担者——相结合，因为历史上士是最痛苦的一个阶级，“本身没有经济基础，而又负担了一个特别任务。前面则良心常常加以督责，而后面则社会恶势力又为之逼迫”。[②] 现在看来，萧开愚今天的道路恰好中张东荪所言。首先，他在河南大学教授比较文学，毕竟获得相对自治，另外这些年和一些有识之士共同参与乡村建设，2012 年更是完成了从 2007 年就开始写作的长诗《内地研究》[③]，把目光注焦“三农”问题。孙文波则不同，他成了自由职业者，有时大半年只是在各地漫游，用他的话说，可以是内心流亡，也可以说是自我流放，从另一个方面承接了士的精神：回过头……，重新审视，我反复看到杏坛/看到文公山和阳明山。在两河夹着的山顶，/心性的宽阔，无处不在。我欣赏把战士/和书生集于一生的人。说到风景，他们永远是。（《长途汽车上的笔记——感怀、咏物、山水诗之杂合体》）张东荪曾慨叹“唯有经过亡国之痛

① “在我这里，主要是以影响了我的儒家思想作为尺度进行衡量，我对诗歌的要求是以‘道’为倚重的，在其内里，必须具有直达家国、社会、人生的矫正性力量。”孙文波与哑石的谈话，《写作：谁又没有秘密，不晓得掸花子》（http：//site. douban. com/106604/widget/notes/195233/note/95323070/）。

② 张东荪：《理性与民主》，左玉河编，岳麓书社 2010 年版，第六章《中国之过去与将来》。

③ 蒋浩编：《新诗》第 18 辑，萧开愚专辑《内地研究》。

的人民，方会知国家之重要；亦唯有知道国家重要的，方会起来以改良其政府”[①]。但“我知道的是我的确驾驭不了这样的语言/我没有能力把一只只断臂安放在恰当的位置/也没有能力让破碎的头颅呈现阅读的美。”（《我不写地震诗》）看看《长途汽车上的笔记——感怀、咏物、山水诗之杂合体》最后一节我们会理解诗人自己的“国家”理念：表面上仅仅是自然现象。隐含的难道不是/法律问题？法律，不应该是制度的玫瑰。/它应该是荆棘吗？也许应该是教育，/告诉我们，天空和大地实际上有自己秘密的尊严。/肯定不是征服。不是……，而是尊重。/我的努力与炼金术士改变物质的结构一样。/通过变异的语言，能够在里面/看到我和山峦、河流、花草、野兽一起和平。在孙文波那里，也存在一个诗歌的理想国，[②] 他试图通过语言的“下水系统”，不是“浪漫”的“神话”现实，而是将语言逼到死亡的死角，以此逼迫诗人对现实作出内心的反思。一方面，他很清楚自己“是骨子里有浪漫主义心结的人”（《在南方之九》），另一方面，他又提醒自己“这是奢侈，是浪漫主义的修辞策略”。（《几个名词和一堆形容词写成的诗》）对现实丑恶的美化：所以我沉默——我的思想里，人是大地的破坏者，/创造无数罪孽。人应对大地表达自己的歉意。（《在南方之四》）孙文波要做的，是通过“变异的语言”建立一个不仅处理好人与人之间的关系、也处理好人与自然关系的——不是征服，而是尊重——诗歌理想国，这可能是孙文波语言浪漫主义在探索人与世界关系方面为我们贡献的新空间。与这一空间同时出现的往往是对虚无的感伤和领悟：在余姚，我曾拜谒阳明故居，黄羲之墓地，/这些大

---

① 张东荪：《理性与民主》，左玉河编，岳麓书社 2010 年版，第 262 页。巴尊在《我们应有的文化》结尾这样写道：“文明与我们的文明并不是同一个东西，重建国家和文化——无论是现在还是在其他任何时候——是我们本性中不可或缺的东西，比渴望和悲叹更有吸引力。”（［美］巴尊：《我们应有的文化》，严忠志、马驭骅译，浙江大学出版社 2009 年版，第 259 页）。

② 关于“诗歌理想国”，参笔者对耿占春《失去象征的世界》的评论文章《为诗一辩：从理想国的诗歌到诗歌的理想国》（《扬子江评论》2010 年第 6 期）以及对萧开愚《破烂的田野》的一个评论《诗歌语言的层次问题——萧开愚的诗歌理想国》（《江汉大学学报》2011 年第 3 期）。

名鼎鼎的人物，如今只是一抔黄土。/倒是满目山很青，入眼水很绿。（《从“花朵”一词开始的诗》）“在感知生命体察人生方面，还有谁能够比得上中国人精微与细腻？中国人看重的是经验，经验是什么？是重复，是永恒相似又不同的生命处境，所以，体验遥远又近在咫尺的过去，就算是洞知自己的命运和处境了。”与这种乡愁传统紧密相关，张清华将其感受为一种中国人特有的生命本体论诗学。生命本体论诗学建基于对生命的感伤，而这感伤“并不见得就是只懂得颓伤，如果是导向对生命的深在和洞悉的认识的话，感伤当然也包含了真正的彻悟和坚强”。[①] 从虚无的角度看，看见的和没有看见的都只是一个趋向消失的过程，时间删减了它。纳博科夫的洛丽塔说，死亡可怕因为你是一个人去。孙文波则是在生前就开始做减法，“减去职业”，做一个没有职业的人，“减去政府”，在只为自己营造的世界里不经济也不政治，古今之事都付笑谈，“减去友人”，连旅行也是独自一人（《旅游诗，自以为是的诗》）。在死亡之前就要尝试着适应孤独。对必有一死的人来说，这样的空旷当然是一种慰藉：

……可是我心中已经有一个空虚；
九龙柱的阳台，暗绿窗帘，在雾岚笼罩的
寒气中呈现成海市蜃楼。是我永远的
镜像世界。我知道我已经一步跨进去。
在里面，我是永远反对自己的自己。

（《辛卯年十月断章 金浮图》）

“什么都是烟云，什么都是空了吹”证明孙文波是虚无主义者，但是必须重申，他是积极的虚无主义者，一旦跨进虚无，总不是陷溺虚无，而是对自

① 张清华：《海德堡笔记》，山东画报出版社2004年版，第98页。

己作出反对，当他跨出虚无时，游戏感又会减弱，因为死亡毕竟不是闹铃，有明确的刻度，生活总要继续下去。

我们已经提到，单篇的《新山水诗》是向华兹华斯致敬的作品，这恐怕是对华氏以日常语言和辩驳入诗倾向的赞同，而《新山水诗》收入的大多是诗人漫游祖国山水之作，和华兹华斯《水仙》开篇“我孤独地漫游像一朵云”[①] 颇能相吻。我们知道，卢梭曾把浪漫主义定义为“回归自然”[②]，由于自然在浪漫主义诗歌的重要意义，西方人普遍认为自然诗歌（nature poetry）是浪漫主义诗歌（Romantic poetry）的同义词。[③] 而受斯宾诺莎影响，华兹华斯将上帝等同于自然，他视上帝为无限的存在，任何其他的存在形式都表达着上帝的这一存在，他以此在自然界建筑起信仰的大厦，即将大自然“美的形貌”同“爱”和“善”关联起来，认为我们在自然界看到的一切，都是上帝的显现。

孙文波和臧棣的一个重要区别是对待自然的态度。前面我们已经知道孙文波对自然的理解是双重的，即虚无的自然和政治经济的自然，前者能吞噬后者，生发诗人的遗世独立，后者则是诗人作为一个公民所必须面对的。在臧棣，与语言、体验和想象力这样一些考验诗人敏感度的范畴相比，政治经济意义上和虚无意义上的自然并不占太重要的地位。在《绝不自然：我这样理解诗》一文中，臧棣谈到一种与自然主义和浪漫主义诗学不同的诗学观念：“如何理解诗的原型是每一代诗人所要做的最基本的工作之一。从新诗诞生以来，许多诗人都把自然看成是诗的原型，甚至把呈现自然视为诗的最高境

---

① “没有任何要求；简单的，仅仅从一地到另一地，/看变化的河山，看自己与永恒的关系”（《在南方之一（为清平而作）》）。

② 福斯特认为卢梭的这一口号“暗示了全新的关于外在世界的观念。这个基本的变化可以用两个词来概括：从机械论到有机观”。［英］福斯特：《浪漫主义》，李今译，昆仑出版社 1989 年版，第 41 页。

③ ［美］艾布拉姆斯语，转引自袁宪军、王柯平、胡继华等《多维文化视野下的浪漫主义诗学研究》，上海文化出版社 2011 年版，第 259 页。

界……在很多诗人看来，自然意味着诗的唯一的场所。但是，一个和诗歌这样的人类实践有关的最基本的事实是，诗才是诗的唯一的场所。而且，这个场所绝不是自然的。它和人的洞察力有关，和人的审美冲动有关，和人的创造天赋有关，它和人的生存体验有关。”既然臧棣如此贬低很多浪漫主义者视为圭臬的自然，为何还要将其诗歌写作界定为“语言浪漫主义”呢？

首先，臧棣自己对待浪漫主义的态度是非常认真的：“现代诗基本上是浪漫主义的现象。现代诗的想象力的核心是对抗工业文明背后的工具理性主义。从这个角度看，浪漫主义反映的是现代性的一种自我矛盾。我自己的想法是，浪漫主义在今天依然可以作为一种诗歌的秘密语境出现。对诗歌写作而言，浪漫主义依然可以体现为一种源泉，同时，它也可以是一种语境。”①他会使用“无限的蓝”（《自然法丛书》）、“所有的黑”（《你觉得一只猫叫黑牡丹有什么不妥吗丛书》）和“绝对的黑暗”（《虚无学丛书》）这样一些浪漫主义诗歌术语，他对想象力、天赋和神秘的强调也确实是对浪漫主义的继承。

其次，臧棣确实将自然驱逐出他的诗歌，而以语言取代自然去完成之前由自然来承担的任务，他认为“现代诗歌的写作永远是一场语言的革命”②。王敖评价臧棣说“他用一种近乎新批评细读的方式来写作，利用各种谐音来润滑能指的链条，造就附加的韵律并提示我们，词语总是别的词语，这是对词语进行想象，或者用词语来想象的真谛”。③ 臧棣也指出王敖的诗歌里现实

---

① 转引自李心释《关于当代诗歌语言问题的笔谈（三）》，《广西文学》2009 年第 3 期。臧棣谈论里尔克时指出“真正的问题则可能是，里尔克始终是一位运用现代主义的面具把自己隐藏得天衣无缝的浪漫主义诗人，隐形的浪漫主义如果不是里尔克诗歌的灵魂，那么至少是他的诗歌精神中的一个重要的组成部分”。《汉语中的里尔克》，《郑州大学学报（哲学社会科学版）》，1999 年第 3 期。“从某种意义上，也可以说臧棣始终是一位运用新批评的面具把自己隐藏起来的浪漫主义诗人。”余祖政，北京大学博士研究生学位论文《“九十年代诗歌”的内在分歧——以功能建构为视角》，2010 年 5 月，未刊。

② 臧棣：《后朦胧诗：作为一种写作的诗歌》，《中国诗歌：九十年代备忘录》，人民文学出版社 2000 年版，第 212 页。

③ 王敖：《追忆自我的蓝骑士之歌——解读臧棣》，（www. poemlife. com/magazine/2000_ 11/pl – 2. htm ）。

“没有什么位置，但现实仍然存在，它作为一种不在场存在着”。[①] 这样的评价也适用于他们自身，即他们都重视激发语言自身的魑魅。孙文波对语言的重视源自语言学转向之后他看到的语言所包含的自欺和欺人的建构本性，所以他会在诗歌中同时暴露出自己或者对象的位置，以表明语言和现实之间的巨大裂缝，这也是布尔迪厄所说的具有反思性的“元”语言；臧棣对语言的重视则来自他看到任何能被我们感知的自然都已经过了语言的过滤系统，这从反面加强他对语言容纳现实的诗学愿望，这一愿望使他不愿过多谈论自己在现实中的位置，而倾向于将万物视为他自身不断变异的语言中的自我，这同样是“元”语言，是语言的自我指涉，这里的语言和自我互为镜子、影子，也互为光源，“为着让语言的跳板变得更具弹性”[②]（《万古愁丛书》），自然、现实和他人全部被缺席，剩下的是语言的自我飞翔[③]：

忘掉那些废话吧。语言的秘密
神秘地反映在诗中。一只蓝樫鸟飞进诗中，
而天空并没有留在诗的外面。

（《秘密语言学丛书》）

---

① 臧棣：《无焦虑写作——谈王敖：他的姿态，他的语感，他的意义》（http：//www.douban.com/group/topic/4754526/）。

② “现代诗歌如果涉及事实——物的或者人的事实——那么它也不是描述性的，对事实并不具备一种熟悉地观看和感觉的热情。他会让事实成为不熟悉的，让其陌生化，使其发生变形。诗歌不愿再用人们通常所称的事实来度量自身，即使它会在自身容纳一点事实的残余作为它迈向自由的起跳之处。”［德］胡戈·弗里德里希：《现代诗歌的结构》，译林出版社 2010 年版，第 2 页。

③ “简单地说，臧棣诗歌话语所遵从的不是事物的秩序而是语言的秩序。在现代社会的各种话语体系——充斥着各种概念和人造物的新空间中，只有诗歌语言仍旧充满了多种多样的事物和名称。尽管臧棣也总是写到事物，但已经不在事物本来的自然语境中。对事物的描述片段是臧棣最接近‘自然’的时刻了，但他一贯所做的，并不企图叙述自然秩序中的这些事物。也许在臧棣看来，自然秩序中已经隐含着语言的秩序，是一种语言秩序的常规伪装成自然秩序。在母语经验中，一切语言秩序都倾向于成为自然本身的秩序。臧棣的咏物不再伪装置身于自然的秩序，他的咏物诗似乎在告诉人们，我们的观念已经无可置疑地处于一切事物的核心，我们的观念如同一种锋利的工具已经随意地切割和划分了自然事物的领域，并且一直在冒充自然秩序。对人们来说，对自然的感受力不是生发在自然本身而是在‘山水诗’的语言秩序之中。”耿占春：《失去象征的世界：诗歌、经验与修辞》，北京大学出版社 2008 年版，第 232 页。

孙文波曾把臧棣称为“语言秘密的研究者”①，从个人趣味上讲，他更喜欢《在埃德加·斯诺墓前》《维拉的女友》这些《燕园纪事》前的作品，但也能理解《月亮》《蝶恋花》这些“已经将语言提升到事物之上”的诗歌，孙文波从中看到了“主客观的界限的消除……把语言的存在当做了唯一的存在”②。姜涛也曾专门谈及臧棣的“元诗歌”，“在这些诗作中，‘诗歌’本身也像石头、草木或小动物一样，成为一种神秘、自在的存在，需要观察、倾听：‘它吸收营养时，像一株晃动的玉米，/它睡觉时，像一只怀孕的野狗。/它散步时，像一条小河流过/横匾般的铁路桥’（《新诗的百年孤独》）。事物在语言中，正如事物在自然中，并不努力地去成就什么，它就在那里，世界就发生在一首诗中，但并没有因此更完美或者更惹人讨厌，它只是如期所是地‘在那里’”③。

臧棣认为诗歌“是用风格去消解历史，用差异去分化历史，以便让我们知道还可能存在着另外的生存面貌”④，而“风格化就意味着：让事实变异（deformieren）。风格化包含着非人性化”⑤，它必然“要消除‘所是’和‘所显’之间的区别，向来就让自己的材料臣服于诗歌精神的权力。然而，所谓现代就是指，从创新性幻想和独立语言中诞生的世界是现实世界的敌人”。⑥前面提到的爱泼斯坦除了提到“概念主义”，也提到“元现实主义”，概括说就是用语言把现实包裹起来，从现实主义到元现实主义，包括一个“从隐喻到变异”的过程：“隐喻（metaphor）产生自变形（metamorphosis）的神话意

① 孙文波：《在相对性中写作》，北京大学出版社2010年版，第178页。

② 同上书，第179页。

③ 姜涛：《每骄傲一次，就完美一小会”——论臧棣》，《当代作家评论》2006年第2期。

④ 臧棣：《假如我们真的不知道我们在写些什么……——答诗人西渡的书面采访》，《山花》2001年第8期。

⑤ ［西班牙］奥尔特加-加塞特语，转引自《现代诗歌的结构》，李双志译，译林出版社2010年版，第156页。

⑥ ［德］胡戈·弗里德里希：《现代诗歌的结构》，李双志译，译林出版社2010年版，第190页。

象”，它“将世界分为‘本体’和‘喻体’，分成被折射的现实和具有折射能力的相似物”[①]，因此，“通过隐喻，现实只能在另一现实中找到它的相似处；二者仍是分离的，不能相互转化……隐喻或比拟仅仅是这样一种闪光，有着变换的亮度但必然是要消失的，因为它是从外部某处被带进现实的，仅仅照亮现实片刻，为了铭记它。新诗歌在被照亮物体的内部寻找光源，从内部拓展其现实的边界，显露出它同时的和不受限制的是两个世界的所有物。在这样的诗歌意象中，没有‘真实的’和‘虚构的’、‘字面的’和‘比喻的’之分，有的是从一个到另一个连绵不断的持续性——考虑到它们真正的内在共通性——我们将它称为变异（metabole），以区分于隐喻（metaphor）”。[②]“相信各种现实的交互渗透，而不是从一个‘明显的’或‘功能性的’现实向另一个‘真正的’现实的派遣。”[③]“变异”是用语言征服现实，以达到某种诗学整体性的企图，不脱语言本体论的陷阱。耿占春由此认为“它的理论意义远远大于诗歌实践的意义。语言本体论，语言的自我象征主义，面临着话语的空洞化。它正在成为一个苍白的神话，一个苍白的象征主义。甚至正在成为一个空洞的诗学行话，成为诗歌写作的自我欺骗形式，成为一个语言的技术操作主义。并且，它已经不是其早期的情形，成为话语中的缺失现象的一个表达，而是其自身就成为一个无意识的缺失现象。语言本体论已经从语言表意的危机意识退化为语言的自我浪漫主义。”[④]这里要说明的是，我所说的“语言浪漫主义”，来源于此。

---

① ［美］米哈伊尔·爱泼斯坦：《俄罗斯诗歌新潮流：概念主义，元现实主义，在场主义》，赵四译，载《当代国际诗坛（5）》，唐晓渡、西川主编，作家出版社2011年版，第71页。

② 同上书，第70—71页。

③ 同上书，第67页。

④ 耿占春：《失去象征的世界：诗歌、经验与修辞》，北京大学出版社2008年版，第50页。姜涛以“内部空虚”来描述臧棣的这一“除了高贵什么也不承担”的立场，参《每骄傲一次，就完美一小会——论臧棣》，《当代作家评论》2006年第2期。

臧棣的《新山水诗协会》早孙文波的《新山水诗》10 年，在这里，佛教的轮回转世被处理为自我凭借语言对万物回音般的神秘化身：

有三秒钟，一片翠竹窸窣作响
将你悄悄转世。向前，转五百年，
一只熊揪住你的前身，
一股蛮力始终不认同
你要挣脱的东西——
也难怪，他们给它起的名字
几乎都不怎么合适。
向后，转八千年，你的来世
如同停车场上的一群野雁。

臧棣说，“从波德莱尔到瓦雷里的象征主义诗歌，让我学会了用语言爱上一个事物，既可以是精致的，又可以是朦胧而富有魔力的；同时，它也让我成了一个无可救药的神秘主义者。人世间的很多事情，我都能运用心智去理解；但在本质上，我是一个语言的神秘主义者。”真实被语言营造的神秘性所取代，而语言的神秘性被认为是美的。“就虚假的程度而言，真实的观念永远都要比美的观念虚假。而我本能地亲近于美感，至少我当时认为拥有更多的美感就等于拥有丰富的人生。”① 这些看法确乎来源于浪漫主义传统，一个由某种神秘之物构成的超现实内核，以此构成对物质性世界的批判。比如济慈早就说“想象力以为是美而攫取的，一定也是真的——不管它以前存在过没有”，或者柯勒律治在《文学生涯》中的文学自足观，诗是天才的产物，其目

① 臧棣：《假如我们真的不知道我们在写些什么……——答诗人西渡的书面采访》，《中国诗歌评论·从最小的可能性开始》，人民文学出版社 2000 年版，第 272 页。

的不是追求真实，而是提供快感。[①] 在2003年的《反诗歌》[②] 中，臧棣写道：不真实不一定不漂亮，/或者，不漂亮并非不安慰。不同于孙文波从虚无获得安慰，臧棣从漂亮获得安慰，这个意义上，他是一个敏感的唯美主义者。孙文波《从“花朵”一词开始的诗》不再在乎曾经发生过的事情，因为青山依旧，夕阳依旧，自然虚无性的一面化解了自然现实性的一面，臧棣摒弃两个层次的自然，只依赖词语的滑翔激发出来的想象美感。同年，在赠给萧开愚的《在修平根》一诗中：

它们中的每一只都非常漂亮，
而一起行动时，它们还显露出
一种团体的漂亮——
那只存在于三只天鹅身上的漂亮，
友好的漂亮，伟大的漂亮。
但也可以说，它们是如何漂亮的
简直无法描述。既然无法描述，
我就再使用一回“漂亮”这个词，
修平根的三只天鹅真的很漂亮——
这样说说，没准能管点用。

再来看萧开愚的《天鹅——回赠臧棣》最末几句：

奉载之绿是真实的，
走红飞白是道德的，
加起来就是美学的。

① 转引自王欣《英国浪漫主义诗歌的形式主义批评》，上海外语教育出版社2011年版，第39页。
② 可以和萧开愚《这不是一首诗》对比阅读。

我很少看它，

很少想要看它。

它不是水面闲逛的大理石，

不是香火单传的默哀。

我见过，它醒着一只，睡着两只；

高颈狐疑，霎时是象手。

不同于臧棣的三只被“漂亮”统辖的天鹅，萧开愚的三只天鹅分别是“真实”“道德”“美学”，而且对应于“漂亮”的“美学”仅仅是第三个步骤，即它须有真实和道德的铺垫才能在水面“闲逛”起来，真实和道德就犹如水面以下的大理石，它们同样是诗歌的质地，有了这样的质地之后，“漂亮”当然可以单独醒着，但这单独醒着的漂亮已经不是“香火单传”，而是经历过沉重洗练的轩翥翔飞的轻盈感。

在另一首涉及天鹅的《新诗学丛书》里，臧棣写道，“你看到的天鹅里已包括你自己”：那是因为角度太新颖。你说不出来，/那是因为事情还没有结束。诱饵被吞下去，/自我就转变了。你对上钩的自我，/通常无话可说。对脱钩的自我，//你常常会咒骂几句。神秘的钩子/每天都有，就看你态度是否端正了。/大诗即大湿。不出汗，不淋漓，/你怎么会深刻意识到诗都对你做了些什么？臧棣和孙文波同样相信“处处都是教育”（《革命的诗经丛书——赠王敖》），但他不是站在“自然的那一面”，而是站在“语言的另一面”，于是，在孙文波那里得到的自我认知，就转变为臧棣这里的自我意识。① 巴尊曾经强调“自我认识”和“自我意识”的不同，在他看来，后者“更加关心的都是它在别人眼中显现的方式，而不是充分的了解自己以及勇敢地承认自己

① 语言学转向之后我们意识到，不仅我们在说语言，语言也在道说我们；我们看向深渊的时候，深渊也在看我们。西方的“自由意志”就此打了折扣，其被动和责任的一面日益凸显。尼采说，与魔鬼做斗争的人应该明白自己不能变成魔鬼。

的过错”①。“你看到的天鹅里已包括你自己”，而天鹅不过是自我诱钩上的诱饵，是自我用来捕捉其他无穷自我的。在臧棣，“看”多于“被看”。孙文波则不在意“被看”，他可以袒露出自己的弱点。在他那里，我确实看到了华兹华斯所推崇的普通人的普通情感，这一情感依靠的不是语言—自我的神秘钩子，而是相信语言和事物之间仍然有一种基于平等的指涉关系：

> 但是，我在一首诗中插入杜甫的诗句：
> “轻薄为文哂未休”，是反对语言的戏谑。
> 我也可以不反对。笔头一转，我
> 也许在诗中插入朱熹的“为有源头活水来”，
> 以便说明语言需要找到与事物的联系。

（《反色情诗》）

其他像我看到我就是祖国的另一面，表面强大，骨子/里却柔软的像绵花……（《灵隐笔记》）这样毫不掩饰自身弱点的诗行总是能让人想起老杜《彭衙行》中的句子，“谁肯艰难际，豁达露心肝”。作为读者，我自然会亲近于这样近人、没有架子的诗歌，这也是诗人自我认识的结果。

可以苏轼的《高邮陈直躬处士画雁二首》（其一）来继续我们的讨论。不同于“你看到过的每一只天鹅里你都不曾错过你自己”，苏轼关心的是陈处士画的野雁为何能呈现出无人在场时的悠游。②“君从何处看”暴露出观察者

---

① ［美］雅克·巴尊：《古典的，浪漫的，现代的》，侯蓓译，江苏教育出版社 2005 年版，第 106—107 页。在《卓尔不群和不群的冷》中，萧开愚写道，“评判现代文学是否认真的唯一标准”是“是否解决‘我’的困难”。另外，他还认为“欧洲、中国的田园诗无非为了放大和美化诗人的个性，人的自我性正是自然之敌”。

② 联系前面提到的消失主题时两位诗人的不同处理。又参［法］薇依《重负与神恩》，中国人民大学出版社 2003 年版，第 40 页，让我消失吧，造物主和造物便可以互诉自己的秘密。当我不在时，看看这原原本本的风景。真正的伟大在于一无所是。这里孙文波的“虚无”和薇依的“造物主”相契，这个意义上他们对“消失”的看法亦可共鸣。时间在他们都是永恒的代用品。

的位置问题。而野雁对试图用箭射杀它们的“弋人”则心存警惕，望见他们就远远地飞走了。东坡当然是在事物自身一边，虽然他是用“语言的另一面”来烘托出“自然的那一面”的。臧棣的“自我”[①] 就犹如“弋人”，隔离自然和现实之后，他只能用词语去捕捉词语。其实诗不大于生活，语言也不大于江海（《泡沫学丛书》），关键是我们的诗人不愿接受这样的常识，和各种文化潮流一样，这些诗歌“不是顺着简单、清晰的方向发展，而是以相反方式，不惜任何代价来标新立异，追求独特”。[②] 臧棣对“新”的强烈追求，尤其是他将越来越多精力放在语言内部的求新上——他最近批评北岛“并不是再以诗人的身份在发言，而是以他自己所称的‘知识分子身份’来发言”[③] ——他是不是过于强调自己的诗人身份而过于忽视自己的其他身份呢？和不掩饰自己意识形态倾向的萧开愚不同，[④] 他极力逃避意识形态对诗歌感受力的破坏作用，[⑤] 那他是否落入一种新的意识形态——语言意识形态呢？

尼采在《悲剧的起源》中认为狄奥尼索斯精神在欧洲历史上曾两次挽救了理智，使其免于虚无主义——一次在古希腊诡辩智术师的末期，一次是欧洲启蒙运动的末期。他将上帝之死定义为现代的第一个也是最重要的问题，认为启蒙运动不可避免要趋向虚无主义，而浪漫派希望借助狄奥尼索斯这个尚未到来之神克服理性化带来的意义危机。德国政治思想史家弗兰克认为理

① 比如“多少你我，不属于任何一种关系。/多少不必解释，从侧面验证了你我很蛮干。/差一点，你我就是自我。”（《自我学丛书》）“你不只是你。你还有一个责任，你是你我。/感谢汉语的奇妙让你我不只是你和我”（《抵抗诗学丛书》），对比孙文波《与友人郊游记，自大的诗》等篇，“你我”从来指“你”和“我”。

② ［美］巴尊：《我们应有的文化》，严忠志、马驭骅译，浙江大学出版社 2009 年版，第220 页。

③ 臧棣访谈：《北岛，不是我批评你》，《观典》，2011 年 12 月号。

④ 萧开愚：《继续诗歌的革命》，《此时此地》，河南大学出版社 2008 年版，第 466 页。

⑤ “后朦胧诗人注意到，在朦胧诗那里，象意识形态禁忌缩减着诗歌一样，与意识形态禁忌的对峙也在另一种意义上损耗着诗歌；而这正是后朦胧诗人想极力逃避的写作的命运，他们不愿诗歌的感受力受对峙主题的牵制。”臧棣：《后朦胧诗：作为一种写作的诗歌》，《文艺争鸣》1996 年第1期。

性精神和神话精神实际是现代精神的两翼，前者当然对应了启蒙运动，后者则是明显的对抗启蒙运动，他以“正在到来之神”即狄奥尼索斯来演示现代以来的“新神话学”。启蒙运动压抑了神话，但神话仍然会以神话终结，以被压抑者的形象归来，“神话的终结”本身成为一种神话体系。[①] 这也可以视为对阿多诺和霍克海默强调的启蒙与神话辩证法的一个新解。但归根到底，“新神话学”不脱布洛赫意义上的希望法则，仍然需要指向一个明天或后天的到来者。孙文波的时间观不同于此，他更多认同中国古典诗歌传统，“一天也是一生/……/没有什么是永恒。没有，现在就是永远/现在，一双手伸过来，它是牵引，正把/我带向绝对”（《新山水诗——向华滋华斯致敬》），和萧开愚一样，“此时此地”是绝对的，人所有的只是现在。臧棣曾经引用霍夫曼斯塔尔对现代性的一个说法，即现代性的典型特征是对现实的逃避。他解释说这一“逃避”不是“指向一种自我封闭，而是指向一种超越历史、时代和现实的永恒感”。[②] 我们可以把这种“永恒感”和他所说的“体验在结构上的空”放在一起来看：“人在遭遇世界时的最热烈的原始情境：黑暗，无限，虚空，但是我们只能在这样的情境里捕捉经验，寻找那勾画我们形象的痕迹。现代诗人对审美的依赖，还不像古典诗人那样单纯依赖于经验，而更多地垂青于体验。不是因为方式上的优劣，而是体验比经验更有一种结构上的空。”[③] 这里透露出臧棣的“新”之时间观和弗兰克所谓尚未到来之神的亲缘关系：[④]

> 我们不再需要计划，你说我们需要的是变形记。

---

① ［美］弗兰克（Manfred Frank）：《浪漫派的将来之神：新神话学讲稿》，李双志译，华东师范大学出版社 2011 年版，第一讲。本雅明亦将浪漫主义运动视为“再次拯救传统的最后一场运动”，转引自［美］阿伦特：《黑暗时代的人们》，王凌云译，江苏教育出版社 2006 年版，第 182 页 。

② 臧棣：《现代性与新诗的评价》，《文艺争鸣》1998 年第 3 期。

③ 臧棣：《无焦虑写作——谈王敖：他的姿态，他的语感，他的意义》（http://www.douban.com/group/topic/4754526/）。

④ 另参薇依《重负与神恩》，第 87 页：“对象物，报答在未来中，剥夺未来，就是虚空，失去平衡力量就是无所对象。因此无报答。若再添上想象，便是屈辱。”

（《积极分子丛书》）

没错，这绝对是他们谈论了很久的
那种不需要翅膀就能飞起来的飞翔。

（《化身丛书》）

那么，这纷飞的雪花兑现的又会是
哪一种忘我？当我在飘动的鹅毛中醒来，
这变形仍在继续，仍没有停下来的意思。

（《秘密授权丛书》）

和文学史中浪漫主义退化论的时间观相比，臧棣的语言浪漫主义更多指向“未来之神”，跟现实主义的进化论时间观反而更加接近；孙文波的语言浪漫主义则是一种过去和未来两边向此时此地塌陷的中心时间观。臧棣强调诗歌作为特殊的知识，是着眼于知识的累积性，如帕斯所说，以积累为最高价值的进化论文明总是试图掩盖死亡形象。[①] 孙文波则会强调死亡作为虚无的中断性，会强调生存景观里扎根于虚无的“死的根性”。在他那里，虚无是作为指涉，是“无知之知”，因为智慧不同于知识，它首先强调的不是可能性，而是一种关于不可能的知识。像“轰鸣的巨浪像蓝熨斗，试图将我们的经验抚平。”（《人在花莲丛书》）、“小河边，桂花将飘香的骰子掷进生活”（《对手戏丛书》）这样美妙的句子会更新读者的体验结构，增加读者对自然景观的感受力和敏感度。但有时他对事实尤其是悲惨事实的处理仍然会依据这种纯粹审美的视角，比如写三鹿毒奶粉事件的《中国心丛书》。对语言的崇拜不一定会提升人的感受力。2012 年的《六十年不遇丛书——悼北京 7 · 21 特大暴雨中死难者》，最后三句是：水，正在变成洪水；/水，顷刻间从现实涌向内心，/那里，汹涌的泥沙正在篡改地狱史。这首诗比《中国心丛书》好许多，

① ［墨］帕斯：《帕斯选集》（下），赵振江等译，作家出版社 2006 年版，第 430 页。

"你我"变成"你中有我"，因为"我"虽然担心"你"，毕竟不能及时赶到现场与"你"患难与共。尤其最后一句，发生在身边的地狱，非常有力量。

最后再来看《必要的天使丛书》，这首诗写于 2013 年 1 月，写诗人给即将动手术的父亲陪床，开篇的到处都是迷宫，但医院走廊的尽头/却有迷宫的弱项已经预示了诗风的转变，将护士说的"租床"误听为"租船"则调动起诗人对古希腊神话的记忆：于是，在福尔马林最缥缈的那一刻，/每个黎明都像是一个港口。/而我作为儿子的航行却还没有结束。"利用神话与现实、秩序与混乱之间连续不断的平行界面，他把古代和现代两个世界联系起来。"① 臧棣在这首诗里启用奥维德双情节的变形手法，但丁、莎士比亚、乔伊斯和叶芝都熟悉这种用法，后者称此为"多重情感"的手法。和《爱情植物》那类向我们传递欢乐的架构不同，《必要的天使丛书》令人动容。王敖跟帖评论说"令人感动的诗，不由得想起埃涅阿斯背着父亲离开特洛伊，并扬帆而去的史诗片断"。而让人动容之处，则不仅仅是与古希腊神话情节的平行结构，而在于这种平行处理恰恰暴露了诗人的位置，这个位置恰恰又是他在现实当中的软弱之处。

臧棣说，"我对现实，对日常经验的理解，可能与很大部分诗人都不相同。在我看来，日常领域是非常暧昧和神秘的，我着迷的仍是现实的抽象性。日常领域，日常事物，日常经验，对我来说，是需要用一种艺术实验才能抵达或捕捉的境界"。② 对主动的、实验性的经验而非静态的、被给予的经验之看重，使臧棣成为具备充分当代性的诗人之一：他们所欲求的，是一种控制而承受的艺术。可以《中国心丛书》《六十年不遇丛书——悼北京 7.21 特大暴雨中死难者》和《必要的天使丛书》三首处理生命与死亡的诗为例看看他是如何运用这种将现实抽象的技艺的：毒奶粉事件离他最远，他处理起来也

---

① ［加］马歇尔·麦克卢汉：《麦克卢汉精粹》，［加］埃里克·麦克卢汉、［加］弗兰克·秦格龙编，何道宽译，南京大学出版社 2000 年版，第 547 页。

② 臧棣：《假如我们真的不知道我们在写些什么…… ——答诗人西渡的书面采访》，《山花》，2001 年第 8 期。

最抽象，7.21暴雨发生在他生活的城市，他的诗仍然保留抽象，但已经减弱很多，面对生病的父亲，抽象仍在（“很奇怪，睡不着的肉并不具体”），但打动人心之处，完全与抽象无关。如果前两首诗中我们还能感受到臧棣语言对“死亡的剩余价值”（《戈麦》）① 的轧取，第三首诗已经是在与死亡面对面了，虽然中间仍然隔着希腊神话的镜像。

可以比较孙文波《登首象山诗札之三（为柳宗宣、阿西来访而作）》：

都像漂浮物，犹如在未知中远航，却又不知
它们的存在就是大地的见证——见证我们向远方
眺望——氤氲的雾气笼罩下，所有的建筑
都像漂浮物，犹如在未知中远航，却又不知
会驶向何处——我和你当然也是……这样

与臧棣借希腊神话不同，孙文波直接凭借虚无这一类超验的经验指涉来进入诗歌，如前文所说，这一指涉是可以重复的，是“永恒相似又不同的生命处境”。这一对虚无的尊重使孙文波同倾向于内心自然的欧洲浪漫主义区分开，他承认自然虚无的一面，并使虚无成为可以容纳和宽慰诗人局限性的东西，接通了中国登高诗的悠久传统。相比臧棣体验在结构上的“空”与“新”，虚无不依赖于无止境的技艺创新，它更多是一种容纳，尤其是对死亡和不可能的容纳。总体上说，我们发现两位对语言持不同态度的浪漫主义诗人，他们的诗歌在我们的分析文本中经历了漫长的航行之后，最终有了交汇的可能。对臧棣诗歌更充分的正面批评，可以参考耿占春《失去象征的世界》里《微观知觉与语言的启蒙》一章。

---

① “……我早已知道，什么/也说不清楚——我怎能说清楚呼吸停止后的他/的痛苦？黑暗中的消失，我认为是彻底的虚无。/太可怕了。……”（孙文波《读保罗策兰后作》），这里没有“死亡的剩余价值”。

# 第五章　新诗的“当代性”反思

2017 年 6 月 30 日，“两岸四地”第九届当代诗学论坛“百年新诗：历史变迁与空间共生学术研讨会”在北京师范大学举行，论文评议阶段西川认为我们很大程度上是在现代性的框架内讨论当代性问题。未到场的唐晓渡提交了《作为问题情境的新诗现代性》（提纲），他把现代性视为“当代诗歌复兴的问题情境”，虽然唐文仍按照卡林内斯库（Matei Calinescu）把现代性区分为社会文化现代性和审美现代性，但他强调自己是在帕斯（Octavio Paz）的族系和家庭而非诗歌流派的意义上谈论现代性的，期待的是“更能反映当代汉语诗歌特质的所谓‘复合现代性’”①。本文同样试图以现代性作为当代诗歌及诗歌批评的问题情境，但更倾向于直接讨论当代性问题。

## 第一节　“现代性”作为“当代性”的问题情境

虽然我们是在先行讨论了“后现代主义”多年之后再回过头来讨论“现

① 载北京师范大学国际写作中心、中国当代文学研究会、《文艺争鸣》杂志合办《“百年新诗：历史变迁与空间共生学术研讨会”会议论文集》，2017 年 6 月 30 日。

代性”问题，但“现代性”问题的阐释很快演变为一场规模浩大的跑马圈地，各种被压抑的现代性面孔释放出来，恍如惊梦。“无论从哪个角度，无论原作持何种立场，最终都可以与现代性挂上钩，而挂钩也就意味着一种价值认定，一种合法化的归类。这就在根本上将一个重大的问题庸俗化，把一个事关社会实践与历史方向的重大命题游戏化了。到头来，无论是‘文化汉奸的现代性’还是‘集权主义的现代性’，也都完全没了界限，‘右派’和‘左派’都从观念与价值的迷宫里撞到了一起”。①

文学“当代性”话语的生产与“现代性”（以及相关的“后现代”）话语的混乱有关。陈思和固然以新民主主义革命历程不能涵纳“现代文学”未完成的现代性而建议取消、合并“当代文学”学科，② 但新左翼学者不是也以“反现代的现代性”作为当代文学不同于现代文学的主要内涵吗？两种现代性一种指向19世纪末现代运动开始的“世界性因素”，一种批判此世界性因素背后的“西方中心主义历史观”，并指向此历史观由于第二次世界大战后欧洲殖民体系的瓦解而出现的“第三世界”。在后者眼中，“现代性”是欧洲的，“当代性”才属于全球史视野中的第三世界国家。③ 这里，我们无法给出“当代性”某个首尾贯穿的“本质”。在各种“现代性”和“后现代性”的混乱话语环境中，只能在不同意义交叠的层次上将contemporary、contemporaneity和contemporariness放在一起谈论。这样，“当代性”也就具备了“时代性（精神）”“同时代人（性）”“我们所在的时代”“共同遭遇（共享）同一个时代”“与时间同在”等交互性的星座模式，这样有助于我们将历史的、审美的、政治的、伦理的等不同知觉模式关联起来，深入理解这一概念的多价性和多侧面性。

---

① 张清华：《在历史化与当代性之间——关于当代文学研究与批评状况的思考》，《文艺研究》2009年第12期。

② 陈思和：《新世纪文学的学科含义》，《文艺争鸣》2007年第12期。

③ 贺桂梅：《文学性与当代性——洪子诚的当代文学史研究》，《文艺争鸣》2010年第5期。

韦尔施认为“后现代”所能从“现代”汲取的主要经验是对“极权化”的警觉，“现代一方面向多元化推进，但另一方面又总倾向于恢复极权化——恢复意识形态，审美和政治领域里的极权化。例如现代派文学的代表作家庞德和艾略特，就对法西斯主义抱支持和同情的态度”，“现代”是一个充满矛盾的阶段，“在这个阶段里，虽然出现了一些企图否定极权化的逻辑的设想和动机，但是这些设想和动机还没有成为人们的共识，还没有作为原则被人们所接受，所以人们无法排除倒退现象，也不可能有效地和这些倒退现象进行斗争。后现代的历史动力在于后现代体验到从片面的专制和排除异己中产生的压迫现象”。在韦尔施看来，“后现代”就是“在适当的意义上确定当代”、诊断“当代”①。

在《从岾岭到东京》（1928）里，茅盾曾为个人主义的小资产阶级文艺张目：“曾有什么作品描写小商人，中小农，破落的书香人家……所受到的痛苦么？没有呢，绝对没有！”②，仅仅一年后的《读〈倪焕之〉》（1929）中，他就提出“从个人主义英雄主义唯心主义到集团主义唯物主义”的“时代性”问题。③ 同样，郭沫若在《文学与革命》（1926）一文中只保留了闻一多《女神之时代精神》（1923）中的一个判断，即“革命流血成了现代文明底一个特色”，将文学视为革命（时代精神）的函数，只包括革命的文学和反革命的文学两个范畴，并判决第三阶级市民的浪漫主义文学因“精神上是个人主义自由主义”而“早已成为反革命的文学”，因此对浪漫主义的文艺“要采取一种彻底反抗的态度”④。在左翼那里，集团主义唯物主义具有优先于个人

---

① ［德］沃尔夫冈·韦尔施：《我们的后现代的现代》，洪天富译，商务印书馆2004年版，第123、276—277页。

② 《中国新文学大系1927—1937》第二集文学理论集二，上海文艺出版社1987年版，第187页。

③ 《中国新文学大系1927—1937》第一集文学理论集一，上海文艺出版社1987年版，第781—782页。

④ 中国社会科学院文学研究所现代文学研究室编：《“革命文学”论争资料选编》（上），人民文学出版社1981年版，第9—12页。

主义自由主义的地位，经过延安文艺座谈会的讲话和新中国成立后的种种文艺思想斗争，最终将二者纳入水火不容的敌我阶级斗争地步。当然，这中间经过了对另外一些本来可能丰富左翼的因素之改造甚至消灭，这些因素将在21世纪再度浮现。

1920年，针对周作人“改造社会先要改造个人”的“新村运动”，胡适认为仍是试图跳出现在社会去发展自己个性的“独善的个人主义”，提出“非个人主义的新生活”和“改造社会即是改造个人”，这种改造是非暴力的、非宏大叙事的，而是一种针对具体问题的零星社会工程，一种“要爱问题，要不怕问题的逼人”的“‘得寸进寸’‘得尺进尺’的工夫”：“有志做改造事业的人必须要时时刻刻存研究的态度，做切实的调查，下精细的考虑，提出大胆的假设，寻出实验的证明。这种新生活是研究的生活，是随时随地解决具体问题的生活。”① 如果我们笼统地将“左翼”视为某种共同体认同，胡适这种基于个体意愿的“社会的不朽论”能不能划入“左翼”呢？30年代初同左翼论战的“第三种人”胡秋原认为“文学与艺术，至死也是自由的，民主的”，但这并不影响他“站在自由人立场高擎马克思主义”，他只是反对普罗文学“独占文坛”，反对周扬“你假使真是一个战士，你就一定要站在无产阶级的立场，百分之百地发挥阶级性，党派性”的论调。② 如果我们笼统地将“左翼”视为对平等的追求，胡秋原这种去阶级斗争化的平等诉求是否也应该划入“左翼”呢？不幸的是，历史按照极“左”的逻辑运行至“文革”，革命者被革命，通过不断制造仇恨和敌人的一体化方式，它把我们带往总体性的废墟。

茅盾批评叶绍钧的倪焕之无知于什么才是“历史的轮子以及如何推动这历史的轮子使它更快”，他以“集团”和“必然”来界定“时代性”：“怎样

---

① 胡适：《容忍与自由》，云南人民出版社2015年版，第62—63页。

② 《中国新文学大系1927—1937》第二集文学理论集二，上海文艺出版社1987年版，第503、601—602页。

地由于人们的集团的活动而及早实现了历史的必然”①，倪焕之在此集团和必然规定的时代革命浪潮中拟定被革命者忽视的乡村教育计划，得到的回答是“这时没有你的份！”这让我们想到1924年辞去北大教职到山东进行乡村实践的梁漱溟，那时，围绕他的《东西文化及其哲学》（1921）（以及梁启超1920年著《欧游心影录》）爆发的持续了十年之久的“东西文化观”论战仍然在进行中，这位认定不解决文化问题中国民族不会打出一条活路来的现代新儒家，最后没有被纳入毛话语的体系，但他得到的回答同倪焕之是一样的。

简单讲，“当代性”需要在三个方面同“现代性”区别开来，即茅盾“时代性”中规定的“必然”和“集团”问题，以及“传统”问题。（一）“集团”问题。“共享同一个时代”乃是“当代性”（con + temporaneity）的题中之义，可以说“当代性”本身就带有积极的左翼激情，需要处理个体与共同体之间如何联合的问题。史忠义认为当代性思想的第一个特征是人类学视野上超个体性对个体性的替代，“从当代小说的人物身上，除了看到这个人物自身以外，一定还能看到他者、他性，一定还能看到集体性，看到本民族的文化，看到其他民族的文化”②。这里我们需要注意无论“集体性”还是“传统”都并非强制性的，而是关于现在的历史本体论视野中“一种与现时性发生关联的模式，一种由某些人作出的自愿选择”③，一种自由人的自由联合。（二）“必然”问题。“当代性”的另外一个特征是“必然性”演化为必然的“偶然性”，这是对历史主义或线性进步观的否认，因为19世纪下半叶以来现代性进程中的许多现象与启蒙运动初衷相背，人类历史存在着前进、倒退、再前进、再倒退的反复性，作为一种时间的检测和防御机制，当代性炸裂了

① 《中国新文学大系1927—1937》，中国社会科学院文学研究所现代文学研究室编《“革命文学”论争资料选编》（上），人民文学出版社1981年版，第859—860页。

② 史忠义：《后现代之后的当代性观念及其对现代性危机因素的消解》，《江西社会科学》2012年6期。

③ ［法］米歇尔·福柯：《什么是启蒙?》，李康译，《国外社会科学》1997年6期。

宏大历史连续体，将不同时的事件提升为当下的同时性。过去那些以压抑、支流、分散和隐蔽的方式存在的动机裸露出来，它们矛盾地混合在一起，具备各自合法的竞争性。当代性是复数的，竞争性的，对我们来说，最关键的是为这种当代竞争提供话语场地。如果我们不能审慎地假设和求证自身的未来，完全可以铺就再次通往奴役和毁灭的道路。（三）“传统”问题。“五四”时期左翼的共产主义和右翼的自由主义现代性均把传统文化视为中国现代性的障碍，把当时中国社会现实的诸多问题归咎于传统文化，当代性与历史的关系不同于现代性对历史的批判激情，它不否定过去，不依靠反对自身作为自身的传统，当代的内容不再是全新的，它反而需要返本开新，既保留从其本源延伸下来的渊源关系，同时不断证伪传统，将传统在当代生活中重新塑造出来。①

## 第二节　现代诗歌观念的终结

“我不是说我们生活在艺术的终点：我们生活在现代艺术观念的终点。”帕斯认为浪漫主义和先锋派的关捩是它们都尝试统一生活和艺术。它们不仅是一种美学、一种语言，也是一种伦理和政治的参照框架，一种生活方式。但在现代诗歌观念的发展历程中，帕斯看不到这对矛盾得到解决的出路，现代性逼促的批判激情越来越指向主体自身，诗人对某物的“看”并非中立而是一项权力，看（seeing）和欲（desiring）是同一个活动的两面，对艺术作品的欣赏和窥阴癖没有什么不同。看和欲、美学和伦理之间的悖论使先锋派日益将浪漫反讽变成元反讽（meta - irony）：反讽贬低客体，元反讽甚至失去了对客体的兴趣，只在符号层面关心诸多客体如何象征性地运作，它迫使语

① 姚文放：《当代性与文学传统的重建》，《江海学刊》1999年第5期。

言暴露出难堪的二元论先验架构，暴露出价值被赋予事物时的语言建构本性。伦理和美学于是陷入解放后的狂欢，个体的判断力被悬置，“元反讽将客体从时间、将符号从意义的担荷下解放出来……有着一股将一切翻转至其反面的亢奋”①。当后先锋派的艺术家不具备乔伊斯（James Joyce）和杜尚（Marcel Duchamp）的才华和控制能力时，先锋派的元反讽就会落入为批判而批判、为反讽而反讽的泥淖，现代诗歌也就逐步丧失其否定的能力，沦为一种程序性的反叛和仪式性的重复。发端自浪漫主义的自我批判的循环被关闭，现代诗歌观念终结了。

耿占春说，“一种不能被分享的意义体验极其可能被视为一种神经官能症的表征，就像在当代精神分析学中所揭示的那样。只有当意义体验被一个社会群体认知时，才会获得客体化的表征，甚至会沉淀于某种经久的物质形态之中。”② 现代诗歌关注了主体的能动性从而赋予主体充分的自由，对当代性的反思就是从个体自由这个现代性的本质开始的。但是因为“现代性意味着迫切渴望从物体中得到最新发现的元素”，致使“西方诗歌最近在主观性这条路上陷得太深了，以至于不再承认物体的本性”③，这也是神经官能症的表征。米沃什（Czeslaw Milosz）多次谈到“纯诗”作者们对物质和客观世界的新摩尼教徒式的憎恨，这种憎恨可以在弗里德里希（Hugo Friedrich）《现代诗歌的结构：19 世纪中期至 20 世纪中期的抒情诗》中找到清晰的证据④。米沃什意

① Octavio Paz, *Children of the Mire*, trans. Rachel Phillips, Harvard University Press, 1991, p. 114, 149.

② 耿占春：《当代诗歌批评：一种别样的写作》，《文艺研究》2013 年第 4 期。

③ ［波］切斯拉夫·米沃什：《反对不能理解的诗歌》，程一身译，《上海文化》2011 年第 9 期。

④ ［德］胡戈·弗里德里希：《现代诗歌的结构：19 世纪中期至 20 世纪中期的抒情诗》，李双志译，译林出版社 2010 年版。一般情况下，文学史会将弗里德里希意义上的“抒情诗”或“纯诗”同先锋派诗歌区别开来，这种差异在 20 世纪 30 年代阿多诺和本雅明之间关于现代主义和先锋派差异的论争中也能看到，比格尔将其区分为“体制内批判”和“自我批判”，布朗肖（Maurice Blanchot）则将前者对主体的激进化和后者对客体的激进化视为现代性的双向“交换游戏”，在这个意义上，我把两者混为一谈。需要注意的是，“纯诗”的政治姿态并不比先锋派诗歌弱，在大陆当代诗歌的语境中，二者在很大程度上具有重合性。

义上的“纯诗”和弗里德里希意义上的“抒情诗”要求的去客体化不仅意味着物性的毁灭，也意味着附着于物的时间特征之消散，意义的可共享性丧失了。这同现代性的速度和加速度是一致的，一种现代诗歌观念终结之后的当代性自然会与之保持距离，并以“赞同记忆和持续时间作为一种对抗手段，抵抗失忆和大灾难的现代性逻辑”①。

人为大灾难的重演总是与对过去失忆有关。现代诗歌观念的终结在于它无法与生活发生切实的关联，这又迫使我们回到克罗齐提出的当代性问题。这里以张伟栋的《烧耗子》（2010）为例，② 说明身体的痛苦作为一个问题所能牵连出的与过去和记忆关联的问题域。

《烧耗子》是组诗《我所是的动物》中的一节，是诗人在看过刘小东油画之后所作的同题诗，共 11 行，其中第 1 行是 200 字左右的长句，另有 5 句字数超过 20 个，整体上的气息让人压抑。其人称代词，从隐匿的“我”，到拉开距离的“你”，再到“我”凸显出的童年体验，抒情主人公和戏剧化角色交替上场，“每次你都能看见它死前的抽搐，比那火光还要令人恐惧，它变成了一个你不认识的怪物，它吐血，肚皮上露出黑乎乎的肉。这时，你的脚像是被咬过一样，你不敢用手摸你自己的脸，满手的柴油味把你的手变成它的。”密不透风的叙述将恐惧完整呈现，“满手的柴油味把你的手变成它的”是一次呼吸上的窒息，被残害过的生物与残害人构成一个问题，老鼠作为自然“有害”的一个断片被人性化了，这样一次转调带来了抒情主人公尝试和解的努力，于是就有了两个短句后的又一个长句的呼吸转换，“所有的语言，我想能翻译它们的，一旦去听它们的语言，那上面就长出一张人脸”。第一行内部漫长的跨行呼吸，稍短的第 2 行“所有的动物，我最恐惧老鼠”和第 5

① ［美］卢茨·科普尼克：《慢下来——慢速的现代性》，石甜译、强东红校，《上海艺术评论》2017 年第 1 期。

② 张伟栋：《没有墓园的城市》，阳光出版社 2015 年版。

行“动物、火光、语言、人脸就是时间”中间夹住的三四两行又分别有2次和3次稍短的逗号换气，最后一个长行“我哪都没去，只是停留，漆黑的肉撕开水中的河流”，忏悔时间的可逆性使“我”既积极又消极地保留在残害老鼠的记忆里，并在最后对那些惨死的老鼠作出允诺：“请你去画那上面长出的人脸”。“语句在断裂撕裂中感受到气息的中断：体会到自己的呼吸与对他者的等待”。诉诸阅读者的呼吸换气而不是单纯的命名、意象或修辞，《烧耗子》完成了它的当代属性。①

本雅明（Walter Benjamin）会同意克罗齐（当下生活）问题导向的历史观，但由于克罗齐所推崇的“精神”（或价值、文化、文明、进步）很难摆脱野蛮反而很容易成为野蛮的明证，在《历史哲学论纲》中，本雅明以“当下”爆破了移情于统治者的线性进步时间，“历史的连续统一体”幻象被瓦解，他不再像马克思那样将“革命”理解为暴力的“世界历史的火车头”，而是“急刹车”②，在这种急刹车的静止状态中，革命是从当下问题扎向过去的“一次虎跃”，它“意味着捕获一种记忆，意味着当记忆在危险的关头闪现出来时将其把握”③，这种被压抑记忆的捕获和把握是已经链锁在一起的被压迫者和压迫者解放自身的起点，本雅明称之为哥白尼式的“觉醒”，此觉醒解构了统治场域强加的梦境并重新组合梦境的碎片——本雅明意义上的“历史唯物主义者”此时成为释梦人——将其建构为新的历史意象，并最终朝向与他者（在这里是被无辜烧死的耗子）的和解甚至联合。

---

① 夏可君：《姿势的诗学》，中国社会出版社2012年版，第8、80页；同样的理由，“声音”等其他身体感官现象也可以成为考察当代诗歌的切入点。参陈太胜《声音、翻译和新旧之争：中国新诗的现代性之路》，湖南人民出版社2016年版。

② ［美］弗莱切：《记忆的承诺：马克思、本雅明、德里达的历史与政治》，田明译，华东师范大学出版社2009年版，第47页。

③ ［德］本雅明：《启迪：本雅明文选》，［美］汉娜·阿伦特编，张旭东、王斑译，生活·读书·新知三联书店2008年版，第267、273页。

## 第三节　虚待的激情：身体和客体的复活

帕斯虽然宣布现代诗歌观念已经走进死胡同，但他仍然指出浪漫主义“对梦境、无意识和情欲这些隐秘地带的首次探索”代表了最大胆的诗学革命，他以身体作为通往当下（present）的通道，认为身体的“复活”是人类恢复所失智慧的一个征兆。过去—现在—未来的线性因果观念被取消，三者并置成为当下的不同维度，当下越来越取代未来和过去而成为核心价值：“新的时间观念在当下诗学之上建设了新的伦理和政治。”[①] 于坚甚至将文学史简化为“有身体的写作和没有身体的写作”[②]，并将身体的经验和感觉视为“道”的依托。[③] 身体在当代人文学科中的意义日益突出，符号学家高概（Jean－Claude Coquet）认为在我们的意义世界里身体居于首要地位，“身体的动作和行为是使意义空间得以建立的标志”，身体先于言语，“首先是身体，然后是作为理性存在、有判断能力的人。身体的在场可以在任何时刻扰乱这一理性存在”。相较理性言说的人（主体）述体，身体也在表述它自己的世界，所谓“身述体”，身述体在主体述体之前出现。[④] 阿多尔诺（Theodor Adorno）认为“肉体要素作为认识的非纯粹认知的部分是不可还原的”[⑤]，身体的痛苦甚至被视为否定辩证法的动力，这是当代诗中最基本的非同一性因素，也是同一性压抑之下一切行动与思考的起点。

---

① Octavio Paz, *Children of the Mire*, trans. Rachel Phillips, Harvard University Press, 1991, pp. 40, 157—158.

② 于坚、谢有顺：《于坚谢有顺对话录》，苏州大学出版社 2003 年版，第 180 页。

③ 于坚：《还乡的可能性》，商务印书馆 2013 年版，第 176—178 页。

④ 高概：《话语符号学》，王东亮编译，北京大学出版社 1997 年版，第 20、50—51 页。

⑤ ［德］阿多尔诺：《否定的辩证法》，张峰译，重庆出版社 1993 年版，第 192 页。

我们举蒋浩《海的形状》（2003）为例，[1] 说明身体感官在建立意义空间中的首要地位：

你每次问我海的形状时，
我都应该拎回两袋海水。
这是海的形状，像一对眼睛；
或者是眼睛看到的海的形状。

哪怕是“两袋海水”的意象也优先于“海的形状”这一问题。“像一对眼睛”颠倒了看与被看的关系，观察者被审视，主体和客体互为中介，避免了其中的任何一方同于另一方。在接下来的几句中，大海从眼睛下沉为眼睛流出的“两滴滚烫的眼泪”，“它的透明/涌自同一个更深的心灵”：

即使把两袋水加一起，不影响
它的宽广。它们仍然很新鲜，
仿佛就会游出两尾非鱼。

把两袋海水加在一起。大海的形状再次发生变化。“非鱼”是蒋浩的自创，罗非鱼是南方常见的鱼种，另外也有可能是庄子濠梁之辩中“子非鱼”的拆引，这个问题从根本上规定了认知的残缺本性，即不可能完全了解一个他者，但这一不可能又反过来成为我们去了解这个他者的一个前提。完全的了解意味着完全的透明，一个玻璃监狱，缺少一个“更深的心灵”。

你用它浇细沙似的面粉，
锻炼的面包，也是海的形状。
还未用利帆切开时，

---

① 蒋浩：《唯物》，秀威资讯科技股份有限公司2013年版，第77—78页。

已像一艘远去的轮船。

利用面粉和细沙在形状上的相似将对海的形状的探讨从液态引入固态，紧接着利用刀和帆的相近将制成的面包规划为一艘船，“海的形状”再次变化，甚至桌上剩下的这对塑料袋“也是海的形状。在变扁，/像潮水慢慢退下了沙滩”：

真正的潮水退下沙滩时，
献上的盐，也是海的形状。
你不信？我应该拎回一袋水，
一袋沙。这也是海的形状。
你肯定，否定；又不肯定，
不否定？你自己反复实验吧。
这也是你的形状。但你说，
“我只是我的形象。”

“我只是我的形象”。在诗中，这一形象是不断被发送出去的。眼睛、眼泪、面包、船、沙滩、盐……诗人意识到连续性再现的虚假性，“海的形状”从不同的身体感官和事物出发，不知疲倦地创造新的开端，迎来送往中并不去控制客体，而是以迂回的方式重新返回“海的形状”这一认识，显露出大海不同层面的叠加效果。

不同于现代性无止歇的“批判的激情”，我把当代性的身体—客体特征称为“虚待的激情”①。“虚待”来自《道德经》十五章“虚己以待物”和《庄子·人间世》“气也者，虚以待物者也”，它与道家对待“道”的态度紧密相

① 参冯强《虚—待空间：关于新世纪先锋诗歌的几点想法》，《星星诗歌（理论卷）》2016 年第 11 期。

关。瑞士汉学家毕来德曾将经验理解为“我们一切有意识的活动的基础”，鉴于语言和现实的非同一性，语言和观念总是小于经验，因此需要确保观念中的非观念成分，否则一切都要被收编进总体性的体系当中。毕来德为经验保留了“虚空”这一广阔的腹地：“当我们有意识的活动陷入死路，当它被禁闭在一个错误观念系统，或是一些不切实际的计划当中时，知道如何返归混沌与虚空，是一件事关生命的事。我们的救赎，这时便取决于我们退步的能力，看我们能不能去‘游于物之初’，找回‘唯道集虚’的那个‘虚’。”[①] 比较帕斯对诗歌的界定——“对于他物的追寻，和对于他性的发现”[②] ——虚待的激情凸显一种消极和被动状态，但又不同于张枣稍显焦虑的消极主体，隐约之中，微弱的声音，似乎有什么东西就要出现了，主体此时收敛甚至放弃自我，或者说主体弥散了，以微小的碎片的方式感受着事物的临界性，退隐、消逝、出场，又退隐、消逝、出场，“虚无和达到宁静之间的微不足道的差别将是希望的港口，是存在和虚无的界标之间的无主地。意识不是征服这一地带，而是把没有选择权力的东西解救出来”。[③] 未来不是某个推理出来的“应该”或“可能”，而是一种虚怀状态，一种没有对象、不预设条件的“纯粹性”。现代性的批判激情过于强调主体性自我树立和认同的一面，却忽略了主体的弥散和解体同样是现代主体性场域的一部分，虚待的主体仍然是主体，当代性在一定程度上就是放松现代性的紧张和焦虑，一个当代的主体比一个现代的主体更能审视与时间尤其是当下时间的关联（并在必要的时刻改变这种关联）。看看余怒这首稍带色情的《流星旋转——给吴橘》[④]：

---

① ［法］毕来德：《庄子四讲》，宋刚译，中华书局 2009 年版，第 11、129 页。

② ［墨］帕斯：《帕斯选集》（上），赵振江等译，作家出版社 2006 年版，第 447 页 。

③ ［德］阿多尔诺：《否定的辩证法》，张峰译，重庆出版社 1993 年版，第 382 页。

④ 余怒：《流星旋转——给吴橘》，《诗林》2014 年第 3 期。

流星旋转仿佛天空有弹性
无人知道它们会落向哪里
言语之间一个空间推着一个
空间波浪远去剩下一分钟你
可以与咕咕叫的水鸟分享
哈什么是道家的孤独这就是

这首诗写肉体的欢愉，“无人知道它们会落向哪里”点明了它之于未来的游弋状态，这里诗人避开了形而上学的二元对立隐喻机制，在意向性的拓宽中保持了更多的分岔和活隐喻，成功地将他性转化为辩证意象：肉体的感官和宇宙天地的自然现象并置，流星的隐现闪灭、交欢时的迎拒、仰望水鸟飞起时的姿态和飞机俯视下空时抛出的亚麻衬衫相呼应的旋动感，不同空间形式在同一个场或平面内相互挤压，在这首诗中都做了恰当的处理，普通的男女之事上升到道家的形而上孤独，尤其是去除所有标点后给读者造成的轻微的“喘息”感，让整首诗在一个“场”或平面上悄然呈现，作者和读者共同摇曳其中，一种身心物入迷的陶醉状态。这种状态首先是身体的，纳博科夫（Vladimir Nabokov）所谓“用脊椎骨去读”①。于坚也谈论过即兴诗歌写作的可能，比如《爵士乐》《拉拉》和《2001 年 6 月 10 日，在布里斯本》这样的作品，在他那里，诗歌的“即兴”是神秘的，形成一个聚集并复活语言、声音、行为、作者和读者的身体性的场，一个不断有新东西“加进来”的仪式和祭坛，诗人在这个语言部落中充当招魂巫师的角色。② 相比之下，冷霜在谈论王敖诗歌与“爵士乐的自由即兴”之间的关联时，将其严格限制在美学意义的“文本生成的方法平台”上，是“不同主题意念，各种素材，各种技巧

① ［美］纳博科夫：《文学讲稿》，申慧辉等译，生活 · 读书 · 新知三联书店 1991 年版，第 26 页。

② 于坚：《还乡的可能性》，商务印书馆 2013 年版，第 25—43 页。

和想象力的资源，乃至他想象力特征的不同面向之间的一次同时即兴"[①]。臧棣将这种即兴称为"无焦虑写作"，"一种真正的创造意义上的放松"，依靠诗人与世界相遇时的自然力量而非诗人预设的意志力量，诗歌的形式诞生了，"通常，诗人们都会用修辞和风格来润色那样的感觉，而王敖则利用修辞来暴露他和语言相通时的原始状态"[②]。

谢笠知的《一朵白云》[③] 写早上送孩子去幼儿园后诗人收拾家务，到午饭前才得会儿空，坐在摇椅上听着窗外呼啸的寒风，白云或被吹散，或被扯得稀松凌乱，但有一朵云始终保持完整："像一头鲸，大而白的身躯"，"几乎看不出/它在动。它从容、谨慎，/抵抗着四面八方的撕扯，/它抓紧自己：这轻逸的偶然的形体。/——似乎是一种趋于极限的爱/灌注虚空，长出血肉。"云鲸在癫狂与混乱之上淡定而优雅地游弋，只伴诗人度过短暂的闲空，"然后是忙碌的一整个下午"，直到晚上，拾完家务，哄孩子睡着后，"躺在黑暗中，眼前又浮现那朵白云。/在静而暖的房间，/它一动不动，仍然优美、淡定"。即便此刻早已消散，也使诗人感到"蓝天后面绝对的黑暗"，"那激烈的恐惧，让它抓紧自己，/保持完整。让它充满力量，越过狂风"。闭上双眼，"但感觉它仍在，并无声地飘到/我的头上方，象一盏被熄灭的灯，/悬着，等待着……"。诗人就这样参与了自然的偶然，赋予这种偶然性以形式，这个形式反过来帮助诗人度过了繁忙而美好的一天。

---

① 冷霜：《分叉的想象》，光明日报出版社 2016 年版，第 141 页。

② 臧棣：《无焦虑写作：当代诗歌感受力的变化——以王敖的诗为例》，《江汉大学学报》（人文科学版）2008 年第 2 期。

③ 谢笠知：《花台》，广西人民出版社 2015 年版，第 41—43 页。

## 第四节　主观个体的重建

作为一种先验存在，主体的认知构架本身就是在现实社会的历史基础上被建构出来的——“超越同一性哲学的魔圈，先验主体可以被译解为自身无意识的社会”① ——如果遗忘了这一点而将主体凌驾于客体之上，其结果反而使主体丧失了基础作用，并无意识地将自身颠倒为客体。社会先于个体自由而存在。鉴于现代诗歌观念已经终结，当代诗歌有必要防止客观性向主体过度还原。

当然，完全中立、客观地观察世界是不可能的，防止向着主体的过度还原不意味着主观个体建设的放弃。当代诗歌恰恰缺乏能在美学和伦理上作出成熟判断的主观个体。庸俗历史唯物主义的同一性辩证法使朦胧诗甚至第三代诗可以从反面获得自己依附性的价值观，历史唯物主义的终结——对当代诗人来说，意识形态的终结比现代诗歌观念的终结要更加切身——权力和资本为奸的机会主义时代的重临，要求一个独立而有充分判断力的成熟主体的生成。在这里，我们发现了萧开愚“新唯心运动”的重要性。

“提新唯心主义有一个前提，概括起来讲，是感觉不到感觉的问题。我们的注意力分散，注意力不能集中，精神不能凝聚。我们处于精神恍惚的状态。”萧开愚认为20世纪90年代以后当代诗人强调身体的重要性很大程度上跟这种精神恍惚有关，“我们如果讲身体，都是讲的客观个体。光是客观个体，可能有意识，怎么可能有主动的意识，怎么可能有主动的思考？怎么可能有独立的判断？也就是说，到最后不能构成一个客观”。过于强调身体和客

① ［德］阿多尔诺：《否定的辩证法》，张峰译，重庆出版社1993年版，第175页。

观忽视了更为根本的主观个体。姜涛将对身体和客体的过度重视视为丧失了某种结构性力量的、带有机会主义色彩的、没有说服力甚至停留在单调快感层面上的“身体主义”，“语言也是一种客观，也是物质性、肉身性的一种外延。对语言可能性、对身体可能性的信任，具有某种同构性，诗人相信在身体、语言中包含着无穷的奇迹的可能，换句话说，诗人把自己交给了客观性，表面是随时迎接奇迹，但这倒可能带来一种惰性、被动，因为我把自己交给了那个瞬间，交给了那个抓住的过程。在这个过程中，我的主观，或者是人格立场、价值立场的艰苦整合消失了，最后的结果是当过多的瞬间堆积一起，我们所有抓住的东西是一样的……关键可能我们缺失了一个强有力的主观统摄。所以，怎么挣脱身体、语言的客观性，这可能是更重要的。”这个“主观统摄”，“不是说有一个非常稳定的善意价值观能够一下子找出来放在那个地方永远管用。不是这个，我们追求一个形成善意价值观的唯一的原则”。这就要求主观个体积极的善意价值观，“一定是要考虑他应该在一个完整的主观个体和完整的主观个体能够互助的环境里追求共同更好的生活”。①

以草树《精馏塔》（2012）为例，② 诗歌以“停留时间”和“塔板系数”两个化工术语深层的诗学意义同中国现代史相关联，高高的圆柱和内部层层的塔板构成的精馏塔成为历史社会的缩影：

圆形的塔板，不是以铁而是以身体为边界
循着直觉而延伸。
小如一叶荷叶，缀着露珠和蛛网，那飞临的蜻蜓
携着直升机的轰鸣。

---

① 王歌、萧开愚、余祖政、冷霜、姜涛对谈：《当代诗歌需要一场思想运动》（https://www.douban.com/group/topic/6111489/）。

② 草树：《马王堆的重构：草树诗文集（2009—2012）》，长江文艺出版社 2013 年版，第 150—164 页。

大如一个广场：坦克和大炮，整齐的正步，飞机
从上空飞过，从那里我淹没于
混合物的海洋：珊瑚微微闪动。

草树在这里为我们呈现了一个“容纳了所有年代的晨钟暮鼓”的“停留时间”，这是某一回忆时间敞开的共时空间：“停留即停顿。枪响刹那，所有的一切/进入停顿：红袖章或围观者。/唯刽子手像枪口逸出的那一缕烟。/唯群山沸腾像另一个世界的副歌。”精馏塔内部众多塔板根据石油不同组分的物态临界点使其不断汽化、冷凝，并得以分馏，但“塔板系数”和“停留时间”“不可预先设定”，不是“化学工程师”“挑灯夜战可以演算”。荒诞的是历史工程师试图挑战这一切，他将一个开放的、不断有偶然性参与进来的精馏塔强行封闭起来，以各种暴力将自然“不平”的塔板和身体抹平，自组织状态下自然出现的临界点在社会历史中则被“恐惧”和“绝望”所推动：“多次的绝望，/推动临界点的到来，澄清了混合物/内在的结构”。历史的“精馏”最终使“时代的主宰者”站上了“波峰”，“而不为人知的波谷，积聚着卑微的事物/宛如落叶：不能停留，不能自决，不断淹没/又浮现”，但与此同时还存在个体“我”的“另一种精馏”和“另一个临界点”：“是精神的分子/在这里重排。是记忆在这里呈现、拼接、叠加。/是无限缩小的瀑布在这里跌成生命的景观”。主宰者宏大叙事的梦境被主宰者自身的体验所拆解，并以此拼接出截然不同的觉醒方式：

充满不平的混合物，粘滞，混浊，
需要反复分馏。分馏。分馏。馏出一份
轻盈一点，厌倦和愤怒
减去一点。那最后一块塔板将是我

还原成“我”的位置。

“主观个体——是形成和生成的，也不是一次性地形成的，是不断地形成的。”① 化工意义上的自组织精馏、历史工程师意义上的暴力精馏以及个体“我”不断“自我辨析”的精神精馏构成这首诗的家族性星丛，诗人倒转梳理历史的毛刷，为了被压迫的过去，为了捕获被遗忘之物与被压抑之物，以此重新讲述历史中的我和我分馏出来的历史：“所有的事物要落地，接通‘我’”。“精馏塔”的星丛“确凿，凝练，可以分辨又充满歧义”，“我”的主体性就是在不断的辨认中得以呈现，从一种自然现象出发，“我”拒绝参与历史工程师的暴力精馏，而是选择把历史暴力带入寂静的停留时间，弗莱切（Matthias Fritsch）所谓“把历史与未来的对立关系纳入问题域”在这首长诗中得到很好的体现，② 不是一个单一的问题，而是借语言不同层面的提问形成的相互交叉掣肘又流淌连通的问题域，远离历史连续体内部平衡的熵增原理，松动话语向着胜利者移情的惰性，接通了被压迫者祖先和子孙的记忆但又不是指向单纯的暴力和复仇，时间的多重性和开放性呈现出个体时间在伦理意义上的分叉，“这也是预先的拯救：当这闪闪发光的精馏塔/倒塌，在巨大的坍塌声之后，/‘我’，必能从那倾斜的塔顶爬出。”“我”在这里构成一个时空体，一个历史、社会和美学变量关系的动态域，过去和未来在当下之“我”汇聚、中转、诘问颉颃，同时这也是一个不断作出伦理和美学选择的过程。

《精馏塔》显示出个体的观念和经验之间的可沟通性，在恰当的时候，身体的经验可以帮助观念更加清晰地自我辨识，这样就为个体的个性和复数个体之间的公共性做了必要的铺垫。我们也可以举出一个反例。孙文波《修辞

① 王歌、萧开愚、余祖政、冷霜、姜涛对谈：《当代诗歌需要一场思想运动》（https://www.douban.com/group/topic/6111489/）。

② ［美］弗莱切：《记忆的承诺：马克思、本雅明、德里达的历史与政治》，田明译，华东师范大学出版社2009年版，第69页。

的胜利》（1993）一文曾对欧阳江河的写作作出一个判断，即其诗歌中呈现的个人经验与公共经验的非互证关系：“在他的诗歌中，只能从局部的具体经验出发到达公共经验，而要从公共经验出发来反证他的局部经验是否合理则很难”①，欧阳江河的诗歌以对抗性修辞制造震惊效果，“惟技术主义的单一性在欧阳江河那里最终组成了修辞的世界，它是一个分析性的、比喻性的世界。事境和语言的强迫性交媾，尽管使这个修辞世界十分迷人，但它还是两边都不靠的：既无法回复到现象世界（事境），也无法回复到语言本身。观念挤压了肉感。但观念本身与事境的联系其实是任意的。欧阳江河的真正败笔恰恰就在这里：唯技术主义肉感特征的极度削减使观念凸现，让诗歌最终成了对观念本身的静态描述，也就使诗歌缺少了温情”。② 借帕斯的说法，欧阳江河的《凤凰》等“大国写作”借助元反讽技巧将世界政治（尤其是中美两国之间的博弈）同中国近代史做了符号层面的漂移流动，它也形成了自己的问题域，但是仅仅局限在符号方面，没有任何身体层面的时间刻印，最终沦为符号之间无休止的任意挪移和互否。

## 第五节　诗可以群：作为“同时代性”的“当代性”

“当代性”（contemporariness）的另一种译法是“同时代性”。第三代诗之后，经历了相对充分写作自由的当代诗已经具备了独特的观察、想象和语言，却因“缺乏善意价值观作为起点和约束”而“沦为可此可彼的县花一现”。个体自由和差异诚然宝贵——我们可以回顾新中国成立之后直至第三代诗之前的新诗状况——现代诗歌观念的终结却是个体过度自由之后陷入的虚无泥

① 诗观点文库（http：//www. poemlife. com/libshow－138. html）。

② 敬文东：《中国当代诗歌的精神分析》，中国社会出版社 2010 年版，第 213 页。

淖。"'多'的价值在于为着'少'和'一'而挣扎而构成完整和结实，构成从'事实'到'真实'的跨度。"不是为了差异而差异，实在因为"真实"只能从关系和场域的互动中才能找到。"独立个体不妨柔弱甚至软弱，但顽强地实行社会协作"，不再是曾经的历史唯物主义强制性的内在殖民，"新唯心赞成自由主义的生成理论，从人的内在自由（freedom）这种天赋向终极自由（liberty）发展"，新唯心主义首先着眼于主体成熟心智的建设。"新唯心主义的唯一原则是：在当代人与世界的关系中的主观个体，为完善善意而真实的主观个体，在人与世界的关系中实行主动互助"。① 善意价值观指导实用价值观，它的立足点不是个体利益或独善慎独，同胡适一样，萧开愚重视与他者"相对更好的共同生活"。

更年轻的一代诗人和批评家则在2015年组织了"成为同时代人·第二届北京青年诗会"，其中赵晓辉认为"通过大家共同的努力，重建一种集体主义的情感，一种公共生活的兴趣是可能的"。② 纪梅则认为"谈论'同时代'这一话语行为，已显示为将时间空间化进而将其重组、改写的叙事动机和伦理努力：成为'同时代人'，是对线性时间及其同一性的干扰、阻隔、打破、悬置，进而重新错位联接；成为'同时代人'，意味着与他者实现一种社群式的联合交往实践，是自我与他者进行跨时代、逾地域的'光合作用'和精神家族结盟，是通过辨认和回应他者而生成新的主体性，是新主体的成长和现实的增殖，是对'我们是谁'以及'我们可能成为什么'的自我询问和确证。"③ 另外，关于"诗歌与民主"的讨论，实际上也是诗歌和诗歌批评当代

① 萧开愚：《诗与新唯心运动》，《上海文化》2010年6期，另参梁小静《萧开愚诗歌观念中的主体性研究》，硕士学位论文，河南大学，2013年。

② 赵晓辉：《由"成为同时代人"说开去》（https：//site. douban. com/246933/widget/notes/190633850/note/522164569/）。

③ 纪梅：《我的"同时代人"》（https：//site. douban. com/246933/widget/notes/190633850/note/521651320/）。

性问题域的一部分。[①]

雨果早就说过浪漫主义的真正定义是“文学上的自由主义”[②]，而自由社会是“最真诚而严厉的批判”的前提。[③] 泰勒（Charles Taylor）尝言“一个自由社会的本性是，它将总是较高和较低形式的自由之间的战场。没有一方能消灭另一方，但是战线是可以移动的，不可能确定地移动，但至少某些时候对于某些人，以这种或那种方式，战线移动是可能的”[④]，就是说，它不是一个阶级对另一个阶级在肉体上的消灭，它是各种价值间充分竞争的市场甚至战场。当代诗人是形式和价值意义上的战士。

“诗可以群”不仅发生在主观个体作为社会成员对社会关系的改善上，也发生在诗歌语言内部。以萧开愚《旧京三首（之三）》（2005）“胡辣汤辛酸无度，哲学王/当农业银行分行长，收支不已”为例，杨小滨认为此诗中的欲望力量主要依赖于对换喻式的小说叙事的挪用来实现的，隐喻式的诗的、象征主义的修辞则被废置，因为隐喻建基于否定基础上的形而上学设定意味着同一性的强制。“辛酸无度”和“收支不已”改写了“……无度”和“……不已”的词法规则，尤其是后者，萧开愚引入了“收支”，“一个金融词汇，它的功能并不在于成为某种心理意念的纵向隐喻，而恰恰在于横向的、换喻的置换过程本身，在于这种置换所形成的错迕感”。这种错迕感使诗歌摆脱了隐喻线性的意义寻找而代之以意义的网状交叉运行，换喻过程中的变异使其具有了多义性与不确定性，“词与词之间的空缺或裂隙，体现为欲望的动力。只有在这样的裂缝中，我们才会来体认——哪怕是在直觉的层次上——一个经济至上（‘收支’）的社会背景上的情感（被‘收支’所置换掉的那些）丧

① 王东东：《1940年代的诗歌与民主》，北京大学2014年博士学位论文；冯强：《当代诗歌和未来民主》，《漂泊的一代：中国80后诗歌》，赵卫峰主编，中国文联出版社2012年版。

② 中国社会科学院外国文学研究所外国文学研究资料丛刊编辑委员会编：《欧美古典作家论现实主义和浪漫主义》（二），中国社会科学出版社1981版，第135页。

③ ［墨］帕斯：《印度札记》，蔡悯生译，南京大学出版社2010年版，第207页。

④ ［加］查尔斯·泰勒：《本真性的伦理》，程炼译，上海三联书店2012年版，第94页。

失，而经济活动竟然也可以像情感活动那样形成‘不已’的状态”。[①]感情的喷发和喷发中所隐含的分析使得词语的看之描述同时构成了欲之批判，这既解决了作为诗歌动力的欲望问题，也更新了思想。

如果说“人的分裂性是现代性最突出的特点”，那么现代人就普遍面临了“自由的危机”，按照顾彬的看法，“只有传统能够帮助他克服它的分裂性格。传统才会把人看成一个整体”[②]。就近的趋势看，这一观点得到了很大程度上的应和，比如天主教哲学家泰勒反对将宗教传统与世俗社会截然对立起来的现代性叙事，将犹太教－基督教视为其超越性的框架。类似地，吉莱斯皮（Michael Gillespie）认为“宗教和神学在现代性观念的形成过程中扮演着核心角色”，现代性并非人取代神成为万物中心的完全世俗的王国。[③]

帕斯的问题是，如果现代性就是变化，那么变化原则能否在某个点上与某个不变原则和解呢？能否“将相反对的因素连成一个不再相互抵触的整体”呢？[④] 在对黑格尔的同一性辩证法表现出失望之后，在朝向未来的、进化论的时间已经损耗了信用之后，帕斯认为新的诗歌是“一种对所有时间的总结”[⑤]，“在现实中寻找诗歌的嵌入点，这也是一个交叉点，一个稳定而又颤动的中心，在那里矛盾不断地消失并再生”，这个源泉就是“心灵”，新的艺术也就是“‘心灵的’艺术”[⑥]。在帕斯那里，身体的复活同时意味着心灵的觉醒。就新诗来说，敬文东提出了类似的问题，“诗人的心性是否必须与诗保持某种一致性（或称同一性）”？当代诗歌能否同时保持心性完整而非分裂？

---

① 杨小滨：《欲望、换喻与小它物：当代汉语诗的后现代修辞与文化政治》，《文艺研究》2011年第2期。

② 戴维娜主编：《光年》（创刊号）海天出版社2017年版，第257页。

③ ［美］米歇尔·艾伦·吉莱斯皮：《现代性的神学起源》，张卜天译，湖南科学技术出版社2012年版，序言第3页。

④ Octavio Paz，Children of the Mire，trans. Rachel Phillips，Harvard University Press，1991，p. 26.

⑤ ［墨］帕斯：《帕斯选集》（下），赵振江等译，作家出版社2006年版，第154页。

⑥ ［墨］帕斯：《帕斯选集》（上），赵振江等译，作家出版社2006年版，第441页。

能否避免以各种现代面具冒充真实的心性?[①] 我们来看哑石的《喜鹊诗》(2009):

> 嗯，年少时，受控于心灵的激情，
> 总是忘记，那里也是这里；
> 现在呢，身体正慢慢教育我们。

“心灵的激情”意味着主体对客体的过度还原，脆弱的身体却教会诗人尊重连通于身体的基本客体。“……如果/足够诚实，你会看见自己的身体，/弥漫各处。”诗人通过感官与世界发生关联，他将身体弥散化、戏剧化为“儿子”“喜鹊”和“石块”等等——“你知道，/经过不算漫长的岁月，自己就是/那石块，也是那喜鹊……包括翠绿枝条奋力的一颤，/以及空气中，慢慢扩散的嗡嗡声，/都是你微弱的、终于活了过来的身体”——“儿子依约举石块，/砸向翠绿枝条上呱呱叫的喜鹊，/却始终不能中的。”当他同时是儿子、石块和喜鹊之群时，反而缺少最基本的精确性，不能以某种同一性确保三者为他所笼（主体的非同一性），“被唤作儿子的，瞳眸有清凉雏菊，/更有你不了解的烈焰，所以，/他是更精确的你——那最模糊的你”，在这里诗人抵达了自我的内在界限而自然地往外漫溢，从客观个体往主观个体推送。诗可以群，“此世，泪水与羞愧，曾经灿烂的/时光的苦涩与甜蜜，全都无条件/赠予了身边的人”：

> 最满意的事：不管现在，还是
> 身体夜鸟投林般回到了家的未来岁月，
> 我都是一团混沌，一次次教育和

① 敬文东：《心性与诗——以西渡的〈杜甫〉〈苏轼〉为例》，“两岸四地”第九届当代诗学论坛“百年新诗：历史变迁与空间共生学术研讨会”会议论文集，2017 年 6 月 30 日，北京师范大学国际写作中心、中国当代文学研究会、《文艺争鸣》杂志合办。

被教育——从不放弃，自己颠覆自己！

过去与将来、生与死在当下这一时刻汇聚在一起，日常生活的混沌以及自由个体在混沌中的价值生成和选择，“自己颠覆自己”的勇气是一次次“教育和/被教育”，归根到底，诗歌和诗歌批评的当代性是自由个体朝向相对更好的共同生活的自我教育（美学的和伦理的）。

在为朋友潘乙宁的诗集作的序言里，蒋浩写道：“‘文如其人’是至境，文如其人也可理解为‘文如其反对的人’或‘变化的人’”①。文如其人的传统短时间内看可能并不准确，因为人是一个正在发生的事实，变化才是他的常态。如果我们可以像比格尔（Peter Burger）和霍兰德（Norman N. Holland）一样以非同一的“主体性场域”和“自我系统”代替同一的“主体”和“自我”，我们就仍然可以在一个非总体性的境遇中保留我们的总体性渴望，在一个强调身体和客体的诗歌语境中保留主观个体作出判断并生成价值的权利。霍兰德曾把“本体”视为“一种特殊的关系”，即“把某个人理解为一个主体及众多变体”②，主体—变体作为问题当然是从日常生活中直接涌现出来的，作为一种相互的、潜在的和中介的空间它指向问题的呈现和解决。这是一个耗散结构，诗人必须在不断的反馈和远离惰性平衡中创造自己的本体。这就是张清华生命与诗歌统一的“生命本体论诗学”：“这是最公平的，也是最残酷和最难的，它区别出了历史上一切诗人的根本分野：一切平常的诗人，都只是用手、用纸和笔来完成他们的作品的；而伟大和重要的诗人则是‘身体写作’——是用他的生命和人格实践来完成写作的。这决定了一个重量级的诗人和一般的写作者之间最本质的区别。”③

---

① 潘乙宁：《无所事事的男人》，南方出版社2004年版。

② ［美］诺曼·N.霍兰德：《后现代精神分析》，潘国庆译，上海文艺出版社1995年版，第138页。

③ 张清华：《猜测上帝的诗学》，北京大学出版社2010年版，代序第1页。

# 结语　“徒观斧凿痕，不瞩治水航”：中国当代诗人的第二次起航

论文中，我反复引用布尔迪厄的一个见解：“我掌握观点的方式，就是把观点跟他们在行动者结构中所占有的位置联系起来。”[①] 布尔迪厄研究的不是单纯的观点，而是观点和位置之间的关系。按照架构主义，世界就是“文本”，对（无意识）位置的分析思考会修改甚至颠覆当事人（有意识的）观点。这一想法我们中国人也不会陌生，就是“知人论世”。“这个‘知’的问题取决于多种层面的隐藏，它引发了一种特殊的解释学——意在揭示人的言行的种种复杂前提的解释学。中国的文学思想就建基于这种解释学”。孟子曾经这样回答公孙丑关于“何谓知言”的问题：诐辞知其所蔽；淫辞知其所陷；邪辞知其所离；遁辞知其所穷。孟子所说的“知”是指知道词语隐藏了说者的什么、暴露了说者的什么，它最关心的是道德判断和道德教育，后来则渐渐发展成为更广泛、更复杂的对“他人”进行理解的尝试。如此，在中国，文学基本上被理解为知人的一种方式。而中国文学思想发展的最深层动力往往不在于先贤们对文学自身所表达的见解，而是源于对更广泛问题的关注。[②]

---

① ［法］布尔迪厄：《社会空间与象征空间》，载苏国勋、刘小枫主编《社会理论的政治分化》，上海三联书店 2006 年版，第 292 页。

② ［美］宇文所安：《中国文论：英译与评论》，王柏华、陶庆梅译，上海社会科学院出版社 2003 年版，第 18 页。

无论是孟子还是布尔迪厄，他们提醒我们的，都是要对文化和制度做出明确的区分。文化作为选择是某“言”或某“观点”，但此“言”或此“观点”却不能在语言本身中找到语言效力的原则和机制，而是从外部的制度授权[①]。选择什么建立在能选择什么的基础上。这仍是绪论中我们所讨论过的制度与文化问题。韩愈在《调张籍》中说，“徒观斧凿痕，不瞩治水航”，大禹治水，改堵为疏，关注的是大道的通畅。阅读当代诗歌，很多时候我们被表面的“斧凿痕”所迷惑，而忽略了更深层次的“治水航”。这样的发现可以使我们对形形色色的原教旨主义和本质主义更加警惕。它们的持有者利用其所占有的强力位置，将自身某种特殊观点加以普遍化，又进一步将其权力化，将某种特殊的文化观点伪装成普世的制度要求，这些正是马克思在《德意志意识形态》中揭露的意识形态本性。不需要到中国思想中寻找反对它们的思想，西方内部天然地包括反对这种思想的思想，布尔迪厄的场域理论是其中之一。从事文学的比如海明威的“冰山理论”和纳博科夫的“卡斯边的理发师”理论[②]都和这一观点相去不远。深谙中西古典文化的宇文所安认为叙事中的沉默可以比言辞更有力量，他提醒读者关注文本中的省略与沉默，检视叙述者的动机。[③] 或者可以直接用马舍雷的话来说出：沉默背后总是会找到很强烈的意识形态。但是话必须说回来，沉默当中未必全部都是意识形态。我们可以从中聆听到“词语的根性”，可以从中“猜测上帝的诗学”，也就是由语言所带出的超验维度。海德格尔说，“不过语言的原初呼声并没有因此而喑哑，它只是沉默不语而已。而人却不去留意这种沉默。”[④] 沉默犹如山脊，支

---

① ［法］皮埃乐·布迪厄、［美］华康德《实践与反思：反思社会学导引》，李猛、李康译，邓正来校，中央编译出版社1998年版，第195页。

② ［美］罗蒂：《偶然、反讽与团结》，徐文瑞译，商务印书馆2003年版，第243页：“纳博科夫使他的读者细心留意私人喜乐的追求可能产生的小规模残酷。”

③ ［美］宇文所安：《中国中世纪的终结：中唐文学文化论集》，陈磊、陈引驰译，生活·读书·新知三联书店2006年版，第133—136页。

④ ［德］海德格尔：《演讲与论文集》，生活·读书·新知三联书店2005年版，第155版。

撑起群山的缭绕。

因此，对待沉默，我们可以同时从形而下的经验角度和形而上的超验角度来观察。前者是器，依赖现世制度的安排，后者是道，超出制度的权力机制，它被张志扬视为“现代性问题之关键”①。伯纳德特曾经告诫他的学生“教育的最初目的是将人从经验中解救出来，但又存在到达那层经验的困难”。② 后半句是说形成自己的观点已经是难的，前半句说要同时看见观点隐含的位置则是难上加难。只有到达了那层经验，据此形成了自己的观点，我们才可以说，“你创造完美城堡只是为了从它那里往后退”③。超验为经验的无限后退提供了余地。看看瑞士汉学家毕来德对庄子庖丁解牛故事的分析。刚开始，“所见无非全牛也”，之后，“未尝见全牛也”，最后“以神遇，而不以目视”。主体和客体最初是对立的，主体在客体面前感到无能为力，当他注意到切割时需要注意的部分时，他“开始战胜客体对他的对抗了，他所意识到的已经不再是客体对象，而更多的是他自己的活动了”。最后，关系彻底变了，“他练出来的灵巧，现在已经高明到了牛对他不再构成任何阻力，因此也就不再是他的一个客体对象的程度了。而客体的消失，自然也伴随着主体的消失。”④ 毕来德他反复提及维特根斯坦后期的一个哲学思想，“早晚要从解释回到描述上来”。因为意识形态首先是一种解释，即“把特殊的东西说成是普遍的东西”，“把普遍的东西说成是统治的东西”，解释即存在，这其实受尼

---

① “现代结构中的超世之维乃现代性问题之关键，与此相关的才是现世秩序的合理安排”。张志扬《现代性理论的检测与防御》，社会科学文献出版社，第227页。“人们到处都在谈论宗教信仰的衰败，却很少有人注意到宗教感受性的衰败。现时代的麻烦不只是不能相信我们祖先所相信的、关于上帝和人类的某些东西，而是不能像他们那样感受上帝和人类。不再被信仰的信仰是一种在某种程度上尚能被全备的东西，而一旦宗教感情消失，人们花费了许多心血用以表达它的语言也就失去了意义”。艾略特《艾略特诗学文集》，王恩衷编译，国际文化出版公司1989年版，第247页

② ［美］萝娜·伯格编：《走向古典诗学之路——相遇与反思：与伯纳德特聚谈》，肖涧译，华夏出版社2007年版，第252页。

③ 同上书，第173页。

④ ［法］毕来德：《庄子四讲》，宋刚译，中华书局2009年版，第8—9页。

采思想很大的影响。毕来德在庄子那里发现了“一种崭新的主体以及主体性的概念范式”①，这一范式让他在庄子那里感觉到“契合于一种在我们的文化深层当中悄然酝酿的变化”② ——中国和欧洲在毕来德那里发生了深刻的对话——新的“主体”和“主体性”，“在其中呈现为一种在虚空与万物之间来回往复的过程。而在两者之间，是前者——虚空或者混沌——居于根本的位置。我们是凭借这一虚空才具备了变化和自我更新的能力，使得我们能够在必要的时候重新定义我们与自我、他人及事物的关系；我们是从哪里萃取了赋予意义的根本能力。”③ 毕来德将经验理解为“我们一切有意识的活动的基础”④，他的一个惊人举动是将“虚空”纳入高于经验的位置：“当我们有意识的活动陷入死路，当它被禁闭在一个错误观念系统，或是一些不切实际的计划当中时，知道如何返归混沌与虚空，是一件事关生命的事。我们的救赎，这时便取决于我们退步的能力，看我们能不能去‘游于物之初’，找回‘唯道集虚’的那个‘虚’。”⑤ 在这一点上，毕来德对庄子的思考实际上与薇依对上帝的思考共鸣了⑥——然而此处唯余虚空——而薇依实际上深受包括佛教和老子在内的东方思想的影响，由此可见像（毕来德所批评的）汉学家于连那样夸大文化间差异性的学术方法的确存在很大问题。

语言能够同时带出经验和超验两个层面，⑦ 是人同外部世界和超验世界的相关架构，⑧ 这也是张志扬论证的“语言的两不性”——语言既不能证明本体

---

① ［法］毕来德：《庄子四讲》，宋刚译，中华书局2009年版，第131页。

② 同上书，第133页。

③ 同上书，第131—132页。

④ 同上书，第11页。

⑤ 同上书，第129页。

⑥ 又如，毕来德引用维特根斯坦强调观察和想象不能两全，这在薇依的《重负与神恩》里有神学表述：“想象始终致力于堵住神恩可能通过的缝隙。”（17）西方主体作为上帝的镜像向着客体的弱化，尤其体现在薇依的《重负与神恩》和彼得·毕尔格的《主体的隐退》（［德］彼得·毕尔格：《主体的隐退》，陈良梅、夏清译，南京大学出版社2004年版）两本著作当中。

⑦ 张志扬：《现代性理论的检测与防御》，社会科学文献出版社2000年版，第111页。

⑧ 张志扬：《创伤记忆》，上海三联书店1999年版，第301页。

存在，也不能证明本体不存在——前者使语言带出了经验，后者则使语言保留了指涉超验的可能。语言“不是世界、存在……而是界限，是可说与不可说、确定与不确定、经验与超验的无-有、显-隐界限”。[①] 古代的圣贤，无论东西，都教诲我们要了解他人、了解自身的无知，其实都是对这一界限和尺度的把握。就像在柏拉图那里，“理念”实际上不是人们通常以为的最高存在，相反它处低位，只是一个假设，最初的意思是“看”，而对柏拉图对话录的阅读要求同时看到观点的论证和情节的展开，这种“看”若引申到布尔迪厄具有反身性的场域理论，则同时也是“被看”，是向读者说出观点的同时暴露出自己的位置。“看”和“被看”都不仅仅局限在对权力架构的分析性理解上，它也指向接受高于此权力架构之上的更高价值的检验。古人讲举头三尺有神明，就可以从这个意义上来理解。

无论布尔迪厄如何强调对社会权力结构的理性分析，他仍然没有抛弃意图团结一部分知识分子的形而上努力。[②] 在《艺术的法则》后记《为了一种普遍的法团主义》中他提到知识分子由“行动”和“纯粹”两个部分组成，“我们通过自主和介入、纯文化和政治的两者择一来把握他们，这是因为知识分子是在这种对立中并通过这种对立历史地形成的”。两种身份并不矛盾，反而是一种相互加强的关系。布尔迪厄也渴望一国之内知识分子集体行动的可能，渴望不同国家、不同意识形态集团之内知识分子集体行动的可能。“随国家历史的不同而不同，这些理由使得按照知识场和政权场之间过去和现在的关系状况而发生变化，掩盖了不变化，而不变化更重要，是所有国家的知识

① 张志扬：《创伤记忆》，上海三联书店1999年版，第272页。

② 在《批评的功能》一文中，艾略特认为，“在任何时代里，真正的艺术家之间，我认为有一种不自觉的联合……只要我们作一番自觉的努力，就能够使不自觉的行动成为有意识的目标。一个二流作家必然舍不得投身于任何共同的行动，因为他主要的任务是在维护表明他自己特色的那种微不足道的特点；只有那些根底踏实，在工作中舍身忘我的人才能合作、交流和做出贡献。”（［英］TS·艾略特：《批评的功能》，王恩衷译，见《艾略特诗学文集》，国际文化出版公司1989年版，第61—62页）。

分子可能存在的一致性的真正基础。同一自主愿望可依照权力结构和历史的不同，表现在相反的占位中（此处为世俗，彼处为宗教），知识分子通过反对这些结构和历史而表现自己。不同国家的知识分子，如果想要避免因形势和现象的对立而导致分裂，应该充分意识到这个机制因为这些对立的原则就使同一个解放的意愿碰到了不同的障碍。”当然他的设想主要是停留在欧洲内部：“为了理解和把握有可能使他们分裂的对立，欧洲各个国家的知识分子时刻应该在精神上警惕权力的结构和历史，他们就是靠反对权力的结构和历史体现自己作为知识分子的存在的……我们要想获得一种真正的交流机会，只有控制将把我们分开的历史无意识，也就是知识空间的特定历史客观化并进行控制，我们的认识和思想范畴就是这特定历史的产物。”布尔迪厄的这些话对我们重新看待20世纪80年代迄今的新诗仍然具有启发意义。当代诗歌场域中不同占位的诗人能否“警惕权力的结构和历史”，能否像布尔迪厄所说的，“从对文化生产场的逻辑认识中得出关于知识分子的集体行动的现实主义纲领是可能的”呢？这种试图将不同诗人连接起来的“普遍的法团主义”是否可能呢？我曾就这个问题请教戴迈河，他回答说这不过是“一种理想”，因为“诗人和诗歌这东西也永远不能和和平平地过日子”。可以提供的例证，比如在诗歌写作方面基本停笔的廖亦武在给《倾向》编者贝岭、孟浪的信中就认为，“从精神上，诗人全死光了，或者说现在的诗人相当于某种程度上的阴谋家”。从这个角度出发，廖亦武否定他曾经的朋友萧开愚等人，认为他们是对“冲突的模仿”，其中“绝对有一个当权者能够容忍的尺度”。

这样的观点我只能部分地同意。我想其中的重点牵涉到知识分子和国家文化之间的一个悖论。这一悖论在布尔迪厄身上体现得淋漓尽致。一方面，他希望各个国家的知识分子可以通过“无政府秩序”或“自由知识秩序”联合起来，“为了一种普遍性的法团主义”而与存在于世的各种权力作斗争。他希望“产生一种‘纯粹的政治’，这种政治与以国家利益为名的理由截然相反。知识分子的身份是通过干预产生的。其实这些干预蕴含着以超国家价值的名义，或者，如果人们愿意，以某种伦理的或科学的普遍主义的名义，肯定违反最神圣的集体性价值比如爱国主义价值的权力”①；另一方面，他又看到资本主义全球化会使国家意识衰微，因为全球化以确认金融市场的统治为前提，它会“回返于一种激进的，除了最高利润率别无他率的资本主义，一种无限制、无粉饰但理性化的资本主义”。② 张东荪曾慨叹“唯有经过亡国之痛的人民，方会知国家之重要；亦唯有知道国家重要的，方会起来以改良其政府”③。巴尊在《我们应有的文化》结尾这样写道：“文明与我们的文明并不是同一个东西，重建国家和文化——无论是现在还是在其他任何时候——是我们本性中不可或缺的东西，比渴望和悲叹更有吸引力。”④ 我曾在对萧开愚和孙文波诗歌的分析中涉及他们在这一问题上的微妙差异。

汉学家江克平在《一个汉学家看新诗中什么有意义》一文中将中国的知识分子传统上溯至战国时代的“士”，“士”转变为帝国的文人阶层，一直前进到“五四”时期的“现代知识分子”。孔门意义上的“士”——士不可以不弘毅，任重而道远——是理性和道德的化身。士志于道，犹如历史在中国有着和宗教在西方类似的地位。士在中国的地位犹如西方的牧师，他们不是现任的官，也不是退职的官（当然也可以在官，但那时往往只是为官所利用），他们承担着社会的教化和风化之责。张东荪把士与官的冲突列为中国社会的第九种矛盾，而冲突的结果却总是士失败而官成功，原因是中国数千年都是君主专制。鸦片战争以来，我们的国家意识逐渐觉醒而“天下”（世界）意识逐渐萎缩，究其质，在于我们若想与西方平等，必须有强大的国家力量，

---

① 以上均见于［法］皮埃尔·布尔迪厄：《艺术的法则：文学场的生成与结构》后记部分，刘晖译，中央编译出版社 2011 年版。

② ［法］皮埃尔·布尔迪厄：《遏制野火》，河清译，广西师范大学出版社 2007 年版，第 37 页 。(http：//www. m4. cn/space/2012 - 03/1156278. shtml)

③ 张东荪：《理性与民主》，左玉河编，岳麓书社 2010 年版，第 262 页。

④ ［美］巴尊：《我们应有的文化》，严忠志、马驭骅译，浙江大学出版社 2009 年版，第 259 页。

这就仰赖于我们的国家意识，而我们若想拥有长久和平，又必须具备超越国家意识的天下意识。① 即是说，我们需要拥有一个经过国家意识洗礼的天下意识。

程巍说，“我们太容易把‘殖民主义’想象成国界以外的存在，是发生在另一个遥远而陌生的国土上的政治和文化的压迫形式以及经济剥夺形式，甚至连萨义德也不例外。然而，殖民主义还有一种精致而隐蔽的国内形式，不容易被发现，因为它总是被国家形象、文化、语言、仪式、节日等同一性象征所遮羞，而所有这些象征形式又反过来不停地强化认同感。”② 中国当代诗人面临着反对双重殖民境况的任务：他们需要一个健康的国家，这个国家保障包括诗人在内的全体公民的基本权利，他们也需要或者说找回一个超越国家意识的天下意识，或者说一个经过国家意识洗礼的天下意识。没有三个世界，只有一个世界，我们都在同一个世界内，但我们应该有一个本地的、局部的传统和政治意识。面对国家在经济军事上的日益强大，中国当代诗人所急需的不是在国际诗歌圈子里混出多大的名声，而是扎根本地日常，完善自身的写作。中国当代诗人需要在双重殖民的失位境况里，“勇敢地在本地的当前中作出定位”③。当然，最重要的前提，是认识自己的力量和软弱，完善自身的人格，如袁宏道所言，“士先器识而后文艺”，我将这种期待称之为“中国当代诗人的第二次起航”。

当今之世，还有多少当代诗人能有意识地去学习大禹，从治理航道入手自己的写作呢？我们生活在一个注重信息（当然包括诗歌）生产和信息传播的时代，鲍德里亚甚至认为虚拟作为中介已经取代了现实，而上帝消失在不

---

① 张志扬老师曾以“大而霸之”还是“大而化之”来描述未来中国在世界政治格局中可能扮演的角色。

② 程巍：《中产阶级的孩子们：60 年代与文化领导权》，生活·读书·新知三联书店 2006 年版，第 248 页。

③ 陆兴华：《当代艺术做什么》，上海锦绣文章出版社 2012 年版，第 216 页。

断增加的信息之中。爱泼斯坦也看到各种意识形态垃圾充塞这个世界，他试图将“概念主义”理解为一个河道系统，将所有这些文化垃圾和废料排放进污水池文本，从而可以将垃圾过滤出来。我以为当代诗歌的“当代性”需要在这种河道系统的挖掘和整治当中得到体现。余英时在接受克鲁格人文与社会科学终身成就奖的演说中讲道，“如果历史可为指引，则中国文化与西方文化之间对基本价值似乎存在很多重叠的共识，毕竟中国的‘道’讲的就是承认人类共通的价值和人类尊严。如今我更坚信，一旦中国文化回归到主流之‘道’，中国对抗西方的大问题也将终结”。[①] “道”可道，非常道。有了“道”的加持与护航，相信中国当代诗人定可再扬风帆，驾慈航，化人心，再使风俗淳。

① 余英时“克鲁格人文与社会科学终身成就奖”受奖演说《我对中国文化与历史的追索》(2006 年)。

# 参考文献

范劲：《德语文学符码和现代中国作家的自我问题》，华东师范大学出版社2010年版。

高辛勇：《修辞学与文学阅读》，北京大学出版社1997年版。

格非：《文学的邀约》，清华大学出版社2010年版。

耿占春：《失去象征的世界：诗歌、经验与修辞》，北京大学出版社2008年版。

耿占春：《叙事美学：探索一种百科全书式的小说》，郑州大学出版社2002年版。

顾随：《顾随全集·讲录卷》，河北教育出版社2000年版。

姜涛：《巴枯宁的手》，北京大学出版社2011年版。

刘江凯：《认同与“延异”——中国当代文学的海外接受》，北京大学出版社2012年版。

陆兴华：《当代艺术做什么》，上海锦绣文章出版社2012年版。

马剑：《黑塞与中国文化》，首都师范大学出版社2010年版。

钱永祥：《纵欲与虚无之上：现代情境里的政治伦理》，三联书店2002年版。

秦晖：《传统十论：本土社会的制度、文化与其变革》，复旦大学出版社2004年版。

单世联：《辽远的迷魅：关于中德文化交流的读书笔记》，上海外语教育出版社2008年版。

孙文波：《新山水诗》，人民文学出版社2012年版。

孙文波：《在相对性中写作》，北京大学出版社2010年版。

唐晓渡：《与沉默对刺：当代诗歌对话访谈录》，北京大学出版社2012年版。

吴晓东：《文学的诗性之灯》，上海书店出版社2010年版。

西川：《大河拐大弯：一种探求可能性的诗歌思想》，北京大学出版社2012年版。

夏可君：《姿势的诗学》，中国社会出版社2012年版。

萧开愚：《此时此地》，河南大学出版社2008年版。

谢有顺：《先锋就是自由》，山东文艺出版社2004年版。

张枣：《张枣随笔选》，颜炼军编，人民文学出版社2012年版。

一行：《词的伦理》，上海书店出版社2007年版。

曾念长：《中国文学场：商业统治时代的文化游戏》，上海三联书店2011年版。

张东荪：《理性与民主》，岳麓书社2010年版。

张清华：《海德堡笔记》，山东画报出版社2004年版。

张清华：《猜测上帝的诗学》，北京大学出版社2010年版。

张新颖：《20世纪上半期中国文学的现代意识（修订版）》，复旦大学出版社2009年版。

张志扬：《创伤记忆》，上海三联书店1999年版。

［德］阿伦特：《人的境况》，王丽寅译，上海人民出版社2009年版。

［英］艾略特：《艾略特诗学文集》，王恩衷编译，国际文化出版公司1989年版。

［法］艾田伯：《比较文学之道：艾田伯文论选集》，胡玉龙译，三联书店2006年版。

［美］雅克·巴尊：《古典的，浪漫的，现代的》，侯蓓译，江苏教育出版社2005年版。

［德］乌尔里希·贝克、伊丽莎白·贝克－格恩斯海姆：《个体化》，李荣山等译，北京大学出版社2011年版。

［德］彼得·毕尔格：《主体的隐退》，陈良梅，夏清译，南京大学出版社2004年版。

［英］以赛亚·伯林：《浪漫主义的根源》，吕梁、洪丽娟、孙易译，译林出版社2008年版。

［法］皮埃尔·布尔迪厄：《艺术的法则：文学场的生成与结构》，刘晖译，中央编译出版社2011年版。

［法］皮埃乐·布迪厄、华康德：《实践与反思：反思社会学导引》，李猛，李康译，中央编译出版社1998年版。

［美］德鲁里：《亚历山大·科耶夫——后现代政治的根源》，赵琦译，新星出版社2007年版。

［美］迈克尔·海姆：《从界面到网络空间：虚拟实在的形而上学》，金吾伦，刘钢译，上海科技教育出版社2000年版。

［德］海德格尔：《演讲与论文集》，孙周兴译，三联书店2005年版。

［德］罗姆巴赫：《作为生活结构的世界：结构存在论的问题和解答》，王俊译，上海书店出版社2009年版。

［德］顾彬：《二十世纪中国文学史》，范劲译，华东师范大学出版社2008年版。

［法］罗杰·加洛蒂：《论无边的现实主义》，吴岳添译，百花文艺出版社 1998 年版。

［美］约翰·杜威：《经验与自然》，傅统先译，江苏教育出版社 2005 年版。

［法］让-弗朗索瓦·利奥塔：《后现代状况：关于知识的报告》，车槿山译，湖南美术出版社 1996 年版。

［德］奥斯瓦尔德·斯宾格勒：《西方的没落．（第二卷）》，吴琼译，上海三联书店 2006 年版。

［美］塞缪尔·亨廷顿：《文明的冲突与世界秩序的重建》，周琪译，新华出版社 2002 年版。

［加］马歇尔·麦克卢汉：《麦克卢汉书简》，何道宽译，中国人民大学出版社 2005 年版。

［美］萝娜·伯格编：《走向古典诗学之路——相遇与反思：与伯纳德特聚谈》，肖涧译，华夏出版社 2007 年版。

［日］沟口雄三：《中国的冲击》，王瑞根译，三联书店 2011 年版。

［美］维塞尔：《马克思与浪漫派的反讽：论马克思主义神话诗学的本源》，陈开华译，华东师范大学出版社 2008 年版。

［美］惠特曼：《典型的日子》，马永波译，百花文艺出版社出版 2008 年版。

［墨］帕斯：《帕斯选集》，赵振江等译，作家出版社 2006 年版。

［德］胡戈·弗里德里希：《现代诗歌的结构：19 世纪中期至 20 世纪中期的抒情诗》，李双志译，译林出版社 2010 年版。

［波］切斯瓦夫·米沃什：《诗的见证》，黄灿然译，广西师范大学出版社 2011 年版。

［瑞士］毕来德：《庄子四讲》，宋刚译，中华书局 2009 年版。

［法］弗朗索瓦·于连：《迂回与进入》，杜小真译，三联书店 1998 年版。

［美］刘若愚：《中国文学理论》，杜国清译，江苏教育出版社2006年版。

［美］宇文所安：《中国文论：英译与评论》，王柏华、陶庆梅译，上海社会科学院出版社2003年版。

［法］伊夫·瓦岱：《文学与现代性》，田庆生译，北京大学出版社2001年版。

［捷克］昆德拉：《小说的艺术》，董强译，上海译文出版社2004年版。

［德］爱克曼、歌德：《歌德谈话录》，朱光潜译，人民文学出版社2008年版。

［法］薇依：《重负与神恩》，杜小真译，中国人民大学出版社2003年版。

［美］莱昂内尔·特里林：《知性乃道德职责》，严志军、张沫译，译林出版社2011年版。

［德］赫塔·米勒：《镜中恶魔》，丁娜等译，江苏人民出版社2010年版。

［德］沃尔夫·勒佩尼斯：《德国历史中的文化诱惑》，刘春芳、高新华译，译林出版社2010年版。

［美］罗伯特·索科拉夫斯基：《现象学导论》，高秉江、张建华译，武汉大学出版社2009年版。

［荷］布鲁玛［以］玛格里特：《西方主义：敌人眼中的西方》，张鹏译，金城出版社2010年版。

［美］利奥·马克斯：《花园里的机器：美国的技术与田园理想》，马海良译，北京大学出版社2011年版。

［法］多米尼克·吴尔敦：《拯救传播》，刘昶、盖莲香译，中国传媒大学出版社2012年版。

［法］多米尼克·吴尔敦：《信息不等于传播》，宋嘉宁译，中国传媒大学出版社2012年版。

［美］萨克文·伯科维奇：《剑桥美国文学史（第8卷）》，杨仁敬等译，

中央编译出版社 2009 年版。

余祖政:《"九十年代诗歌"的内在分歧——以功能建构为视角》,北京大学中文系,2011.

Michael M. Day, China's Second World of Poetry: The Sichuan Avant - Garde, 1982 - 1992.

Push Open the Window: Contemporary Poetry from China , COPPER CANYON , 2011.

The Frontier Tide: Contemporary Poetry from China. Eds. Hai An & G. Droogenbroodt. Marke, Belgium & Altea, Spain: Point Editions, 2009.

Maghiel van Crevel, *Language Shattered: Contemporary Chinese Poetry and Duoduo*, Leiden, The Netherlands: Research School CNWS, 1996.

Lian Yang , *Non - person singular: selected poems*, Brian Holton, Wellsweep, 1994.

AI WEIWEI, *Spricht: Interviews Mit Hans Ulrich Obrist*, Carl Hanser Verlag GmbH & Co. KG, 2011.

Francis B. Gummere, *Democracy and Poetry*, Boston: Houghton Mifflin1911.

R. P. Warren, *Democracy and Poetry*, Harvard University Press 1975.

Robert Pinsky, *Democracy, Culture and the Voice of Poetry*, Princeton University Press 2005.

Angus Fletcher, *A New Theory for American Poetry: Democracy, the Environment, and the Future of Imagination*, Harvard University Press , 2006.

Alan Marshal, *American experimental poetry and democratic thought*, Oxford University Press, 2010.

Bruno Latour, *We Have Never Been Modern*, Translated by Catherine Porter, Harvard University Press, 1993.

Pierre Bourdieu, *The Field of Cultural Production*, New York: Columbia University Press, 1993.

Pierre Bourdieu, *The Logic of Practice*, Stanford: Stanford University Press, 1990.

**网页部分（国内）**

豆瓣网 http://www.douban.com/

南方都市报网络版

http://epaper.oeeee.com/A/html/2013-03/11/node_523.htm

南方周末杂志网络版 http://www.infzm.com/

诗东西网站 http://poetryeastwest.com

诗歌报网站 http://www.shigebao.com/

诗生活网站 http://www.poemlife.com/

西祠胡同 http://www.xici.net/

新华网 http://www.xinhuanet.com/

新浪网 http://www.sina.com.cn/

**网页部分（国外）**

荷兰莱顿大学与德国海德堡大学合作汉学数据库 http://leiden.dachs-archive.org/

荷兰鹿特丹国际诗歌节网页

http://www.poetryinternationalweb.net/pi/site/home/index/en

美国俄克拉荷马大学《今日中国文学》http://www.ou.edu/clt/

诗国际 http://poetryinternational.sdsu.edu/

英国伦敦大学亚非学院 http://www.soas.ac.uk/

中国现代文学与文化资源中心 http://mclc.osu.edu/

http://www.worldcat.org

# 附　录

## “我希望得到从容”

### ——对顾彬教授的访谈[①]

2012年1月25日、27日和31日，我在波恩大学汉学系分三次对顾彬教授（Wolfgang Kubin）进行了访谈。以下是对访谈内容的整理。

（1月25日下午14时）

F：“我们看到的是那被克制的局部，即每个单独的词，不是可预测的词，而是看上去陌生化了的词，其陌生化效应不是随着文本的递进而削减，反而是加深。”这是您在张枣诗集《春秋来信》中说的话。如何理解这句话呢？在您眼中，张枣诗歌的局部为什么被克制住？每个单独的词都可以成为这个局部吗？他这样克制局部与他想达到一个怎样的整体有关系吗？

K：这是张枣当初告诉我的。他想写的不是一首好诗或者一行诗，他要找一个合适的词，这个词应该是未完成的。所以读者看到诗歌时表面上看不到整首诗有多好，我们能看到的是一种粉碎的、独立的词。同时这也是我们所意想不到的词，它对我们来说是陌生的。我们愈看它，愈觉得陌生。

F：当我们之间的桌子

---

① 本访谈经修改后曾发表于发表于《长城》2012年第2期。

受到手的诱惑

开始变暖

您在《旧的来临》里的这几句诗给我留下了深刻印象。我同时想到张枣的“椅子坐进冬天”。手这一意象在您的诗歌里经常出现，有时您甚至将他独立成一个外在于您的角色，或者它是您的一个面具，您从一个外部观察本属于您自己的手，比如在组诗《华南哀歌》的《沙田酒店》和《湾仔》里，“手”这一个词语、这一个意象可以称之为“被克制的局部”吗？

K：这首诗和张枣所强调的局部没有多大关系。但我自己没有注意到手在一首诗里有什么作用，这是第一次你让我思考手和一首诗的关系。

F：诗歌可以看作一门手艺活。可以单独把手拿出来。我记得福楼拜在《包法利夫人》里对手有非常细致的描写。

K：对，你说得对。在司汤达的《红与黑》里，手也起着非常重要的作用。我看了这部小说之后，就无法忘记小说中的描写。这个可能跟皮肤有关系，我写过有关皮肤的诗歌和小说。我的第一部小说集《黑色的故事》其中有一篇就叫作“皮肤的故事”，但德文里，“故事”也是“历史”，所以“皮肤的故事”也是“皮肤的历史”。他们是同一个词，Geschichte。

F：您刚才还说这首诗受到苏东坡的启发。

K：从内容上看。因为他有几行非常有名的词，大体意思是虽然今天我离开了，但我还会回来，所以不须难过。也可能“旧的来临”就是他的题目。苏东坡的作品我翻译和研究挺多。

F：对，今天课堂上您提起过，您最喜欢的中国文人是苏东坡。在我拿给您看的蒋浩诗歌里，有一首《大海的形状》，其中提到“仿佛就会游出两尾非鱼”，“非鱼”是他自创的词，含义很多，比如“鱼”其实是和“（词）语（言）”谐音，而“词语”颠倒过来又成为“鱼刺”，这个意象在蒋浩诗歌里有不少。但我以为他创造这个词根本上还是来自庄子、惠子的濠梁辩论，“子非鱼安知鱼之乐”，蒋浩将古代汉语里“非鱼”这样其实是一句话的两个词用作一个子虚乌有的名词，但是这一点实际上又隐含了他对传统问题的一些思考。梅佩儒将“非鱼”译为 zwei falsche Fische，您怎么看？我总觉得这样会削弱它在汉语中的丰富性。您认为诗歌翻译最容易传达的是什么？最容易丢失的又是什么？

K：我看了翻译，但还没有看原文，因为昨天太累，我很晚才回家。这个翻译是很不错的，很有味。那他们之间是什么关系？

F：这个我不太清楚。我跟蒋浩是朋友，我跟他联系后他给了我这些翻译。蒋浩告诉我梅佩儒翻译了挺多萧开愚的诗歌。蒋浩和萧开愚是好朋友。而他自己的诗又非常好。

K：梅佩儒是很好的翻译家，他的德文水平很高。我上一次在台湾和他见过面。他给我介绍了一些他翻成德文的台湾诗歌。他也在法兰克福作报告，宣读了两首台湾诗歌。好像是鸿鸿的。梅佩儒自己也写诗，但是他不发表。你的问题我还是不太清楚。

F：我的意思是，如果我的这一想法是成立的，那么在我看来蒋浩的这首诗就隐含着一种变形的对“知音”的寻求，因为惠子和庄子的辩论其实是对我能否了解他者这一问题的辩论，在一个陌生的环境里两个陌生人是否能达成一致。就像您在《旧的来临》中写到的。

K：我写的不少诗专门谈人与人之间的陌生感。无论他们在哪儿见面，无论他们说什么，他们之间的距离还是非常大。所以诗歌里的声音总是在路上，在寻找，可以说找知音，找对象，灵魂和思想上的对象。德文里“非”可以翻译成 un，比如说 Unlust，表示不感兴趣、不要。但德文可以说 Unmensch，非人，不是人，不能说 Unfische。这时翻译家应该想办法。他翻译成什么呢？

F：falsche Fische，假鱼。

K：意思不一样，但是他没办法。

F：所以我在想，这样的话翻译是不是会丢失些什么？

K：我不相信我们翻译家会丢掉什么东西。为什么呢，因为一个诗人完成一首诗之后他什么都忘记了。我跟北岛等人在一起时，他们在什么地方说过什么，我记得很清楚，而他们根本不记得。顾城在波恩，我可以带你去很多地方，告诉你在那里他说过什么。所以不要以为一个作家写完什么之后什么都知道，他们什么也不知道。另外翻译家可能比作家知道的还要多，甚至可以说，一个翻译家可以比一个作家更了解作家本人，所以我们才是真正的作家。作家写完以后他就变成另外一个人了。

F：这个说法很有意思。作家完成作品之后，作品就和作家分开了，然后等待着翻译家的第二次进入。您在强调翻译家在原作基础上的再创造。

K：对。我们是翻译传递出来的作品的主人。所以我们决定是什么意思。

F：您曾说“我的语法和意象是来自唐朝诗歌的，我的一部分思想和词汇是来自西班牙的。不过，我的历史感是中国和德国的”。我认为中国人的历史观有很强的宿命感，但是又很豁达，我特别想知道您眼中的历史感是什么，中国的历史感和德国的历史感有哪些相似的地方吗？

K：我的历史感和唐朝的诗歌有关系，跟杜牧有关系。

F：对，您的教授资格论文写的是杜牧？

K：不是，是博士论文，“杜牧的诗歌”，其中专门写了杜牧的历史观。[①] 到现在写诗我仍然会用他的或者说唐朝的历史感。无论我们遇见什么，它都会离开我们，当我们再来的时候，地方变了，人也变了，所以我们不能认为等我们回来时还能碰到当时当地遇见的东西。但德国作家不会这样去看待历史。我的第二种历史观是德国式的。无论发生了什么，第一你应该知道你有

① Das lyrische Werk des Tu Mu（803 - 852）. Versuch einer Deutung, Wiesbaden：Harrassowitz, 1976. 中译见《杜牧的历史观及其与艺术之关系》，沈勇译，载《从最小的可能性开始》，人民文学出版社 2000 年版，第 384—395 页。

责任，你不一定有罪，但是你有责任（阻止坏的事情重复）。另外你是可以改正的，不应该受宿命的影响，是人要创造历史。还有一个观点，历史不是我们自己创造的，历史也是我们和别人包括外国人一起创造的。所以如果我们要谈德国非常短的那段殖民历史，我们应该跟比方说中国人一块谈一谈。不应该一个人在桌子上对着他的这个历史。

F：您受中国历史观的一个启发是对个体生命流逝的感慨，对物是人非的感慨，德国的历史观则更强调个人的历史责任，这两种历史观在您那里达成一种互补，您同时强调作为一个生命个体的忧郁和一个公民的责任。我记得我在海南大学读书时您曾去那里做过一个关于杜牧的报告，也跟中国的历史观有关。

K：对，是杜牧的《赤壁》。

F：刚才说到蒋浩，那天您告诉我您没听说过他。我很高兴能向您推荐他。我想知道您是如何决定开始翻译一位之前不曾翻译过的诗人的。朋友推荐吗？我发现您的翻译集中于郑愁予、顾城、北岛、梁秉钧、张枣、杨炼、翟永明、王家新、欧阳江河这几位诗人，这是不是因为您和他们有着很好的私人关系？

K：是这样，我开始翻译当代诗歌的时候，还没有和诗人见过面。但随着我去中国研究、翻译和教学工作的次数的增加，我开始跟很多诗人见面、交朋友，如果我觉得他有意思的话，我会开始翻译他的诗。但也有可能是这样，无论你是否认识一个诗人，他可能来德国参加一个活动，某个文学机关就需要一个译者，就来问我能否帮忙。我过去翻译过一些我并不太重视的诗人，比如说李瑛，“文革”诗人，我翻译过他，但从来没有和他见过面。梁秉钧，我认识他之后，才开始对他的翻译。北岛，我还没有认识他之前，已经出了他一部短篇小说，好像是《陌生人》。[①] 舒婷，我没见到她之前也翻译过她，

① Fremde Nacht：Thema und Variation, Beiläufige Gedanken, in：Zeitschrift für Kulturaustausch 36：3 (1986), S. 411 f.

也写过她。[①] 目前我在为奥地利最重要的出版社编辑中国当代最重要诗人的诗选，其中的大部分诗人我都没有见过面，是别人给我介绍的，比如说王家新。

F：对，您上次跟我提到池凌云是他介绍的。

K：对。所以我是否翻译一个人，不一定我们是朋友。他也许是朋友推荐的，说这个诗人不错。也许是某些文学机构，他们需要帮助。

F：那您最早知道北岛是什么时候呢？是通过文学史吗？

K：最早知道北岛应该是在 1979 年，在南京，我的一个学生向我推荐北岛，他还向我推荐北岛的短篇小说。所以 1980 年我在德国发表了中国当代短篇中篇小说选，那里面有他的小说。[②]

F：这么说您对北岛的翻译最早是从小说开始的。

K：对。第一次听说舒婷是在柏林，大概也是 1979 年，梅佩儒告诉我的。他翻译过她，给我看。那时起我注意到她，翻译她，写关于她的文章。

F：您曾提到张枣和杨炼的诗歌翻译起来有很大的难度。您也曾经提到您不太喜欢没有难度的诗歌。您认为当代诗歌是否应该有某些标准？如果有，它们是什么呢？您认为张枣和杨炼诗歌翻译上的困难是同一种困难吗？

K：杨炼写了很多，但他老在重复自己。重复是什么意思呢？他的词汇在重复，内容上他总是在谈死亡的问题。张枣他写得不多，也可能这是一个原因，他不必重复自己。如果我没记错，他诗歌的词汇不一样，内容也不一样，思想也不一样。有时候我开玩笑地说杨炼，因为我翻译了他三本书，我现在也可以写他的诗。但是张枣我没办法，没有办法写。

F：您不仅大量翻译当代诗歌，您还有专门的翻译理论著作《黯影之声》

---

① *Mit dem Körper schreiben*：*Literatur als Wunde. Bemerkungen zur Lyrik Shu Tings*，in：Drachenboot 1 (1987), S. 15 – 22. 中译见《用你的身体写作：舒婷诗中的伤痕文学》，载《1997 年武夷山现代汉诗研究会论文汇编：现代汉诗百年演变课题组》，作家出版社 1998 年版，第 494—503 页。

② Hundert Blumen. Moderne chinesische Erzählungen (1949—1979), Bd. 2, Frankfurt：Suhrkamp, 1980.

（*Die Stimme des Schattens.* Kunst und Handwerk des Übersetzens，München：edition global，2001），不仅如此，您在波恩大学开设的课程里有一门课也是翻译课，您的很多学生后来走上职业翻译的道路。您甚至写过“翻译与死亡”这样的文章（2011），我想请教您，在翻译的过程中为自己制定了怎样的翻译标准？

K：我对翻译只有一个标准，德文应该一流的，必须是好的德文。

F：您多次强调语言的重要性。我认为您对欧阳江河和杨炼作品的欣赏一部分来源于您对他们语言的赞赏。但我认为，他们也有陷入语言不能自拔的弊病。我觉得欧阳江河最好的作品是《傍晚穿过广场》而不是《玻璃工厂》。他最近的诗歌《泰姬陵之泪》为他赢得了一个诗歌奖，不知道您怎么看？

K：《傍晚穿过广场》很好，我翻译过。这个在中国发表过吗？

F：应该是1992年发表的。

K：《泰姬陵之泪》也很好，我也翻译过。

F：这个您也翻译过？

K：我觉得《傍晚穿过广场》不一定是他最好的诗，但是是非常深的一首诗。比这个更好的是《玻璃工厂》，但是《玻璃工厂》更加复杂，《傍晚穿过广场》容易看得懂，没有什么困难。《玻璃工厂》我不敢说我看得懂，写得非常非常复杂，翻译时有很多很多困难。《泰姬陵之泪》写得非常清楚，写得非常美，很容易用合适的方式来朗诵，可以影响到听众。我们在波恩大学非常漂亮的教堂里一块儿朗诵这首诗，来了四五十个人。我们用中文、德文朗诵，朗诵一小时，在祈坛，影响是非常大的。

F：那天主要是朗诵这首诗？

K：就是这首诗。够了，足够长。中文，德文，一个小时差不多。

F：国内有批评家批评欧阳江河多年不写诗，现在重新拾笔，有玩股票的感觉。

K：不能这么说。我的20世纪文学史，如果我没记错的话，他的名字在正文里找不到，你只能在注释里找。我为什么没有写他？我当时以为他和其他中国作家一样，停笔以后一定不能再做作家。我还记得当时他说他应该停笔，因为他应该休息。不然他会重复。他应该重新开始写作。不知道从什么时候开始他告诉我他又开始写作了。我不相信。那么一两年来因为我要在奥地利出他的诗集，他给我看他当时写的诗，我发现他真的又开始写诗了。他写得很慢，另外，因为他写长诗，所以我估计他一年只能写一首诗。所以不能说他在玩股票。另外他的诗非常非常复杂，这些复杂的东西需要很长的时间。股票可以玩一个小时差不多了，但是写一首诗，现在也包括我在内，我写诗，无论长不长，我需要最少一个星期，最少。也可能一个月。

F：您之前写是不是会快一些？

K：因为之前比较简单。一个小时之内，差不多了。

F：要追求复杂的话，需要反复修改。

K：因为我现在不能重复我自己。写过的东西如果要再写，一个小时差不多。但是我不想重复我自己。写过的东西是写过的。

F：您不想倚靠之前的经验，抛开它们。

K：对。

F：在《阿莱特莱班的哲学家》一诗中，您写道：

差异之显现
要求双重面孔，以便一种语言中尚未道出者
暂时留在另一种语言中。

我怎么来理解“双重面孔”呢？如果一种语言不能把另一种语言中的味道传递出来——比如您在将中文诗歌翻译成德文时——您是如何处理的呢？

K：是这样，可能译者不清楚，我是在农村长大的。在农村，那里有不少人认为人能看到鬼……这首诗写梁秉钧。

F：写梁秉钧？

K：我好像说错了……大概情况是这样，那个时候我们在一个地方谈哲学的问题。波恩大学一个很有名的哲学家西蒙，他从康德谈人与人之间的区别和距离。如果要克服我们之间的距离，我们需要对方以我们的语言说我们自己没有说出的话。这样我们的语言可以一致。

F：丰富我们的语言？

K：不是丰富我们的语言，解决这个距离问题。我这里好像也受到瓦尔特·本雅明的影响，他写过《翻译家的任务》，因为他说语言里藏起了一些东西，这些我们应该解放出来。翻译家应该把隐藏在作品中的东西挖掘出来。伽达默尔也这么说过。好像这首诗也受到他的影响。这首诗写梁秉钧，思想不一定是从梁秉钧来的，是从哲学来的。

F：您提到另一个汉学家霍夫曼也曾翻译西川的诗歌时，说他的翻译风格趋甜，而您的风格趋冷。我发现您的诗歌风格也是趋冷，但是外冷内热，比如在《北岛》一诗中，您写道：

可是两人依然相聚，
在公园或炉边。
一个与门房一道步入黑夜，
另一个把火焰装进
自己的胃里

由此看来，您是否同意文如其人这一说法？这是中国古老的阐释传统，不是宣扬“作者已死”，而是看重作者、诗歌和语境之间的关联。另外您为什么喜欢北岛？除了有类似的诗歌来源外，我发现您和他在人生观上有类似之处。那天您请我们到您家做客，您慨叹说您是“失败者”，而北岛有本书的名字也叫“失败之书”。

K：我不相信文如其人、人如其文。我所有写的东西，我创造声音，不一定是我的声音。有很多人给我讲故事，特别是女人，她们需要一个人说话。比方说，我写《以色列》，很长的一首诗，一个的德国出生的犹太老太太，开始还没有加上她的名字。因为犹太人在德国遭受迫害已经过去几十年了，所以那里的年轻人不喜欢听这些故事。但她们还是应该讲，像祥林嫂一样，应该继续谈。那个老太太发现我感兴趣，无论我何时跟她见面，她老给我讲她的故事，她重复她的故事。我把她的故事写进诗，写了好几组。最后我才加了她的名字，Irene Eber。这首诗在台湾非常受欢迎。我说我是“失败者”的时候有一点点开玩笑，但是也有一点道理，因为到现在为止我的诗集卖不出去。

F：但是现在诗歌普遍卖得不好啊。

K：我希望我能卖300本。如果能卖300本，出版社不会说什么。另外我翻译的张枣、北岛、王家新、梁秉钧的这些书很快卖光了，他们很成功。我的诗集卖了一百几十本。所以当地的出版社 Weidle 出版我的第三本诗集后告诉我他们不准备再出我的诗集。所以我去奥地利，那里有家出版社出了我的第四本诗集，卖不出去。另一家出版社出了第五本，是一家专门出版汉学家著作的出版社，他们问我有没有书可以给他们发表，我说没有书，但我说我有一本文学的，有一本诗集，他们说给我吧，不要什么钱。

(1月27日13时)

F：教授您好！首先我得纠正前天中午我的一个错误，翻译蒋浩诗歌的不是梅佩儒，而是 Raffael Keller，是我记忆有误。Keller 是瑞士人。

K：噢，是他，他是瑞士人，他的翻译都不错。

F：昨天在您的朗诵会上看到您的第五本诗集，《鱼鸣嘴》（Das Dorf der singenden Fische），鱼鸣嘴是青岛一个重要半岛，您和王家新等诗人在那里会面，多多还让您多吃波螺。

K：对，这是多多，他的理论。如果每天吃波螺的话，人会健康。所以他每天吃波螺。

F：聊一聊昨天的朗诵会吧。我记得您专门写过文章讨论中国诗人在国外朗诵时如何能与听众更好地进行交流。您说欧阳江河和杨炼与听众交流得很好。

K：对，这要看情况。比如梁秉钧，他非常聪明，他真正懂文学，不仅懂中国文学，也懂外国文学，所以如果开朗诵会，不一定要谈他的作品，也可以谈别人的作品，谈文学形象、谈文学史。另外梁秉钧有幽默感，如果我们俩一起上台，听众们老是在笑，但不一定是我们故意让他们笑，是偶尔发生的。如果是和北岛，应该知道他不喜欢说话，不喜欢回答问题。当然如果是具体问题，他可以回答，比如你从哪里来，你现在有什么计划，但如果你问他自己的作品，他一般来说不回答。如果是杨炼的话，他又特喜欢说话，欧阳江河也是，你问他们一个问题，他们可以回答一个小时，不停止的。所以如果要组织他们的朗诵会，组织人就要注意不要让他们谈太多太长，因为听众他们会不耐心。所以要看一看谁来，才能决定怎么组织。

F：您是中介人，赫尔墨斯。

K：对。

F：您曾说“欧洲中世纪的教徒给自己提出，‘我’怎样才能找到一个仁慈的上帝，这对于中国可以改写为：‘我’怎样并在哪里才能找到知己。在公元第一千年时是如此，在接下来的一千年则变为：‘我’怎样才能找到一个仁慈的君王（美人）。”很有意思。您这样说是不是在暗示“知音”在中国传统中的地位堪比欧洲传统中的“上帝”？

K：虽然中国历史上好像没有什么上帝，但中国人会和我们欧洲人有同样的渴望，就是有谁能完全理解我自己。这是为什么我认为一个知音能够代替上帝。如果一个人能完全听懂我的话，那么，这也算拯救，会使我觉得我的生活不是空白的，是有意义的。但更重要的是君王，君主，到现在好像还是这样，知识分子、文人、大学毕业生，无论他们是作家与否，他们最高的目的仍然可能是做官。那么为什么要做官？因为皇帝代表一个最高的社会地位，如果我能进入这个最高的社会阶层，那么我所有的问题看起来都会解决。跟他在一起，我也是他的一部分，作为他的一部分，我会觉得我也是一个有权力的人。另外之前的皇帝代表所有价值、道德，也可以说他代表宇宙的秘密、宇宙的中心。所以如果我能和皇帝在一起，我就会参与宇宙所有的秘密。

F：您的学术文章和回忆文章都透露着您的真诚和直率，我尤其感动于《最后的歌吟已远逝：祭张枣（1962—2010）》，即使它是经您的友人肖鹰从英文翻译成中文。您认为什么东西是翻译中不容易被磨损掉的？我认为除了技艺，最主要的是价值观，价值观可以沟通不同种族不同记忆的人，我想听听您的看法。

K：我反复说过，无论是写作还是翻译，我最高的判断标准是语言水平。比如昨天我碰到我的同事，他突然提到海德堡大学的 Günther Debon，他说看过他的翻译吗，我说我当然看过，我非常重视他的翻译。因为这个人他可以用 19 世纪的语言来写诗，所以他的翻译很有味。他还保留 19 世纪的词汇。所以当他把《诗经》和唐诗翻译成 19 世纪的德文时，给他的翻译加上古代的味道，当然也有人批评他——我们看唐诗，并没有感觉到有 19 世纪的味道，完全是错的。但是我们翻译家没有别的办法，我们应该决定要把作品翻译成哪种语言，这是我们的决定。这个决定你可以不同意，但我们没有别的办法，我们不能同时懂得 19 世纪、20 世纪和 21 世纪的语言。另外 Debon 的诗也和 19 世纪分不开，所以他老用我们德国人已经忘掉的词。我们看他的翻译的时候，也需要查德文词典。一个德国的汉学家完全可以把中国的诗歌翻成真正的德文诗。

F：您说“我可以说是半个基督教徒、半个儒家，也可以说我是一个新的儒家基督教徒”。您在日常生活中严格作息，兢兢业业于事业，又热爱家庭，经常下厨做饭，的确是一个新的儒家基督徒。民国时期张东荪曾说儒家的价值在一个民主社会中可以得到更大的彰显，您是否同意这样的说法呢？

K：他没有别的办法，要不然他完蛋了。我说过我是半个基督教徒、半个儒家，有点开玩笑，我喜欢讽刺我自己。我肯定是个基督徒，这个没有问题。但半个儒家这个说法，有点过分。因为90年代前后，我不太喜欢孔子了，但又很喜欢孟子。90年代后期，很可能我受到法国哲学家Francois Jullien于连的影响，开始用他的眼光来看《论语》，得到很多新的启发。另外90年代我们发生了教育的危机，这个差不多现在已经克服了。但因为教育危机，我老在思考，为什么90年代大学生的水平越来越差，因为孔子是老师，他也在思考教书的问题，我开始通过他思考老师是什么、学生是什么、学习是什么、学习的内容是什么，等等。我自己发现在大学内和大学外，人们特别喜欢我谈孔子的《论语》，我在大学作报告，最少要来一百人。我想为什么孔子会有这样的吸引力呢？所以我就从德国来看孔子。我发现，《论语》提出了很多80年代后很多德国人也提出的问题，比如说敬畏的问题，练习的问题。

F：学而时习之。

K：对。还有和谐的问题。我现在经常从德国哲学来看《论语》，发现有不少地方，思考的对象是一样的。

F：那您同意儒家的价值在一个民主社会中可以得到更大的发挥吗？

K：不光可以得到更大的发挥，也可以碰到更大的危机。因为在一个民主社会里人应该去控制自己，但很多人他们根本没办法控制自己。他们觉得民主社会应该满足我所有要求。但你没办法，你满足了这些要求，肯定还会出现新的要求，你可能一辈子不满足。但应该学会满足。

F：儒家讲究慎独。这个非常重要。

K：对，我完全同意。

F：年前您在首都师大讲座的题目是“诗歌语言与自我丰富”，很遗憾我没有得到这个讲座的录音。这里想当面向您请教：诗歌语言是怎样做到丰富自我、加强自我认知的？诗歌与生活有一种什么关系呢？

K：如果你先写作后翻译的话，别人都会把你看作作家，但如果颠倒过来，人们一般一辈子不会承认你是作家。我是先写作，但是没有发表。在2000年之前，我没有出整本文学作品，诗集也好，小说集也好，散文集也好。之后我差不多每隔两年出一本文学作品。2000年3月份我要和一个中国作家参加奥地利一个最重要的文学活动，那里的人他们想请我作为译者参加活动，我告诉他们我也写作，让他们给我安排一个机会，我想介绍我新的诗集，就是《鱼鸣嘴》。他说好吧，给你一刻钟。去年9月我在柏林，参加柏林最重要的文学活动，他们请我介绍我的诗歌，不光我一个人，还有一个加拿大人，一个英国人，一个奥地利人，四个人，他们都是作家，不是翻译家。组织活动的人还负责不莱梅的文学活动，他说2001年我请你到不莱梅。这几天我收到一个我在台湾认识的中国诗人的信，他准备去不莱梅，去参加活动。我发现不莱梅没有请我参加那里的活动。但是为什么我希望我是一个好的翻译家的呢？因为我写作。如果我能搞好的翻译的话，我应该有一个基础。所以我也可以这么说，通过翻译我提高我的德文水平。我这样做，也许我能更好地写作。搞翻译和写作是分不开的。德国的重要作家一般来说也是翻译家，比如说非常有名的Enzensberger，他现在80多岁，一个非常好的诗人，他老搞翻译，但是没有人把他看作翻译家。为什么呢？因为他先写作，他出名以后，出版社问他“你能不能帮我的忙”，给不少钱。所以如果Enzensberger翻译某一个作家的作品，肯定会非常成功。很可惜中国作家他们基本上不会这样做，他们基本不搞翻译。如果搞翻译，他们集中在一个人。比如王家新，他只翻译策兰，不翻译别的。北岛也可以说是这样。在德国不可能是这样，我自己可能翻译过一百个人，也可能两百个人，我不知道，因为我翻译出版的太多了，可能五十本、六十本，我现在没办法数一数，我也不想数一数。

F：那写诗能影响到您的生活，或者改变您的生活吗？

K：写诗让我不生病。如果我不写诗，我会生病。我为什么这样健康呢？不光是踢球、吃姜和大蒜，也有写诗的原因。

F：您吃姜和蒜？

K：每天吃，生的。

F：您喜欢？

K：不一定喜欢吃。但是我知道我会健康，不会生病。

F：您曾经提到1915年左右庞德吸收东方诗歌更新了现代主义的诗歌写作，之后影响到整个西方乃至东方的诗歌写作。杨炼和西川都承认庞德对他们产生了重要影响。“杨炼最近告诉我，他写的诗歌跟庞德的关系很密切，因为他通过庞德对中国文学、中国诗歌的了解，才知道他怎么才可以创造中国的、新的诗歌”。庞德学习中国的古诗，西川、杨炼又学习庞德，好像是一个礼物，诗歌在他们之间来回传递。您如何评价这种现象？您当初从神学转到汉学，也是受了庞德翻译的中国诗歌的影响。

K：对，受到影响，但是和西川、杨炼受到的影响不一样。第一，我通过庞德认识到《诗经》和唐诗的意义。第二，我通过他感觉到中国美学是什么。第三，通过庞德我开始写作，开始走上中国古典诗歌味道的路。另外最近我从他那里重新研究一些诗学问题，两年前我在韩国从庞德出发谈中国诗歌和外国诗歌的不同。最近我写了关于庞德的几篇文章，我觉得在他那里还会有许多非常有意思的地方。但是他最有名的诗歌，外文说Cantos，我不太爱看。因为什么语言都有，乱七八糟。是这样，我的脑子喜欢Cantos，但是我的心不一定喜欢。他的Cantos太用他的头脑来写，而不是用他的心，缺少感情。当然了，有人说现在的诗歌不应该用感情写，应该用头脑写，但是这样会有一点儿冷。比方说德国最好的诗人Grünbeim，他从来不会说“我”，从来不会写他自己。他的诗歌非常非常冷。我想有人不一定喜欢看他的诗歌。他的诗歌很好，没有争论。但是我最近觉得他缺少一点东西。今天我在翻译王家新的一组长诗《少年》，这首诗他给他的妈妈，他的爸爸，他谈他自己，但是通过谈他自己，他谈时代，“文革”的问题，等等等等。不光他一个人，虽然他谈他自己，他谈当时所有的小孩的经历。所以如果适合于你的话，你还是会非常客观地、冷一点地写作。

F：您说“1949 年前后，中国文坛发生了很大的变化。在三四十年代，中国在文学上比一些欧洲的国家进步得多。而在 1949 年后，中国就和现代性的文学告别了”。什么样的文学才是现代性文学呢？在民族大学的讲座里，您提到您是现代性的诗人。但在一次采访中，您说“我觉得现代性完全是一个错误，20 世纪也完全是一个错误。到了现代性以后，我们什么都丢了，没有什么基础，所以什么都是暧昧的”。您是被迫做一个现代性的诗人的，我可以这样来理解吗？对现代性的诗人来说，有哪些标准呢？

K：我做学生的时候，80 年代以前，我自己喜欢的都是现代的东西，无论是文学、哲学、艺术，越现代越好。80 年代以后，我是相反的，虽然我是一个现代、当代的作家，不会写古代的东西，但我现在跟过去不一样，越古老越好，越来越旧。这些大概和 80 年代对社会和自然的认识有关系。从 60 年代起有一批人 Club of Rome，他们告诉政治家，如果我们西方的人，如果我们欧洲、美国、日本这样继续下去，老主张发展，二三十年之后我们就会碰到许多问题，不仅是社会的，也是自然的。那时所有的人也包括我在内笑他们，觉得他们是错的。到了 80 年代以后，因为绿党的影响，我们意识到 Club of Rome 的理论完全是对的。所以我从 80 年代开始对我们的现代化开始怀疑。另外那时我也开始回忆，我的儿童和少年时代，想起了我们的老师老给我介绍的一批哲学家，他们是保守的，比方说 Josef Pieper，比方说 Romano Guardini，我突然觉得我应该重新看他们的书。我发现第一，什么都看得懂，第二，他们的德语很好，非常漂亮。思想虽然保守，但是有吸引力。另外因为他们谈道德的问题，谈人的问题，他们给我的感觉是我可以从他们那里来思考社会的问题，他们也可以代替孔子、《论语》等等，另外虽然他们和《论语》没有什么直接的关系，但是有不少思路是相近的。比方说 Josef Pieper 专门写过有关道德的一些书，专门谈希望、专门谈教育、专门谈伦理之类的问题。如果我们从近年自然灾难来看，现代化，我们的现代化，不能这样继续下去。如果我们继续下去，我们很快就会走入末日。所以这是一个原因，为什么绿党在德国越来越成功，这也是为什么我们的基民党、社民党突然也多谈一谈自然保护的问题。70、80 年代他们觉得自然问题无所谓。

F：那时候莱茵河……

K：很脏，不能够游泳。现在可以游泳了，但是我们还是不游，因为莱茵河很危险，它的激流太多了，每年在那里死不少人，所以我们不敢游泳，不是因为水不干净，水差不多干净了。所以到 90 年代，德国在自然保护上发生了很大变化。现在不少哲学家，包括我非常重视的、非常保守的 Robert Spaemann 在内，他们都觉得现代人太注重自己的要求，太少从后代、从动物、从植物、从宇宙来看自己。对这一批人来说，我们的现代化完全是一条错的路。我们应该回去，回到我们原来那个来源。这个来源也包括宗教、道德在内。他们都是天主教的，他们从天主教来看社会、人的问题。

F：绿党应该是现代性的一个产物。

K：对。但是他们没有宗教的背景，他们基本上是无神主义者。

F：他们是信奉自然。

K：对，对。

F：这样的话还能说现代性是一个错误吗？您又说您是一个现代性的诗人，如果我没记错的话。

K：是对的。但我的现代性和社会的现代化不一样。

F：您说的是现代化，现代化是一个错误，但现代性不一定是一个错误。

K：看你怎么翻译，如果你翻译成 modernity，还是一个错误，但是如果你作为一个 modern writer，没问题。为什么呢？因为 modern writer，现代作家跟当代作家不一样，对当代作家来说，美是不存在的，你看余华的《兄弟》，什么脏的东西都有。但是一个现代作家主张美。他要的是美，他会用最好的、最漂亮的语言。余华的语言漂亮吗？不漂亮。

F：他早期的作品可以称得上漂亮。

K：是，那个时候他开始写作，他不一样。

F：那个时候他是个 modern writer，现在他则是个当代作家。

K：对。所有脏的东西他都会写出来。当代作家会这样做。现代作家一般来说不会。

F：无论在欧洲还是中国，个体化与国家原则上都有紧密联系。但是，这种联系可能会呈现出完全不同的形态，甚至出现完全相反的走向。如果说个体化在中国也变得越来越重要，那么这种个体化既不是发生在一个受制度保障的框架内，也不是基于公民权利、政治权利和社会基本权利，而欧洲人在第一现代性下已经通过政治斗争赢得了这些权利。换言之，这些目标依然是奋力争取的对象，其结局是开放的。引人注目的是，与欧洲相比，中国的个体化路径是以一种独特的逆序方式展开的。在中国，新自由主义对经济、劳动力市场、日常文化和消费的解除管制，先于且不涉及个体化与宪法的牵连，这是和欧洲不同的。其结果就是，政治权利和社会基本权利的获得，必须依托新自由主义的、政治化的和以市场为基础的个体化。这种倒置的后果就是，权威国家取消了社会保障和对集体的义务，正试图设置严密的个体控制网络，给内在于个体化进程中的政治参与设置界限。个体权利被当作特殊待遇给予承认，而不是作为公民神圣不可侵犯的权利。个体化是政府需要的，不过政府同时也在努力约束个体化，使其与官方弘扬的国家价值和家庭价值相维系。上面是德国的社会学家乌尔里希·贝克（Ulrich Beck）在他《个体化》中文版序言中说的。他所说的个体化和您所说的“主观主义”应该是一致的。贝克的个体化分为第一现代性和第二现代性两个阶段，第一现代性阶段主要解决人的外部权利问题、平等问题，个体公民成为最终的行动单位，而到了第二现代性阶段，自由问题、风格问题成为关键。我认为当前的中国显然还没有进入第一现代性阶段。所以当您说莫言、余华、格非、苏童等人的小说是19世纪的时，我在某种程度上是认同的，因为当代的中国变动剧烈，余华曾说这三十年的变化有如欧洲几百年。而这正是一个故事迭出的时代，甚至社会本身的故事性要超出小说家。所以才会出现莫言等的小说侧重讲故事而不注重人物的灵魂分析，我的这一看法您是否同意？

K：德国跟英国、法国、美国不一样，德国人大部分特别是知识分子、文人，他们不相信现代化、工业化，从浪漫主义时代开始迄今，还没有停止，大部分文人他们反对。对他们来说，现代化唯一的好处就是让人独立、让人思考、让人自己决定，包括女人在内。但是你不知道70年代的鲁尔区、80年代的柏林，空气污染可怕、可怕得很。

F：比现在的北京还要严重？

K：有时在柏林还要更可怕。因为是东柏林，是民主德国他们污染到西柏林。有时你看不到什么，不能够开车，不能够到外面去。那现在鲁尔区的空气很好，柏林的空气特别好，民主德国的空气非常非常好。所以工业如果是允许我们多买东西，多舒服，我们都不要。我们觉得工业对人，对他的生命和生活不一定好。所以这个Spaemann老是说我们应该控制，控制工业、现代化。也应该控制经济，我们应该从人来看经济。经济发达可能等于人的死。所以我们要小心。这是一个原因，为什么这些年来德国的环境保护是不错的，基本上到处都可以呼吸新鲜空气。基本上大城市不会有很长时间的污染，可能还会有一两天，但是我怀疑真的还会有。因为人家马上就会游行。他们都需要人民的选票，要不然他们没办法。所以他们老考虑到我们。如果他们在城市砍什么树的话，先应该跟当地的人商议一下，需要他们的同意。虽然从法律上看不需要他们的同意，但如果不跟他们商议一下就砍树，他马上会从他们家里出来，开始骂、写信、找记者，等等等等。所以德国人现在为了一棵树去游行，真的是这样。

F：其实您自己对上面一个问题有着异常清晰的看法，即“‘现代性’的时期，人们想改变世界，所以小说主人公喜欢采取行动。不过，现代化了以后，在一个越来越复杂的社会，人觉得不一定再能决定自己的命运。因此，法兰克福学派的一个代表阿多诺说过，在现代社会，不是人决定什么，是社会体系决定了一切。这样，人不再那么喜欢行动，小说，特别是 1945 年后西方小说里的人物，也变得缺少行动了，小说的情节越来越弱，小说家慢慢跟诗人一样，多主张思考和反思”。我的意思是说，今天的欧洲作家成为失去行动的主体是可以理解的，但中国的作家他是尤其需要行动的，他首先要作为一个公民去行动，去参与。您怎么看这个问题？

K：不矛盾。我那时说的不是作家，说的是主人公。19 世纪的文学主张一种做事的主人公，他想试试看，他想什么都自己决定，但是到了一战前后，作家、哲学家、神学家他们都觉得人不再是他自己，是系统、是别人、是上面什么都决定。所以一战以后小说的主人公虽然他们会动，但是他们基本上会失败。第二次世界大战以后，如果从德国小说来看，小说家一般不会写某一个人的生活，可能只会写某个人生活的一部分，不写他的少年或老年，而只写他觉得最有意思的几天。比如说我最喜欢的一个奥地利作家 Kappacher，他写 100 多页的中篇小说，对你们来说可能只是短篇小说，他写我最喜欢的奥地利诗人世纪末的最后 10 天，没有什么情节，没有什么故事，但是思想很深，语言很美。他这么一个作家写他的主人公，不一定我们会提出主人公他动不动、他消极这个问题来，我们想了解主人公的世界，他对自己对社会的了解，想通过他感觉到我们的生活可能是什么。

F：这是不是和欧洲现在的社会状态有关呢？因为个人的外部权利已经得到了很好的保障，但是在中国，争取外部的权利显然仍旧是我们最大的问题。

K：是这样，因为我们是比较自由的，我们什么都可以做，但是我们享受了几十年以后，我们也累，现在我们觉得我们不需要一切80年代的口号，街上的口号是我们要求一切，一切就应该马上就来。现在可以说我们什么都有，但是最重要的我们还没有得到——真正的幸福。所以这是一个原因，我们为什么开始慢点儿，为什么作家写小说只会写一个人，只写一个人的一天、一个星期或是一个月。中国作家一写会写一百年，写几个人、几十个人。这也是我为什么老是说中国文学问题不在短篇小说、中篇小说，就是在于长篇小说。因为长篇小说需要时间，要慢慢写。要写几年，不要几个月之内写完。

F：您的诗歌里极少批判社会的声音，我曾将您的诗歌归纳为陌生主题、友谊主题、语言主题以及回忆和死亡主题。我把出现这种情况的原因归结为您生活在一个个体权利得到保护的社会，所以您更关注灵魂的形式。您是否同意我的这种归纳？

K：是这样，我们用英文show和tell，我不喜欢的读者他们直接告诉读者他们应该想什么，我喜欢通过show，像唐朝的诗人一样，通过风景等让读者自己感觉到我想说什么。比方说Thomas Mann，他写Buddenbrooks的时候，他不直接告诉读者，他写一个孩子的手，我看他写手那一部分的时候，我马上就知道这个人的命运会是什么，他的思想是什么，他的心里有什么矛盾和毛病，等等等等。但是中国作家如果他不写诗的话，很少能够这样做。有一些人可以做，但是很少。余华的《兄弟》通过名字他告诉你应该怎么想，李光头，那我马上知道我应该想什么，但我不想跟着一个作家思考主人公，我想自己思考。我写的文学作品包含许多许多批评或者批判，但是不一定是对政府或者政治的批评，是对社会发展的批评。特别是我喜欢通过我的诗歌、散文、小说批评20世纪的乌托邦。20世纪的乌托邦基本上都失败了，昨天我说过，Adorno、Horkheimer、Bloch这一批人他们的乌托邦堵死了我们，我们到现在也离不开他们的乌托邦，因为他们的乌托邦太漂亮了，我们都渴望他们的乌托邦有一天可以实现，但是如果我们用我们的头脑和理性的话，我们都知道他们的乌托邦是没办法的。我怕一个没有思考好的乌托邦。宗教当然也有乌托邦，但我们现在的神学是一个批评性的神学，critical theology，牧师们会告诉你平凡的日子你最好怎么过，有一天你死的话，你会到哪里去。从《圣经》来看，也不一定太清楚，因为耶稣对此岸说得比较少，《圣经》说死亡说得不多，人死之后到哪里去也说得不多。

F：死亡是现代社会最大的一个问题。

K：最大的问题。50年代，神父会告诉我们如果按道德过日子，你们肯定会到天堂去，现在没有人这么说。现在他们说你应该有希望，你应该相信你死的时候你能完成你的生活。这是一个完全新的思想，我最近用过这个思想来写孔子和死亡的问题。

F：发表在《袖珍汉学》。

K：对。死亡就是我们生活的完成。我们通过死亡来完成我们的生活。

F：您刚才说现在的神学是一个批评性的神学，它在历史上有一个演变……

K：以前的神学，不是全部，但是有不少我们的信仰是盲目的。现在不是盲目的，现在是自觉的。

F：您曾在1977年撰文评论毛泽东的诗歌，题目是“革命与和解”（Revolution und Versöhnung），2007年，您又撰写了关于他的“没有记忆的国家”（Land ohne Gedächtnis）。这些年来，您对毛泽东的看法有哪些变化？

K：我可以这样回答。从德语，可以把记忆的问题分成两个部分，有一个上面的，一个公开的、社会的，有一个政治的、政府的记忆，这个记忆所有的人都会有，无论是德国还是中国，我们每年会纪念建国，那你可以说民族、人民它们作为一个身体，上面、下面差不多一样。但是也有私人的记忆，跟上面、跟国家、跟政府不一定有关系，也许国家不允许你有某个个人的记忆。因为如果你说出来，国家、政府等会不舒服。比方说第二次世界大战以后，我们德国人都知道我们有什么罪，但是个人很少想提这类问题，因为有困难面对。同时上面的人他们也不太喜欢我们提这个问题。但是到了1968年以后，特别是70年代，因为时代越来越多要求面对我们的历史，所以70、80年代我们基本解决了历史给我们留下的这段阴影。

F：那么您说“没有记忆的国家”时，是指私人记忆吗？

K：私人都有记忆，但是他们不一定能够说，作家们可以写“文革”，但是历史学家们不能够发表他们研究“文革”的成果。小说家可以写，因为所有人可以说这是虚构，但如果是历史学家，比方说他去找人，来听一下比方说林昭是怎么死的，别人不说。如果说，胡杰他拍的那部电影，不一定能放，有些地方可以放，但是有些地方，领导说不行。因为这些纪录片里也许会有私人说他私人的经验。跟领导说的不一样。所以我为什么说中国有一个集体的记忆，可以说、可以谈、可以写，但是私人的，要看情况，有的时候可以，有的时候不可以。

F：在谈到神学家朋霍费尔（Bonhoeffer）时，您给他的评价非常高，“虽然我们的罪是不可原谅的，但是因为德国曾经有过一批人能够跟犹太人、波兰人一样，为了未来而死，所以我们现在还有权利来说我们的过去不光是黑暗，我们过去的黑暗里面还有一些光”。在您看来，我们中国大陆是否存在朋霍费尔式的人物？

K：Bonhoeffer和波恩有密切的关系。波恩原来有个有名的神学家KarlBarth，他是波恩大学的教授，他也是在那个漂亮的小教堂布道。因为他不想和希特勒合作，所以他30年代想离开这里。Bonhoeffer 30年代去美国前后，跟Barth在波恩见过面。Barth要求他你应该作为烈士，你不应该到美国去或者到美国之后不回来，后来 Bonhoeffer 踏上从美国最后开往德国的船，马上就准备作为烈士……

F：是巴特要求他做烈士？

K：对。在波恩他们谈起这个问题。Bonhoeffer 是个非常强的人，因为他坐牢时写出了他最有名的一支歌，Von guten Mächten wunderbar geborgen，做礼拜的时候会唱一唱。很难翻成外语。他有事的时候心里也非常非常安静。中国文化对我来说为什么有这么大吸引力？因为不少唐朝的诗人他们生活的目的是从容，得到从容和风度。一批人肯定得到了，也包括苏东坡在内，因为他也不怕死。他批判过王安石当时的改革活动，当时要判他死刑，因为他的朋友帮他的忙，所以他可以不死。不少中国文人对我来说他们包括一种我非常重视的、我希望有的、能够得到的从容、风度。那 Bonhoeffer 他更是，连坐牢的时候他还是歌颂。我觉得非常非常遗憾，好多人，第二次世界大战以后，会提出好多笨的问题来，在集中营那里有上帝吗？但是集中营不是上帝的事，是德国纳粹分子的事，是他们做的，他们有责任，上帝没有什么责任。从 Bonhoeffer 来看，无论我在什么地方，上帝都跟着我，我不要受苦，我不要咒骂他。我应该相信，他保护我。那么 Bonhoeffer 可以说是德国人的良心，跟 Böll、Grass 一样，还有不少其他的人。所以我佩服他。

（1 月 31 日 13 时）

F：您在 1987 年就曾有关于舒婷诗歌的论文《用你的身体写作：舒婷诗中的伤痕文学》（Mit dem Körper schreiben：Literatur als Wunde）。这是您研究当代诗歌的开始吗？

K：我是 1974 年在北京研究现代诗。那时我专门写了一篇戴望舒的文章。为什么呢？70 年代法国有个汉学家专门介绍受到西方特别是欧洲、特别是法国影响的现代诗人，也包括戴望舒在内。因为戴望舒受到西班牙 20、30 年代诗歌的影响，我的诗歌也受到这个影响。我对戴望舒很感兴趣，想研究研究他是怎么接受、介绍和翻译西班牙现代诗歌的。当代诗歌，如果我记得对，是在柏林，77年后开始研究翻译的。不对，我1974、1975年在北京学中文时开始翻译当代诗歌，包括毛泽东、贺敬之和李瑛。但是当代诗歌研究可能是在1977、1978年。在波鸿，我写过一篇研究毛泽东诗词的文章。贺敬之、李瑛——在柏林，1978年——我写过关于他们的长篇论文。所以研究舒婷这篇文章虽然写得比较早，1984年在北京开始写的，但是之前我的研究已经开始了。

F：您在1990年已经介绍了包括北岛、顾城、杨炼、舒婷、多多、丁当、李亚伟、翟永明和食指的诗歌（Blick zum Nachbarn），这些诗人，前朦胧诗诗人食指，包括您所喜欢的朦胧诗，也包括第三代里的“莽汉”李亚伟和“他们”早期的丁当，我想问您当时选择这些作者的原因是什么？比如同是“他们”一派，于坚、韩东等人早期的代表作已经发表，但并未在您的选集里出现，您翻译于坚应该是在2009年左右的事情，这一年您和高红在波恩出版了Alles versteht sich auf Verrat，是于坚、翟永明、王小妮、欧阳江河、王家新、陈东东、西川和海子的诗合集。这是否与当时中国号称“民间写作”的一批诗人在与知识分子一拨争论时话语权较弱有关？

K：对当代文学主要是作家、朋友来介绍，他们告诉我，谁有意思、什么作品有意思，然后我会试试看。

F：这里我主要是以他们的诗派为例，比如说丁当，他们的诗派早期的一个诗人，现在已经不写诗了，您很早就介绍过他。而另一个诗人于坚，您直到2009年才开始翻译，我这个表述准确吗？

K：是对的。

F：那是什么促使您很早介绍丁当却没有介绍于坚？

K：有好几个原因。第一，我不能什么都做，我需要有所选择。

F：但当初您已经知道了于坚是吗？

K：我 1994 年——如果我记得对的话——第一次在莱顿和于坚见过面。因为他和王家新之间有矛盾，所以我觉得我应该等一会儿。为什么呢？如果我歌颂他，人家会说我欺骗王家新，如果我批评他，人家会说我受到王家新的影响。所以我觉得应该等一会儿。因为王家新是一个非常客观的人，不论别人说他什么，他都会承认他们的成绩，所以他老告诉我，这是个很好的诗人，你应该翻译他。所以最后，我翻译他 15 首诗。另外我也写过一篇我同事翻译他诗集的书评，也已经在我的杂志发表了。

F：于坚的诗您怎么看？

K：他写得不错。我翻译时他给我的感觉是他的诗很容易翻成比较好的德文。他的诗没有写得像欧阳江河、杨炼那么复杂，他写得简单一些，所以容易翻成比较好的德文。另外我在 2009 年在波恩出版了中国 8 个后朦胧诗派的诗人的代表作，这 8 个人不是我选的，是唐晓渡。他决定是谁，哪一些诗，我根据他（的选择）。

F：您曾在 2008 年撰文介绍荷兰汉学家柯雷（Maghiel van Crevel）讨论新诗的著作 *Language. Shattered. Contemporary Chinese Poetry and Duo Duo*，您也曾介绍过美国人宇文所安（Stephen Owen）和法国人于连。我们把范围缩减至当代诗歌，请您用简单几句话评价柯雷的这部著作，另外请您简单介绍几位您觉得不错的专门研究当代中国诗歌的汉学家。

K：柯雷写多多的书我写过书评。这本书大概是 80 年代末 90 年代初写的，从当时来看，他写得很好。但是如果我们今天来看，有一些缺点。什么缺点呢？德国有一个固定的说法，这个人他没办法看盘子外的世界，如果你吃饭的话，你看盘子，不看盘子外。所以如果真想了解多多的诗歌，第一，应该把他放在中国现当代史里面，他没有这么做，另外因为多多受到外国人影响，所以我们也应该从国外来看他，这样能够丰富对他的研究，但是柯雷没有这样做。他在体系之内，我看过的他的所有研究都是体系之内的研究。

现在我们会觉得不够。这好像是莱顿的传统，比方说那里原来的一个老师 Lloyd Haft，他一两年前出版了研究一个台湾诗人的书，① 这个诗人叫周梦蝶，他根本不告诉读者这个人是谁，到了 80 页之后才知道他是台湾来的，另外他也不告诉我们周的重要性在哪儿，也不告诉我们他和现代诗、当代诗有什么关系，也没有告诉我们和外国诗人比较起来，他有什么地位。所以 Haft 的这本书是写给研究周梦蝶的专家看的，他们不需要听 Lloyd Haft 告诉周梦蝶是谁，因为他们都知道。柯雷写多多，Lloyd Haft 写周梦蝶，汉学界之外不可能去看。这样的书我称它们为“死掉的书”，因为没有什么影响。我写书总是会考虑到汉学界之外，因为汉学界的人他们基本不看我的书。另外如果我在德国开新诗朗诵会，肯定不会有汉学家来。

F：是因为研究领域不一样吗？他们多研究古代？

K：第一，我说过，德语国家的汉学家基本上看不起中国当代作家，看不起中国当代文学，根本不看，基本上也不研究。如果研究，第一，他们不翻译，第二，他们也不接受，第三，也不会发表什么。

F：现在德国翻译当代诗歌的只有您和您跟我提过的霍夫曼吗？

K：对，但是他现在不翻译当代诗，他现在翻译当代小说，因为可以赚钱。这是正常的。因为中国当代小说在德国有市场。现在还有梅佩儒，他回来了。70 年代末他翻译了舒婷、顾城以后，没有继续翻译，但是最近，也可能是他准备退休，也可能他已经退休了。但他翻译的诗人都是台湾的，如果我了解准确的话。另外我不知道 Raffael Keller 是否还在翻译，他专门翻译过萧开愚。最近他出版了柳宗元的一本诗集。

F：对，我看欧洲研究当代的汉学家一般也会研究古代，您也是这样。

K：这是我们的培养。

---

① 应指 Zhou Mengdie's poetry of consciousness，Otto Harrassowitz Verlag，2006。

F：在德国，哪些出版社乐意出版新诗呢？他们的要求是什么？

K：如果要出诗集，基本上是小出版社，大出版社也会出，但是很少。他们出有名诗人的诗集。比如说 Hanser，一个非常重要的出版社，他们出版了我翻译的北岛，现在要出杨炼的，但其他人他们没有接受。Suhrkamp，柏林一个非常重要的出版社，1985 年我在那里出版了中国现代当代诗选，卖得特别好，卖了一万册。是很大的出版社，不是一般的，是世界上最好的出版社之一。但那以后他们没有来要诗集……不对，2009 年他们要求我翻译杨炼。他们还出版了杨炼的散文，不是我翻译的，是另外一个人翻译的。

F：这是最大的两家出版社？

K：最大的。其他出中国诗人个人诗集的出版社都是小的。无论德国还是奥地利，都是小的。为什么是小出版社？因为他们不想做别的，不想重复大出版社的工作，他们想有特色。这是第一。第二，他们有时会把诗集做成艺术品，比如去年和今年我在奥地利出版的欧阳江河和王家新的诗集，是手工做的，比较贵。不一定是爱诗的人要，收集艺术品的人也会要，因为很多年后他们可以卖得很贵。今年你花 30 块买，过了 10 年，因为书都没了，你可以卖几百块。

F：就出这一次，不会再版。

K：对，只出一次，因为是艺术品。另外告诉读者，我们只印 50 本或者 100 本，限量本。

F：那这些出版社的要求是什么？

K：他们要求德文好。另外他们校对我所有的翻译，会发现一些小错误。所以我很喜欢和小出版社合作。大出版社可能会校对，但未必。小出版社肯定会很认真地看。还会和我坐在一起，和我说这句话可以更好些、那句话可以更好些。

F：所以编辑在德国出版业占有重要地位。

K：对。所以这个在德国卖得也特别好。不光是我的翻译，也可能有人他看（校对）过。

F：您有时候需要为新诗在德国的出版自掏腰包，是什么原因促使您这样做？

K：是这样，高行健的《车站》是我自己出钱出版的。但是到现在诗歌好像没有用过我自己的钱。但经常没有收到过钱。比方说目前我在准备为奥地利最大的出版社出诗选，包括好多好多年轻人，他们说不给我钱，所以也可以这么说我为他们白工作两个月。两个月我差不多能翻译完。

F：他们只出书，不给您任何费用。

K：什么都不给。非常不公平，因为他们是大出版社，不是小出版社。另外他们是成功的。

F：那小出版社会付给您钱吗？

K：是这样，王家新、翟永明、欧阳江河的诗集基本上没有（给）钱，出版王家新诗集的小出版社没有给我钱，但是他们送给我 20 本王家新的诗，告诉我你卖 20 块吧，我是这样做的，卖得很快。出版欧阳江河诗集的是大资本家，他们说我给你做 500 本，100 本我想送，400 本我想卖，每一本我给你一块钱，他放在我手里 400 块钱，要求我和欧阳江河分，但是欧阳江河不要钱。所以虽然没有真正的合同要求给我多少钱，我还是有 400 块钱。那翟永明的诗歌出版社要 1500 块钱（出版费），这笔钱是从一个基金会来的，等于是我的翻译费，但出版社要。到现在为止翟永明的诗集我一分钱也没收到。

F：新诗在德国卖得怎么样？都是哪些人喜欢读这些诗歌呢？

K：中国当代诗人的诗集基本上卖得都很好，也卖得很快。比方说北岛、梁秉钧。北岛的一年之内卖了 800 本，算很好，因为出版社能卖 300 本的话就不会亏本。德国诗人的一般来说也只能卖 300 本左右，所以北岛如果一年之内能卖800本，算很好。梁秉钧、王家新、翟永明、欧阳江河的诗集从我们这里来看都卖得不错，出版社可以不发愁，基本上会卖四五百本。杨炼所有的诗集都卖光了。北岛的第一本、第二本还没有卖光，但是也卖了有1000本。

F：我在波恩感觉这里的书很贵，而且即使在网上，也很少像中国和美国那样可以打折——在中国，有的学术著作甚至可以打三折——我想这是因为德国比较重视知识产权，这样的话德国的诗人们的日子肯定要比中国诗人好过一些。您能不能简单对比一下中德两国诗人们的生存状况？

K：德国到处都有文学中心，如果你能去文学中心开朗诵会，你至少有250块钱朗诵费，所以这也是为什么去年1月欧阳江河同意自费来德国，我跟他去了9个文学中心介绍他的诗集，文学中心包欧洲内的路费、住宿费，另外给他几百块朗诵费。所以他的钱回来了。不光回来了，他回中国身上会剩一两千欧元。如果一个德国诗人很有名，他可以要求一千块。如果一个月开一两次朗诵会，差不多了。另外有些诗人他们也是翻译家，他们也可能有自己的工作，比方说Sartorius，非常受欢迎的一个翻译家，刚退休。另外还有作家为大报纸写书评，有几百块钱。

F：一篇文章就几百块？

K：几百块。如果是无线电台播放，1000块。

F：这么多？

K：对。所以有些人靠报纸或者无线电台。Sartorius非常重要，中国不少当代作家都认识他，经常见面。

F：他介绍他们？

K：通过我。因为他影响非常大，地位非常高。我把所有的资料都寄给他。

F：他主要通过您来了解中国的诗歌？

K：对。

F：教授，我的问题暂时就是这些了。非常感谢您这么耐心地回答我。

K：别客气。明天见！

F：明天见！

# 更重要的是要容有“百家”

## ——戴迈河访谈①

访谈时间：2012 年 3 月 14—21 日

访谈方式：电子邮件

访谈人：戴迈河、冯强（以下简称 D，F）

第一次（3 月 14 日寄出提问，3 月 16 日收到回复）

F：您最早了解新诗是什么时候呢？是通过了解文学史还是通过和朋友的交往？

D：难说……或许是通过一个大学三年级英文的中国文学的课程……1981 年左右，可这课没有讲到当代……好像我自己在中国留学的时候碰到了。在山东大学（1982—1983 年）我上了一个中国文学讲座课……可当代的诗歌是我在南京大学的时候（1983—1984 年）开始读的，经过当时的同学朱燕玲（现任广州花城出版社的编辑）的介绍。反正，我早已对诗歌感兴趣吧……

F：您最早什么时候开始翻译新诗？翻译的第一首当代诗歌是什么？为什么要翻译它呢？

---

① 访谈经戴迈河本人校对，纠正个别翻译并补充部分资料，特此鸣谢。本文曾经修改发表于《长城》2012 年第 6 期。

D：应该是1984年，从两年（前）在中国留学回到温哥华以后，有一位华裔同学，以前在北京留学过的，而她在北京认识了《今天》诗人严力……那时严力刚刚移民到纽约，而要了我同学翻译他的诗集《飞跃字典》。那位同学觉得我的汉语水平比她高，而我也对文学感兴趣，所以请了我来给严力翻译。我现在只记得这份工作非常艰难，老翻字典，等等……而有感觉我翻译的水平肯定是很低的。可惜（或可庆）翻译的底稿早已丢失了。以后在1987年，在北京的外文局我当了翻译、编辑……顺利得多。可在我记忆中，好像我是在1989年才开始认真地翻译当代诗歌……而第一首就是廖亦武的《屠杀》……

F：当代诗歌中您喜欢哪些诗人的诗歌，能列举几位诗人吗？具体喜欢他们的哪些诗歌呢？

D：简单地说……就那网络上的20位：[①] 柏桦、陈东东、韩东、黑大春、李亚伟、廖亦武、吕德安、陆忆敏、孟浪、欧阳江河、唐晓渡、唐亚平、万夏、王小妮、王寅、西川、于坚、翟永明、郑敏、周伦佑，可还有不少别的，包括北岛、芒克、土家新、小海、默默、张枣、沈浩波、巫昂、尹丽川、桑克、西渡、余怒、曾德旷、朵渔、胡续冬、莱耳、蓝蝴蝶紫丁香、蓝蓝、魔头贝贝……

F：能简单介绍一下您是如何展开翻译工作的吗？被翻译的诗歌是由自己选择的，还是和诗人共同协商的结果？

D：看上面的关于严力的《飞越字典》……而1991年，被驱逐以后，我一心搞了硕士，也同时大量地翻译廖亦武、周伦佑和李亚伟的诗歌；1994—1997年作了十几位诗人的翻译（网络上的诗集）……而都是自选的，没有共

① 其网络链接为：（http：//leiden. dachs – archive. org/poetry/translations. html）。

同协商（一直都没有所谓的协商）。

F：哪些诗人容易翻译一些？哪些诗人难一些呢？提到《夏天还很远》时您曾说“这首诗显著的一面翻译只能部分呈现——就像柏桦诗歌的绝大部分翻译一样，即中文原作里的音乐品质”。

D：柏桦早期诗的韵律多，而北岛也类似。别的大部分诗人不那么注重这方面，所以都是“容易”一些吧……可以说这是一个相当普遍的弱点，好像很多人觉得韵律、声调什么的不这么重要，还是什么小儿科……不清楚。有些人或许以为这是诗人看了太多年的西方来的翻译诗。我不知道……其实，起码在英语诗歌中，韵和声等还是很重要的，只是很多的时候无法翻译出来吧。

F：您在翻译的过程中为自己制定了怎样的翻译标准？

D：难说。如果是我自己选的，我就凭我自己的标准/感觉……我第一个标准是：这是不是一个好的我自己喜欢的汉语诗。或许我今天的标准要比当年的高一些，或者高了许多……我没有时间也没有兴趣回去研究我的这方面的过去；对我个人来说，这就没有多大意义（这时间都要给我的快要五岁的儿子和两岁多一些的女儿）。

F：您有一篇论文取名“翻译或者凡意：诗歌翻译中的语感与风格”，什么是“凡意”呢？

D：平凡的意义或意思吧……就是那些“容易”翻译出来或者读懂的东西。这个“平凡”在不同的文化都有不同的意思……语感与风格都要依靠翻译家对外语和外语文化和语言历史的理解来解读或者“翻译”……而关键在于这个“翻”字。

F：我认为翻译能传递的东西有两样：一个是价值观，如何看待事物；一个是技艺，如何表达事物。您是否同意？

D：我同意，可我觉得首先需要一个良好的语言和文化/历史的基础（母语和外语的)，像我在上面所说的。价值观这东西很复杂，很广……比如说，如果我认识一个诗人而不喜欢他的为人或思想等，这是不是关系到翻译的选择……而我觉得，最好尽量排除这些因素，所以我觉得最好还是避免“协商”式的翻译，甚至跟诗人见面都可以不要（20 个诗人中，有五个跟我没见过面，而有三个我是翻译了之后才见了面的）……我不要说出名字，可在我翻译的诗人中有些“人”我并不喜欢……

F：您是加拿大人，您的一位同胞麦克卢汉（Marshall McLuhan）曾经深刻影响了中国当代诗人比如钟鸣和欧阳江河，您怎么看？

D：同胞？我母亲是德国人，父亲是英国人；我是出生在温哥华的（我父母是在那儿一个沙滩上才认识的)，可从 2000 年起我是用英国籍（或者说欧共体籍）……或许今年也要入美国籍。就是说，我从不太注意国籍的……麦克卢汉没有影响我，他的那些理论更适合于媒体等，或许对网络上的诗歌有更多的意义，主要是媒体学的理论，不是吗？还是使用 Bourdieu 为好……诗歌首先是人的，媒体是次要的，可还是重要的。

F：民国时期张东荪曾说儒家的价值在一个民主社会中可以得到更大的彰显，您是否同意这样的说法呢？

D：政治！哇……当然，某些方面会得到更大的彰显，可我还是希望有百家争鸣吧……而最好还不是一帮所谓知识分子或精英说了算……还是乌坎村的方法为好？“儒家”是哪一门的儒家？为什么不说佛家、道家？中国的历史不是告诉我们，儒家那帮就是最想治人的，根于君主制……好像老百姓的有些更古老更实在的东西还是值得考虑……如果仔细研究知识分子这 100 年的“贡献”，我们到底会看到什么？窝里斗……老百姓受各种各样的罪，可只有知识分子的值得记住？哎……彰显不彰显不是问题。还是一个民主的社会重要，而儒家跟民主没有什么直接的关系，更是有矛盾，反民主，还是？如果老百姓有民主，他们为什么要把它送给一帮自以为是的知识分子？或者新一代的儒家会说他们跟以前的儒家不同，更好，更民主的？可这是怎么说的……我无法想象。如果中国人跟这儿的人一样不注重历史，那或许儒家却是“万岁”呗……但愿不会这样……民主只不过是个工具，里面可以塞很多东西，包括知识分子的不同的“理想”……可更重要的是要容有“百家”（而但愿不是百家的儒家）。对不起……我胡说八道。

F：您把您翻译的当代诗歌直接放到莱顿大学和海德堡大学的网页上，您是否出版过纸质的当代诗歌呢？

D：有……

廖亦武：《嗥叫》（《屠杀》匿名版），载《新鬼旧梦：中国叛声》（New Ghosts, Old Dreams: Chinese Rebel Voices），Geremie Barmé、Linda Javin 编，New York: Random House Inc. 1991: pp. 100—105.

廖亦武：《屠杀》，载《国际笔会：书选简报》（PEN International: Bulletin of Selected Books）London, UK: Vol. XLII, No. 2, 1992: pp. 92—94.

《廖亦武和〈屠杀〉》，载《索诺玛循环文学评论》（SONOMA MANDALA Literary Review），Sonoma State University, California, USA: Fall 1992: pp. 48—55.

翟永明：《我有了一把扫帚》《黑房间》《噩梦》，载《棱镜国际文学杂志》（PRISM International），34. 1, Fall 1995, Vancouver, Canada: pp. 65—67.

王小妮：《白马》，载《yefief 文学杂志》，No. 3, January 1996, Santa Fe, New Mexico, USA: p. 37.

《人字形雁行：北京诗人黑大春诗歌及导读》，载《壮观的疾病》（Spectacular Diseases），Peterborough, UK, 1996.（30 pages）.

王寅：《罗伯特·卡巴》《重要的事情》《华尔特·惠特曼》《与诗人伯濑一夕谈》，载《棱镜国际文学杂志》（PRISM International），36. 3, Spring 1998, Vancouver, Canada: pp. 50—53.

陈东东:《在燕子矶》《新诗话》，载《神殿》(The Temple)，Vol. 2，No. 3，Summer 1998：Walla Walla，Washington，USA：pp. 40—41，44—45.

李亚伟:《中文系》(pp. 12—15)、于坚《对一支乌鸦的命名》《啤酒瓶盖》(pp. 40—47)，载《神殿》(The Temple)，Vol. 2，No. 4，Fall 1998：Walla Walla，Washington，USA.

廖亦武:《死城》翻译和导读，及3首短诗，载《壮观的疾病》(Spectacular Diseases)，Peterborough，UK，2000.(34 pages).

林泠诗5首(pp. 239—244)、张错诗5首(pp. 279—284)，载《台湾前沿：现代中国诗歌选》(Frontier Taiwan：An Anthology of Modern Chinese Poetry)，Michelle Yeh、M. G. D. Malmqvist 编，NY：Columbia University Press，2001.

萧开愚诗9首(小册子，30页)，第33届鹿特丹国际诗歌节，荷兰，2002年6月。

萧开愚:《乌鸦》《在公园里》《北站》载《利维坦季刊》(Leviathan Quarterly)，No. 4，June 2002：Lichfield，UK：pp. 26—28.

林亨泰、郑炯明、詹澈诗选，载《航向福尔摩莎：诗想台湾》(Sailing to Formosa：A Poetic Companion to Taiwan)，Michelle Yeh(奚密)、许悔之(Xu Huizhi)、M. G. D. Malmqvist 编；UNITAS：Taipei，Taiwan and University of Washington Press：Seattle & London，2005.

柏桦:《现实》(p. 57)，载《自由派》(TheLiberal)；London，UK；Issue VII，February/March 2006.

韩东诗12首(pp. 17—23)，与莱顿大学柯雷教授(Prof. Maghiel van Crevel)合译(小册子，30页)，第37届鹿特丹国际诗歌节，荷兰，2006年6月。

骆英(黄怒波)诗集《空杯与空桌》(Empty Glasses and an Empty Table)

并撰写译者前言，唐晓渡批评文章：Dorrance Publishing，Pittsburgh，April 2007.

伊沙诗7首（小册子，pp. 16—22，5首，另有2首用于朗诵表演），第38届鹿特丹国际诗歌节，荷兰，2007年6月。

韩东：《献给冰块》，载《关于冰的发现》Findings On Ice；Hester Aardse、Astrid van Baalen编；Pars Foundation & Lars Muller Publishers，Amsterdam，Oct. 2007：pp. 154—155.

西川、韩东、陈东东、柏桦、欧阳江河、廖亦武、萧开愚、周伦佑、万夏、唐亚平诗14首，载《新诗前浪》海岸、Germain Droogenbroodt编，POINT Editions International，Belgium/Spain，2009.

黄怒波诗集《小兔子》，Dorrance Publishing Co.，Inc.，Pittsburgh，2010.

韩东：《你的手》《我听见杯子》，载《来自大连的电话：韩东诗选》（A Phone Call from Dalian：Selected Poems of Han Dong），Nicky Harman编，Zephyr Press Brookline，MA：December 13，2011 .

F：您提到您的很多当代诗歌资料是从互联网上获得的，您喜欢浏览的诗歌网页有哪些？

D：诗生活、赶路论坛、扬子鳄诗歌论坛、今天……还有很多人的博客和微博。

F：您掌握的资料非常丰富，而且您乐于在互联网上分享这些资料，您对未来的学术有种怎样的期待呢？

D：还是那个理想……在互联网上分享资料和知识。我还是耐心地等待着……

F：您希望中国诗人也可以参与到您的研究当中来，除了廖亦武、唐晓渡和刘晓波等人外，您和哪些中国诗人或批评家有过深入的交流呢？现在主要通过哪种方式来交流呢？

D：深入的交流？……说长期的，就这些吧。当时，住在中国的时候，有一些的相当短暂的（欧阳江河、周伦佑、芒克、杨炼、吕德安、陈东东、韩东、李亚伟、何小竹、胡冬、西川、王家新、沈奇、王寅、陆忆敏、翟永明等）……只是被驱逐之后，不能有什么传统的“正常”交流。现在主要是通过电信的交流……而那只是偶尔的，跟个别诗人和批评家，不算“深入”。自然，我还是看文章、书什么的……

F：我的论文题目是“当代先锋诗歌在欧洲”，关于这一题目，您是否能给我提供一些建议呢？

D：相当广泛的……是不是想利用布尔迪厄的理论来针对这一切？除了英语之外，您会不会别的欧洲语言？“欧洲”是哪些国家？欧共体的？还是更大的范围（包括俄国等）？凭我自己的经验，还是针对您最有把握的那些国家或地区，更好，更有价值……

F：您是否同意我在文章中对您以布尔迪厄理论来阐释 80 年代四川先锋诗歌场的理解？

D：行……公共场合的表演是避免不了（有意和无意）的一种诗人和诗歌行为，而我觉得布尔迪厄的理论最适合使用的。

F：韩东曾认为 80 年代诗歌的唯一可借鉴的资源不是中国传统，而是来自西方，您也曾经提到和 80 年代四川先锋诗歌“唯一相关的传统是自 19 世纪法国开始的西方先锋诗歌传统和自沃尔特·惠特曼开始的盎格鲁－美洲传统。然而，考虑到宣称如此一个传统的内在政治风险，中国先锋艺术家倾向于以间接的方式接近这个问题”。但是您在解释张枣《镜中》和廖亦武《情侣》的分析中明明指出了中国传统对当代诗人的影响，如何理解这种矛盾呢？

D：张枣是很受庞德的影响……有点像出口产品转内地销吧，可还是利用中国诗歌的传统，柏桦也类似的。关于廖，当然可以说他那是屈原的精神和巴国文化的影响的搅合……可他这么做，这做法，是不是传统中国诗歌的一个做法？不可否认他利用的是中国的诗歌和文化，表面上的或部分的是传统的……而问题就出在“传统”的意思……我在我书上确实没有好好地针对这件事，遗憾。

F：当代中国诗人需要“发明”出自己的“传统”吗？

D：或许问题出在“传统”的“统”字上吧。作为诗人，我的责任是为我自己发现“传统”……最好还是把这个看成“遗产”，这是“传”的那部分，可在我们今天的世界“统”是统不了的……我们或许应该尽量了解前人的文化和历史背景，可我们自己就无法回去，有亲身经验。他们或许有一个特定的相当狭窄而稳固的“传统”，可这200年来我们的世界和它的文化慢慢地变得更复杂一些或许多……

F：韩东和于坚认为一国诗歌在世界中的地位和一国经济、政治在世界中的地位密切相关，您怎么看？

D：有意思。我想/希望他们这个观点是从一般的国际文学读者或者出版商的立场而说的……而这个读者/商人根本不读诗。对诗人和爱诗的人来说，不管是哪国的，这都是次要的事。可有些人确实不喜欢翻译诗吧……

F：90年代中期有所谓“知识分子”和“民间”两派诗人之争，可惜这个时间段已经在您著作的处理之外。您怎么看这场纷争？据您的观察，国外的汉学家比较关注的是哪一派？

D：我是在我的书里涉及这个事的……374页。还是从Bourdieu的立场来理解吧……是一种必然要发生的事，特别在中国的社会背景之下。我个人更倾向于民间的那方……可在国外，没有多少汉学家真正关注了，除了Maghiel van Crevel之外。我还是更关注后来在网络上的表现，或者说延续。

F：您认为中国的先锋诗人们是否能形成布尔迪厄提出的“一种普遍的法团主义”呢？

D：一种理想……可我想诗人和诗歌这东西也永远不能和和平平地过日

子……日子太好过，哪儿来诗呢。关键也在于“先锋”这个词……假如谁不要“先锋”或许会好一些，就统统回到各自受尊敬的“传统”里去吧。（哈！“人”能做到这点吗？愿意吗？）

第二次（3 月 17 日寄出提问，3 月 21 日收到回复）

F：您提到您所欣赏的陆忆敏、王小妮、翟永明、郑敏、莱耳和蓝蓝，您是从什么角度去解读这些女诗人的？单单从女性主义角度去看吗？

D：从一个诗歌读者的角度，不是……就是说，每个诗人和她/他的诗歌是值得尊敬的，而她/他所表达的个人的生活经验或从中的收获也同样的值得尊敬。对我来说，是男是女都没有关系；最重要的因素是她/他所表达的内容或表达的方式是不是新鲜，在我心里有没有产生某种快感或同类的美学方面的反应。女性主义或别的什么主义应该是次要的。首要的是这些“女”诗人是一些写好诗的诗人。

F：您也关注一些 70 年代之后出生的诗人比如沈浩波、巫昂、尹丽川、朵渔、胡续冬、魔头贝贝、蓝蝴蝶紫丁香，您觉得和上一代人相比，他们的诗歌有没有明显的变化？

D：这跟我上面的回答有密切的关系吧。其实，这分代的方法我是不同意的，我觉得这种分法根本不尊敬诗人和他们的作品……该尽快淘汰。有没有明显的变化这个问题应该是关于他们个人的创作的；对我来说，或者说对一个翻译家来说，他们不代表也不能代表哪一代的人或者诗人。

F：新的诗歌传播方式，比如廖亦武和曾德旷，还有更年轻一些的周云蓬和颜峻，他们的诗歌朗诵或者表演给人留下的印象完全不同于其他一些诗人，尤其是廖的一些音频，震撼人心，您认为媒介会使诗歌发生激烈的变形吗？

D：我不这么认为，表演或者朗诵从一开始一直跟诗歌有密切的关系。利用新的媒体或者媒介是理所当然的。“变形”这个词是相对的，而在这方面相对的是什么？所谓很狭窄的“传统”？这跟理解什么叫“诗歌”和诗歌的历史有关系。书/纸上写的诗歌只不过是最近流行的表达方式。以前，印刷机等不存在的时候，是一个没有诗歌的时代吗？所以，我想，这不是一个“变形”的问题，而只是个“适应”的问题吧。

F：骆英的诗集《空杯与空桌》和唐晓渡的批评是同时出版的吗？它们都是单独成书吗？

D：是的，而应该说唐晓渡写的是一篇序言，但也有很重的评论成分。它们单独成书。

F：另外您翻译了骆英的诗集《小兔子》，您如何看待他的诗呢？

D：又是那个个人的问题，而作为一个诗人骆英是很独特的。他的背景和生活经验给他的诗歌提供了一种别的诗人创造不出的张力或者说资源吧。还有一种独特的角度。

F：余英时在《待从头收拾旧山河》一文中认为“21 世纪中国所面临的最大课题是怎样在 20 世纪的废墟上重建民间社会”，您同意吗？

D：民间社会的废墟？……可大部分的人都活着来过了，不是吗？是某种文化废墟，是吗？一种高层次的废墟，而那大部分不是民间的……可我想，跟我母亲和她家人在第二次世界大战后的德国所经历的类似，公民都能在这废墟中找到或创造一种新的文化，一个更适合新的公民社会的文化……好不好是生活在它之中的人所要天天面对的问题，而这是所有公民的事业。在中国，好像认清什么叫“废墟”还是个问题，然后是公民社会所需的创造……而在这方面，德国人的选择和判断更简单一些（西德人……东德人的问题要复杂得多）。

F：中国的文化和自然环境这些年来都遭到了破坏，结果就是您所说的“老百姓受各种各样的罪”，而在这个过程中，中国的大部分知识分子都是有罪的，当然这和老百姓所遭受的罪完全不同。您认为当下的中国知识分子还能有什么作为呢？

D：作为公民，有很大的可能性……可要做什么自以为是的“精英”或“君子”来领导别人？这是一种不尊敬别人的作为。知识是很重要的，可“知识”和“智慧”是两码事吧。

F：我说“儒家”，指的是尚未制度化的“儒”，我觉得它最大的弱点就是它的制度化，制度化会使其沦落为保皇工具，也就是您所说的“反民主”。尚未制度化的“儒”讲究修身、慎独，而这些品质应当是到处充满诱惑的民主社会的一剂良药，我是在这个意义上引用张东荪那句话的，希望您能进一步作出回应。

D：这跟我上面的话有关系……就是公民和公民社会的事，知识和智慧的区别和作用，和一小撮尚未制度化的“儒”的作为。孔夫子、孟子、荀子有没有讲过“儒”？在我记忆中，这字还不存在吧？“君子”和他的作为确实讲了多。在一个新的男女平等的“公民”社会，“儒”还能讲什么跟中国的过去和“传统”没有直接联系的话？那些价值都是什么价值？不过，如果不要一种公民社会，那都好说吧……而最后，他们的话会不会有更多所谓的价值吧？

F：读了您的著作之后，我开始阅读布尔迪厄，发现他的理论的确好使。另外您针对我的论文选题作出的建议十分中肯，“当代先锋诗歌在欧洲”这样的题目很容易使我失去焦点。我的一个想法是不仅针对一些现象，而且要从这些现象里得出一些理论，比如我会区分两个欧洲，一个欧洲是资本主义欧洲，“另一个欧洲”（Czesiaw Miiosz）则是经历过共产主义的欧洲。这两个欧洲都深刻影响了新诗，我非常希望可以观察两个欧洲之间是如何慢慢融合、相互参与的，这也许会提供一些新鲜的看法。当然我面临的最大问题是需要提高我的外语水平，这算是我对您的一个回应，您是否能就这个问题继续谈一点看法呢？

D：我还要复杂一些……就是说，西欧的“资本主义”跟美国的有一些很大的区别，而这些是跟文化和历史有密切的联系的。其实，最好还是不要把英国和英文放在这个西欧。一般的中国人说“资本主义”的时候是说英语界的那种……举个例子，捷克，1989 年后他们的领导人选择了使用美国的那种资本主义，而一般的老百姓/公民不怎么欣赏这套新的做法……很有矛盾。也可以说，英国还有一些别的西欧国家也正在实行或计划一些美国化的经济政策，等等，也很有文化方面的矛盾。一个关键的问题是那个不停发展的资本主义想法/梦想/谎话……而这是不尊敬，甚至害一般的公民/老百姓的想法/梦想/谎话。谁要先说“足够了”，为了生活而生活得好我们已经知道足够了……而这也是一个文化的问题。哪里有这种知道有足够的社会/文化，哪里就有真正的公民社会……那我是说，这种社会似乎还不存在，还是一种乌托邦……而太注重经济发展/个人的收入，就永远发展不到这种乌托邦吧。

这个共产主义的梦想是在欧洲文化根深蒂固的，一种试图达到梦想的可理解的文化成果……而它还是存在的。被摧残的是马克思主义的某种政治方面的方法和做法，还有一些别的文化方面的东西……可在西欧也有文化的摧残，只有在政治方面比东欧还文明一些或者许多。

F：于坚的《零档案》被翻译为多种外语，在我看来这部作品和一些当时比较流行的理论走得比较紧，比如福柯的理论，但是于坚后来越来越强调中国的传统，比如有的时候他会直接把古诗放进他自己的作品。这是否也可以视为一种占位呢？

D：是，可他占的是什么位？似乎他已经离开了中国的诗坛，变成了一个国际诗人，而在那更大的所谓诗坛占位了。问题是在中国的汉语诗歌界里有多大的反应……新诗容得下这种做法或者说反叛？或者干脆就是某种新古诗，或者一个诗人在试图从新创造“新诗”……或就是一种一次性的表现或者破坏？我说不定……反正他先锋了，可先锋到哪里去了？

F：一些民族本位的中国人认为“只有中国人才能了解中国”，顾彬（Wolfgang Kubin）写过很多文章来反驳这个问题。“东方主义”（Orientalism）和“西方主义”（Occidentalism）两种几乎是两个方向上展开的理论，您怎么看待这个问题？普世价值是可能的吗？

D：谁能真正地正确地“了解”任何一个国家/文化/他者？这种话题有点无聊。自然我们都可以讨论我们自己的观点和有限的知识；不过很多讨论这个问题的人，对我来说，总是有我在上面提到的“智慧”问题。范围越大，话题越抽象，而越没有真正的价值。这不是说这些话题是不值得提，可应该有足够的自我意识/认识，要充分认识避免不了的限制和不足。讲“普世”也一样……有的事情越普越不是。除了生活的和不生活的“价值”还有什么值得谈？而我说的生活，就是各种各样的生活（还有不生活的可曾经生活的）……在我们的这大循环中。这最基本的东西我们都不能同意，就甭想别的吧。

F：为什么说“这200年来我们的世界和它的文化慢慢地变得更复杂一些或许多”？是否是说目前东方和西方的经济和文化界限根本就是模糊的？这是全球化的结果吗？

D：就是这个意思，而也不是。其实，区别一直都不那么大，只是我们太注重一些不这么重要的东西。人类的个人的一种普遍的毛病吧？哎……

F：不仅界定“传统”非常难，界定“先锋”也非常难。比如小说家艾伟认为现在文坛的价值评判中存在一种“先锋霸权”，他理解的“先锋”大体指“要在形式上创新”，是一种关于“新”或者“进步”的意识形态，他认为“文学的正典应该是那种脚踏人类大地的小说，具有小说最基本的价值，即人物、情感、命运等”。而艺术家艾未未则认为“关于先锋的问题，我觉得所有的先锋性或者是当代性，它都是能够对当下的文化和政治进行重新定义的，如果没有重新定义，没有和当代重要的议题发生关系，那就谈不上先锋性，也谈不上当代不当代。这就是说，艺术家、知识分子在社会上生效的前提，就是首先要对当下中国进行判断：什么才是今天我们所面临的首要问题？这个问题不能含糊，如果这个问题你判断不清楚，你也别做艺术家、知识分子，该干嘛干嘛去。今天中国的议题就是中国正在走向民主化和自由，这是一个不可回避的命题，如果在这些问题上，态度不清楚的话，是不具备当代性的，不是一个当代的文化或者是艺术的工作者，即使他是活在当代的一个人，我是这样看待这个问题的"。而您借用布尔迪厄的理论认为"先锋诗歌"是"诗人之间所形成的文学活动矩阵（a matrix of literary activities）"，就是说"先锋"不仅局限在文本上的形式创新，而且它就贯穿在诗人的活动中，我觉得您的看法与艾未未是相近的。我认为先锋的活力恰恰在于一个不民主的社会，一个比较充分的民主社会里，先锋派恰恰要丧失它的活力，陷入枯竭，您怎么看待这个问题？

D：我同意艾未未的说法，在中国可以这么说……可在所谓已经自由民主的社会之中有不同的说法。这也跟我上面所说的话有关……经济也可以说，而还有"自由"和"民主"的一系列问题……什么是"足够"？而这个足够是个人的还是世界的？我们对个人负责，还是对人类？还是对世界/地球？而这些都不是什么新鲜的事/观点……那谈什么先锋不先锋？

F：您提到，对于"民间"一派，"在国外，没有多少汉学家真正关注了，除了 Maghiel van Crevel 之外"，那么除了您和柯雷教授外，其他的汉学家尤其是研究当代中国诗歌的欧洲汉学家，他们都关注哪些诗人呢？

D：欧洲汉学家关注哪些诗人，我说不好。Van Crevel 和 Hockx 该比我清楚多了。德国那儿的出版界还出了不少中国文学书，而那儿的汉学界很活跃。或许你也该跟 Kubin 联系吧。

F：您说您"还是更关注稍微后来的在网络上的表现，或者说延续"，这些后来的观察使您得出什么结论呢？能否简单介绍一下？您以后是否计划写一本这方面的著作呢?

D：简单地说，2000—2007 年左右，“民间”诗歌观点可以说是网络诗歌的观点……那时的论坛多而且也很自由的，之后有博客的发展，网络上更个人化，而最近又有一些新设的自由表现的限制……而结果是这几年的“非官方”诗歌刊物的猛烈发展，或者说继续发展（在 2000—2007 年，有不少诗歌网刊的出现）。中国诗人们万岁！

# 最好是有真理，有风格

## ——对汉学家凯勒先生的访谈①

经诗人蒋浩介绍，2012 年 3 月 23 日上午，我在苏黎世中央图书馆拜访了 Raffael Keller 先生，Raffael 主要翻译汉语和日语诗歌，是杜甫和柳宗元的德译者，也翻译了萧开愚的两个集子。

F：您在苏黎世中央图书馆的古籍部工作，是这样吗？能简单介绍一下您的日常工作吗？

K：我现在的工作和汉语没有什么关系，就是为了挣钱、养家。我也做了几种不同的工作，其中一项是做展览。我去年做了一个展览是“外国诗人在苏黎世”②。我从 2003 年开始在苏黎世图书馆工作。

F：您从什么时候开始接触汉学呢？

K：1990 年我在苏黎世大学学了一年汉语，之后去了柏林洪堡大学，读汉语和日语。在那里拿到硕士学位。

F：然后去了中国？

---

① 本文曾发表于《长城》2012 年第 3 期。

② 现已编辑成书，Zuflucht und Sehnsucht：fremde Dichter in Zu rich，Zentralbibliothek Zu rich，2011.

K：是毕业以前去的中国。

F：您自己写诗吗？

K：有一些。但没有发表。翻译中国诗歌就够了。

F：您最早了解新诗是什么时候呢？是通过哪种方式呢？

K：最早是通过顾彬教授的翻译。他最近出版了关于老子的著作。他原来主要翻译当代，现在好像翻译古代多一些。去年我翻译了艾青的几首诗。

F：您知道他的儿子吗？艾未未。很有名的艺术家。

K：对，我知道。他很出色。

F：他遇到刁难，几万人站出来支持他，像是一次大规模的行为艺术。

K：对，我知道。

F：您最早什么时候开始翻译新诗呢？翻译的第一首当代诗歌是什么？为什么要翻译它呢？

K：通过顾彬的翻译我认识了朦胧诗，以后我在南京（师范大学）的时候朦胧诗已经过去了。我好奇那时的诗歌是怎样的，就在南京买了一本《后朦胧诗集》，通过它了解中国诗坛。回到柏林以后写了文章介绍，用德文。这篇文章里我翻译了海子、柏桦、欧阳江河、翟永明、张枣等人的诗，大概40首。

F：那篇文章现在还有存底吗？

K：没有。我的硕士论文写了朦胧诗以后的诗歌，以后也出了书，叫《南方诗》①。

F：除了开愚老师外，我知道您还翻译过蒋浩。您还喜欢哪些中国诗人的诗呢？

K：还有韩东，于坚去年来到苏黎世朗诵，他现在有德文的译本。

---

①《南方诗：中国当代诗歌比较研究》Die Poesie des Su dens：*eine vergleichende Studie zur chinesischen Lyrik der Gegenwart*，Bochum：Projekt，2000.

F：是《零档案》？

K：对。

F：不是您翻译的。

K：是 Marc Hermann 翻的，他原来也在波恩大学待过。他翻译得很好。黄灿然我也翻译过。

F：您如何看待盘峰论争？

K：我觉得个人更重要。1997 年，德国柏林文学馆举办当代中国文学节邀请了开愚、柏桦、张枣，于坚那时不能来，那时我第一次见到开愚。我听到他的朗诵，觉得很有力量。在别的诗人那里没有看到。他朗诵跟别的中国人不一样。诗歌本身也好。到现在我最喜欢他 90 年代的诗。

F：您翻译他的第一首诗是哪首？

K：第一首是《雨中作》。

F：您和开愚谈诗歌时，最经常谈论的话题是什么呢？

K：我翻译时遇到的问题经常会问他。他也会提起他喜欢哪些西方诗人和中国古代诗人。会提起他和古代诗人和西方诗人的关系。

F：于坚和韩东的诗歌您喜欢哪些呢？

K：他们有个人风格，也有中国传统。他们的诗歌有点轻，相对开愚。

F：您为开愚翻译了两个集子，Stille Stille（30 页，Wortraum - Edition，2001 年 10 月）和（Im Regen geschrieben：Gedichte104 页，Waldgut Verlag，2003 年），《雨中作》是他非常早的诗，为什么反而晚于《安静，安静》出版呢？您如何看待他不同时期诗歌的变化？

K：后一个诗集实际上包含了前一个诗集的内容。我最喜欢他 90 年代的诗歌。最近的诗歌我翻译了《破烂的田野》。90 年代以后他有一个很大的变化，做了很多实验。非常难把握，难翻译。所以我翻译的也少。我翻译《破烂的田野》，有点像 90 年代的诗歌。后来我还翻译过颜峻。我跟他有一个朗诵，在苏黎世文学馆，挺有意思的。我不知道现在的中国诗坛像颜峻是否受欢迎。

F：颜峻、曾德旷、周云蓬他们都可以诗歌加音乐，表演性质挺强。我觉得当代诗歌的这一特色可以追溯到廖亦武，他的《屠杀》，文字并不十分出色，但是经他表演，的确震撼人心。您听过这个录音吗？

K：是吗？我还没有。他很快会在这里的文学馆举办朗诵。

F：您翻译了柳宗元的集子……

K：对，在2005年。我还翻译了杜甫，就是这本。可以说这是第一个德文的杜甫集子，以前没有真正的。

F：其中的诗都是您自己选择的？

K：对，我自己选的。

F：您的工作和译诗无关，那么您译诗完全是出于自己的爱好？

K：对。

F：您如何看待朦胧诗以后中国诗歌的变化？

K：我的硕士论文里也写了，集中在第一章。朦胧诗的语言仍然是统治者的意识形态语言，跟毛派话语是共同的语言。后朦胧诗歌找到了个人的声音，但他们还是过分模仿了西方的语言。

F：您认为后朦胧诗最重要的发现是什么？

K：80年代诗坛最重要的发现是个人，模仿西方。

F：那么90年代呢？是否借鉴了古代的传统？

K：当然。

F：您既翻译中国的古诗比如柳宗元的诗歌，也翻译开愚、蒋浩的诗，您认为中国当代诗人从中国古诗中继承了哪些传统？开愚在一次访谈中曾经说，“没有西方诗，中国诗人就不会把诗写成现在这个样子。我喜欢杜甫、陶渊明的诗胜过喜欢任何西方诗人，但杜甫、陶渊明较少影响到我的写作。相反

（包括不入流的）每一个西方诗人都深深介入了中国诗人的写作”。您怎么看中国当代诗人对中国和西方两大诗歌资源的使用？

K：我觉得八九十年代受西方和中国传统影响比较大，可以说是练习期，到现在，已经比较自然了。

F：我认为开愚的一些诗歌里有很深入的政治关怀，您认为新诗和中国目前的政治环境有什么深层次的关系吗？民国时期张东荪曾说儒家的价值在一个民主社会中可以得到更大的彰显，您是否同意这样的说法呢？

K：对，我同意。

K：这个是米做的糕点，专门为复活节准备的，您可以尝尝。

F：谢谢。为什么复活节到处是小兔子的纪念品？

K：这个是传统。兔子送来鸡蛋。一个民间传说，表示春天来了，要丰收。一只大兔子可以生很多小兔子。蛋是彩色的。

F：《星期天诳言，赠道元迷》的注释是开愚专门写给你的，必须承认，我作为一个中国人看这些注释有困难，主要是我的知识结构有问题，很多书没看过。而且这组诗我觉得翻译起来难度会很大，当初为什么要考虑请开愚写这些注释呢？

K：这个我不知道，这个真是为我写的吗？这个我没有翻译。

F：能简单介绍一下您是如何展开翻译工作的吗？被翻译的诗歌是由自己选择的，还是和开愚共同协商的结果？

K：主要是自己选择的。90年代他在柏林写作，我在柏林读书，我有不清楚的就可以问他。当然怎么翻译是我的问题。

F：翻译过程中您遇到过什么麻烦吗？最大的麻烦是什么呢？

K：很不一样，对不同的诗人、不同的诗歌有不同的标准。必须在德文中找到对应的声音，否则不同的诗人就会被翻译成相同的德文。于坚、韩东看起来容易翻译，因为语言好像很简单，但是要翻译出来很难，那种“轻”很难。最容易翻译的，像翟永明、欧阳江河，因为他们的风格不是很独特的，可能太国际性。翻译古诗不一样，用德语翻译中国古诗（相比中国当代诗）带有更大的实验性。

F：对您来说，翻译古诗更有实验性，有更大的乐趣？

K：对。翻译古诗，把古代的中国语言翻译成当代的德语，带有很大的实验性。因为即使现在的中国人读中国的古诗，也往往需要看注释。

F：那么您对于坚、开愚不是翻译成当代的德语吗？

K：当然是当代的德语，但不一样，翻译的时候实验性会减弱。其实我的目的是创造新的德文。这方面我受到沃尔特·本雅明的影响。他说真正的翻译是一种突破语言的腐烂的边界……我翻译杜甫的时候，感觉他在和我说话，我翻译时感觉他复活了。

F：杜甫、柳宗元、萧开愚的诗集出版后，您或者其他人是否为诗集作过评论或介绍？

K：对，都有评论，在重要的报纸。但不一定是从汉语，从德语来看。

F：都是哪些人对诗集发生了兴趣，您了解吗？诗集卖得怎么样？

K：很难说。这里看诗的人很少，看中国诗的人更少，所以开愚的诗可能卖得并不好，只有150本。杜甫诗选印了1500本，到现在大概卖了400本。

F：我的论文题目是“当代先锋诗歌在欧洲”，关于这一题目，您是否能给我提供一些建议呢？

K：很长时间他们主要介绍朦胧诗，舒婷、北岛，持续到90年代末。还有杨炼，杨炼比较有名。

F：您怎么看杨炼的诗歌？顾彬教授说他总在重复自己。

K：我不太喜欢，他更像一个哲学家。朦胧诗还是北岛、顾城等诗人。

F：那90年代的诗歌呢？

K：2000年以后才开始，2009年中国在法兰克福书展，后来我们也做了

CD，和一本书在一起，可以看，可以听。有11个诗人，陈东东、韩东、翟永明等。

F：有网址吗？有链接吗？

K：其实我还有两本，我可以送给你一本，如果你感兴趣的话。

F：您喜欢的德语诗人是谁？

K：我比较喜欢 Rolf Dieter Brinkmann，他受到美国诗歌的影响，去世很早，1975年。

F：您如何界定先锋诗歌？

K：先锋诗歌应当具有实验性，能够更新语言。

F：有一次我和开愚老师通电话，他说他很喜欢 Benn，Benn 有个观点认为风格高于真理。您怎么看？

K：最好是有真理，有风格。不过，如果有真理，但是找不到一种风格，就不会好看、好听。柳宗元是这样说的：文之用，辞令褒贬，导扬讽喻而已。虽其言鄙野，足以备于用。然而缺其文采，固不足以竦动时听，夸示后学。立言而朽，君子不由也。①

在中国风格高于真理的典型可能是李商隐。看他的诗也可取乐吧！

F：您是否认同知人论世的观点？

K：我当然同意。虽然从单篇诗歌很难做到，但整体上仍然是可能的。

① 《柳宗元集》，578页。

# 后　　记

各种因缘使我最终选择了这个题目作为我的博士毕业论文，毕业5年来，我几次推迟了它的出版，没有用它作为职称评审的支撑材料。但我还是不能免俗，终究将这个从选题到内容都不满意的稿子拿出来悄悄出掉。对不住读者，如果恰好你拿到这本小书；对不住书中涉及的几位诗人，我那时的想法太不成熟，我尚不能更好地去理解你。我全部的观点可以用杜威的一句话来表达："宣布某事并不构成传播，即使大声强调也不行。传播是创造参与的过程，是将原本孤立与独特的东西拿出来共享的过程；它所取得的奇迹部分在于，在传播时，意义的传达不仅将肉体与意志提供到听话者，而且提供到说话者的经验之中。"

我不能说更多了，因我觉得现在自己才有资格开始我博士生阶段的研究生涯，我要去工作了。

2018年5月31日

桂　林